어릿
광대의
동화

어릿광대의 동화 3

초판 1쇄 펴낸 날 | 2018년 5월 23일

지은이 | 네르비
펴낸이 | 서경석

편집책임 | 조윤희 **편집** | 이은주, 이예진 **디자인** | 신현아
마케팅 | 서기원 **경영지원** | 서지혜, 이문영

임프린트 | (MUSE)
주소 | 경기도 부천시 부일로 483번길 40 서경B/D 3F (우) 14640
전화 | 032-656-4452 **팩스** | 032-656-4453
이메일 | roramce@naver.com **블로그** | bolg.naver.com/roramce
홈페이지 | http://www.chungeoram.com

발 행 처 | 도서출판 청어람
출판등록 | 1999년 5월 31일 제387-1999-000006호
어람번호 | 제11-0085호

ⓒ 네르비, 2018

ISBN 979-11-04-91720-2 04810
ISBN 979-11-04-91717-2 (SET)

도서출판 청어람은 언제나 여러분의 소중한 작품 투고와 도서 출간 기획 등 다양한 제안을 기다리고 있습니다. chungeorambook@daum.net

III

어릿
광대의
동화

네르비
장편소설

MUSE

목차

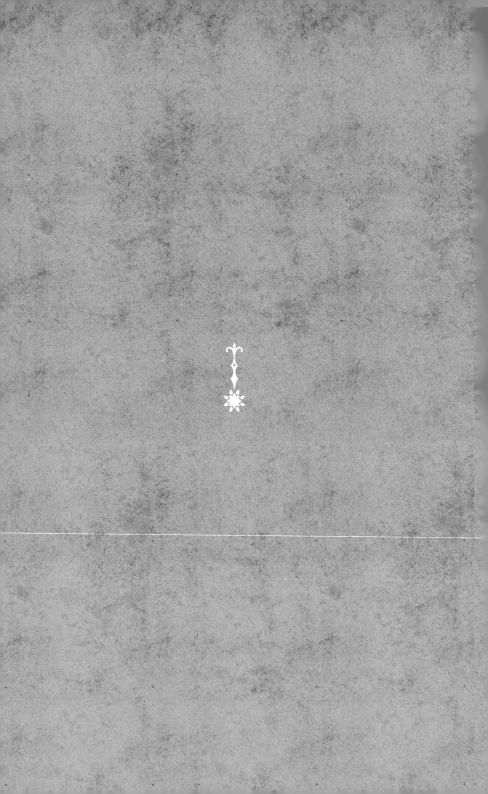

chapter 13.

나는 너를

　연두는 이번 방문에서 꽤 많은 물건을 샀다. 생리대용 천만 사는 게 아니라 더 추워질 날씨에 대비하느라 대량의 저장 음식을 구입했고, 소금을 비롯한 향신료도 잔뜩 사들였다. 어찌나 많은 것들을 샀는지, 그동안 낯을 익힌 시장 상인들이 걱정을 해줄 정도였다.

　"아니, 겨울 내내 안 나오려고 이리 많이 사요?"

　"우리 가게 최고 단골이었는데……. 그린이 안 오면 한동안 종이 팔 일이 없겠어."

　연두가 웃음으로 대답을 때우며 시장을 도는 와중, 그녀가 이고지고 끌어안은 짐을 안타깝게 생각한 아주머니 한 분이 솔깃한 제안을 했다.

　"그린, 오늘은 짐꾼 없이 혼자 왔네? 혼자 지고 다니기 힘들 텐데, 내가 짐꾼 소개시켜 줄까?"

"그래주시면 좋죠."

연두는 반색을 하고 고개를 끄덕였다. 안 그래도 짐이 자꾸 늘어나는 바람에 코쉬를 불렀지만, 마침 코쉬는 다른 일을 하느라 오지 못했다. 워낙 갑자기 나왔으니 나무랄 수도 없고 믿을 만한 사람을 구하기도 어려운 상황에 반가운 제안이었다.

아주머니는 잠깐만 기다려 달라 하더니, 가게 안으로 들어가 누군가를 불러냈다.

"아, 왜 부르는데!"

짜증이 가득 담긴 목소리의 주인은 젊은 청년이었다. 덩치가 크고 팔다리가 두꺼운 청년은 갈색 더벅머리를 긁적이며 귀찮은 기색을 숨기지 못하고 하품을 하다가 연두와 눈이 마주치고 화들짝 놀랐다. 그는 얼른 표정을 가다듬고 머리를 매만지며 야단을 떨다 아주머니에게 등짝을 맞았다. 철썩! 청년이 덩치가 아까울 정도로 몸을 배배 꼬았다.

"엄마!"

"왜! 넌 대체 누굴 닮아서 그렇게 게을러? 해가 머리 꼭대기에 있는데 퍼질러 잠이나 자고! 일어났으면 저기 손님 짐이나 좀 들어드려. 그린, 이놈이 내 아들놈인데, 좀 게으르긴 해도 힘은 좋아."

"풋…… 크흡…… 후, 흐흐. 네, 알겠어요."

연두는 자꾸만 터지려는 웃음을 가까스로 밀어 넣었다. 안 그래도 어머니의 손에 끌려 나온 청년은 바로 수치사라도 할 것처럼 얼굴을 붉히고 있었다. 자꾸만 놀리다간 귀하게 얻은 짐꾼을 놓칠지도 몰랐다.

"난 그린이에요. 당신은 이름이 뭐죠?"

"루카스입니다……."

"루카스 씨, 잘 부탁해요. 좀 많은데, 괜찮겠죠?"

루카스는 얼른 연두의 짐을 빼앗아 들었다. 제법 묵직한 무게감이 그의 어깨를 짓눌렀지만, 어릴 때부터 소금광산 일에 단련된 그에겐 별것도 아니었다. 그는 가느다란 연두의 어깨를 훔쳐보며 술 마시러 나오라는 말을 무시했던 자신을 매우 칭찬했다.

'안 나가길 잘했어!'

본인은 몰랐지만, 연두는 카멜르의 젊은 청년들 사이에서 꽤 유명인이었다. 관리인 비들이 뒤를 봐준다는 소문도 소문이지만, 워낙에 눈에 띄는 외모 때문에 더 그랬다. 반짝이는 갈색 머리칼, 잡티 없이 흰 피부, 오목조목 귀여운 이목구비와 깨끗한 손. 이민족이라도 미인은 미인인 것이다. 게다가 그녀는 돈도 잘 썼다.

"루카스 씨, 아직 식전인 것처럼 보이는데 뭐라도 사드릴까요? 먹고 싶은 거 있어요?"

"아뇨! 전 괜찮습니다!"

"그래요? 그럼 바로 다음 가게 가죠."

루카스가 후회하며 제 입을 때리든 말든, 연두는 개의치 않고 그를 마음껏 끌고 다녔다. 아주머니에게 삯도 미리 치렀겠다, 마음에 걸리는 것도 없었다. 루카스가 지는 짐은 점점 더 많아졌다. 연두가 영 부실한 코쉬나 나온 지 얼마 안 된 광대와 함께 다닐 때는 엄두도 못 냈던 물품들을 사고 있기 때문이었다.

"흠……. 침대는 좀 오버인 거 같고…… 역시 이불을 한 채 더 사는 게 좋겠어."

"또, 또 사요?"

"어머, 무거워요? 역시 다음으로 미루는 게 좋을까……."

"아뇨. 괜찮습니다!"

마음에 든 이성에게 잘 보이고 싶은 마음은 허세조차 진짜로 바꿔놓았다. 루카스는 산더미 같은 짐 위에 두꺼운 겨울 이불을 기꺼이 얹었다. 그때쯤엔 연두의 양심도 조금은 찔렸다. 그놈의 양심, 없을 땐 아쉽더니 되살아난 뒤에는 여기저기 걸리는 것도 참 많다.

돌아갈 즈음에는 일을 마친 코쉬가 카멜르 성문 밖까지 마차를 몰고 왔다. 연두는 코쉬가 마차에 짐을 싣는 동안 루카스에게 동전을 조금 찔러주었다. 꽤 거칠게 부려먹었는데 군말 없이 일해준 값이었다.

"아주머니 몰래 드리는 거니까 루카스 씨 혼자 쓰세요. 일 잘해줘서 고마워요."

루카스는 손에 남겨진 동전을 물끄러미 바라보았다. 암만 무거워봐야 소금 포대만큼 무겁지는 않은 짐을 날라주고 받기엔 조금 많은 돈이었다. 어머니가 상당한 금액의 삯을 받았음을 알고 있었기에 더 그랬다.

'난 진짜 짐꾼밖에 안 됐나……'

조금 서러워졌다. 그녀에게 잘생기고 멋진 약혼자가 있다는 건 알고 있었지만, 그래도 이렇게까지 깔끔하게 굴 건 없지 않은가. 한나절 내내 옆에 붙어 다녔는데 말을 나눈 건 한 손에 꼽힐 정도고, 정면으로 얼굴을 보여준 적조차 거의 없었다.

문득 쳐다본 그녀는 짐을 좀 더 야무지게 쌓으라며 마부인 코쉬에게 잔소리를 하는 중이었다. 붉은 입술이 연신 흰 입김을 토하고 있다. 벌써부터 춥다 하더니 머리카락 사이로 드러난 귀 끝이 조금 발갰다.

'이대로 보내면 진짜 끝이겠지.'

분명 그럴 것이다. 약혼자와 함께 오지 않은 오늘이 이상한 거였으니까. 그 남자는 그녀와 처음 카멜르에 온 이후로 그녀를 혼자 보낸 적이 없었다.

'혹시 싸웠나?'

루카스는 용기를 내보기로 했다. 옛말에도 있지 않나, 용기 있는 자가 미인을 얻는다고. 그는 끙끙대는 코쉬를 도와 마차에 무사히 짐을 실었다. 시키지도 않은 일이었다. 그리고 연두가 뭐라 말을 꺼내기도 전에 얼른 마차에 올라탔다.

연두에게는 황당하기만 한 일이었다. 부피가 큰 짐들이 많아서 안 그래도 남은 자리가 좁았다. 덩치 큰 루카스가 엉덩이를 들이밀고 나니 남은 자리는 손바닥 두 개 정도에 불과했다. 연두가 앉으려면 그의 무릎에 올라앉아야 할 판이었다.

"뭐 하는 짓이에요? 내려요."

"에이, 이 짐을 내리려면 또 손이 필요하잖아요. 제가 도와드릴게요."

연두의 눈꼬리가 하늘을 향해 치솟았다. 자신에게 마음이 있는 게 뻔히 보여도 일을 잘하고 얌전해서 가만히 내버려 뒀더니, 이따위로 군단 말이지.

'존댓말 따위 쓰는 게 아니었어. 하여간 잘해주면 만만한 줄 알고 지저분하게 구는 놈들이 꼭 있다니까.'

신분을 과시할 만한 옷을 입은 것도 아니고, 권위가 있는 누군가와 동행을 한 것도 아니다. 이런 상황에서 말로 좋게 해결하려 해봐야 비웃음 혹은 강압적인 반응 말고는 얻을 게 없다. 이미 몇 번이나 겪어본 상황이었다.

연두는 마차 뒤에 걸려 있는 우산을 턱 끝으로 가리켰다. 말이 우산이지, 늘씬하게 빠진 몽둥이와 같은 물건이었다. 그녀의 눈치를 보며 덜덜 떨고 있던 코쉬가 얼른 우산을 가져다주고 멀찌감치 떨어졌다.

루카스는 갑자기 우산을 점검하는 연두를 이상하게 바라보았다. 하늘은 맑고 바람은 찬, 전형적인 겨울 날씨에 웬 우산인가. 비가 올 기미 같은 건 보이지 않았다. 게다가 이 마차에는 지붕도 충실히 달려 있었다.

"우산은 뭐 하러,"

"내려."

"……네?"

"내리라고 했다. 다섯을 셀 테니 그 사이에 내려. 하나, 둘……."

연두는 우산을 들고 자세를 잡았다. 그녀는 준규의 직속 제자였다. 준규는 실전에 통하는 기술 위주로 호되게 가르쳤고, 연두는 열심히 배웠다. 맨손 격투도 잘 배웠으면 좋았겠지만 안타깝게도 그건 맞는 법만 잘 배웠다.

어쨌거나 여긴 막대기로 사람 때렸다가 특수폭행죄로 끌려갈까 봐 걱정할 필요가 없는 세상이었다. 납치당했던 그때처럼 상대가 프로인 것도 아니니, 겁낼 것도 없었다. 문제는 몸이 얼마나 따라주느냐는 거였다.

"셋……."

루카스는 연두의 기세가 심상치 않다는 걸 느꼈다. 저 가느다란 팔이 휘두르는 우산에 맞아봐야 얼마나 아프겠냐만, 저렇게 화를 내는 걸 무시했다간 호감을 얻을 수 없을 것 같았다.

"넷……."

벌써 넷이다. 더 망설였다간 다섯이 될 것 같다. 루카스는 슬그머니 엉덩이를 뗐다. 맞을까 겁나서 내려가는 것처럼 보일까 봐 조금 걱정스럽긴 했지만, 그는 자신의 덩치를 믿었다. 당연히 봐주는 것처럼 보이겠지.

"다섯."

"억!"

연두는 손속에 여유를 두지 않았다. 꾸물대며 천천히 마차를 내려오던 루카스는 호되게 머리를 얻어맞았다. 채 정신을 차리기도 전에 배를 맞았고, 휘청거리다가 어깨를 가격당하고 무릎을 꿇었다. 울컥 분이 솟았다.

루카스는 아픈 걸 인식하기도 전에 벌떡 일어나 위협적으로 주먹을 휘둘렀다. 그래봐야 동네 양아치만도 못한 주먹질이니, 연두는 가뿐하게 피해냈다. 그는 등을 얻어맞고 바닥에 엎어졌다. 뺨에 닿은 흙바닥이 몹시 찼다.

"비들이 내 뒷배라는 소문을 들었을 텐데, 간덩이가 부었나 보지."

"으으……."

"아주머니를 생각해서 이번엔 봐줄 테니 얌전히 돌아가."

들어본 적 없는 찬 목소리가 머리 위로 떨어지고, 고급 가죽신을 신은 발이 눈앞에서 멀어졌다.

'젠장…….'

루카스는 뒤늦게 밀려온 고통보다 다친 자존심이 더 아팠다. 또래 중에서도 덩치가 좋고 힘이 세기로 손꼽히는 자신이, 허리가 한 줌밖에 안 되는 여자에게 맞아 흙바닥에 얼굴을 처박고 있다는 게 믿어지질 않았다.

남은 힘을 박박 그러모아 일어섰다. 눈앞에서 별이 번쩍번쩍하고 숨 쉴 때마다 가슴이 뻐근한데, 어째 딱 한 명의 뒷모습만은 미치도록 또렷했다. 그녀가 마차에 오르고 있었다. 딱 한손에 잡힐 뒷덜미까지 겨우 서너 걸음이면 충분해 보였다.

'몇 대 맞으면 얌전해질 거야. 날뛰어봤자 계집이지.'

뒤에서 덮치면 승산이 있을 것 같았다. 마부석의 코쉬는 지붕 위의 짐을 점검하느라 여념이 없으니 방해꾼은 없는 거나 다름없었다. 루카스는 조심조심 발을 내디뎠다.

연두는 마차에 올라 거치적거리는 우산을 잠깐 내려놓고 치맛자락을 간수했다. 주변의 시선 때문에 어쩔 수 없이 치마만 입고 지낸 지가 벌써 몇 년인데 아직도 치마는 손가는 곳이 많아 불편했다.

'무릎까지만 잘라내도 입고 다닐 만할 텐데. ……음?'

낯설고 위험한 기척이 났다. 연두는 반사적으로 고개를 돌렸다가 기겁했다. 소금에 절어 갈라진 두툼한 손이 코앞에 있었다. 홱 고개를 젖혔지만 조금 늦었다.

루카스의 손에 연두의 옷자락이 잡혔다. 연두는 우산을 움켜쥐고 앞으로 내질렀다. 가슴을 정통으로 얻어맞은 루카스가 외마디 비명을 지르며 나가떨어졌다. 투득 소리와 함께 앞섶이 약간 찢겼지만, 덕분에 끌려 나가지는 않았다.

"하아, 하아……."

쿵쿵쿵쿵!

위험한 순간은 아직 절반도 안 지났는데, 눈치 없는 심장은 입 밖으로 뛰쳐나올 것처럼 쿵쾅거렸다. 코쉬가 비명을 지르는 것 같았지만 심장 소리가 너무나 시끄러워 제대로 들리지 않았다. 그녀의 눈과 귀는 다시 몸을 일으키는 루카스에게만 꽂혀 있었다.

'맷집이 뭐 저렇게 좋아?'

연두는 우산대를 꽉 움켜쥐었다. 광부 일로 다져진 근육질인 루카스가 성큼성큼 다가오는 모습은 지독히 위협적이었다. 아무리 손에 무기로 쓸 만한 게 들려 있다 한들, 기본적인 체급과 힘의 차이가 너무 컸다. 흰 이마에서 땀이 흘렀다.

광대가 그 타이밍에, 그 자리에 나타난 건 루카스에게는 지독한 우연이었고, 연두에게는 대단한 행운이었다.

광대는 마차 뒤에 숨어 덜덜 떠는 코쉬와 마차 안에서 삐죽 튀어나온 우산, 기세등등하게 근육 자랑을 하는 루카스를 보자마자 생각했다.

돈을 노린 양아치가 왔군.

말보다 몸이 더 빨랐다. 루카스는 채 세 걸음을 걷기도 전에 광대에게 뒷덜미를 붙들렸다. 그는 놀라 발버둥 쳤지만 그 즉시 오금을 걷어차이고 바닥에 무릎을 꿇었다. 광대가 쓰러진 루카스의 등을 지르밟고 어찌나 교묘하게 힘 조절을 하는지, 루카스는 핀에 찔린 곤충 표본처럼 바르작거릴 뿐 일어나질 못했다.

"이런 놈들은 어째 끊이질 않아. 괜찮…… 아?"

광대는 별생각 없이 연두를 향해 고개를 돌렸다가, 새하얗게 질린 얼굴과 찢겨나간 앞섶을 보고 말았다. 우산을 제대로 쥐고 있는 걸 보면 큰일을 당한 건 아닌 모양이지만, 놀라긴 굉장히 놀란 듯했다. 그의 가슴 속에서 무언가 묵직한 것이 쿵, 소리를 내며 떨어졌다.

"……괜찮아. 딱 좋은 때 왔네."

연두는 그때까지 꽉 움켜쥐고 있던 우산을 겨우 내려놓았다.

광대가 오지 않았다면, 꽤 곤란할 뻔했다. 손에 무기도 있겠다, 전처럼 쉬이 당하진 않았겠지만 제압할 때까지 제법 수고가 들었을 테다. 루카스만큼 맷집이 좋은 사람은 처음이었다.

딱딱하게 굳은 어깨를 억지로 으쓱이고, 부러 입술을 끌어올려 웃는 표정을 지었다. 그녀가 그럴수록 광대의 표정은 점점 더 차가워지고 있었지만, 거기까지 생각해 배려할 정도로 마음의 여유가 있지는 않았다.

"내가 마음에 들었나 봐. 네가 있다는 걸 알면서도 수작을 부렸으니, 제법 진심일지도 모르지."

"……돈을 노린 양아치가 아니었어?"

"내가 준 수고비가 저기서 굴러다니네. 돈보다 나와 함께 마차에 타는 게 중요했나 보지. 자리도 좁겠다, 무릎에 앉혀보고 싶었나 봐."

과연, 아까 연두가 주었던 동전들이 사방에 흩어져 있었다. 광대의 눈이 세모꼴이 됐다. 배척받는 이민족이라도 연두는 미인이었다. 비들이 뒤를 봐준다는 소문만으로는 안심이 되지 않아, 일부러 붙어 다니며 사방팔방 약혼자라 거짓말을 하고 다녔는데 그걸 무시한 놈이 나왔다.

"자, 잘못…… 헉, 잘못……. 사…… 살려……."

"돼지새끼가 사람의 말을 하는데."

광대의 눈에는 정말로 그렇게 보였다. 그의 노란 눈동자에 시퍼런 빛이 스쳐 지나갔다. 안 그래도 꽉 누르고 있던 발에 점점 더 힘이 들어가고, 루카스는 이러다 정말 죽을지도 모른다는 생각이 들기 시작했다. 있는 힘을 다해 팔다리를 버둥대며 애원을 해보지만, 광대는 계속해서 발에 힘을 주고 있을 뿐이었다.

연두는 그 광경을 멍하니 바라보았다. 위협을 느꼈던 건 사실이니 제법 통쾌해야 하는데, 전혀 그렇지가 않았다. 바르작대는 꼴을 보고 있는 것 자체가 점점 불쾌해지고 있었다. 괜한 토기가 올라왔다. 견디지 못하고 마차에서 내렸다.

"카악- 퉤!"

땅을 디디고 침을 뱉고 나니 좀 나은 것도 같았다. 연두는 자꾸만 갑갑해지는 가슴을 두드리며 루카스의 앞에 섰다. 루카스는 연두가 가까이 오자마자 그녀의 치맛자락 끝을 붙들고 살려달라 애원했다.

"살려…… 살려주십시오……."

"그 말 말고."

"제발…… 약혼자분께…… 말 좀……. 제발 용서를……."

"아, 짜증난다. 진짜. 루카스, 용서를 받으려면 잘못부터 빌어야지. 그리고 네가 빌어야 할 상대는 저쪽이 아니라 나거든? 어물전에서 생선 훔쳐 먹고 푸줏간 가서 조아릴 놈일세, 이거."

"어어……."

루카스가 어버버하는 동안 연두는 신경질적으로 머리를 긁적거렸다. 아침나절에 광대가 정성 들여 묶어주었던 머리카락이 엉망진창이 되어갔다. 광대는 순식간에 무너지는 자신의 작품을 서글프게 보고 있다가 루카스의 등을 한 번 더 꾹 눌렀다.

"머리가 나쁘면 눈치라도 있어야 하는데 이놈은 둘 다 없네. 어떡할까?"

"글쎄. 어디 하나 부러지면 그땐 말을 잘 듣겠지."

"어디로 할까? 팔? 다리? 아니면, 갈비뼈? 원하는 곳으로 말해봐."

광대의 말이 몹시 현실적으로 들렸는지, 루카스는 이제 눈물 콧물 다 빼며 울기 시작했다. 연두의 옷자락을 당기며 죄송하다, 잘못했다 소리를 한다. 그게 퍽이나 진심이겠다 싶어, 연두는 혀를 끌끌 찼다.

"참 쓸데없는 곳에 자존심 세운다……. 노력했다, 그냥 보내."

"너무 관대하게 구는 거 아냐? 솔직히 그다지 반성하는 것처럼 보이지도 않는데."

"실컷 맞았으니 조금 봐주는 거야. 이렇게 당했는데, 다음번엔 조금 생각이라는 걸 하겠지."

"거 참 희망적이기도 하다……."

광대는 혀를 차며 발을 내렸다. 이대로 보내는 건 정말 아니라고 생각하지만, 본인이 원하지 않는다니 지금 당장은 그에 따라 줄 생각이었다.

루카스는 발이 치워져 간신히 숨을 쉴 수 있게 되자마자 멱살을 잡혀 끌려 올라왔다. 대장간의 불길 같은 노란 눈동자가 바로 코앞에서 이글거렸다.

"너……. 오늘 네 평생의 운을 다 쓴 줄 알아. 오늘 일을 어디 가서 떠들면, 그땐 진짜 죽여 버린다."

낮게 깔린 목소리는 섬뜩했다. 루카스는 정신없이 고개를 끄덕이다가, 광대가 멱살을 놓아주자마자 허둥지둥 도망쳤다. 다리 사이가 몹시 축축하긴 했지만 그런 곳에 신경 쓸 정신은 남아 있지도 않았다.

연두는 그의 뒷모습을 바라보며 픽 웃었다. 허둥지둥 도망치는 꼴이 아주 볼만했다. 그 꼴을 만든 게 자신이 아니라는 게 안타까울 뿐이었다.

'스토커 놈도 저렇게 만들어줘야 하는데.'

광대는 슬그머니 연두의 안색을 살폈다. 멍청한 사내놈을 쫓아보냈음에도 그녀의 창백한 안색은 좀체 돌아오질 않았다. 험한 꼴을 봐서 놀란 마음이 가라앉지 않은 건지, 아님 정말 어딘가 아픈 건지 알 수가 없는 노릇이었다.

그러나 그보다 급한 건 쭉 찢어진 앞섶이었다. 정작 본인은 신경도 쓰지 않는 것처럼 당당한데 보고 있는 쪽이 더 민망한 걸 어쩌나. 광대는 걸치고 있던 겉옷을 벗어 연두에게 둘러주었다.

연두는 갑자기 어깨를 점령한 묵직한 무게감에 당황했다가, 자신의 앞섶 부근의 옷이 쭉 찢어져 살을 죄다 내보이고 있다는 걸 뒤늦게 깨달았다. 아니, 이만큼이나 찢어졌으면 찬바람이 들어와서 춥다는 것쯤은 알아야 할 텐데 아무래도 흥분 상태여서 몰랐던 모양이었다.

연두와 광대는 워낙에 신장 차이가 났기 때문에, 광대의 겉옷은 연두의 상체를 푹 둘러싸고도 품이 남았다. 체온이 높은 광대가 입고 있던 옷인 데다 제법 두툼하기까지 해서 금방 몸에 훈기가 돌았다.

"음······. 따뜻하다. 고마워."

"고마울 것까지야. 어디 아프거나 한 곳은 없는 거지? 얼굴이 굉장히 창백한데."

"괜찮아. 그냥 좀······ 놀란 거야."

연두는 말을 하면서도 제 몸이 가늘게 떨리고 있다는 사실을 깨달았다. 멈춰보려고 했지만 제어가 안 됐다. 스토커에게 극심하게 시달리던 때에나 종종 나타나던 증상인데, 이게 무슨 일인지. 광대가 걱정 가득한 얼굴로 보고 있는데, 걱정 끼치고 싶지 않은데 이게 무슨 멍청한 꼴인지.

"놀란 것만으로 어떻게……."

"나 먼저 들어갈게."

연두는 서둘러 마차 안으로 도망쳤다. 커다란 겉옷을 이불처럼 두르고 몸을 웅크렸다. 추위를 견딜 수 없는 사람처럼 몸이 자꾸만 덜덜 떨렸다. 등허리에선 땀이 흐르고 눈앞이 자꾸만 가물거렸다. 누군가 가슴에 못질이라도 하는 것처럼 둔한 통증이 일었다.

광대에게 이런 연두의 모습이 멀쩡하게 여겨졌을 리 없다. 그는 마차 뒤에서 난 귀머거리요, 장님이요, 하고 있는 코쉬를 불러 고삐를 쥐게 했다. 그리고 훌쩍 마차 안으로 들어가 연두의 상태를 확인했다. 그녀는 무릎에 고개를 처박은 채 떨고 있었다.

'스토커가 있다고 했었지.'

좋다고 따라붙어 싫은 짓을 하는 상대다. 몇 년이나 그녀를 괴롭혔다는 스토커가 형체를 가지고 눈앞에 나타난 것 같은 기분을 느꼈을지도 모른다. 머리는 의식하지 않았더라도 몸은 그 공포를 기억하고 있을 것이다. 슬쩍 어깨를 두드리고 등을 쓸었다. 바르르 떠는 몸이 안쓰러워 한숨이 났다.

'내가 너무 안이했어. 너무 쉽게 생각했어.'

광대는 이제까지의 자신을 깊이 반성했다. 겨우 따라다니기만 하는 건데, 칼 들고 설치는 것도 아닌데 뭐가 무섭냐고 할 게 아니었다.

'그 미친놈이 진짜 나타나서 해코지를 할 수도 있는 거였어.'

단지 가능성을 떠올린 것뿐인데도 가슴이 서늘해지고 머리가 어쩔해졌다. 그 빌어먹을 스토커는 주변인들에게도 끔찍한 짓을 했다 하니, 아마 그녀는 자신뿐만 아니라 주변인까지도 다칠 수 있다는 공포에 시달렸으리라. 몇 년 동안이나, 쭉. 스토커를 두고 거절하기 좋은 핑곗거리 따위로 생각했던 자신이 그저 한심스러웠다. 그녀가 겪었을 외로움과 고통을 짐작하지 못하고 망설인 시간들이 미안했다.

온갖 상념이 광대를 적시는 동안, 간신히 진정한 연두가 고개를 들었다. 떨림은 거의 멎었지만 아직도 낯빛이 창백했다.

"후우……."

창백한 얼굴을 쓸며 내쉬는 한숨 소리를 들은 순간, 그녀가 견뎌왔던 외로움의 무게가 그를 짓눌렀다. 그 무게를 나눠 들 수만 있다면 좋을 텐데. 그래서 조금이라도 그녀의 어깨가 가벼워질 수만 있다면.

광대의 마음을 알 리 없는 연두는 가까이 붙은 광대가 몹시 신경 쓰였다. 싫은 건 아닌데, 미묘하게 부담스럽다. 안 그래도 좁아터진 마차에 사람이 둘이나 타니 서로의 숨결이 닿을 듯했다.

"고마워. 이제 괜찮아졌어……. 나가도……."

"잠깐만."

광대는 연두의 등과 무릎 아래에 손을 넣어 단숨에 그녀를 들어 올렸다. 그리고 냉큼 그 자리를 차지했다. 연두는 졸지에 광대의 무릎에 앉아 그의 가슴에 머리를 파묻은 꼴이 되고 말았다.

"뭐 하는 짓이야?"

"좁잖아. 나 나은 지도 얼마 안 됐는데 쫓아내려고?"

광대가 엄살을 부렸다. 연두는 기가 막혀 할 말을 잊었다. 이젠 다 나았다며, 말리는 것도 안 듣고 밤낮으로 사냥을 다니던 사람이 꺼내기엔 너무 뻔뻔스러운 변명이 아닌가. 새벽에 잡았다며 멧

토끼를 깔끔하게 손질해 온 게 바로 오늘 아침이었다. 마법은 또 얼마나 잘 쓰고? 온수보일러 노릇도 쉬이 해냈으면서 새삼. 게다가,

'너무 가까워.'

숨결이 섞일 정도로 가까운 거리였다. 엉덩이 아래로 느껴지는 그의 체온도 신경 쓰였다. 정작 그는 아무렇지도 않은 것처럼 보이는데 혼자서만 전전긍긍하고 싶지는 않았다. 생각할 시간이 더 필요하냐고, 여유로운 척 대답을 독촉한 게 바로 한나절 전이었다.

"그럼 차라리 내가 나갈…… 꺅!"

하필 그 순간에 마차가 움직이기 시작했다. 엉거주춤 일어서려던 연두는 도로 광대의 품으로 넘어지고 말았다. 광대는 기회를 놓치지 않고 그녀를 꽉 끌어안았다. 따뜻하고 부드러운 몸에선 좋은 향기가 났다.

쿵쿵쿵쿵…….

느릿하게 뛰던 심장이 경주를 시작했다. 연두는 광대의 가슴에 귀를 대고 있었고, 광대는 귀가 밝았다. 둘은 약속이라도 한 듯 입을 다물었다. 마차의 소음 속에서도 서로의 심장 소리만은 놀라우리만치 크게 들렸다.

연두는 광대의 가슴에 기대어 귀에 주의를 기울였다. 귓가를 울리는 심장 소리가 굉장히 기분 좋았다. 그게 자신 때문이라고 생각하면 더더욱.

'망할 루카스 놈 때문에 멍청한 꼴을 보이긴 했지만……. 이건 좋네.'

광대는 본래부터 체온이 따뜻했지만, 어쩐지 오늘따라 더 따뜻

하고 안락하게만 느껴졌다. 뜨거운 물로 가득 찬 욕조에 몸을 담근 것처럼 기분이 둥실둥실 떠올랐다. 그의 가슴팍에 기대고 있던 고개를 젖히자 곧바로 단단한 팔이 목 뒤를 받쳐 왔다.

'시선도 안 주면서 이런 건 또 빨라.'

연두는 눈을 가늘게 뜨고 광대를 올려다보았다. 각도가 각도이니만큼 좀 못생겨 보일 법도 한데, 전혀 그렇지가 않았다. 대충 다듬은 검은 머리카락마저 마음에 드니 이를 어쩔까. 이래서 좋아하면 콩깍지가 씐다는 말이 나온 것이겠지.

"아야……."

우산을 쥐었던 손이 쓰라렸다. 연두는 자기도 모르게 미간을 찌푸리고 손을 확인했다. 우산 그거 잠깐 쥐었다고 손바닥 여기저기가 까져 있었다. 어쩔 수 없다. 운동을 그만두고 말랑해졌던 손은 이곳에서 아무리 애를 써도 굳은살이 박이지 않았다. 그 고된 하녀 일을 하면서도 연두의 손은 곱고 보드랍기만 했다.

그때, 내내 마차 반대편만 노려보고 있던 광대가 연두에게 시선을 주었다. 그는 연두가 뭐라 하기도 전에 그녀의 손을 쥐고 까진 상처에 입술을 눌렀다. 그것도 모자라 혀로 상처를 핥는 게 아닌가. 뜨거운 혓바닥이 상처를 쓸고 가는 감촉이 지독히 선정적이었다.

"뭐 하는 거야!"

연두는 쭈뼛 소름이 돋아 얼른 손을 빼냈다. 심장이 쿵쾅거리며 뛰고, 스스로도 알 수 있을 만큼 얼굴에 열이 올랐다. 그러나 광대는 그저 어깨를 으쓱였을 뿐이었다.

"아파 보여서."

"누, 누가 치료해 달랬어?"

"당연히 내 마음이지."

광대는 말을 끝내자마자 다시 연두를 끌어안았다. 연두는 아직도 그의 무릎 위에 앉아 있었고, 좁은 마차 안은 그녀가 화를 내며 도망갈 구석도 없었다. 뺨이라도 한 대 맞을 줄 알았는데, 연두는 얌전히 안겨 있었다. 그녀의 침묵이 광대의 입을 열었다.

"있잖아……."

무슨 말을 해야 할까. 스토커가 떠올라서 놀랐던 거였냐고? 주변인들이 당하는 걸 보면서, 혹시나 누군가 다칠까 봐 걱정했었느냐고? 그동안 고생했겠다고?

"그러니까……."

광대는 망설였다. 자신이 무슨 생각을 했든, 이 얘기를 정면으로 꺼내는 건 연두의 상처를 끄집어내 전시하는 꼴이 될 것이다. 하나 연두는 자신의 약한 점을 드러내 보이길 원치 않는 사람이었고, 그녀의 상처를 헤집을 자격 따윈 누구에게도 없었다.

결국 광대는 다른 말을 했다. 그러나 그것 또한 그가 하고 싶었던 말이었다.

"억지로라도 따라갔어야 하는데, 미안해."

"……미안하긴 뭐가. 그때 와준 것만으로도 고마운데."

연두는 벌겋게 달아오른 얼굴에 열심히 부채질을 했다. 지금 광대를 밀어내 봐야 감정을 고스란히 내비친 얼굴밖에 보여줄 게 없었다. 어떻게든 표정 관리를 하려 애쓰는데 이놈의 광대는 자꾸만 마음을 간질간질하게 만들었다.

"난 사실 스토커 같은 거, 별로 상관없어."

"……."

"말했다시피 난 인간도 아니고, 네가 말한 테러 같은 건 나한테는 별 위험도 못 돼. 내 손으로 사냥도 하는데 쥐 시체 따위야 우습지."

연두의 심장이 좀 전보다 더 세게 쿵쿵거리기 시작했다.

"이름 받는 것도 좋아. 늘 갖고 싶었어. 없어도 좋다는 건 거짓 말이야."

"그럼…….'

"하지만 그전에 네가 알아야 할 게 있어."

광대는 꿀꺽 침을 삼켰다. 뱃속에 담아두었던 말을 끄집어내는 데에는 상당한 용기가 필요했다. 지금의 어설픈 관계마저 일그러 질까 두려웠다. 하지만 이 순간 끌어안고 있는 이 체온을, 놓을 수가 없다. 자신의 고백을 들으며 뛰는 심장이 너무나 욕심났다. 이제껏 살아왔던 모든 시간들을 쥐어짜 입을 뗐다.

"말로는 안 돼."

"……"

"오늘 밤에…… 그 나무가 있는 곳으로 나와줘."

연두는 자신을 끌어안은 팔이 가늘게 떨리는 걸 알아차렸다. 광대는 겁내고 있었다. 두려워하고 있었다. 도대체 왜? 무엇을? 그녀가 겪은 광대는 생각 이상으로 다정하고, 세심했으며, 상냥했 다. 양심 같은 건 한참 전에 팔아먹었다 해놓고, 때로는 기자였던 자신보다 훨씬 양심적이었다.

"……좋아."

연두는 팔을 뻗어 광대의 목을 끌어안았다. 그가 흠칫 몸을 굳 히는 게 느껴졌다. 문득 웃음이 났다. 양껏 끌어안고, 때로는 덥 석덥석 업기까지 했으면서, 자신이 먼저 팔을 뻗었다고 어쩔 줄 몰라 하는 게 몹시 귀엽지 않나.

"난 벌써 너한테 눈이 멀었으니까, 무슨 말을 해도 다 괜찮을 거야. 분명 무슨 말을 해도 응, 응, 괜찮아, 말곤 하는 게 없을 걸."

예전엔 울컥울컥 성질을 돋우던 얄미운 입버릇조차, 요즘엔 귀여운 애교처럼 들리니 말해 뭐할까. 연두는 나름 사실을 말했는데, 광대의 반응은 그저 떨떠름했다.

"그게 뭐야……."

"그래도 네가 해주는 이야기는 궁금해. 나는 너를 좀 더 알고 싶어."

네가 뭘 그렇게 두려워하는지 몰라. 언젠가 반드시 버림받을 거라고 확신하는 이유도 몰라. 그래서 알고 싶어.

"나는 네가 궁금해. 널 내게 알려줘."

연두의 말은 광대에게 지나치게 따뜻했다. 꼭두각시 인형이 든 상자를 들고 세계를 떠돌았던, 그리고 드림랜드의 매표소 안에 처박혀 하루하루를 보내던 그에게 갑자기 쏟아진 온기였다. 아직 해결된 건 아무것도 없는데, 그런데도 마음이 말랑말랑하게 녹아내렸다.

"……그런 식으로 나오면……. 내가 니니스를 원망할 수가 없잖아. 보상을 하라고 하기에도 좀……."

"어허, 그건 아니지. 피해보상을 하는 건 다른 얘기지."

연두는 정색하고 광대의 말을 반박했다. 아무렴, 직장도 집도 다 날렸을 게 뻔한데 피해보상은 받아야지. 자본주의 사회에서 돈 없이 산다는 게 얼마나 힘든 일인지 알아?

광대는 그저 웃을 수밖에 없었다.

연두와 광대가 모두 오두막을 비운 사이, 달리아는 오두막의 짐 꾸러미를 뒤졌다. 매일 입기 편한 옷만 입고 다니는 두 사람에게, 좀 더 보기 좋고 예쁜 옷을 입히고 싶은 욕심 때문이었다.

　　"분명 여기 있었는데……."

　　「그놈의 옷, 꼭 찾아 입혀야 돼?」

　　"당연하지. 다 같은 꽃이래도 특히 예쁜 꽃에 눈이 가는 게 사람이야. 그린은 몸매도 예쁘고 얼굴도 예쁘잖아. 제대로 갖춰 입으면 피에로는 제대로 눈도 못 뜰걸? 아, 정말이지, 어디에 있는 거야?"

　　「……그 녀석이 그린에게 반한 건 얼굴 때문이 아닐 텐데…….」

　　나이팅게일이 다 들으라는 듯 큰 소리로 중얼거렸지만 달리아는 못 들은 척했다. 세상에 예쁜 거 싫어하는 사람이 어디 있단 말인가.

　　어쨌거나 간신히 찾아낸 다음에는 다림질이 문제가 됐다. 엉망진창으로 구겨진 옷을 입힐 수는 없으니 다림질을 해야 하는데, 아직 솜씨가 부족한 달리아가 함부로 손대기엔 재질이 너무 고급이었다.

　　"이, 이거…… 엄청 비싼 옷이겠지?"

　　「응. 그냥 봐도 비싸 보여.」

　　"실수하면 큰일 날 것 같아."

　　결국 달리아는 옷을 도로 개어 짐 꾸러미에 넣어두었다. 어쩔 수 없었다. 예쁜 아이보리색 비단 치마에 시커먼 자국을 남길 수는 없었으니까. 나름 열정을 가지고 벌인 일은 그렇게 헛수고가 됐다.

　　달리아는 약간 의기소침해진 채 따뜻한 꽃을 끌어안고 도로 테

이블에 앉았다. 광대가 주고 간 숙제가 아직 한참이나 남아 있었
다. 자꾸 손에서 미끄러지는 깃펜을 쥐고 끼적끼적 철자 연습을
했다. 흰 종이 위로 검은 지렁이가 마구 기어갔다.

"재미없다……."

「가르쳐 준다고 할 때 배워. 다 피가 되고 살이 되는 거야.」

"피가 되고 살이 되는 건 아침에 먹은 스튜지 이런 꼬부랑글씨
가 아니야. 정말이지, 내가 이런 걸 배워서 어디다 쓴다고……."

달리아의 입이 한 뼘은 족히 튀어나왔다. 동기도 목적의식도 없
이 하는 공부는 그저 고통스럽기만 했다. 달리아의 세계는 나고
자란 작은 마을에서 벗어나지 못했고, 글을 알고 난 뒤 바뀔 자
신의 모습 같은 건 딱히 상상할 수 없었다. 또래의 남자와 결혼해
서 아이를 낳고 집안일을 하며 사는 것, 그게 달리아가 짐작하는
자신의 미래였다.

「그래도 이유가 있으니까 가르치는 거겠지.」

"알아, 안다니까. 이유가 있겠지. 근데 말도 안 해주고 그냥 배
우라고만 하니까 힘들단 말이야."

「가르쳐 줘도 안 할 거면서 핑계는……. 어, 왔다. 왔어.」

나이팅게일이 날개를 파닥거렸다. 사람과는 비교할 수 없이 밝
은 귀 덕분에, 두 사람이 마차에서 짐을 내리는 소리를 들은 것이
다. 달리아의 낯이 단번에 해쓱해졌다. 세 장은 쉬이 할 수 있다
고 장담했는데, 두 장도 채 채우지 못했다.

"어떡해, 어떡해."

「뭘 어떡해? 그린이나 피에로가 너 혼낸 적 있어? 그냥 조금 실
망할 뿐이겠지. 그게 싫으면 지금부터라도 열심히 하든가. 흠…….
짐이 많은가 봐, 도착하려면 시간 좀 걸리겠는데.」

"알았어! 나 지금부터 할 거야! 말 걸지 마!"

달리아는 무섭게 집중하기 시작했다. 내내 무릎 위에 올려두었던 꽃이 미끄러져 떨어지는 것도 몰랐다. 나이팅게일은 달리아를 내버려 두고 슬쩍 오두막을 빠져나왔다. 헐벗은 나무들을 가로지르자 코쉬의 마차가 나타났다.

「많아도 샀다. 뭘 저렇게 산 거야?」

나이팅게일은 기가 막혀 중얼거렸다. 딱 필요한 만큼의 물건을 사들이는 연두의 평소 소비습관과는 전혀 다른 쇼핑이었다. 연두는 코쉬의 도움까지 받아가며 마차에서 짐을 잔뜩 내렸다. 코쉬는 바로 돌아갔고, 광대가 큰 짐을 짊어졌다.

"무거울 텐데……. 괜찮겠어?"

"그 말, 굉장히 자존심 상하는 말이라는 걸 좀 알아줬으면 좋겠는데. 그 망할 짐꾼 놈을 한손에 패대기친 게 나거든?"

"뭐어……. 보기야 했지……."

연두는 부러 말끝을 흐렸다. 언뜻 봐도 체구가 당당하던 루카스와 달리, 광대는 꽤 늘씬한 편이었으니까. 늘 저 몸에서 어떻게 저런 힘이 나오나 궁금했었다.

광대의 이마에 힘줄이 섰다. 떠보듯 놀리는 말이라는 걸 빤히 알지만, 안다고 기분이 나아지지는 않았다. 그는 연두가 들고 있던 짐까지 빼앗아 사뿐사뿐 걷기 시작했다. 얼어붙은 바닥이라지만 발자국 하나, 흔적 하나 남기지 않는 발걸음이었다.

나이팅게일은 광대의 뒷모습을 바라보며 키득거리는 연두의 어깨에 사뿐히 내려앉았다. 그녀가 걸친 광대의 겉옷에 저절로 눈길이 갔다.

「뭐야, 나갈 때만 해도 아주 죽상이더니 기분 좋아 보이네?」

"아침이 흐리다고 하루 종일 흐릴까."

「높은 산에 오르면 하루에도 골백번씩 날씨가 바뀌지만, 여긴 평지잖아. 뭐 좋은 일 있었어? 물건도 아주 잔뜩 사고 말이야.」

연두는 괜히 뜨끈하게 달아오르는 뺨을 차게 식은 손으로 꾹꾹 눌렀다. 여기서 얼굴을 붉히기라도 했다간 돌아가는 그날까지 나이팅게일의 놀림을 피할 수 없을 터였다. 하나 그래봐야 벌겋게 물든 귀는 가릴 수가 없다. 나이팅게일이 귀여운 외모와는 영 어울리지 않는 말투로 연두를 놀렸다.

「오호, 오호, 오호~ 마차도 좁겠다, 좁아터진 마차 안에서 남녀가 무슨 짓을 했을까? 응? 뽀뽀는 했겠지? 그렇지? 더한 것도 했지? ……혹시 겨우 뽀뽀만 한 거 가지고 그렇게 얼굴 붉히고 그러는 거 아니지?」

"시, 시끄러워! 넌 새 주제에 남의 연애에 무슨 관심이 그렇게 많아?"

「새면 어때서? 관심 좀 가질 수도 있지. 아가씨, 내가 지금 촉이 오거든? 저놈, 고백했지? 그렇지? 좋아한다고 그랬지?」

"아우, 저리 가!"

연두는 휘휘 손을 저어 나이팅게일을 쫓아내고 짐 꾸러미 몇 개를 챙겨들었다. 먼저 출발해 한참 앞에 가고 있던 광대가 멈춰서서 오지 않는 그녀를 기다리고 있었다. 마음이 급했다.

「흐흥……. 분명 뭔가 있어. 이거, 기대해 봐도 되겠는데?」

나이팅게일의 눈이 반짝반짝 빛났다.

✵

인형의 집은 천장이 유독 높고 구조가 화려했다. 거대한 샹들리에가 매달려 있음에도 전혀 답답함을 느끼지 않는 건 그래서였다.

니니스는 그중에서도 가장 큰 샹들리에의 위에 누워 있었다. 안락하게 쉬기에는 좁고 불편한 곳이었지만, 나뭇가지 위에서 새우잠을 청하던 과거를 생각하면 나름 견딜 만했다. 그때와는 나이가 다르다는 게 문제였지만.

"아그그그그……."

불편한 자세로 오랫동안 있었더니 온몸이 다 뻐근했다. 니니스는 길게 기지개를 켜고 다시 아래를 내려다보았다. 준규와 연두가 주변을 경계하며 걷고 있었다. 고개를 꺾어 위를 바라본다면 그녀를 알아챌 가능성이라도 있을 텐데, 자꾸만 눈앞의 풍경이 바뀌니 거기에 집중하느라 다른 곳에 팔 정신이 없는 게다.

'이번엔 길을 막아볼까.'

니니스의 손짓에 따라 구조물이 스스로 이동했다. 소리도 없고 흔적도 없는 움직임이었다. 준규는 보고도 몰랐고, 연두는 어렴풋이 알아챘으나 준규에게 전하지 못했다. 창조자에게 부정당한 피조물은 스스로의 존재를 지키기에도 바빴다.

'내버려 둬도 알아서 죽겠는데?'

니니스는 턱을 괴고 엎드린 채 느긋하게 다리를 흔들었다. 준규가 연두를 부정하기 시작한 건 그녀의 계산에 없는 일이었다. 설마하니 광대도 없는 드림랜드에 찾아와 스스로 인형을 깨울 정도로 원하는 대상을 이렇게 쉽게 놓아버릴 줄 알았겠나.

지금 연두가 꾸역꾸역 자신을 지키고 있는 건, 준규가 겉으로나마 그녀를 위해주고 있는 데다 아까 조금 핥아먹은 니니스의 피 덕분이었다. 그게 아니었다면 한참 전에 망가져 버렸을 것이다.

그만 돌아다니고 쉴 것처럼 준규와 연두가 자리를 잡았다. 적이 당장 눈앞에 안 보인다고 쉬려 하다니, 안이하기도 하지. 니니스는 인간의 체력은 생각지도 않고 그 둘을 어떻게 골려줄까 궁리했다.

같은 자리를 뱅글뱅글 돌게 만들까? 아니면 먼 거리를 허덕이며 걷게 할까? 가짜에게 속아 허공에 칼질하는 걸 보는 것도 재미있겠지?

고상한 마녀를 자처하며 꼭 잠가두었던 심술주머니가 한번 풀리니 그다음부터는 걷잡을 수가 없다. 그녀도 결국엔 마녀였다. 장난과 심술이 없으면 무슨 재미로 세상을 사나? 하긴 그래서 쇼핑에 탐닉했었지.

니니스가 콩닥대는 가슴을 부여잡고 심술을 부리려는데, 움직이는 인형들 사이에서 가만히 멈춰있던 반트가 그녀를 향해 손짓했다. 이리 오라는 것이다. 동화 속의 세상에 직접 뛰어든 이후로는 처음 손짓하는 것이니, 무시할 수가 없다.

'아이참, 재미 좀 볼랬더니……'

모처럼 좋은 자리를 잡았는데 아쉽게 됐다. 니니스는 입술을 삐죽이며 몸을 일으켰다. 손가락 하나 굵기인 구조물 위를 사뿐사뿐 걸어 뛰어내릴 곳을 가늠했다. 천장부터 바닥까지 늘어진 휘장이 목표 지점이었다. 숨 한 번 크게 들이쉬고, 훌쩍 뛰어내렸다. 샹들리에는 끊어질 것처럼 출렁거렸지만, 니니스는 무사히 휘장을 붙들고 바닥으로 미끄러져 내려갔다. 발목까지 닿는 마녀의 긴 망토가 풍성하게 부풀었다가 가라앉았다.

인형들은 스스로 길을 비켜 그녀를 반트에게로 안내했다. 반트는 피곤한지 자꾸만 눈을 비비면서도 니니스에게 즐거이 손을 흔들었다. 사랑스러운 얼굴에 온통 웃음꽃이었다.

"뭔가 진전이 있었나 봐? 굉장히 좋아 보이네."

「네. 일이 조만간 끝날지도 모르겠어요.」

그거 듣던 중 반가운 소리다. 니니스는 기쁜 마음으로 고개를 끄덕였다. 한데, 니니스와 함께 고개를 끄덕이던 반트가 갑자기 의아한 표정을 지었다.

「근데 니니스, 왜 여기에 있어요? witch house에 있어야 하는 거 아니에요? 여름이라 축제도 많은데 구경 안 해요?」

"구경하다가도 때가 되면 여기에 와야 하잖니. 미리 와 있었어."

입에 침도 안 바르고 거짓말을 잘도 한다. 반트는 고개를 갸웃거리다 금방 고개를 끄덕였다. 일이 끝나면 그녀의 도제가 될 텐데, 앞날이 안타까운 순진함이었다.

「그럼 지금부터 준비하는 게 좋겠어요. 보낼 때야 미리 준비해두었으니 간단했지만, 데려올 땐 품이 많이 필요하잖아요. 아, 그리고 각오하는 게 좋을걸요.」

"각오? 뭘?"

「아가씨가 화가 단단히 났거든요.」

"흥, 그래봤자 어린애지. 나에게 비하면 까마득한 꼬맹이일 뿐이야."

「하지만 여긴 드림랜드잖아요. 니니스가 밀릴 수도 있어요. 으, 머리 아파. 역시 오래 못 있겠네요. 저는 이만 가볼 테니까, 얼른 문 그려줘요.」

반트는 명령 같은 부탁을 끝내자마자 도로 잠들어 버렸다. 생생하게 반짝이던 눈동자는 흐려졌고 웃음 짓던 표정은 그대로 굳었다. 다시 동화 속 세상으로 돌아간 것이다.

니니스는 반트가 자리를 비우자마자 머리를 싸쥐고 엎드렸다. 계획했던 일에 진전이 있다는 건 좋은 일이나, 돌아올 문을 만드는 건 아득한 일이었다.

"나갈 방법은 모르겠는데…… 물감은 없고…… 거기다 방해꾼까지……."

이거 정말 큰일이다. 반트의 앞에설랑 아무 문제도 없는 것처럼 당당하게 굴었는데 실상은 그게 아니니. 니니스는 발을 구르며 탁자를 두드리다가, 결국 어깨를 축 늘어뜨린 채 일어섰다.

"그래……. 1구역에 없었으니 2구역이라도 가보면 되겠지. 내가 거기에 갈아 넣은 소품이 얼마나 많은데 설마 색연필 하나도 없겠어?"

소품이라면 1구역에도 충분히 많다. 새삼 2구역에 간다고 원하는 게 있겠냐만, 일말의 희망이라도 잡으러 가봐야지 않겠나.

✳

겨울의 해는 몹시 짧았다. 짐 꾸러미를 정리하고 사 온 음식으로 점심을 해결한 뒤 달리아의 공부를 조금 봐주는 사이 순식간에 주변이 어두워졌다. 램프 불빛에 의지해 저녁을 먹는 동안 오두막의 식탁에서는 묘한 긴장감이 흘렀다.

연두와 광대 사이에서 오가는 묘한 분위기를 가장 민감하게 느끼는 건 달리아였다. 달리아는 부부싸움을 한 부모의 눈치를 살피는 어린아이처럼 흘끔흘끔 두 사람의 눈치를 살폈다. 평소처럼 대화하고 평소처럼 행동하는 것 같아도 미묘한 위화감이 자꾸만 신경에 거슬렸다.

달리아는 후다닥 저녁을 먹어치우고 방에 처박혔다. 한 손엔 철자 연습장을, 한 손엔 나이팅게일을 움켜쥔 채였다. 얌전히 잡혀 있던 나이팅게일은 문이 닫히자마자 달리아의 손을 벗어나 불평했다.

「아파! 새한테 날개가 얼마나 중요한지 알아? 조심해!」

"미안, 미안. 근데, 둘 사이에 무슨 일 있었어? 분위기가 이상해!"

「……역시 그렇지? 네가 보기에도 그렇지? 나한테는 별말 안 하는데, 분명 뭔가 있다니까!」

꺅, 달리아가 숨죽인 비명을 질렀다. 예쁜 옷을 찾아 꺼냈다가 도로 집어넣으면서 꽤 상심해 있었는데 이런 대형 사건이 벌어지다니. 정말 설레는 일이 아닐 수 없었다.

"이름 교환까지 얼마나 남았을까? 아, 지금이라도 예쁜 옷을 꺼내봐야 하는 거 아냐?"

「다림질도 못 하는 거 왜 자꾸 미련을 가져? 멋대로 끼어들었다가 도리어 일을 망칠 수도 있으니까, 우린 굿이나 보고 떡이나 먹자.」

"굿은 뭐고 떡은 뭐야? 새들끼리 통하는 비밀 언어야? 뭔 말인지는 모르겠지만, 가만히 지켜보자는 뜻 맞지?"

「어, 어어……. 맞아!」

알아서 납득해 줘서 정말 다행이다. 나이팅게일은 달리아 몰래 안도의 한숨을 내쉬었다. 연두의 앞에서 실수했다간 이렇게 쉽게 넘어갈 리가 없으니까. 끝이 다가오는 게 보이니 자꾸만 마음이 들떠서 큰일이었다.

한편, 광대는 저녁 식사가 끝나자마자 나갈 준비를 서둘렀다. 달리아에게는 미리 꿈나비를 대엿 마리나 넘겨주었다. 꿈나비를 받아든 달리아는 이제 이런 거 필요 없다며 뺨을 부풀렸지만, 필요 없으면 돌려달란 말에는 발을 뺐다.

"에이……. 줬던 거 뺏으면 치사한 거예요."

"돌려주기 싫으면 처음부터 필요 없단 소릴 하지 말았어야지."

"알았어요. 잘못했어요. 꿈나비 좋아요."

입을 삐죽대는 달리아의 머리를 쓰다듬어 준 광대가 오두막을 나가고 난 뒤, 연두는 도대체 언제 오두막을 나가야 하는지에 대한 고민에 빠지고 말았다. 꿈나비를 손에 쥔 달리아가 도무지 잠을 잘 낌새를 보이지 않았기 때문이었다.

"달리아, 안 자? 내가 너 쓰라고 새 이불이랑 베개도 사 왔는데."

"그린이 자라자라 안 해도 때 되면 잘 거예요. 그린, 근데 어디 약속이라도 있어요? 왜 그렇게 초조해해요?"

연두는 히죽히죽 웃는 달리아를 보며 혀를 찼다. 사랑과 감기는 숨겨지는 게 아니라더니, 자꾸만 들떠 안달을 내는 제 마음이 고스란히 밖에 드러나는 모양이었다.

달리아는 꿈나비를 빨간 머리카락 여기저기에 매단 채 짐 꾸러미를 뒤졌다. 그리고 아까 옷을 도로 넣어두면서 눈여겨봤던 머리 끈을 끄집어냈다. 그 예쁜 드레스를 다림질할 자신은 없지만, 긴 머리카락을 아름답게 땋을 자신 정도는 있었다.

"그린, 잠깐만 이리 와봐요. 우리 마을 계집애들 중에선 내 솜씨가 제일이었어요."

"······."

"빨리 와보라니까요. 그린 머리만 땋고 바로 잘게요."

어차피 금방 잘 건데 뭐 하러 머리를 땋겠다고 난리냐고 해야 하건만, 달리아의 손에서 살랑살랑 흔들리는 머리끈이 제법 유혹적이었다.

연두는 더듬더듬 제 머리 모양을 확인했다. 안 그래도 아침에 광대가 해주었던 머리 모양은 루카스 때문에 죄다 망가졌다. 혼자 수습하려고 해봤지만 고무줄도 실핀도 없이 멋을 내기엔 영 손재주가 없어 대충 땋아 높이 묶기만 해놓았다. 이제야 생각하는 거지만, 참 볼품이 없을 것이다.

결국 연두는 염치불구하고 달리아의 앞에 주저앉았다. 묶어놓았던 끈을 풀고 땋았던 것도 풀자, 허리까지 닿는 긴 머리카락이 멋지게 출렁거렸다. 납치범들에게 머리카락을 썩둑 잘렸을 당시에는 겨우 어깨를 조금 넘겼었는데, 정말 이해되지 않을 정도로 빠르게 자라더니 벌써 예전의 길이를 회복했다.

그런 사정을 알 리 없는 달리아는 그저 손에 잡히는 감촉에 놀라움을 표시했다. 구불구불한 머리카락은 달리아가 이제껏 만져본 머리카락 중 가장 매끄럽고 결이 좋았다. 킁킁, 냄새를 맡아보니 옅은 꽃 향이 나는 것도 같았다. 같은 물, 같은 비누 가루를 써서 머리를 감는데 대체 무슨 차이인지 알 길이 없다.

"그린, 나 몰래 향수 써요?"

"갑자기 뭔 소리야. 향수 갖고 싶어? 사다줄까?"

"아니에요······."

달리아는 고개를 갸웃거리면서도 열심히 머리를 땋았다. 예쁜 두상을 강조하는 형태로 머리를 붙여 땋고 리본을 사이에 끼워 장식했다. 남는 리본은 머리카락과 함께 늘어뜨렸다. 과연 자신만만하게 손재주 자랑을 할 만한 솜씨였다.

연두는 손거울에 자신을 비춰보고 조금 놀랐다. 머리를 약간 손질한 것만으로도 완전히 다른 사람인 것처럼 분위기가 다르지 않나. 지금의 자신은 굉장히 아련하면서도 수줍음 타는 아가씨처럼 보였다. 아침에 광대가 해줬던 것과는 완전히 다른 느낌으로 괜찮은 작품이었다.

"정말 솜씨가 좋네. 아주 예뻐."

"얼굴이 예쁘니까 머리 모양도 사는 거죠. 그렇게 예쁘고 결 좋은 머리카락을 갖고 있으면서 왜 만날 대충 묶기만 하는 거예요? 오늘 아침엔 좀 꾸몄나 했더니 또 이 꼴이고. 앞으론 좀 꾸미고 다녀요."

"그건 고민 좀 해보고. 내 몸 건사하기도 힘든데 꾸밈노동까진 강요하지 마."

꾸밈노동이라니, 그건 또 무슨 말인지. 낯선 단어에 멍해져 있던 달리아는 연두가 자신도 해주겠다며 다가오자 서둘러 뒷걸음질을 쳤다. 그녀에게 맡기느니 혼자 하는 편이 더 나았다. 입으로야 곧 잘 테니 필요 없다는 식이었지만, 연두가 그 속내를 모를 리 있겠나.

"됐어. 내가 해주는 게 별로면 그냥 별로라고 해."

"그것도 그렇지만요. 아무튼 전 이만 가서 잘 테니까, 그린은 얼른 나가봐요. 약속 있잖아요? 피에로가 좀 기다리긴 했겠지만 그래도 예쁘게 꾸미고 나가니까 화 안 낼 거예요."

"달리아!"

연두의 얼굴은 이제 램프 불빛으로도 알 수 있을 만큼 붉어졌다. 달리아는 부끄럼타는 그녀를 위해 굳이 그 사실을 지적하지 않았다. 대신 몰래 따라 나갈 것처럼 기회를 엿보는 나이팅게일을 냅다 움켜쥐었다.

"요 수다쟁이는 걱정 말구요. 사실 난 그린이 대체 언제쯤 새장을 사 올까 궁금했어요."

부지불식간에 목을 잡힌 나이팅게일이 다급하게 날개를 퍼덕거렸지만, 달리아는 남은 손으로 나이팅게일의 부리를 잡아 헛소리를 막았다. 오늘 밤, 나이팅게일은 연두가 사 온 새장이 얼마나 안락한지를 온몸으로 실험하게 될 것이다.

연두는 달리아의 배려를 그냥 감사히 받아들이기로 했다. 머리도 예쁘게 만들어줬고 나이팅게일까지 잡아 넣어준다는데, 이 기회를 그냥 날리면 너무 아쉽지 않겠나. 그녀는 두꺼운 숄을 칭칭 감은 채 오두막을 나섰다.

날은 이미 완연한 겨울이어서, 숨 쉴 때마다 입에서 흰 김이 나왔다. 걸음을 옮길 때마다 마른 낙엽이 발밑에서 바스러졌다. 호기심 가득한 노란 눈동자들이 마른 나뭇가지 사이에서 반짝이다가 먹잇감을 찾아 멀어졌다.

연두는 느긋하게 걸었다. 그 커다란 나무까지 가는 길은 이미 훤했다. 하늘에 구름이 끼어 달빛이 흐려도 괜찮았다. 게다가 이 숲은 언제나 그녀에게 친절했다. 위험하다고 잔소리를 해대던 광대조차 끝내 인정할 정도였다.

"바보 같은 소리긴 한데……. 숲한테 차별당하는 기분이야. 어떻게 이렇게까지 다를 수가 있어?"

사냥감에 정신이 팔렸다가 늪에 빠져 바지를 버린 날, 광대가 투덜대며 했던 말이었다. 그는 자신이 늘 신경을 곤두세우고 걷던 길을 연두는 늪이 있는지도 모를 정도로 아무렇지 않게 다녔다는 사실에 몹시 충격을 받았고, 그날로 잔소리를 그만두었다.

연두는 이 친절한 숲이 마녀 니니스의 배려일지도 모른다고 생각했다.

"살벌한 세상이라는 걸 알고 있었으면 이런 배려를 해줄 게 아니라 빨리 빼줄 생각을 해야지 말이야……."

정말이지, 쓸데없는 곳에 세심한 배려를 하는 마녀가 아닐 수 없다. 연두는 그렇게 투덜거리며 숲길을 걸었다. 겨울임에도 무성하게 가지를 얽고 있는 나무덤불을 헤치고 들어가자, 큰 나무가 모습을 드러냈다. 서낭나무의 천자락처럼 휘날리던 낙엽은 없어도 어딘지 어깨를 짓누르는 위압감만은 여전했다.

"왔네."

못 본 새 꽤 둘레가 넓어진 샘을 노려보고 있던 광대가 어렴풋한 미소를 짓고 손을 흔들었다. 나뭇가지에 찢긴 흐린 달빛이 그의 어깨를 장식하고 있었다.

"그럼, 왔지. 난 널 알고 싶다고 했잖아?"

연두는 부러 장난스럽게 말하며 웃었다. 하지만 좀체 그에게 다가가지는 못했는데, 그건 어느새 작은 옹달샘에서 제법 크기가 있는 연못 수준으로 커진 샘 때문이었다. 못 본 사이 저렇게나 커졌다는 것도 마음에 걸리는 데다 깊은 물 가까이에 가는 건 어쩐지 내키지 않았다.

그러나 광대가 그런 마음을 알 리가 있을까. 그는 연두가 길

끄트머리에 아슬아슬하게 발을 걸치고 선 게 불안할 뿐이었다.

"계속 거기 서 있을 거야?"

"……아니."

연두는 크게 숨을 들이마시며 걸음을 옮겼다. 이왕 온 길, 계속 망설여 봐야 꼴사나울 뿐이다. 두 사람은 곧 팔 하나의 거리를 사이에 두고 마주 섰다.

그때, 구름이 흩어졌다. 흐릿하던 달빛이 일순 강해지며 주변을 창백하게 물들였다.

어두운 숲에 녹아들어 검기만 하던 광대의 머리카락이 달빛을 뒤집어쓴 채 반짝이고, 호박색 눈동자는 불 켜진 등롱처럼 빛을 흘렸다. 고운 피부와 대비되어 안 그래도 붉은 편인 입술이 더욱 붉게 도드라졌다.

'저 녀석이 예쁜 건지, 내가 눈에 콩깍지가 씐 건지…….'

연두는 쿵쿵 뛰는 심장이 입으로 튀어나올 것만 같아 입술을 꽉 깨물었다. 그녀의 앞에 선 광대도 사정은 비슷했다. 달빛은 연두에게도 똑같이 쏟아졌으니까.

웬일로 정성들여 빗질해서 늘어뜨린 머리카락이 달빛에 올올이 물들었다. 긴 속눈썹 끄트머리는 눈가루라도 뿌린 양 희게 빛나는데, 따스한 빛깔의 갈색 눈동자는 속눈썹 그늘에 가려져 검게 보였다. 추위에 젖어 핏기 잃은 입술이 광대를 재촉했다.

"이제 얘기해 봐."

"그러니까……."

광대는 망설였다. 그녀는 자신의 본모습을 모르니, 조용히 입 다물고 곁에 있으면 되지 않을까. 인간이 아니라는 사실을 감춘 것도 아닌데, 거짓말을 하는 것도 아니고 그저 말을 하지 않는 것뿐인데. 어차피 바깥세상에서 본신의 모습을 드러낼 일 같은 건 있지도 않을 텐데.

'……말하기 싫어.'

연두와 마주 서기 전까지는 떠올려 보지도 못했던 욕심이 마구 솟아올랐다. 광대는 제 안의 비겁한 욕망과, 그녀 앞에서만은 솔직하고 싶은 순수 가운데에서 위태롭게 흔들렸다. 붉은 입술이 말을 뱉지 못한 채 몇 번이고 달싹거렸다.

광대가 망설이는 사이, 잠시 모습을 드러냈던 달은 다시 구름 속으로 숨어들었다. 연두는 인내심을 갖고 기다렸다. 때때로 침묵은 그 어떤 채찍질보다 더 효과적이라는 걸, 그녀는 경험으로 알고 있었다.

연두의 침묵이 광대의 등을 사납게 물어뜯었다. 초조함에 입술을 짓씹던 광대는 고민 끝에 악수를 두었다. 한마디 말도 없이 제 본신을 드러내고 만 것이다. 연두가 눈꺼풀 한 번 깜빡하는 사이, 눈앞에 있던 광대가 있던 자리엔 까맣고 멋진 고양이 한 마리만이 남아 있었다.

야옹…….

연두는 제 눈을 비볐다. 그런다고 눈앞의 고양이가 사라지거나 다시 광대로 변하는 건 아니었지만, 왠지 그렇게라도 해야 할 것 같았다. 고양이가 멍하니 서 있는 그녀의 발치에 다가와 몸을 부비며 울었다.

니야옹.

반지르르 윤기가 도는 검은 털, 군살 없이 늘씬한 몸매, 길쭉한 꼬리. 짙은 호박색 눈동자가 몹시 매력적이다. 꽤 미묘에 속하는 고양이였다. 하지만, 그래봤자 고양이 아닌가. 매력적인 반려동물은 될 수 있어도 연애 대상은 못되는.

"……하."

충격이 너무 크면 말도 안 나온다더니 정말 그랬다. 연두는 말을 잃은 채 고양이를 바라보며 이게 대체 무슨 일일까 생각했다.

특징적인 호박색 눈동자, 가끔 보이던 길쭉한 동공, 의식을 잃고 있던 동안에 몸에 돋아났던 기이한 털. 비를 질색하고 청결한 걸 좋아하며, 신 것을 싫어하는 입맛과 유독 잠이 많고 야행성으로 행동하는 습성. 마지막으로 지금 당장 눈앞에 있는 고양이.

설마 이 고양이가 그 광대 놈이란 말인가. 정말로? 진짜? 동화가 아니라 현실로? 하긴 여긴 동화 속 세상이었다. 그래도 그렇지 멀쩡한 사람이 사실은 고양이였다니, 이건 좀 너무하지 않은가.

연두가 황당해하는 동안, 고양이는 멋들어진 자세로 앉아 꼬리를 살랑거렸다. 몹시 낯익은 자태였다. 그래, 그녀가 수아나에게 데려다주었던 블랙. 그 블랙과 똑같이 생겼다. 고양이의 눈으로 지켜보겠다 하더니, 그게 거짓말은 아니었다. 본인이 거기에 있으면서 모두 보았을 테니까!

"블랙이 수아나 곁을 떠날 거라는 건 이래서였어? 하긴, 몸을 두 개로 나눌 순 없었겠지."

야옹.

나이팅게일은 새 모습을 하고도 인간의 말을 할 수 있었지만, 이 고양이는 아닌 모양이다. 연두는 대화의 필요성을 느꼈다. 인간이 아니어도 괜찮다고 말하긴 했지만, 그게 동물이어도 된다는 말은 아니었으니까.

"너……. 당장 원래대로 돌아와. 그 모습으론 대화가 안 돼."

광대는 순순히 고양이의 모습을 벗었다. 부정할 수조차 없는 상황에 연두는 그저 웃음만 나올 뿐이었다. 이름을 주기 전에 반드시 알아야 하는 거라더니, 정말이었다. 지금도 충분히 황당한데 만약 몰랐다가 나중에 알았으면 정말 배신감에 몸을 떨 뻔했다.

"내가 고양이를 꼬셔보겠다고 그 노력을 했네. 하, 참."

"……인간의 모습을 할 수 있게 된 뒤로는 내가 고양이인 것도 까먹고 살았어. 그리고 인간이 아니어도 된다고 했던 건 너잖아?"

"아, 그랬지. 그랬었지. 그래, 말이나 들어보자. 너 정말 고양이면, 지금의 그 모습은 대체 뭐야?"

광대는 겉옷을 벗어 바닥에 펼쳤다. 이야기가 길어질 것 같았으니까. 연두는 입술을 깨물고 한참이나 망설이다 겉옷 위에 앉았다. 서늘한 한기가 조금은 가시는 것 같았다.

광대는 앉지 않았다. 그는 그 자리에 못 박힌 듯 선 채 말을 꺼냈다. 최대한 가볍게, 쉬이 넘길 수 있도록 애써 미소를 지으면서. 깊은 곳에 애써 파묻어두었던 기억들이 기회를 놓치지 않고 기어 나오고 있었다.

"흔히 하는 말이 있잖아. 고양이는 마녀의 수족이라고. 내 경우에는 그게 사실이었다고 보면 돼."

"그…… 마녀 니니스의?"

"아니! 그 여자랑 비교하면 안 되지! 내 옛 주인은 니니스 따위와는 비교도 안 되게 약해빠진 마녀였거든."

"……."

"니니스는 정말로 강력한 마녀야. 오래 살았고, 지혜롭지. 그만큼 심술궂고 성격도 괴팍하지만……. 뭐, 마녀가 그만하면 상냥한 거긴 해."

연두가 할 말을 잃은 사이, 광대는 빈 나뭇가지에 매달려 있던 달빛을 끌어모아 자그마한 형상들을 만들었다. 뾰족 모자를 쓰고 긴 머리칼을 늘어뜨린 여자와 그녀를 따르는 작은 고양이, 멋진 모자를 쓴 남자, 그리고 빗자루를 든 또 다른 여자.

주연보다 단순한 형태를 가진 은빛 형상들도 어둔 허공에서 팔락팔락 몸을 흔들었다. 마치 달빛으로 만들어진 꼭두각시인형 같았다. 광대의 손짓에 따라 형상들이 이리저리 몸을 움직였다. 연극이 시작되었다.

"아주 오랜 옛날 어느 마을에, 릴리라는 마녀가 살았습니다. 꽃의 이름을 가진 숲의 마녀였죠. 그녀는 아침이면 꽃잎에 맺힌 이슬을 따서 병에 담고, 밤이면 나뭇잎에 걸린 달빛을 모아 실을 자았습니다."

달빛이 모여 만든 숲을 배경으로 선 여자가 경쾌하게 깡충거렸다. 뾰족 모자를 달랑달랑 흔들며 걷는 걸음이 명랑하고 쾌활한 성품이라는 걸 한눈에 알 수 있었다. 그녀가 마녀 릴리였다.

"마녀 릴리는 고양이를 한 마리 길렀습니다. 그 고양이는 온통 새카만 털에 노란 눈을 가진 고양이였습니다. 둘은 사이가 아주 좋았죠. 서로가 유일한 가족이었습니다."

은빛으로 빛나던 고양이가 검게 변했다. 고양이는 마녀 릴리의 어깨에 올라타 그녀의 뺨에 이마를 비볐다. 릴리는 까르륵 웃으며 고양이를 끌어안았다.

"어느 날부터인가 릴리가 관리하던 숲에 인간들이 들어오기 시작했습니다. 그들은 춥고 굶주린 자들이었습니다. 릴리의 숲은 그들에게 끊임없이 약탈당했죠."

무성하게 우거져 있던 숲의 배경이 점점 흐릿해졌다. 대신 특징 없는 인간들의 머릿수가 자꾸만 늘어났다.

"릴리는 참을 수가 없었습니다. 그녀는 숲에 들어오는 인간들을 내쫓기 시작했죠. 함정에 빠뜨리고, 환상으로 겁을 주고, 진귀한 약초 대신 독초를 심었습니다. 인간들은 점점 숲을 두려워하게 됐죠. 그때쯤, 그녀에겐 새로운 친구가 생겼습니다."

빗자루를 타고 하늘을 날던 다른 마녀가 릴리의 곁에 다가왔다. 릴리는 그녀를 경계하는 듯했으나, 곧 친해져 나란히 빗자루를 타고 놀았다.

"그녀는 자신을 호수의 마녀 니니스라고 소개했습니다. 니니스는 뛰어난 마법사였고, 상냥한 조언자였죠. 그녀의 도움을 받으면서 릴리의 숲은 점점 더 아름답고 풍요로워졌습니다. 배고픈 인간들은 그 숲이 탐나 견딜 수가 없었습니다. 마녀에게 죽는 것보다 배고픈 게 더 무서웠으니까요."

결국 인간과 마녀 사이에 다툼이 일어났다. 그들은 싸우고, 싸우고, 또 싸웠다. 인간들이 숲에 불을 내고 과실을 훔쳐 가면, 릴리는 인간들에게 저주를 퍼부었다. 그러면 인간들의 마을에 돌림병이 돌아 가축들이 픽픽 쓰러져 죽고 샘이 붉게 물들었다. 병이 시들해지면 인간들은 나무에 도끼질을 했다.

"릴리는 점점 예전의 모습을 잃어갔습니다. 그녀는 숲의 마녀가 아니라 저주의 마녀로 변해가고 있었습니다. 고양이는 그녀의 그런 변화가 두려웠습니다. 릴리는 혼자인데 인간들은 너무 많아서, 도저히 이기지 못할 싸움을 하고 있는 것 같았죠. 고양이는 릴리를 설득했습니다. 서로 공존할 방법을 찾아보자고요. 마녀 니니스도 설득에 동참했습니다."

릴리는 고양이와 니니스의 설득에 마음을 돌렸다. 그녀는 인간들에게 숲의 일부를 개방하고 자리를 내주었다. 살아가는 데 필요한 지식을 가르치고 어린아이들을 돌봐주었다. 인간들은 마녀 릴리를 두려워하면서도 고맙게 여겼다. 숲의 마녀와 인간들은 행복하게 어울렸다.

"모든 문제가 해결된 것 같았습니다. 조금 좁아지긴 했어도 숲은 평화로워졌고, 릴리도 거의 예전의 모습을 되찾았으니까요. 그때쯤, 릴리에겐 놀라운 일이 벌어졌습니다. 사랑을 시작한 거죠."

멋진 모자를 쓴 남자와 릴리가 마주쳤다. 둘은 한눈에 서로에게 이끌렸고 순식간에 사랑에 빠졌다. 사방에서 뜯어말려도 개의치 않았다. 지독한 사랑이었다.

"고양이와 니니스는 당황스러웠죠. 마녀가 인간과 사랑에 빠지다니, 말도 안 됐으니까요. 그래도 시간이 가면 깨닫겠지, 하고 내버려 두었지만 인간들의 인내심은 거기까지 닿지 않았습니다. 그들은 마녀가 한 명의 인간과 특별한 관계를 맺고 어울리는 걸 견디지 못했죠. 모두에게 공평하게 주어지던 숲의 자비가 끊어질까 두려워했습니다."

뒤편에 웅성웅성 모여 있던 인간들이 남자에게 달려들어 그를 끌어냈다. 멋들어진 모자는 바닥으로 떨어져 짓밟히고 잘 차려입었던 옷은 갈가리 뜯겼다. 처참한 몰골로 나뒹구는 남자를 본 릴리가 비명을 질렀다. 그녀는 연인을 향해 달려가려 했지만, 숲에서 뻗어 나온 넝쿨들이 그녀를 잡아당겼다.

"릴리는 연인을 구하고 싶었죠. 하지만 그럴 수 없었습니다. 마녀 릴리가 인간들과 했던 약속이 있었으니까요."

"그게 뭔데?"

"마녀는 인간들끼리의 일에 간섭하지 않는다."

연두는 입술을 깨물었다. 이야기 속의 인간들이 어떤 방식을 썼을지 단박에 짐작됐다. 그들은 남자에게 얼토당토않은 죄를 뒤집어씌웠을 것이고, 릴리에게는 '이건 인간들끼리의 일이니까 당신은 간섭할 자격이 없다'고 했을 것이다. 본래 사람이 셋이면 없는 호랑이도 만든다는데 한 도시가 나서서 사람 하나 죽이는 게 뭐 어려웠을까.

"그래도 마녀였잖아. 어떻게 힘을 쓸 수는 없었어?"

"마녀의 약속은 인간과 달라서, 마음에 들지 않는다고 쉽게 깨버릴 수 없어. 그래서 처음부터 모호한 표현을 쓰고 거짓을 섞어서 빠져나갈 구멍을 만드는 건데……. 릴리는 그런 경험이 부족했지. 어린 마녀였으니까."

연두와 광대가 대화를 나누는 와중에도 은빛 형상들은 잘도 움직였다. 인간들은 남자를 끌어다 감옥에 가뒀다. 광장에는 커다란 형틀을 만들고 장작을 쌓았다. 그 뒤엔 큰 축제를 열어 먹고 마셨다.

"얘기를 계속 할까. 릴리는 니니스를 찾아갔습니다. 자신과는 달리 약속에 묶여 있지 않은 그녀이니, 도와줄 수 있을 거라고 믿고서."

릴리는 니니스를 붙들고 애원했다. 제발 그를 구해달라고. 하지만 니니스는 매정하게 그녀를 뿌리쳤다.

"니니스는 말했습니다. '인간 남자와 마녀의 사랑이라니, 말도 안 돼. 지금이 아니어도 언젠가는 끝날 사랑이었어.' 릴리는 절망에 빠졌습니다."

니니스는 생각 이상으로 실의에 빠진 릴리를 보며 당황했다. 그

너는 릴리에게 몇 번이고 다가가려 시도했지만, 릴리는 아무것도 들리지 않는 것처럼 반응이 없었다. 결국 니니스는 남들 몰래 남자를 찾아갔다.

"니니스는 남자를 꺼내주겠다고 했지만, 남자는 거절했습니다. 니니스가 릴리를 위해 자신을 억지로 꺼내준다면, 그것만으로도 릴리에게 해가 될 거라면서요. 그게 마녀의 약속이니까요. 릴리에게 해가 되니 차라리 죽겠다는 태도에, 니니스는 물러날 수밖에 없었습니다. 뭔가 다른 방법을 찾아야 했어요."

어쩔 줄 모르고 발을 구르던 니니스는 빗자루를 잡아타고 무대 밖으로 나갔다. 아마도 다른 누군가에게 도움을 청하려는 듯했다.

"그사이, 릴리는 이대로 연인을 잃고 홀로 오랜 세월을 살아갈 자신이 없다는 결론에 도달했죠. 끝없이 그리워하느니 함께 죽는 게 낫다고요. 하지만 그녀는 마녀였고, 타고난 마력 때문에라도 죽을 수 없었습니다."

뾰족 모자를 뒤집어쓰고 고민하던 릴리는 바로 곁에서 졸고 있는 고양이에게 시선을 주었다. 릴리가 실의에 빠져 자기 속에 웅크리고 있는 동안, 고양이는 내내 그녀의 곁을 지키고 있었다. 릴리는 고양이를 끌어안고 작은 이마에 입을 맞췄다.

"해결책은 있었습니다. 마녀로서 가진 넘치는 마력이 문제라면, 누군가에게 줘버리면 되는 거죠. 그런데 그걸 누구에게 줄까요? 릴리는 어린 마녀여서 알고 지내는 다른 마녀라면 니니스밖에 없는데, 그녀가 그걸 받을 리가 없으니……."

릴리의 입맞춤을 받은 고양이의 모습이 서서히 변해가기 시작했다. 골격이 바뀌고 덩치가 커지고 털이 사라지고 팔다리가 길어졌다. 검은 고양이는 검은 머리칼의 소년이 되었다. 노란 눈동자가 한밤의 등불처럼 빛났다.

연두는 자기도 모르게 입을 틀어막았다. 그러거나 말거나, 광대의 인형극은 멈추지 않고 계속됐다.

"릴리는 기르던 고양이에게 자신이 가졌던 마력을 모조리 양도했습니다. 평범한 고양이라면 안 될 일이었지만, 마녀의 고양이라면 나름 특별한 점이 있기 마련이죠. 고양이는 넘치는 마력으로 인간의 모습을 흉내 낼 수 있게 됐습니다."

꿈만 같은 상황이었지만, 고양이는 기쁘게 받아들일 수 없었다. '내 몫까지 살아줘.' 유언 같은 말을 남긴 릴리가 숲을 뛰쳐나갔기 때문이었다. 고양이는 즉시 니니스에게 연락했다.

당신이 뭘 하고 있는지는 모르겠는데, 지금 당장 오라고. 와야 한다고.

무대 밖에 퇴장해 있던 니니스가 허겁지겁 빗자루에 올라타는 사이, 인간들은 감옥에 갇혔던 남자를 끌어내 형틀에 매었다. 사람 키만큼 쌓은 장작에 기름을 뿌리고 불을 붙였다. 산사람을 불에 태워 죽이는 걸 기념하며 그 주변에서 춤추고 노래하고 술을 마셨다.

릴리는 그 순간에 광장에 도착했다. 마력을 모두 잃은 그녀는 힘겹게 사람들 사이를 헤치고 장작더미 앞까지 도달했다. 체념한 채 얌전히 형틀에 매달려 있던 남자가 릴리를 알아보고 비명을 지르며 화를 냈지만, 릴리는 아랑곳하지 않고 불구덩이 안으로 뛰어들어 연인을 꽉 끌어안았다.

뒤늦게 나타난 니니스가 힘닿는 대로 비구름을 불러 모아 비를 내렸다. 그러나 그땐 이미 늦었다. 기름 먹은 불이 제 욕심을 실컷 채우고 난 다음이었다.

"이야기는 이게 끝이야. 내 이름은 그날 사라졌어. 내 세계의 전부였던 주인이 날 버리고 죽었으니까. 난 그 뒤 이 모습으로 인간들의 세상을 떠돌며 살았고, 니니스는 가끔 내게 호의를 베풀었어. 드림랜드도 그중 하나였고."

이야기가 끝나면 등장인물은 퇴장하는 법이다. 광대는 손 위에 펼쳐 놓았던 형상들을 하나씩 지웠다. 난데없는 마녀의 등장에 숨죽인 인간들, 잿더미가 된 형틀과 안타까운 연인, 친구를 잃고 모자 하나만 겨우 건진 마녀, 세계가 사라진 거나 마찬가지인 충격을 받은 고양이까지, 모두. 그림자 하나 남기지 않고 사라졌다.

광대는 연두의 앞에 한쪽 무릎을 꿇고 앉아 그녀와 시선을 맞췄다. 겨울바람에 식은 손을 비벼 따뜻하게 만들어 그녀의 눈물을 닦아냈다. 자신이 눈물을 흘리는지도 모르고 있던 연두가 당혹스러워하는 표정을 감추지 못했다.

"동정은 싫지만, 동정 때문에라도 날 거둬준다면 그것도 좋아. 난 지금 자존심 챙길 상황이 아니니까."

"……."

"내게 이름을 주겠어? 그래준다면, 난 널 내 세상의 전부로 알고 살게 될 거야."

그렇게 말하는 광대의 얼굴은 평소와 똑같은 표정을 짓고 있었지만, 내쉬는 숨이 가늘게 떨리는 것까진 감추지 못했다. 그의 긴장이 솔직하게 전해져 와, 연두는 입술을 깨물었다.

'비겁한 자식. 일부러 구구절절 과거 얘길 늘어놓고…….'

연두는 대답을 망설였다. 광대의 사정이 너무너무 안쓰럽고 딱하긴 하지만, 그것만으로 마음을 결정하기엔 사안이 너무 중대하지 않은가 말이다.

고양이라니, 고양이라니! 차라리 외계인이라도 됐음 몰라!

남녀 사이에 마음이 확실하면 뭐가 문제겠냐 생각했던 자신이 너무 한심해서 어딘가에 머리라도 박고 반성하고 싶은 심정이었다.

"네 곁에서, 너와 함께 살고 싶어. 네가 나에게 특별한 만큼, 나도 너에게 특별한 존재가 되고 싶어."

광대의 애절한 말이 연두의 마음을 어지럽혔다. 매정하게 고개를 돌리기엔 눈앞에 있는 광대의 얼굴이 지나치게 예뻤다. 정말 취향 아닌 얼굴인데 언제부터 이렇게 마음을 차지하고 들어앉았는지, 가까이 다가와 있는 것만으로도 자꾸만 얼굴이 달아오르고 심장이 뛰었다.

"잠깐⋯⋯. 잠깐만 생각 좀 하고."

계속 그렇게 있다간 정신줄을 놓고 고개를 끄덕일 것 같았다. 연두는 슬금슬금 엉덩이를 뒤로 뺐다. 조금만 뒤로 가면 될 거라고 생각했는데, 대체 어떻게 된 일인지 암만 뒤로 물러나도 뛰는 심장이 가라앉을 생각을 않는다.

아름다운 이목구비 중에서도 등불처럼 빛나는 노란 눈동자가 문제였다. 햇빛이 강한 낮에 볼 때는 황금을 녹여 넣은 것처럼 짙은 호박색이더니, 이런 달밤엔 어둠에 지지 않는 빛을 내며 자꾸만 시선을 끌어당겼다.

'아, 정말이지⋯⋯. 도깨비불에 홀린 것도 아닌데 내가 왜⋯⋯ 음?'

당연히 땅이 있을 거라고 생각하고 짚은 팔이 아래로 쑥 꺼졌다. 광대의 눈이 찢어질 듯 커졌다. 그걸 보고 어, 하는 사이 균형이 무너지며 몸이 속절없이 뒤로 넘어갔다. 얼음장처럼 찬 물이 기다렸다는 듯 덤벼들었다.

차가운 물이 연두의 숨통을 틀어막았다. 무슨 일이 일어난 건지 깨닫기도 전에 몸이 가라앉았다. 꽁꽁 싸매고 나왔던 차림이 독이 되었다. 긴 치맛자락과 숄이 사지에 휘감겨 팔다리를 휘젓는 것조차 방해했다. 정신을 차리려 노력하는 짧은 사이에 커다란 공기방울 수십 개가 물속으로 쏟아졌다.

가물거리는 연두의 시야 속으로 노오란 등불이 뛰어들었다. 온통 회색으로 일렁거리는 수면을 깨고 그녀를 향해 필사적으로 다가오는 빛.

'이럴 줄 알았으면 고민 같은 거 하지 말걸.'

짧은 후회가 일었다. 좀 더 버틸 수 있으면 좋으련만, 물이 너무 차가웠다. 세상이 곧 까맣게 물들었다.

'젠장!'

광대는 필사적으로 팔다리를 놀렸다. 연두가 빠지자마자 바로 뛰어들었는데, 그녀는 기이할 정도로 빠르게 가라앉고 자신은 그녀에게 닿지를 못했다.

마법을 써보려 했지만, 광대보다 많은 마력을 품고 있는 샘물은 그의 마법을 죄다 무(無)로 돌렸다. 이제껏 자신을 치료하고 마법을 쓰는 데 아낌없는 도움을 주었던 샘물이지만 지금만은 원망스러워 견딜 수가 없다.

'제발, 조금만 더……!'

연두의 눈동자가 흐릿해져 갔다. 움직임이 자꾸만 둔해지는 게, 자칫하다간 정말 큰일 날 것만 같은 위기감이 들었다. 초조함과 공포가 목구멍까지 차올랐다.

'빌어먹을 니니스, 도울 거면 이럴 때 도와줘야 할 거 아냐! 젠장, 젠장……!'

있는 힘껏 발을 굴렀지만 샘물은 광대를 받아들이지 않았다. 오히려 그를 위로 밀어냈다. 손끝에 닿을 것만 같던 숄의 끝자락이 속절없이 멀어졌다. 그날의 불길이 시커먼 물 위로 어른거렸다.

안 돼. 또 잃을 수는 없어.

이 상황을 알고 있을지 의심스럽긴 하지만, 제발 알고 있길 바라며, 광대는 간절한 마음으로 니니스에게 말을 건넸다. 어쨌거나 이 샘은 그녀의 마력으로 가득 찬 곳이니, 어떻게든 전해질 거라 믿고.

'니니스. 지금 내가 연두를 구할 수 있게 해주면, 드림랜드 따위 다 때려 부숴도 좋습니다. 더는 거기에 미련 두지 않을 테니까, 제발!'

광대의 간절한 부탁을 듣기라도 한 것처럼, 그를 붙들고 있던 힘이 사라졌다. 동시에 하염없이 밑으로 빨려 들어가듯 가라앉던 연두가 둥실 떠오르기 시작했다. 그는 단번에 연두의 허리를 낚아채 안고 수면을 향해 솟아올랐다.

"푸하! 크헉, 크으윽……."

폐를 쥐어짜듯 산소를 끌어 쓴 탓에, 숨을 들이켜자마자 지독한 어지럼증과 함께 기도가 불타는 듯한 고통이 밀려들었다. 광대는 한 손으론 가슴을 쥐어뜯고, 다른 한 손으로는 연두의 숨을 확인했다. 그녀는 숨을 쉬고 있지 않았다. 가슴이 철렁 내려앉았다.

"아냐……. 늦지 않았을 거야……."

광대는 조금 전까지 지독하게 자신을 괴롭히던 고통마저 전부 잊었다. 그는 서둘러 연두의 맥박을 확인했고, 희미하긴 해도 맥이 뛰고 있다는 사실에 모든 희망을 걸었다. 인공호흡을 하는 법을 배웠으면 좋았을 것이나, 그에 대한 광대의 지식은 불완전했다. 그는 어설픈 인공호흡을 시도하는 대신 무식해도 확실한 방법을 택했다.

그는 연두를 끌어안고 입 맞췄다. 젖은 채 맞닿은 입술을 타고 대량의 마력이 연두에게 흘러들었다. 한 번 걸러진 마력이 연두의 몸 곳곳으로 자유롭게 퍼져 나갔다. 연두가 삼킨 물, 니니스의 마력이 가득 담긴 샘물이 광대의 마력에 반응했다.

샘물은 연두의 몸 밖으로 튀쳐나가는 대신 그녀의 몸 안으로 스며들었다. 본래 그래야 했다는 것처럼, 자연스럽게.

다 나았다지만 흉터는 남아 있던 손가락이 예전처럼 깨끗해졌다. 거친 신발을 대충 신고 다니느라 벗겨졌던 살갗이 전부 아물었다. 물을 먹으며 상처 입었던 기도와 폐도 회복되었다. 창백하게 굳어 있던 연두의 얼굴에 혈색이 돌아왔다. 가느다란 숨이 흰 입김을 흘렸다.

광대는 초조함에 입술을 깨물었다. 굳게 닫힌 눈꺼풀이 열리기를 기다리는 시간이 너무나 길었다. 끝나지 않을 것만 같은 시간의 끝에서, 연두가 눈을 떴다. 맑은 갈색 눈동자가 모습을 드러낸 순간, 광대는 지옥 밑바닥에서 천국의 입구까지 단번에 솟아오른 것만 같은 기분에 휩싸였다.

연두는 녹진한 피로감에 젖은 채 눈을 떴다. 뭔가 무거운 것이 몸을 내리누르는 것만 같긴 했지만, 어쨌거나 살았지 않나.

'죽는 줄 알았는데…….'

정신이 조금 들고서야 자신이 광대의 품에 안겨 있다는 걸 알았다. 그는 온몸이 젖어 있었다. 옷이 전부 젖은 건 물론이고 머리카락에서도 물방울이 방울방울 떨어졌다. 물속에서 보았던 노란 등불이 착각이 아니었던 게다. 안 그래도 물이라면 질색하고 싫어하면서.

"……고마워."

노란 등불에 고이는 물이 안타까워 손으로 훔쳐냈다. 무거운 팔을 끙끙대며 들어 올린 보람도 없이 눈물을 다시 쏟아 낭패해졌지만, 어쩐지 웃음이 났다. 연두는 이번엔 두 팔을 뻗어 광대의 목을 끌어안았다. 젖은 옷 너머로 쿵쿵거리는 심장이 느껴졌다. 아마, 자신의 심장도 똑같이 뛰고 있으리라.

"네 이름은 미겔Miguel로 하자."

"……."

"본랜 다른 이름을 생각했었지만……. 그게 맞는 것 같아."

광대, 아니 미겔은 좀체 말을 꺼내지 못했다. 어설프게 연두를 안은 팔에 힘을 주지도 못했다. 자신이 들은 말이 무슨 말인지 좀체 이해할 수가 없었다. 꼼짝없이 거절당하는 줄로만 알았는데.

연두는 그런 그를 끌어안은 채 웃었다. 죽겠구나, 싶은 순간에 이름 지어주지 않은 걸 후회했던 마음인데 뭘 더 망설이겠나. 고양이면 어떻고 외계인이면 어떠랴. 어차피 강연두 무모한 거야 주변인 전부 알고 있는데 이제껏 저질러 왔던 일에 하나쯤 더 추가할 수도 있는 거지.

미겔 데 세르반테스. 연두가 좋아하는 소설인 돈키호테의 작가 이름을 딴 작명이었다. 누군가는 참 성의 없는 작명이라 하겠지만, 연두에게는 나름의 이유가 있었다.

"넌 나를 돈키호테처럼 만들어. 너하고 있으면, 난 가끔 현실을 잊어버리고 꿈을 꾸게 돼. 이상하지, 이 잔혹동화의 세상에서조차 뭐든 잘될 거라는 희망을 품게 되다니."

"돈키호테가 그저 낙천적이기만 한 캐릭터는 아니었던 거 같은데……"

"뭐 어때, 기분이 그렇다는 건데. 무모하다는 건 같잖아. 싫어?"

연두의 툴툴거림을 들으며, 미겔은 그저 웃었다. 땅에 닿지 못하고 둥실둥실 떠 있던 발이 바닥에 닿은 기분이었다. 언제나 스쳐 가는 풍경에 불과했던 것들이 실체를 가지고 그를 휘감았다. 귓가를 스치는 바람, 목덜미를 식히는 추위, 겨울 삭풍이 싣고 온 냄새, 그 모든 것들이, 드디어.

"싫을 리가 있나. 잘 부탁해, 나의 주인님."

다정한 목소리가 연두의 목덜미를 달궜다. 연두는 괜한 부끄러움에 온몸이 오그라드는 것만 같아 미겔의 가슴팍에 고개를 파묻었다. 가슴 안쪽이 간질간질하고 따스한 물이 찰랑찰랑 차올랐다. 언제나 폭풍우 치는 바다를 항해하는 배처럼 흔들리던 바닥이 갑자기 단단한 땅이 되어 그녀를 떠받쳤다.

"앞으로도 쭉…… 내 옆에 있어야 해."

"당연한 말을. 너야말로 날 버릴 생각 하지 마. 두 번 겪고 싶지는 않으니까."

연두가 소리 내어 웃었다. 그 진동을 온몸으로 느끼면서, 미겔은 차마 꺼내지 못한 말을 마음속에 묻었다.

사실은 버려도 된다고. 다만 네가 정말로 행복하고 안락해서 내가 필요 없어지면 그때 버려달라고. 괴롭고 힘들 때에 옆에 있지 못하게 하진 말라고. 분명 말하려고 했었는데, 언제가 되어도 말하지 못하리라는 예감이 들었다.

그 어두운 속내를 알았을 리도 없으면서 연두는 다정하게 광대의 등을 토닥였다.

"내가 얼마나 욕심이 많은데? 절대 안 놓쳐."

"……."

"그나저나 미겔, 나 추운데."

미겔의 주변으로 불덩어리가 여럿 떠올랐다. 금세 주변의 공기가 따스하게 데워졌다. 연두는 샐쭉하니 미겔을 노려보았다. 누가 마법으로 따뜻하게 해달랬나. 평소엔 그렇게 눈치가 재빠르더니, 이럴 때 둔하게 굴 건 뭐람.

"안아달라는 말이야, 이 바보야. 대강 손만 얹고 있지 말고 끌어안아 달라고."

"그런 건 그냥 대놓고 말해."

조금 전에 그렇게 울었다는 게 거짓말처럼, 미겔은 다시 평소의 그로 돌아와 있었다. 그는 연두를 욕심껏 끌어안고 그녀의 머리채에 코를 박았다. 다정한 온기가 마음까지 따스하게 데웠다.

"……니니스가 좋아하겠어."

"응? 여기서 니니스가 왜 나와?"

"아까 샘물에서 니니스에게 말을 걸었거든……. 널 구할 수만 있다면, 드림랜드 따위 때려 부숴도 좋다고. 분명 들었을 거야. 드림랜드를 치를 떨 정도로 싫어했으니 지금쯤 신나서 나팔이라도 불고 있지 않을까."

광대의 체온을 즐기고 있던 연두는 드림랜드, 라는 말에 퍼뜩 정신이 들었다. 대체 그 놀이공원은 정체가 뭐기에 미겔이 그렇게

나 집착하고 니니스가 싫어하는 걸까. 이전엔 취재할 것도 아닌데 너무 심한 간섭 같아 묻지 않았지만, 이젠 그냥 넘어갈 수가 없게 되었다.

"그 드림랜드, 대체 정체가 뭐야? 어차피 때려 부술 거면 정체가 뭐였는지 듣기라도 하자."

"으음……."

"빼지 말고."

"빼려는 게 아니라, 그냥……. 어디서부터 말해야 하나 고민한 거야."

꽤 오래된 인연이었다. 릴리가 그렇게 죽고 난 뒤, 니니스는 홀로 남은 미겔을 모른 척하지 못하고 가끔 들여다보며 안위를 확인하곤 했다. 인간들의 세상을 떠돌며 광대 노릇을 하던 미겔이 꼬깃꼬깃하게 모은 돈을 가지고 와 꼭두각시인형을 부탁했을 땐, 한숨을 내쉬며 공짜로 선물해 주기도 했으니 그녀에게도 죄책감은 있었던 것이겠지.

기이한 인형들의 출처를 알게 된 연두가 미간을 찌푸렸다.

"마녀에게 뭘 받을 땐 반드시 대가를 줘야 한다며?"

"그걸 아직도 기억하고 있었어? 맞아, 마녀에게 선물을 받으면 안 돼. 그 꼭두각시인형이 지금의 드림랜드로 바뀌었으니, 난 공짜 선물을 받은 값을 톡톡히 치른 거지."

니니스는 꼭두각시인형을 커다랗게 바꾸는 것에서 그치지 않고 드림랜드의 설계와 시공 전부를 도맡았다. 그 수고에 비해 터무니없이 적은 값을 받고서. 미겔은 자기도 모르게 혀를 찼다. 릴리 대신 해주는 거라는 말을 믿다니, 그때의 자신은 너무나 순진했다.

"드림랜드의 손님은…… 커다란 욕망을 가진 사람들이야. 그게 어떤 욕망이든, 자신을 홀딱 바치고도 남을 만큼 큰 욕망을 가진 자들. 드림랜드는 그들에게 욕망을 실현시키는 환상을 보여주지. 손님이 환상을 통해 욕망을 충족하면, 나는 그들의 욕망 일부를 요금으로 받았어."

"욕망을 받아서 뭐 하게?"

"……말이 욕망이지, 그들의 영혼 일부를 받았다고 하는 편이 더 정확한 표현일 거야. 그렇게 야금야금 모은 영혼 조각이 내 삶을 지탱했어. 난 마녀가 아니라서, 릴리가 준 마력을 보존하려면 그 방법뿐이었으니까. 니니스는 그 방식을 정말로 싫어했어."

"그래, 싫으니까 드림랜드를 넘길 생각을 하고 인형의 집에 그런 마법을 심었겠지."

연두는 자신이 보았던 드림랜드를 떠올렸다. 드림랜드를 통째로 삼킬 만한 욕망을 가진 사람을 기다렸다던 니니스의 변명도. 이 세계에서 미겔을 처음 만났을 때 들은 말이니 이미 몇 년이나 지난 일이지만, 그때의 충격이 어찌나 컸는지 아직도 그날 나눈 대화들이 생생했다.

"진실을 알고 싶어 하는 욕망 어쩌고 하는 말이……. 그래서 나온 말이었네. 음, 나쁘지 않아. 오히려 좀 기분 좋은데?"

"내가 영혼을 갉아먹었다는 말을 듣고도 그런 얘기가 나와?"

"죽은 건 아닐 거 아냐. 그럼 됐지. 아, 그래. 궁금한 게 있어. 그 영혼 조각을 긁어모아 네 삶을 지탱했다면, 이젠 어떡해? 드림랜드를 깨부수고도 괜찮은 거야? 갑자기 픽 쓰러져 죽거나 하는 거 아니지?"

미겔은 그만 큰 소리로 웃어버렸다. 연두가 심각한 얼굴로 어깨를 두드려 댔지만, 웃지 않고는 도저히 견딜 수 없었다. 정말이지, 이 여자의 신경은 대체 어떻게 되어먹은 것인지 알 수가 없었다.

"그만 웃어!"

"하하, 하, 하하……. 알았어, 그만 웃을게. 릴리가 준 마력을 쓰기 싫어서 영혼 조각을 긁어모았던 거야. 그 마력을 쓰면 문제없어."

"그랬다가 이전처럼 쓰러지는 건 아니고? 나, 다시 그 꼴을 보고도 멀쩡할 자신은 별로 없는데."

연두는 눈을 게슴츠레하게 뜬 채 미겔을 흘겨보았다. 깨어나지 않는 그를 보며 느꼈던 아득한 공포를 다시 체험할 생각은 없었다. 만약 드림랜드를 때려 부수는 게 그에게 나쁜 영향을 미친다면, 바로 니니스의 멱살을 쥐고 없던 일로 만들자고 난리를 부릴 의향이 있었다.

'받을 것도 있는데 그거 하나쯤은 무를 수 있겠지.'

미겔은 연두의 시선을 마음껏 즐겼다. 자신을 걱정하며 보내는 시선이니, 즐겁지 않을 도리가 없었다. 잔뜩 찡그린 미간에 살짝 입을 맞추자 창백하던 뺨에 화르륵 불이 붙었다.

"이젠 네가 있잖아. 내게 이름을 준 주인, 강연두. 바로 너. 뭐, 조심은 해야겠지만, 네가 곁에 있는 이상 그때처럼 엉망이 되진 않을 거야."

"그 주인이라는 거, 생각보다 의미가 큰 거였네……."

"안 돼. 못 물러. 줬다 뺏는 게 세상에서 제일 치사한 거야."

그냥 중얼거림이었을 뿐인데 미겔이 정색을 했다. 놀랐는지 입술의 핏기마저 싹 사라진 상태였다.

연두는 짓궂은 웃음을 감추지 않은 채 자세를 고쳤다. 찬 바닥을 개의치 않고 무릎을 세워 일어나 미겔과 얼굴을 나란히 했다. 볼 때마다 가슴 설레던 노란 눈동자가 바로 코앞에 있었다. 살짝 손을 대 본 뺨은 차갑고 매끄러웠다.

"무르긴 누가 무른다고 그래? 알론소는 스스로 돈키호테가 됐고, 그대로 행복했어. 나 역시 마찬가지야. 넌 나의 세르반테스, 날 돈키호테로 만드는 사람이야. 아……. 사람은 아닌가? 아무튼. 절대 안 물러."

"그렇게까지 장담한다면……. 드림랜드 버린 게 아깝지 않은걸. 그리고 너무 고양이 타령은 하지 마. 인간으로 지낸 시간이 너무 길어서……. 이젠 고양이일 때의 마음이 어땠는지조차 다 잊어버렸다고."

"그러지 뭐. 그나저나 그 드림랜드, 내가 주워가도 되나? 제대로 못 논 게 아직도 아쉬운데."

"어떤 곳인지 듣고도 그런 말이 나와? 하여간, 간덩이가 배 밖으로 튀어나왔다니까……. 마음대로 해. 니니스에게 보상으로 달라고 하면 줄지도 몰라."

"그래? 그럼 이제 드림랜드는 내 거야. 나중에 양도해 달라고 하면 안 돼."

"킥, 뭐 그런 당연한 소릴 하고 있어."

미겔이 연두의 뺨을 쓰다듬었다. 몹시 따뜻한 손이어서, 연두는 무심결에 그의 손에 머리를 기댔다. 아몬드형의 아름다운 눈매가 살짝 휘어진다 싶더니 성큼 다가오며 시선을 빼앗았다. 달콤하게 속삭였다.

"좋아해."

"멍청아. 이럴 땐 사랑한다고 하는 거야."

웃음기 묻은 입술에 그새 바짝 마른 입술이 조심스레 닿아왔다. 떨리는 숨결이 고스란히 전해졌다. 뭔가 단것을 먹은 것도 아닌데 입술이 달았다. 숨을 쉴 때마다 달콤한 향내가 맡아져 머리가 아찔해졌다. 다디단 설탕 과자를 탐하듯 서로를 탐했다.

연두와 미겔은 한참이나 입술과 숨결을 나눴다. 그들 주변을 맴돌던 불덩어리가 옷을 다 말리고 할 일을 모두 마쳤다는 듯 사라진 것도 몰랐다. 사라진 온기보다 서로에게 얻는 온기가 더 따스해서 겨울밤의 추위조차 느끼지 못했다.

달짝지근한 입맞춤이 끝났을 땐, 둘 모두 얼굴은 물론이고 귓가와 목덜미까지 붉게 물들어 있었다. 서로를 끌어안고 입맞춤의 여운을 즐기던 그때, 연두는 기이한 느낌을 받고 고개를 치켜들었다.

고요하던 호수에 떨어진 돌멩이가 일으킨 파문처럼 공기가 흔들렸다. 빈 나뭇가지에 매달린 달빛이 방울방울 떨어져 바닥에 고였고 이 계절에 있을 수 없는 향기가 그녀를 찾아왔다. 이제까진 들리지 않던 소리들이 한순간에 밀려들었다.

"왜 그래?"

미겔이 걱정스럽게 연두를 불렀다. 연두는 너는 이상하지 않으냐고 물으려다가, 물을 필요도 없다는 걸 깨달았다. 그는 아무것도 몰랐다. 그녀는 설명하기 어려운 감각을 더듬더듬 말로 옮기기 시작했다.

"뭔가…… 이상해. 간지럽고, 달짝지근하면서 쌉싸래하고, 향기롭고, 시끄러운데 듣기 좋아. 뭔지 모르겠어. 대체 이게 뭐지? 갑자기 왜 이러지?"

"어디 아픈 건 아니지?"

"아냐, 난 멀쩡해……. 뭐야, 나 왜 울어?"

연두는 밑도 끝도 없이 갑자기 흘러내리기 시작한 눈물에 몹시 당황했다. 어디 한 군데 아픈 곳도 없고 마음 상한 곳도 없는데 왜 이러는지 알 수가 없었다.

미겔 역시 놀라기는 마찬가지였다. 급한 대로 따스한 꽃을 몇 개나 불러내고 샘물까지 먹여보았지만, 연두는 겨우 눈물만 그쳤을 뿐이지 기이한 감각이 도무지 사라지질 않는다고 하소연했다.

"안 되겠다. 일단 돌아가자. 여기서 이렇게 있어봐야 해결되는 것도 없어."

미겔이 연두를 냅다 안아 들었다. 일전에 미겔에게 안겨 갔다가 극심한 멀미를 겪었던 일을 떠올린 연두가 놀라 버둥거렸지만, 그는 그녀를 내려놓을 생각이 없어 보였다.

"멀미는 싫어!"

"괜찮아, 이번엔 천천히 갈게."

"으……."

거 못 믿을 말을 잘도 한다. 연두는 조금 망설였지만, 자꾸만 신경을 자극하는 이상한 감각을 이기지 못하고 얌전히 미겔의 목에 팔을 둘렀다. 그의 품은 몹시 따뜻하고 기분이 좋았다.

"빨리 갈 테니까, 조금만 참고 있어."

"아깐 천천히 간다며? 미겔!"

화장실 들어갈 때와 나올 때 말이 다르다더니, 딱 그 꼴이다. 미겔은 연두의 비명에도 걸음을 늦추지 않았다. 이전처럼 흔들리지는 않아도 순식간에 지나가는 풍경만은 똑같아서, 연두는 질끈 눈을 감았다.

흐린 하늘에서 기어코 눈발이 흩날리기 시작했다.

✲

니니스는 2구역의 소품들을 뒤지고 있었다. 두터운 시미터를
차고 터번을 두른 인형들과 색색의 베일을 둘러쓴 인형들이 사나
운 눈빛을 보냈지만 그녀는 아무렇지 않게 시선을 흘려보냈다. 그
래봤자 인형인데, 마녀에게 뭔 해를 끼칠 수 있겠나.

"아, 정말이지……. 여기에도 쓸 만한 게 없네."

니니스는 짜증을 이기지 못하고 혀를 찼다. 지금 그녀는 그림
도구를 찾고 있었다. 정확히는, 그림을 그릴 수 있는 재료를. 이렇
게 인형이 많으니 화가 인형 하나쯤은 있을 법한데 눈 씻고 봐도
화가 비슷한 것조차 없었다.

그때, 인형의 집 전체가 흔들리기 시작했다. 마치 지진이라도
난 것처럼 흔들리며 소품과 인형들 전부가 덜그럭댔다. 니니스가
있는 2구역뿐만 아니라, 준규와 연두가 있는 1구역도 마찬가지였
다. 벽에 걸려 있던 그림과 장식품이 바닥으로 떨어지고 천장에
매달린 등불과 샹들리에가 위태롭게 출렁거렸다.

니니스는 기이한 파장이 인형의 집을 휩쓰는 걸 느꼈다. 바람
없이 고요하던 공기가 파르르 흔들리고 들리지 않는 소리들이 니
니스의 귓가에 즐거운 노래를 속삭였다. 짜릿한 감각이 발끝에서
부터 타고 올라와 뒷목을 오싹하게 달궜다.

방금, 드림랜드의 주인이 바뀌었다.

니니스의 안색이 허옇게 질렸다. 그녀는 일견 느긋하기까지 하
던 태도를 내버리고 정신없이 소품을 긁어모았다.

싱싱한 석류와 살구는 물론이고 꿀에 절인 대추를 치맛자락에 주워 담고 주변을 장식한 초록색 이파리를 꺾었다. 벽에 붙여놓았던 푸른 타일까지도 떼어냈다. 태평하게 그림 도구 따위를 찾고 있을 여유가 없었다.

그 잡동사니들을 끌어안고 허겁지겁 1구역으로 돌아와 목표지점을 향해 내달렸다. 조각과 장식, 그림으로 가득 찬 다른 벽과 다르게 온통 허옇게 비어 있는 벽, 그 벽이 니니스의 목적지였다.

혹시라도 방해꾼이 있을까 사방을 경계하며 달렸는데, 지금 준규와 연두는 인형의 집을 강타한 진동에 놀라 함부로 움직이지 못하고 자리를 지키고 있는 중이었다. 그야말로 불행 중 다행이었다.

니니스는 목적지에 도착하자마자 과일과 이파리를 쥐어짜 즙을 내고 그 즙을 손가락에 묻혀 그림을 그렸다. 그녀의 손가락을 따라 굳건한 기둥이 모습을 드러냈다. 푸른 타일을 쪼개 기둥을 장식하며 장탄식을 흘렸다.

"젠장, 젠장, 젠장! 예상했던 것과 다르잖아? 대체 무슨 일이 벌어지고 있는 거야?"

물 흐르듯 자연스럽고 조심스럽게, 은밀하게 진행됐어야 할 일이 이렇게 요란을 떨며 벌어지다니, 대체 뭐가 잘못된 걸까. 자신에게 바로 달려올 거라고 생각했던 반트조차 침묵하고 있으니, 그저 혼란스러울 뿐이었다.

그런 와중에도 니니스의 손은 쉴 새 없이 움직이고 있었다. 화려하게 장식된 기둥 사이에 갖가지 도형들이 몇 겹으로 겹쳐졌다. 삼각형, 사각형, 마름모와 원, 그 사이를 빼곡하게 메우는 글자들.

미셸을 동화 너머로 날려 보냈던 그 마법진을 고스란히 뒤집고 규모를 몇 배는 더 키운 것만 같은 마법진이었다. 니니스는 심혈을 기울여 마법진을 그리고 마지막 글자를 써넣었다. 그러나 새빨간 빛을 흘려야 할 마법진은 변화 없이 조용하기만 했다.

"제기랄……. 역시 안 되잖아."

니니스는 이를 악물었다. 백 년 가까이 묵은 마법은 버텨낸 세월만큼이나 정교하고 견고했다. 호숫가에 있는 자신의 집, 그 집 지하 공방에 보관해 둔 그림도구가 미치도록 그리웠다. 드림랜드를 만들 때 함께 만들어 애지중지 보관해 온 그 도구가 있어야 했다.

"망할!"

치솟는 성질을 못 이긴 니니스가 과일즙과 잎즙을 담은 찻주전자를 냅다 걷어찼다. 퍽! 찻주전자가 깨지며 그 속에 담겼던 거무죽죽한 것들이 마법진을 더럽혔다. 니니스는 신경질적으로 마법진을 걷어찼다. 그런다고 멀쩡해질 리 없다는 걸 알면서도.

✺

눈이 쏟아졌다. 가을을 지나 겨울에 접어들며 내내 가물었던 하늘은 그동안 목말랐던 땅을 모조리 눈으로 덮으려는 듯했다. 숲은 두터운 흰 이불을 덮었고 안 그래도 조용하던 공기는 더욱 조용해졌다. 자연히 오두막은 고립됐다. 꽤 열심히 배달을 하던 코쉬도 길이 막히자 더는 오지 못했다. 그나마 연두가 마지막에 잔뜩 사다 쌓아둔 식량과 물건들이 있어 지내는 데 부족함이 없을 뿐이었다.

문제는 연두였다. 그녀는 미겔에게 이름을 지어준 그날부터 앓기 시작했다. 멀미를 한 건 아니었다. 무사히 오두막에 돌아온 뒤에도 갑자기 환청이 들린다고 하더니 그다음엔 헛것을 보았고, 곧 열에 들떠 헛소리를 하다가 아예 앓아누웠다.

미겔은 마법으로 치료를 해보려 했지만 전혀 통하지 않는다는 사실에 몹시 당황했다. 이상한 일이었다. 연두는 어딜 봐도 아파 앓고 있는데 그녀의 고통을 조금도 덜어줄 수가 없다니. 연두가 흘리는 땀을 닦는 동안 그의 속도 함께 타들어갔다.

결국 미겔은 짐 꾸러미 속에서 약초와 약을 찾아 꺼냈다. 그는 약에 대한 지식은 부족해도 약초에 대한 지식은 풍부했다. 해열, 진통, 진정작용을 하는 약초들을 매일 끓이고 달이고 졸이느라 미겔의 손에서 고약한 냄새가 가실 날이 없었다.

달리아와 나이팅게일은 미겔을 도울 수 없었다. 뭐 아는 게 있어야 돕지. 그가 다른 일에 신경 쓰지 않도록 주변 정리 잘 하고 제 몸 간수 잘 하는 것만으로도 벅찼다.

"으으……."

아직 밤의 베일이 채 걷히지 않은 새벽, 달리아는 침대에서 벌떡 일어나 기지개를 켰다. 서둘러 옷을 갈아입고 양동이를 챙겼다. 눈이 많이 와서 좋은 점이라고는 물을 뜨러 멀리까지 가지 않아도 된다는 것뿐이었다. 오두막 근처에 잔뜩 쌓인 눈을 퍼서 녹이기만 하면 됐으니까.

「달리아, 옷 잘 챙겨 입어. 감기 걸려.」

"잠깐인데 뭐. 금방 들어갈 거야."

나이팅게일이 오두막을 나서는 달리아의 어깨를 차지하고 앉아 말을 걸었다. 아무리 솜옷이라지만 숄도 외투도 없이 나와 눈을 퍼 담는 달리아를 걱정하지 않을 수 없었다. 요즘 들어 제법 안락하게 느껴지는 새장의 횃대마저 내버려 두고 나왔는데, 달리아는 나이팅게일의 마음도 모르고 그저 무심했다.

「환자가 둘이 되면 어쩌려고 그래? 감기가 폐렴 되는 거 순식간이야!」

"오두막 안이 얼마나 따뜻한데 폐렴 같은 소리 하고 있어. 내가 눈구덩이에서 구르는 것도 아닌데 그렇게 짹짹대지 마. 그렇게 걱정만 하다간 그 예쁜 깃털이 죄다 빠져서 대머리 새가 될걸."

「으아, 아가씨랑 말투가 똑같잖아…….」

"칭찬 고마워. 어, 저거 뭐지?"

온통 하얗기만 한 주변과 어울리지 않는 붉은색이 눈 위에 흩뿌려져 있었다. 달리아는 양동이를 내버려 두고 눈밭을 가로질렀다. 나이팅게일이 짹짹댔지만 알 바 아니었다.

그건 마치 깨진 과일 같았다. 붉은 얼룩이 있는 단단한 껍질이 크게 벌어져 속에 든 작고 빨간 알갱이들이 보였다. 값비싼 보석처럼 투명한 과육 안에 씨앗처럼 생긴 속이 들어 있었다. 한두 개였다면 그저 예뻐 보였을 것이 손톱보다 작은 크기로 수십 개가 달라붙어 있으니 어쩐지 징그러웠다. 나뭇가지로 쿡쿡 찌르자 붉은 알갱이가 툭툭 떨어졌다.

"우와……. 신기하게 생겼네. 새야, 넌 이게 뭔지 알아?"

「이건 석류라는 거야. 좀 더 더운 지방의 나무에서 열리는 건데, 여자에게 좋은 과일이야.」

"이게 과일이란 말야? 먹을 수 있다고? 대체 어떻게 먹는 거야?"

「입에 넣고 쪽쪽 빨면 돼. 저 빨간 부분을 먹는 거야. 새콤해.」

달리아는 겁도 없이 석류알 몇 개를 주워 입에 넣었다. 손톱보다 작은 과육인데도 정신이 번쩍 들도록 새콤한 맛이 입안을 가득 채웠다. 그 가운데에서도 은근한 단맛이 돌고 상쾌한 향기가 났다. 낯설고 이상한 맛이지만 신기하기도 했다.

「어떻게 여기 있는 건지도 모르면서 대뜸 입에 넣으면 어떡해!」

"안 죽었음 됐잖아. 그린한테도 갖다 줘야지."

「이 지방에서 나는 과일이 아니라고!」

"눈에 묻어두면 오래가겠지? 겨울이라 다행이다."

나이팅게일이 답답함에 속이 터지든 말든, 달리아는 룰루랄라 석류를 챙겼다. 이 석류라는 과일보다 말하는 새가 더 이상하다는 걸, 나이팅게일만 모르는 것 같았다. 달리아는 이 오두막에서 지내는 동안 이제껏 자신이 알아왔던 상식을 죄다 내버리기로 작정한 지 좀 오래되었는데 말이다.

"피에로! 이거 봐요!"

미겔은 장작에 부채질을 하다 말고 흘끗 뒤를 돌아보았다. 뺨을 빨갛게 물들인 채 뛰어들어온 달리아가 불쑥 손을 내밀었다.

"뭐가 그렇게 신나서…… 이거 석류 아냐?"

"피에로도 아는 거였어요? 맛이 특이하고 좋던데! 그린이 빨리 일어나서 먹어봤으면 좋겠어요."

달리아는 어서 연두가 일어나길 바란다며 조잘대는데 미겔은 마음이 복잡했다. 이 지방에서 나지 않는 과일인 석류가 있다는 건, 니니스의 개입 말고는 뜻하는 게 없었다. 어차피 개입할 거면 크게 좀 지를 것이지, 좀스럽게 석류가 뭐란 말인가.

'대체 뭘 하느라 이렇게 늦는 거야? 이 석류쪼가리는 또 뭐고.'

그날 저녁, 연두의 상태는 약간 호전되었다. 일어나 앉아 멀건

스프를 훌훌 마시며 과일 타령을 할 정도로. 연두는 기다렸다는 듯 미겔이 내민 석류를 보고 놀라 거하게 사레가 들렸다. 쿨럭쿨럭쿨럭! 토할 것처럼 기침하는 그녀의 등을 미겔이 토닥토닥 두드렸다.

"괜찮아?"

"안 괜찮아. 아니, 그 마녀는 웬 석류쪼가리를 보내고 난리래? 이런 거 보낼 여유 있으면 나부터 꺼내줘야지!"

"뭐, 나도 동의하는 바이긴 한데……. 좋게 생각하자면 이런 거겠지. 곧 꺼내줄 테니까 주변 정리를 해라."

"아아……. 그런 거면 납득이 되긴 하는데……. 젠장, 몸이 이래서야 어디 움직이기나 하겠어? 능력 있는 마녀라더니 날 대체 몇 년이나 처박아두는 거야? 아오 씨, 이 와중에 이놈의 석류는 왜 이렇게 맛있는 건데. 짜증나게!"

연두는 빨간 과육을 부지런히 입안으로 나르며 신경질을 부렸다. 맛있고 좋긴 하다만, 하도 오랜만에 익숙한 과일을 먹으니 다 나았던 향수병이 도질 것만 같았다. 침대에 걸터앉은 미겔의 어깨에 머리를 기댔다. 그에게서는 고약한 약초 냄새가 났다. 상냥한 냄새였다.

"김치찌개 먹고 싶다."

"돌아가면 내가 해줄게."

"돼지고기 앞다릿살 듬뿍 넣고 양파 넣고 고추장까지 한 숟가락 크게 떠서 끓이면 맛있을 텐데."

"거기에 두부도 넣고 끓여줄게. 나 요리 잘해."

미겔의 장담이 연두를 웃겼다.

"잘하기는 무슨, 나랑 비등한 실력인 걸 뻔히 아는데."

미겔은 벨조차 혀를 내두를 만큼 불 조절을 못했다. 어쩌다 요리를 시도했다간 홀랑 태우거나 설익거나 둘 중 하나였다. 요리에 대한 재능이라곤 눈 씻고 봐도 없는 연두가 괜히 요리전담이 된 게 아니었다. 건조 식량을 잔뜩 사다놓은 것도 그래서였다.

달리아의 도움이 없었다면, 연두가 드러누워 있는 동안 미겔은 육포와 마른 빵만을 씹어야 했을지도 몰랐다. 하나 그에 대해서는 미겔도 할 말이 있었다.

"현대 과학문명의 발전이 얼마나 축복인지 알 만한 사람이 그러면 안 되지. 가스레인지와 타이머, 인터넷 레시피북만 있으면 나도 쉐프처럼 요리할 수 있어!"

"푸훗……. 푸, 흐흐, 하하하하!"

결국 연두가 어깨를 떨며 웃었다. 미겔은 소기의 목적을 달성하고 만족스러운 얼굴로 그녀의 뺨에 입 맞췄다. 안쓰럽게 마른 어깨를 감싸 안고 온기를 쏟아부었다. 연두는 명랑하게 웃는 얼굴이 제일 잘 어울렸다. 잠깐의 포옹만으로도 가슴 안쪽이 따뜻하게 데워져 출렁거렸다.

미겔이 자꾸만 벌게지려는 얼굴을 문지르며 연두에게 이불을 끌어다 덮어주었다. 일어난 지 얼마 되지도 않았는데 또 재우려는지, 손길이 꼼꼼하기 짝이 없었다.

"웃으니까 좋네. 자, 난 나갈 테니까 한숨 더 자. 그리고 빨리 일어나자. 돌아갈 준비를 해야지."

"그래, 알았어. 희망이 보이니까 갑자기 힘이 나네. 아, 잠깐만 이리와 봐."

연두는 의아해하며 고개를 숙인 미겔의 입술에 쪽, 귀여운 입 맞춤을 했다. 미겔의 얼굴에 새빨갛게 열이 올랐다. 진귀한 구경이었다.

"연인이잖아. 굿나잇 키스 정도는 해줘야지."

"말이나 못하면……."

연두는 진심 섞인 투덜거림을 들으며 키득키득 웃었다. 그러나 미겔이 나가고 난 뒤, 혼자가 되자 연두의 얼굴에서 웃음기가 싹 사라졌다. 지긋지긋하게 그녀를 괴롭히던 열과 오한은 거의 사라졌지만, 환청과 환각은 사라지지 않았다. 아니, 오히려 심해지고 있었다.

기이한 형태의 짐승들이 방 곳곳에 자리 잡고 있었다. 그것들은 끽끽거리며 울고, 삐리리리 노래를 하고, 때로는 저들끼리 난동을 부리며 싸웠다. 지금은 뿔 달린 다람쥐와 꼬리가 세 개인 고양이가 서로 뺨을 치는 중이었다. 그 모든 것들은 오로지 연두의 눈에만 보이고 들리는 것들이었다.

'됐어. 조금만 참으면 나갈 수 있어.'

연두는 마른세수를 하며 눈앞의 광경을 모른 척하려 애썼다. 어휴. 한숨이 쏟아지는 가운데 털이 북실북실한 앞발을 가진 누군가가 그녀의 어깨를 토닥토닥 두드렸다.

그러나 석류는 끝이 아니었다. 시작이었다. 발자국 하나 없는 흰 눈 위에 놓인 살구, 계절에 안 맞는 꽃송이, 신비로운 푸른색의 타일 등등. 달리아는 매일 아침마다 깜짝 선물을 기다리는 아이의 심정이 되어 오두막 앞을 기웃거렸다.

선물인지 표시인지 뭔지 모를 것들이 쌓이는 동안 연두의 몸은 점점 더 좋아졌다. 잘 먹지도 못하는데 이상하게 머리카락과 손톱에 윤기가 돌고 입술색이 밝아졌다. 피부는 본래 흰 편이었지만 요즘은 거울 보기가 무서울 정도로 환했다.

환각과 환청도 많이 가라앉았다. 스스로 통제가 가능할 정도가 되었으니 대단한 발전이었다. 그보다 이상할 정도로 눈과 귀가 밝아진 게 더 곤욕이었다. 모두가 잠든 새벽이면 눈밭을 사뿐사뿐 걸어가는 여우의 발소리가 문득문득 들려올 때가 있었으니까. 캄캄한 숲 너머의 풍경이 가물거리며 비쳐 보일 땐 놀라움을 넘어 당혹스러웠다.

"대체 왜 이러는 걸까? 아무리 동화 속 세상이라지만 좀 이상하잖아."

"음……. 실은, 내가 그날 물에서 널 건지고 마력을 실컷 불어넣었거든? 인공호흡 대신으로 한 짓이었어. 그것 때문이 아닐까 싶은데…… 일종의 부작용일 거야."

"이……! 그걸 왜 이제 말해!"

"미안! 이렇게 오래갈 줄은 몰랐지! 어차피 넌 그냥 인간이니까 곧 사라질 거야!"

스트레스를 못 견디고 미겔에게 상담을 했던 연두는 그날 그를 때릴 뻔했다. 그나마 대강 원인이 짐작되고 나니 그것만으로도 꽤 마음의 위안이 되었다.

오랜만에 눈이 그치고 하늘이 맑은 날, 미겔은 연두와 함께 산책을 나섰다. 눈 위에 뿌려지는 햇살은 황금빛으로 빛나고 바람은 잔잔한, 좋은 날씨였다.

연두는 종아리까지 올라오는 털 부츠를 신고 흰 눈에 발자국을 찍었다. 발자국으로 꽃 모양을 만드는 그녀가 몹시 즐거워 보였지만 미겔은 얼씬도 하지 않았다. 인간의 육신을 깨끗이 하려면 물이 필요해서 목욕을 하긴 하지만, 그 외의 일로 젖는 건 질색이었다.

"엄청 좋아하네. 좀 일찍 나올 걸 그랬나?"

"아니, 이만하면 됐어. 그나저나 이거 녹기 시작하면 죄다 진창 길이 될 텐데…… 출근을 안 하니 눈 쌓인 풍경이 예뻐 보이네. 역시 사람은 처한 환경에 따라 감상이 달라진다니까."

"나한테는 차라리 진창길이 나은데."

미젤은 불쑥 솟아오른 바위 위의 눈을 치워 버리고 그 위에 웅 크리고 앉아 있었다. 눈에 발이 젖는 게 싫다는 것이다. 그런 주 제에 눈을 좋아하는 연두를 위해 굳이 산책을 나왔으니, 그것 참 몹시 가상한 일이었다.

연두는 흘끔흘끔 미젤을 훔쳐보았다. 바위 위에서 일광욕을 하 고 있는 미젤의 엉덩이 아래로 길고 검은 꼬리가 살랑거렸다. 진 짜로 달려 있는 게 아니라, 연두의 눈에만 보이는 것이다.

'이게 정말 부작용일까……'

미젤은 자신이 들이부은 마력은 시간이 지나면 사라질 것이고 그러면 다시 예전으로 돌아올 거라고 했지만, 연두의 생각은 달 랐다. 뭔가 좀 더 거대한 것, 기이한 것, 이해할 수 없는 것이 자 신의 삶을 침범하고 있었다. 시간이 지날수록 그런 느낌은 점점 확실해졌다.

찬 물이 담긴 냄비에 개구리를 넣고 불에 올리면 개구리는 삶 겨지는지도 모르고 삶겨 죽는다는데, 까딱하다간 개구리 꼴이 나 게 생겼다. 문제는 대체 어떻게 하면 냄비에서 뛰쳐나갈 수 있는 지 방법을 모르겠다는 거다. 현실 인식을 하면 뭐 하나, 탈출을 못 하는데.

연두는 달리아를 떠올렸다. 험한 꼴을 당했다고는 믿어지지 않 을 만큼 회복이 빠른 강인한 소녀. 꿈나비의 도움을 받은 것도 있겠지만, 그 단단한 본질은 연두조차 감탄스러울 정도였다. 좀 더 데리고 있으면서 이것저것 더 가르치고 싶긴 하지만 냄비 속의 개구리 같은 처지에 계속 시간을 끌어서야 안 될 일이었다.

"미겔, 이제 슬슬 달리아를 돌려보내야 하는데……. 괜찮겠지?"

"벌써?"

"얼굴에 멍 자국 사라진 지가 언젠데 벌써래. 나보고 정 주지 말래놓고 저가 더 정들었어. 내가 보기엔 괜찮은데, 네가 보기엔 어때? 꿈나비 없어도 되겠어?"

미겔은 미간을 찌푸렸다. 달리아는 꿈나비 없이도 잘 잘 수 있을 만큼 회복했다. 그건 맞다. 그러나 정말로 회복한 게 맞느냐고 물으면 할 말이 궁색해지는 것도 사실이었다. 그가 정신과 의사도 아니고, 한창 예민한 사춘기 여자애의 속내를 어떻게 알겠냔 말이다.

"꿈나비 없이도 잠은 자지만 괜찮다고 장담은 못 해. 애초에 꿈나비의 본질은 망각과 회피야."

"그만하면 됐어. 나머진 달리아의 부모님과 지역 공동체가 알아서 해야지. 글도 가르쳐, 셈도 가르쳐, 함부로 내치기에 아까울 정도로 가르쳐 놨으니 험한 대접일랑 안 받겠지."

어디 글과 셈뿐일까. 당장 왕궁의 시녀로 들여보내도 큰 소리 안 나올 정도의 예절과 교양도 가르쳤다. 과연 그게 소금광산에 기대어 사는 작은 마을에서 얼마나 통용될지는 의문이지만 그저 소용이 있길 바랄 뿐이다. 연두는 쓸쓸한 입맛을 다셨다.

"눈이 녹으려면 시간이 걸려."

"마법 써. 그 젠장맞을 샘의 마력은 니니스에게서 빌려오는 거라며? 나가면 한 방울도 못 쓸 마력, 쓸 수 있을 때 있는 대로 뽑아 쓰자. 편한 게 최고지."

"가끔 보면 넌 나보다도 냉정한 것 같아."

"내 사람한테만 따뜻하면 된 거지. 왜, 내가 너한테도 냉정하게 굴 것 같아서 겁나?"

미겔이 바위에서 훌쩍 뛰어내렸다. 여전히 날렵한 몸놀림이었다. 그는 연두가 밟아놓은 발자국 위만 신중하게 밟아 걸으며 그녀의 앞에 섰다. 길쭉한 눈매가 나른한 웃음을 머금고 가늘어졌다.

"아니, 겁 안 나. 난 네 사람이잖아?"

"뭐야. 재미없을 정도로 잘 알고 있네."

햇살을 품은 노란 눈동자는 미치도록 탐나는 호박이었다. 어둔 밤에 요요하게 빛나는 등불도 좋지만, 이렇게 한낮에 보는 것에도 나름의 매력이 있었다. 저 예쁜 눈이 보내는 뜨거운 시선이 온전히 자신의 것이라니, 연두는 아직도 잘 믿어지지 않았다.

연두가 광대를 향해 팔을 뻗었다. 광대는 까치발까지 하고 뻗는 팔을 위해 기꺼이 몸을 굽히고 목을 내주었다. 목덜미를 감아오는 체온이 그저 아찔하도록 달았다. 품 안에 쏙 들어오는 몸을 끌어안고 허겁지겁 입술을 찾았다. 같은 집에서, 같은 것을 먹고 지내는데 그녀에게선 늘 이상하리만치 좋은 향기가 났다.

나뭇가지 사이를 누비던 바람, 덤불 사이를 뛰어다니던 토끼, 둥지에서 빼꼼 고개를 내밀던 산새, 한낮부터 쥐 사냥에 열중하던 여우……. 모두가 숨을 죽였다. 연두와 미겔이 있는 작은 공터는 포근한 정적에 잠겨 햇살에 물들었다.

한참 동안 서로의 숨결을 삼키던 입술이 겨우 떨어졌다. 속눈썹을 셀 수도 있을 만치 가까운 거리에서 마주 보는 눈동자는 아직도 열기를 품고 있고, 맞닿은 가슴을 타고 전해지는 서로의 심장 소리는 마치 북소리처럼 커다랬다.

"……미겔."

"응."

"있잖아, 미겔……."

"왜?"

연두는 거푸 미겔의 이름을 불렀다. 그의 이름을 부를 때마다, 그가 대답할 때마다, 기이한 감각이 뱃속에서부터 솟아나 심장을 향해 내달렸다. 손끝이 저릿하고 뒷목이 당겼다. 숨을 쉴 때마다 한 번도 맡아본 일 없던 향기가 머리를 어지럽혔다. 무릎이 꺾이면서 몸이 아래로 미끄러졌다.

놀란 미겔이 연두를 안아 올렸다. 마치 어린아이를 안듯 엉덩이와 허벅지를 단단히 받치고 그녀가 편안히 기댈 수 있게 몸을 기울였다. 연두가 그의 목을 끌어안고 뽀얀 이마에 입을 맞췄다.

"미겔."

"왜 부르냐니까? 너무 무리했나? 지금 당장 돌아갈까?"

"그게 아니라……."

연두는 자신이 겪고 있는 감각을 온전히 설명할 수가 없었다. 그러니 비단실처럼 매끄러운 머리카락을 쓰다듬으며 그저 웃을 수밖에. 미겔의 미간이 불안으로 좁아졌다.

"별거 없어. 기분 좋아서 힘이 빠진 거야."

"말도 안 되는 변명을 잘도 한다……. 역시 너무 오래 있었어. 빨리 돌아가자."

"응, 그래야지. 돌아가서 그 마녀를 만나는 날을 내가 얼마나 고대하고 있는데."

연두가 이를 갈았다. 허공으로 날아갔을 보증금, 신분, 직장, 몇 년의 기회비용, 그 모든 것들을 배상받을 생각이었다. 니니스는 꽤 오랫동안 사람들 틈에 섞여 살며 일을 했다 하니 돈푼깨나 모았을 것이다.

'닥닥 긁어내야지. 새 집 전세 얻을 정도는 되겠지?'

니니스는 꽤 재산이 있었다. 하지만 워낙 금전감각이 엉망인데다 사치가 심해 언제나 돈이 모자란다고 투덜거리고 살았고, 어느 정도는 맞는 말이기도 했다. 그러니 연두가 보상을 요구해도 절대 순순히 돈을 내주진 않을 것이다. 게다가 그녀가 생각한 보상은 따로 있었으니까. 그러나 그 사실을 알 리 없는 연두는 잠시나마 행복한 꿈을 꾸었다.

달리아는 이제 그만 돌아갈 준비를 하라는 말에 눈을 동그랗게 떴다. 얼굴의 멍이야 예전에 빠졌지만, 날씨가 워낙에 좋지 않으니 좀 더 있을 수 있을 거라고 생각했었다. 마차도 제대로 오가지 못하는 시기에 이게 무슨 날벼락인가.

"이렇게 눈이 쌓였는데 어떻게 가요?"

"저 눈이 자연히 녹기를 기다리려면 봄까지는 있어야 하는데, 미겔과 나는 그전에 떠날 거야. 너 혼자 이곳에 남겨둘 수는 없는 노릇이잖아? 길이 막혔을 건 걱정하지 마, 미겔이 도와줄 거야."

"으……."

달리아의 동그란 눈에 금세 눈물이 차올랐다. 피할 수 없는 이별이라는 걸 알지만, 저리 차갑고 냉정하게 끊어내는 걸 보니 저절로 서러워졌다. 그동안 그녀에게 잘 보이려 애썼던 모든 노력들이 쓰레기가 된 것 같았다.

"그런……. 피에로와 잘되고 나니까 내가 이제 방해가 된 거죠? 거추장스럽죠? 그럼 그냥 그렇다고 얘기해도 돼요."

"아니, 얘가 지금 무슨 말을 하는 거야? 달리아, 내가 네 양부모는 아니잖아. 널 다짜고짜 내쫓겠다는 것도 아니고, 이제 그만 부모님이 기다리는 집으로 돌아가라는 거잖아. 네 부모님은 밥도 못 넘기고 널 기다릴 텐데."

"누가…… 누가 그걸 모른대요? 나도 다 알아요!"

빽 소리를 지른 달리아가 방에 들어가 처박혔다. 쾅, 소리를 내며 닫은 문 때문에 오두막 전체가 흔들렸다. 연두는 생각도 못했던 달리아의 반항에 당혹했다. 아니, 말 같지도 않은 말을 꺼낼 땐 언제고 지금은 또 다 안다 타령이란 말인가.

"가만있어 봐……. 쟤가 이제 열넷인가 그렇지. 중2병인가? 학교 안 다녀도 발병하는 거였나 그거?"

「으이구……. 말이라는 게, 아 다르고 어 다른데 그걸 뻔히 알 사람이 너무 심한 거 아냐?」

새장의 횃대에 앉아 다툼을 구경하던 나이팅게일이 연두를 타박했다. 연두는 난데없는 참견에 황당함을 금할 수가 없었다. 말이야 바른 말이지, 달리아의 등장을 제일 못마땅하게 여겼던 게 누구였는데.

"너, 갑자기 달리아가 나타나는 바람에 네 순서가 밀렸다고 투덜댔지? 달리아를 무사히 데려다주고 나면 바로 네 일을 해줄 테니까 잘 달래봐."

「……진짜지?」

"그래. 그사이에 무슨 일이 벌어지든 무조건 네 일부터 해줄게."

「그 말, 꼭 지켜야 돼.」

나이팅게일은 기꺼이 새장을 박차고 나왔다. 안 그래도 더 질질 끌고 있기가 힘든 시점이었다. 이대로 모든 일이 끝나는가 걱정하고 있었는데 자신의 일을 우선해 주겠다니, 생각지도 못했던 횡재였다.

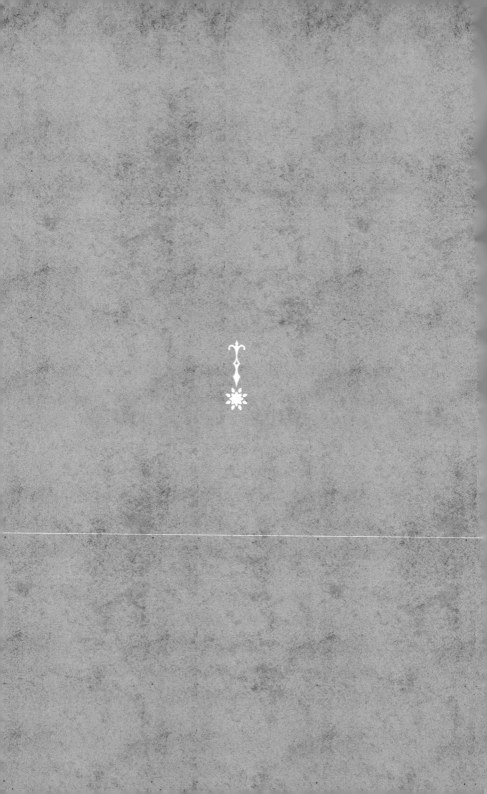

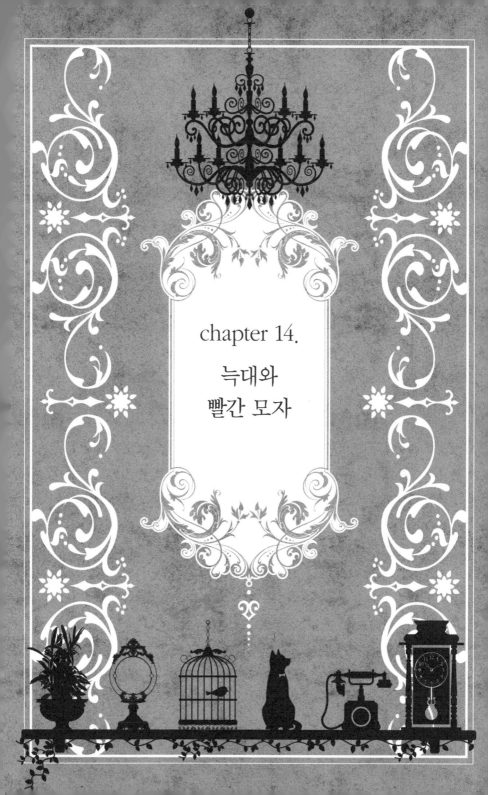

chapter 14.

늑대와
빨간 모자

준규는 갑작스레 찾아온 진동이 잦아들고 난 뒤에야 겨우 주변을 살펴볼 여유를 가질 수 있었다. 벽에 걸린 장식들이 죄다 떨어지고 테이블의 찻잔이 떨어져 깨져 있었다. 몇몇 인형들은 넘어지기까지 했다. 그저 놀라서 진동을 크게 느낀 게 아니었다.

'나가야 하는데……. 문이 없잖아.'

이렇게까지 큰 지진이 온 다음엔 반드시 그에 걸맞은 여진이 오기 마련이었다. 몸을 숨길 만한 곳도 없는 이런 곳에 계속 있어야 한다니, 불안이 밀려왔다.

"선…… 배……."

바닥에 웅크리고 있던 연두가 준규를 불렀다. 마치 꺼지기 직전의 촛불처럼 연약한 목소리였다. 대답을 해야 하나, 말아야 하나. 준규는 이대로 연두를 버려두고 가는 선택지에 상당한 매력을 느꼈다. 어차피, 진짜도 아니지 않은가.

그는 연두를 밀쳐 내고 몸을 일으켰다. 바지에 먼지가 많이 묻은 것 같아 탁탁 털기도 했다. 흩어진 갈색 머리카락 위로 먼지가 떨어졌다.

"흑⋯⋯."

그때, 연두가 울었다. 숨죽인 울음소리가 그저 처연했다. 준규는 그 울음소리에 발목을 잡히고 말았다. 가짜인 걸 아는데, 알고 있는데도 발이 떨어지질 않았다.

'내가 바라는 모습의 강연두라더니⋯⋯.'

연두는 남들 앞에서 울지 않았다. 언제나 혼자서 울었고, 운 흔적조차 들키지 않으려 기를 썼다. 준규는 그녀의 눈물을 받아 마실 딱 한 사람이 되고 싶었다. 그런 그의 앞에서 가짜일망정 같은 얼굴, 같은 목소리로 눈물을 흘리는 강연두라니. 속을 너무 정확하게 찔려서 말이 안 나올 정도였다.

'짜증나.'

진짜도 아니면서 이렇게까지 자신을 휘두르는 게 마음에 들지 않았다. 허리에 찬 칼자루를 쥔 손에 힘이 들어갔다. 어차피 사람도 아닌 인형일 뿐이니, 따로 죄책감을 가질 필요도 없었다. 단지 마음에 걸리는 게 있다면, 일전의 마녀 인형이 칼을 맞은 것 정도로는 죽지 않았다는 거였다. 제대로 죽이려면 불에 태워야 하는 모양인데, 지진까지 일어난 상황에서 불을 지르는 건 좀 꺼려졌다.

준규가 고민하는 사이 연두가 고개를 들었다. 화장기 없는 얼굴, 창백한 뺨 위로 맑은 눈물이 흘렀다. 그녀는 칼자루를 쥔 손을 믿을 수 없다는 듯 바라보다가, 이를 악물고 눈물을 닦아냈다.

"선배만 믿으라면서요?"

"……."

"내가 바로 강연두라면서요?"

준규는 눈을 크게 뜨고 연두를 바라보았다. 파르르 화내는 모습이 몹시 낯익었다. 그게 또 뱃속 깊은 곳에서부터 불쾌감을 불러일으키지 뭐냐. 칼자루를 쥔 손에 힘이 들어갔다. 연두는 대번에 위협을 느끼고 몸을 뒤로 뺐다. 조금 전까지 바닥에 엎드려 아파하고 있던 사람이라고는 믿기지 않는 몸놀림이었다.

"다시는 선배를 믿지 않을 거예요."

"강연두!"

연두는 준규의 부름을 무시하고 인형들 사이로 뛰어들었다. 숲의 관목처럼 얽혀 있던 인형들이 그녀를 위해 길을 비켜주었다. 어디로 통하는 길인지는 몰랐다. 오로지 준규에게 잡히지 않겠다는 일념만으로 달리는 것이다.

그러다 길이 끝났다. 연두는 맨 벽에 부딪치고서야 간신히 멈추고 사방을 둘러보았다. 인형들이 다시 길을 막은 상태였고, 쫓아올지도 모른다고 겁먹었던 준규는 흔적도 보이지 않았다. 벽에 등을 대고 헐떡이는 숨을 가라앉혔다.

"진짜가 되고 싶었는데……."

그녀는 진짜가 되고 싶었다. 그래서 인형을 망가뜨리고, 준규의 마음을 원하고, 니니스의 피를 탐했다. 진짜를 방해하고, 존재의 이유를 확인받고, 인형의 집을 나가서도 제대로 된 삶을 살기 위해서.

"윽……."

혹사당한 다리가 고통을 호소했다. 어디 다리뿐인가, 온몸이 다 아팠다. 저절로 무릎이 꺾여 고꾸라졌다. 뱃속에서부터 뜨거운 것이 올라와 목구멍을 비집고 쏟아졌다. 피비린내가 지독했다.

눈앞이 흐려져 토해놓은 핏물조차 제대로 식별이 되지 않았다. 연두는 몇 번이고 눈을 비볐지만 찔꺽거리는 소리만 날 뿐 시야는 회복되지 않았다. 자신을 지킬 힘까지 모조리 도주에 쏟은 탓에, 서서히 몸이 무너지고 있었다. 그때, 그 흐린 시야 가운데 새빨간 구두가 나타났다. 이상하리만치 선명하게 보이는 구두였다.

"누구······."

"누구긴, 나지."

니니스는 연두의 머리채를 잡고 고개를 들게 했다. 핏물과 눈물이 뒤섞여 엉망이 된 얼굴이 드러났다.

"그래, 결국엔 이렇게 될 줄 알았지."

"······."

"술래잡기는 재미있었니?"

어쩐지, 인형들이 순순히 길을 내주더라니. 연두의 눈에서 눈물이 흘러 핏물을 닦아냈다. 그래봤자 또 토해낸 핏물 때문에 다시 더럽혀졌지만 말이다.

"어차피 곧 망가질 거, 쓸모 있는 일 하나 정도는 하는 게 좋지 않겠니."

니니스가 연두의 머리채를 그러쥐고 질질 끌며 걷기 시작했다. 연두는 발버둥 치며 저항했지만 니니스의 힘을 당해내지는 못했다. 이미 약해질 대로 약해져 세 살 난 어린아이 정도의 힘밖에 없었으니 어쩔 수 없는 일이었다.

"라라~ 라라라~"

니니스는 콧노래를 부르며 인형의 집을 가로질렀다. 여전히 출구는 찾지 못했고 그림 도구도 구하지 못했지만, 꽤 쓸모 있는 대제품을 손에 넣었으니 그것만으로도 기분이 꽤 고양됐다.

'이 빌어먹을 드림랜드도 곧 끝이야. 릴리의 유언을 이제야 지키는군.'

친구와의 약속을 지키는 데 정말로 오랜 시간이 걸렸다. 끝이 머지않았다. 니니스의 가슴이 기대로 부풀었다.

❂

연두는 달리아를 최선을 다해 꾸몄다. 좋은 옷을 골라 입히고, 예쁜 구두를 신기고, 미겔의 손을 빌어 머리 손질을 했다. 달리아는 오두막에서 지내는 동안 잘 먹고 잘 쉬어 오동통하게 살이 오르고 얼굴에 윤기까지 흘렀기 때문에, 다 꾸미고 나자 귀한 집 아가씨처럼 보였다.

"좋아. 아주 예뻐."

"으음…… 정말요?"

달리아는 머리카락과 함께 땋아 늘어뜨린 비단 리본을 어색하게 만지작거렸다. 이렇게 색이 예쁘고 고운 리본을 치장에 써본 것도, 만지기도 겁나는 정교한 레이스로 장식한 옷을 입어본 것도 처음이었다.

"그린도 엄청 예뻐요."

달리아의 칭찬은 정말 진심에서 우러나온 것이었다. 지금 연두는 언젠가 달리아가 짐 꾸러미에서 꺼냈다가 포기하고 도로 넣어 놓은 옷을 입고 있었다. 우아한 보석 장식이 달리고 비단 광택이 호화로운 드레스 말이다. 거기에 더해 머리를 정교하게 손질해서 틀어 올리고 얼굴에 화장까지 하고 나자 이민족이라는 생각이 들지 않았다. 신분 높은 귀부인 같다.

미겔도 마찬가지였다. 평소에 대충 걸쳐 입던 가죽 바지는 어디로 갔는지, 빳빳하게 다려 깃을 세운 셔츠에 조끼까지 갖춰 정장을 한 그는 감히 말을 붙이기도 어려운 분위기를 풍겼다.

"둘 사이에 내가 끼어 있다는 게 신기할 정도인걸요. 그렇게 입으라고 할 땐 안 입더니, 오늘은 웬일로 이렇게 정장을 했어요?"

"네 부모님을 뵙는 날이니까 정장을 했지. 그동안 최선을 다해 돌보았으니 너무 걱정하지 않으셔도 됩니다, 이런 뜻으로."

달리아는 두 손을 맞잡은 채 어쩔 줄 모르고 발을 동동거렸다. 안 그래도 밖에서 기다리고 있는 마차에는 온갖 짐이 잔뜩 실려 있었다. 모두 달리아의 부모에게 줄 것들이었다. 달리아의 만류에도 연두는 꿈쩍도 하지 않았다.

"집 밖에서 거의 두 달 가까이 지내다 돌아가는 거야. 안 좋은 소문이 날 수 있다는 거 알지? 함부로 나불대는 주둥이를 막는 데에는 돈과 권력이 최고거든."

"왜 이렇게 늦나 싶어 와봤더니……. 애한테 뭘 가르치는 거야?"

미겔이 황당해했지만 연두는 당당했다.

"인생 사는 데 있어 아주 중요한 팁을 가르쳤지."

"말이나 못하면……. 달리아, 저 말 너무 귀담아듣지 마라. 돈과 권력은 매우 큰 힘이 있지만, 거기에 매몰되면 인간쓰레기가 되고 너무 눈치를 보다간 비겁한 쓰레기가 되거든!"

"사람을 두고 쓰레기라고 하면 어떡해?"

"쓰레기를 두고 쓰레기라고 하지 그럼 재활용품이라고 할까? 사람은 고쳐 쓰는 거 아니란 말이 괜히 있는 줄 알아?"

연두와 미겔이 입씨름을 시작했다. 달리아는 저 둘이 굉장히 비슷한 성격이라는 걸 새삼 상기했다. 요즘 들어 제대로 된 연인처럼 달달하게 구는 걸 더 많이 봐서 그렇지, 본랜 저게 일상이었다.

「너무 한심스럽게 보지 마. 저래 봬도 너랑 헤어지는 게 아쉬워서 그러는 거야.」

"알아. 그러는 너나 약속 잘 지켜. 멀어서 힘들다고 안 오고 그러면 안 돼."

「날개 달린 짐승이 어딜 못 가겠어? 걱정 마.」

"그린! 피에로! 이제 그만 가요!"

연두와 미겔은 다행히도 마차 안에서는 싸우지 않았다. 덕분에 달리아는 마음 편히 창밖의 경치를 구경할 수 있었다. 가느다랗게 뻗은 나뭇가지마다 쌓인 눈송이가 환상적인 풍경을 자아냈다. 눈의 요정이 산다는 숲이 바로 이런 모습일 터였다.

바깥의 풍경이 점점 낯익은 모습으로 바뀔수록, 거의 잊고 있었던 부모님에 대한 그리움이 풍선처럼 부풀어 올랐다.

'날 기다리고 계실 거야. 굉장히 걱정하셨겠지?'

지금 달리아의 소망은 소박했다. 부모님의 환대를 받고, 그리웠던 음식을 먹고, 평생 자란 집, 자기 방 침대에서 잠드는 것. 그 뒤의 일은 따로 상상해 보지 않았다. 이제까지 살아왔던 것과 똑같은 일상이 다시 시작될 거라고만 믿었다.

연두와 미겔 때문이었다. 두 사람은 달리아에게 넌 아무런 잘못이 없고, 단지 큰 사고를 당했을 뿐이며, 그 사고는 앞으로 인생을 살아감에 있어 걸림돌로 여길 필요조차 없는 일이라고 강조해 왔다. 불안정한 심리상태를 달래는 달콤한 말, 다정한 손길,

거기에 꿈나비를 통한 환상의 체험.

나이팅게일은 이건 세뇌라며 진저리를 친 적도 있었지만, 그게 달리아를 위한 일이었다는 말은 부정하지 못했다. 정말로 달리아는 하루하루 나아졌고 결국엔 구김살 없이 웃을 수도 있게 됐으니까.

문제는, 달리아를 겁간한 그놈이 두 사람의 생각보다 더 미친 놈이었다는 거다. 벡은 연두와 미켈이 숲에서 달리아를 발견했고, 당분간 데리고 있으면서 보호하겠다는 소식을 전하자마자 로넬을 찾아가 달리아를 자신의 신부로 달라고 졸랐다.

"이미 내 손을 실컷 탄 계집애잖아. 나한테 줘."

"죽여 버릴 거야!"

달리아의 엄마, 안나는 평소엔 말수 없이 얌전한 사람이었다. 그랬던 그녀는 자초지종을 알게 되자마자 식칼을 들고 벡을 찔러 죽이겠다고 날뛰었고, 그럴수록 벡은 더 여유만만하게 굴었다.

"찔러봐. 그러다 내가 죽기라도 하면, 안나 당신은 교회의 신부님 앞에서 왜 나를 찔렀는지 해명해야 할걸? 그러면 달리아의 인생이 참 멀쩡하겠다."

"해명 같은 거 안 해. 그냥 내가 미쳐서 그런 걸로 하면 그만이야!"

"살인자 부모를 둔 달리아를 데려가겠다는 남자가 나타날 거 같아? 설마 달리아가 결혼도 못 하고 비참하게 늙어 죽길 바라는 건 아니지? 결론은 하나밖에 없어. 뭐가 달리아를 위한 일인지 잘 생각해 보라고."

로넬도 안나도 그따위 협박에 굴할 사람들은 아니었다. 그들에게 자식은 달리아 하나뿐이었고, 목숨보다 아까운 딸을 위해 뭐든 할 수 있는 사람들이었으니까. 그러나 마을은 너무나 작았고, 소문은 야금야금 퍼져 나갔다.

그 와중에 벡은 달리아가 자신을 위해 신부수업을 받는 중이라고, 그래서 집에 돌아오지 않고 있는 거라고 떠들고 다녔다. 처음에는 누구도 믿지 않았지만, 달리아의 부재가 길어지면서 동조하는 사람들이 생겨났다.

새삼스럽게 로넬의 출신을 들먹이는 사람들이 나타났다. 아무래도 로넬은 외지인이니, 딸을 토박이인 벡과 결혼시키면 좋을 거라고 했다. 그가 할아버지 대부터 이 마을에 정착했고, 안나는 이 마을 토박이 출신이라는 건 아예 잊어버린 것 같았다.

달리아의 행실을 문제 삼는 사람도 생겨났다. 그들은 어린 계집애가 예쁜 얼굴 하나 믿고 꼬리를 쳐 댔다고 했다. 벡이 예전부터 어린아이들에게 손을 댔었다는 사실은 소금광산 어딘가에 파묻어 버린 것만 같았다.

마을 전체가 벡을 감싸고돌며 로넬과 안나 부부를 압박했다.

"시끄럽게 굴지 말고 조용히 해결하는 게 좋잖아."

힘겹게 버티고 있던 부부가 고꾸라지기 직전의 상황에까지 내몰렸을 때쯤, 달리아가 돌아온다는 연락이 왔다. 해골처럼 바짝 마른 부부를 필두로 마을 사람들 여럿이 마을 입구에까지 나와 달리아를 마중했다. 개중에는 벡도 끼어 있었다.

"엄마! 아빠!"

"달리아!"

"맙소사, 예쁜 내 딸……!"

오랜만에 만난 가족이 상봉의 기쁨을 누리는 동안, 함께 나왔던 마을 사람들은 주눅이 들어 어깨를 움츠리고 있었다. 달리아의 차림새 때문이었다.

"저 옷감이 대체 얼마짜리람……."

"신발은 또 어떻고. 저런 구두는 금화를 꺼내줄 정도가 돼야 살 수 있을걸."

값비싼 옷을 휘감고 나타난 달리아는 마을 사람들이 평소에 알고 있던 소녀가 아니었다. 거기에 제대로 정장 차림을 한 연두와 미겔이 더해지자 그 괴리감은 두 배가 되었다.

달리아의 후원자라며 나타난 두 사람은 달리아의 부모에게 거액의 선물을 안기며 주변인들의 기를 죽였다. 어디 부모뿐일까? 입에 발린 말이라도 달리아를 걱정하는 척했던 사람들 모두가 선물을 받았으니, 다들 알아서 입조심을 했다.

"달리아, 무사히 돌아와서 정말 다행이다. 크게 다쳤을까 봐 걱정했어."

"전보다 더 예뻐졌구나! 자세도 예뻐지고! 모르는 사람이 보면 귀족 아가씨인 줄 알겠어."

"세상에, 글 쓰는 법을 배웠다고? 셈법도? 대단하네!"

"그 사람들이 네 후원자가 돼주신 거야?"

"아니면 또 어때! 글 쓰는 법과 셈법을 배운 것만으로도 대단하지. 우리 마을에서 글을 아는 사람은 촌장님 말고는 없었잖아.

이제는 둘이 됐고!"

돌아오고 나서 사흘 내내 달리아는 마을 사람들의 동정과 관심을 한 몸에 받으며 다시 마을에 녹아들었다. 마을 사람들이 받아주지 않을지도 모른다고 걱정했던 게 무색한 결과였다.

연두와 미겔은 그동안 달리아의 집에서 머물렀다. 안나는 먼지가 쌓여 있던 손님방을 깨끗이 치우고, 초라한 방일망정 제발 여기서 머물러 달라고 사정했다. 연두는 그 집에 머무는 게 달리아에게 도움이 될 걸 알았기 때문에 기꺼이 그 부탁을 들어주었다.

비록 그 손님방이라는 게 딱 하나뿐인 데다, 다들 연두와 미겔이 약혼자라고 생각해서 다른 방을 내줄 생각조차 하지 않았다는 게 문제이긴 했지만 말이다.

당혹스러워하는 연두의 내심을 읽은 미겔은 밤이 되면 어디론가 사라져서 방에 들어오지 않았다. 연두는 처음에는 안심했지만, 이틀째 밤에는 조금 마음이 상했다. 약혼자는 아니어도 연인인데, 한 침대 쓰는 것 정도가 뭐 어때서!

'카멜르의 여관에서 묵었을 때도 이랬지만, 그땐 연인이 아니었잖아.'

결국 달리아의 집에서 세 번째로 맞이하는 밤, 미겔은 이전처럼 자리를 피하지 못하고 붙들려 방에 남았다. 분위기는 어색했다. 둘 모두 차마 침대 가까이에는 가지 못하고 작은 테이블 부근에서 서성댔다.

"저녁 맛있었지."

"응, 안나 솜씨가 좋더라고. 레시피를 물어볼까?"

"물어봐서 알아봤자 할 수 있는 것도 아닌데 헛수고야. 너나 나나 요리엔 젬병이잖아."

"난 아니래도 그러네. 아, 그래. 오늘 달리아 얘기 들었어? 자기 집에 시집오라는 농담을 세 번이나 들었대."

"농담, 농담이라……. 발전적이네. 농담으로라도 그런 말이 나오고."

피상적으로 이어지던 대화는 달리아에 대한 말이 나오고서야 겨우 제대로 이루어졌다. 미겔은 연두가 했던 말이 너무나 정확하게 맞아 들어간 것에 쓴웃음을 감추지 못했다.

"글과 셈을 왜 가르치나 했어. 돈과 권력만큼이나 효과가 있네."

"계층 이동의 사다리가 존재하지도 않는 세상이야. 아는 게 힘이라는 말이 이렇게나 잘 들어맞는 곳도 드물걸. 이제 달리아는 자식에게 글을 가르칠 수 있어. 그리고 그 자식은 카멜르에 가서 필사를 하거나 편지 대필을 해주는 일을 할 수 있고. 소금 광부에서 벗어날 기회니, 다들 탐나 죽으려고 할걸."

"그것도 네가 뿌린 돈 덕분에 그런 거겠지……. 아무리 돈이 좋아도 그렇지, 일어났던 일을 송두리째 묻어버리고 모른 척할 줄은 몰랐어. 분명 말이 나올 거라고 생각했는데."

"말했잖아, 돈과 권력은 인생을 편하게 사는 치트키라니까? 민주주의가 발달한 현대도 마찬가지인데 이런 신분제 사회는 더하지. 아무튼 이제 떠날 때가 됐어. 사흘이면 충분히 머물렀어."

"그렇지……. 어디로 가야 하나."

"나이팅게일 녀석 일을 해주러 가야지. 약속했는데."

연두는 앞으로의 일을 가늠해 보았지만 딱히 눈에 보이는 게 없었다. 그나마 나이팅게일의 일이 있어 아주 헤매지는 않겠구나, 싶은 정도였다.

미겔은 고민에 빠진 연두를 물끄러미 바라보았다. 귀부인 행세를 하느라 곱게 틀어 올린 머리카락도, 잔뜩 찡그린 미간도, 다 사랑스럽다. 자꾸만 입술 껍질을 잡아 뜯는 못된 손만 빼고. 슬쩍 다가가 손을 쥐어 떼어냈다. 얼마나 쥐어뜯었는지 입술이 핏물로 얼룩덜룩했다.

"말버릇은 많이 고쳤으면서 왜 이건 못 고쳐? 머리 풀고 있을 땐 괜찮더니, 묶어놓자마자 다시 재발이야?"

"어, 어어……."

"입술이 말라서 계속 트는 건가? 그게 그렇게 신경이 많이 쓰이나?"

미겔이 연두에게 바짝 다가갔다. 숨결이 섞이도록 가깝게 다가든 그가 의자에 앉은 연두의 어깨에 다정하게 손을 둘렀다. 다른 손은 여전히 연두의 손목을 쥔 채였다. 나른한 목소리가 그녀의 귓가에 속삭였다.

"내가 마르지 않게 해줄까?"

"무슨 수로……."

"알면서 묻는 건, 괜찮다는 뜻으로 받아들여도 되겠지?"

연두는 자기도 모르게 눈을 굴렸다. 눈앞에서 미겔이 흘리는 색기가 감당이 안 됐다. 회피하고 싶기도 하고 먼저 입 맞추고 싶기도 한 복잡한 심정 가운데서 뺨이 뜨끈하게 물드는 게 느껴졌다.

미겔이 웃었다. 연두는 몸을 움찔댔지만, 그의 품에서 빠져나가지는 못했다. 그렇다고 거절의 말도 하지 못했으니, 미겔은 기꺼운 마음으로 연두의 망설임을 마셨다.

"우응……."

미겔은 선 채로, 연두는 앉은 채로 하는 키스였다. 그러다 체온이 아쉬워진 연두가 미겔을 끌어안고 자꾸만 잡아당기니, 그는 아예 그녀를 들어 올려 제 팔 위에 앉혔다. 어찌나 가볍게 안아드는지, 연두는 제 몸무게가 절반으로 줄어든 줄 알았다.

"예전보다 더 가볍게 안네. 나 이제 안 무거워?"

"토끼보다 가벼운걸."

"우와, 입 발린 소리……."

쪽. 미겔이 연두의 입가에 짧은 입맞춤을 했다.

"네가 바로 내 세상의 전부인걸. 딱 하나밖에 없는 전부도 안지 못하면 안 되지. 그래서야 네 곁에 설 낯이 없지."

연두의 뺨이 홧홧하게 달아올랐다. 어쩜 그리 민망한 말을 잘도 해대는지 모를 일이었다. 뭔가 그가 보여주는 애정에 보답할 만한 말을 해주고 싶은데, 무슨 말을 해도 마음의 크기가 엇비슷하지 않다는 것만 들킬 것 같지 뭐냐.

'분명 처음엔 내가 더 좋아했던 거 같은데…….'

미겔은 그런 기색을 예민하게 눈치채고 빙긋 웃었다. 마음의 크기가 다른 게 무슨 문제라고 저리 신경을 쓰는지, 그는 알 수가 없었다. 왼손 오른손 크기도 다른 게 당연한데 어떻게 서로 다른 존재가 똑같은 마음을 가질 수 있겠느냔 말이다. 그러나 그런 고민을 하는 연두는 귀여우니까, 미겔은 모른 척하기로 했다. 자신이 표현하는 애정에 깜짝깜짝 놀라는 그녀를 보는 것은 꽤 즐거운 일이었다.

"말이 어려우면, 그냥 키스해 줘."

"정말이지, 갈수록 능글맞아진다니까."

연두는 밉지 않은 애교를 부리는 미겔을 향해 눈을 흘기면서도 그의 입술에 입맞춤했다. 비단실처럼 하늘거리는 머리카락 속에 손가락을 넣고 쓰다듬으며 다정한 온기에 녹아들었다. 미겔이 연두의 등을 끌어안고 도드라진 날개뼈의 윤곽을 더듬었다.

쾅쾅쾅!

누군가 거칠게 문을 두드렸다. 밤의 정적을 깨는 소리에 깜짝 놀란 연두가 후다닥 미겔의 품에서 뛰어내렸다. 그러고는 서둘러 겉옷을 걸쳐 입고 문밖의 상황에 귀를 기울이지 뭔가. 기자라는 직업은 이미 과거의 일이고 정보원 노릇도 더는 안 할 거라더니, 몸에 밴 버릇은 여전했다.

'어떤 놈인지 가만 안 둔다.'

한참 분위기 좋던 와중에 연인을 놓친 미겔이 이를 갈고 있다는 걸 아는지 모르는지, 연신 문을 두드리던 훼방꾼은 이제 고래고래 소리를 지르기 시작했다.

"로넬! 안나! 문 열어! 문 열으라고!"

소리를 지르는 사람은 바로 벡이었다. 그의 행색은 몹시 지독했다. 사흘쯤 깎지 않은 수염이 턱에 수북하고, 옷 여기저기에 음식물과 때 묻은 자국이 가득하며, 결정적으로 온몸에서 술 냄새가 났다. 술독에 빠져 있다가 온 모양이었다.

"저 쳐 죽일 놈이 또! 칼, 칼 어디 있어? 칼!"

"엄마!"

"안나, 참아! 당신 취했어! 달리아, 얼른 엄마 데리고 방에 가라. 어서!"

로넬은 비쩍 마른 몸으로 또 날뛰려는 안나를 간신히 붙들어 달리아에게 맡겼다. 달리아가 오기 전엔 매일 와서 난동을 피우던 놈이 어째 조용하다 싶더니, 올 게 왔구나 싶었다.

흘끗 손님방의 방문을 쳐다보았다. 다행히 굳게 닫혀 있었다. 늦은 시간이니 이미 잠에 빠진 것 같았다. 로넬은 빈 술병의 주둥이를 단단히 쥔 채 문을 열었다. 술기운이 다리까지 퍼져 휘청거리던 벡이 로넬을 보고 낄낄 웃었다.

"그래, 문을 열어야지! 달리아, 달리아는? 남편이 오셨는데 왜 마중을 안 나와? 당장 나오라고 해!"

"닥쳐! 술을 처먹었으면 조용히 집에 가서 잠이나 처잘 것이지, 어디서 행패야! 달리아는 너같이 더러운 새끼 말고 멀쩡한 남자에게 시집보낼 거야!"

"헛꿈 꾸고 있네! 달리아가 나하고 무슨 일이 있었는지 마을 사람들 전부가 알고 있는데, 누가 그 계집애를 받아줘? 내가 남자답게 책임진다잖아. 뭐가 불만이야?"

"벡! 적당히 하고 꺼져! 우리 집엔……. 그, 손님들도 계시니까!"

"손님? 아, 그 손님! 돈으로 온몸을 휘감고 오신 손님! 돈이 많아서 그런지 영 쓸데없는 것만 가르쳐 놔서 좀 짜증나긴 하지만, 살은 잘 찌워놨더라고? 부디 신부수업도 잘 시키셨어야 할 텐데!"

벡은 로넬의 표정이 점점 험악해지는 것도 아랑곳 않고 더욱 목소리를 높였다. 머리끝까지 차오른 술, 요 며칠 갑자기 뒤집힌 여론, 자신을 보고도 두려워하기는커녕 동네 개를 보듯 무심하게 지나치던 달리아, 이 모든 것들이 진창처럼 뒤섞여 그를 부추겼다.

"달리아! 어서 나와라! 달…… 컥!"

끝내 참지 못한 로넬이 쥐고 있던 술병으로 벡의 머리를 후려쳤다. 질 낮은 유리병이 산산이 깨지며 벡의 이마를 찢어놓았다.

벌건 핏물이 눈앞을 뻘겋게 물들이고 나서야 벡은 겨우 겁을 집어먹었다. 로넬은 주춤주춤 물러서는 그를 향해 침을 탁, 뱉었다.

"다시 오면 그땐 네놈의 목을 확 그어버릴 거다! 이마로 끝나지 않을 줄 알아! 꺼져!"

그 기세가 어찌나 살벌한지, 벡은 욕 한마디 주절대지 못하고 꽁무니를 뺐다. 로넬은 그런 뒷모습을 보며 그동안 쌓였던 화가 쑥 내려가는 느낌을 받았다. 한 달 묵은 체기가 내려가도 이만큼 시원하지는 않을 터였다.

"에에이, 저 마당소금도 못 파먹고 죽을 새끼."

시원하게 욕을 뱉어주고 집으로 들어간 로넬은 뜻밖의 인물이 현관을 지키고 있어 흠칫 발을 멈췄다. 달리아와 함께 방으로 들어간 줄 알았던 안나가 시퍼렇게 날을 세운 부엌칼을 쥐고 서 있지 뭐냐. 표정 없는 얼굴이 몹시 섬뜩했다. 달리아가 옆에 없는 게 그나마 다행이었다.

"갔어요?"

"그럼, 갔지. 내가 이마를 보기 좋게 깨줬으니까 이제 얼씬도 못 할 거야. 안나, 이제 그 무서운 칼은 좀 집어넣지그래?"

안나가 물끄러미 로넬을 바라보았다. 정확히는, 그의 손에 들린 깨진 병을. 날카로운 단면에 벡의 피가 묻어 있다. 얇은 입술이 일그러져 미소 비슷한 걸 지었다.

"잘됐네요. 당신이 또 말로만 설득이니 뭐니 했으면 쫓아 나가려고 했거든요. 이번에야말로 죽여 버릴 생각이었는데."

"안나……. 이제 그만 정신 차려. 달리아도 무사히 돌아왔고, 마을 사람들도 잘 받아줬잖아. 벡 저놈이 미친놈인 건 다들 알아."

"다들 알면서 달리아를 보내라고 했죠. 그래야 자기 딸이 무사할 테니까."

지금이야 다들 입을 다물고 있지만, 안나는 그런 말을 들을 때마다 칼을 쥐고 뛰쳐나가고 싶었다. 그 분노와 굴욕을 참고 견딘 건 오로지 달리아를 위해서였는데, 그리고 그 달리아가 무사히 돌아왔는데, 안나의 고통은 덜어지지 않았다.

떨그렁! 쥐고 있던 칼이 떨어졌다. 저녁 식사에서 연거푸 마신 포도주가 뒤늦게 안나의 정신을 쥐어짰다. 그동안 마음 깊은 곳에 숨겨두고 꾹꾹 눌러왔던 것들이 술의 힘을 빌어 새어 나왔다.

"달리아를 시집보낼 곳은 이제 아무 데도 없으니 그냥 결혼시키라던 말이 머리에서 떠나질 않아요."

"안나, 이제 그런 말을 하는 사람은 없어. 알잖아. 달리아도 저렇게 멀쩡하니까 그런 생각 안 해도 돼."

"로넬⋯⋯. 바로 그거예요. 난 그게 너무 무서워요. 어떻게⋯⋯ 어떻게 그렇게 멀쩡할 수 있죠? 먹는 것도 잘 먹고, 웃기도 잘 웃어요. 험한 꼴을 당한 아이 같지 않단 말이에요. 정말로 벡과 어떤 사이였던 거 아닐까요? 그가 떠들어대던 말이 맞는 말이었으면 어떡해요? 그럼 달리아를 벡과 결혼시키는 게 맞는⋯⋯."

"그만, 그만. 안나, 그렇게까지 생각할 필요 없잖아. 벡 저놈은 그냥 미친놈이라고. 미친놈이 하는 말에 일일이 신경 쓰지 마."

로넬은 안나를 끌어안고 등을 토닥였다. 그의 다정한 위로를 받던 안나가 문득 떠올린 것처럼 속삭였다.

"당신도 그렇게 말했잖아요. 달리아가 돌아오면 벡과 결혼시키고 그냥 끝내자고 했었잖아요."

"그때야 달리아를 받아줄 곳이 하나도 없을 것 같아서 그랬던 거고! 이젠 아니잖아, 안나. 달리아를 달라는 집이 벌써 여럿이야."

"진지하게 의사를 물어보는 집은 한 집도 없었어요. 전부 다 농담이었어. 당신도 알잖아요, 벡이 계속 저따위로 굴면서 마을을 돌아다니면 결국 옛날과 똑같아질 거라는 거. 그 와중에 달리아는 저렇게 해맑고……. 다들 나처럼 생각할 거예요. 틀림없어요. 로넬, 난 요즘 미쳐 버릴 것 같아요……."

안나가 흐느끼기 시작했다. 로넬은 마른 어깨를 쓸어내리며 위로의 말을 중얼댔지만, 그의 말에 확신 같은 건 없었다. 그도 불안했으니까. 부부의 상식으로 이해하기엔 지금의 달리아는 너무나 '멀쩡했다'.

끽…….

녹슨 경첩이 삐걱대는 소리가 들렸다. 로넬은 흠칫 놀라 안쪽을 살펴보았지만, 움직이는 거라곤 아무것도 없었다. 그는 짐짓 큰소리를 냈다.

"크흠, 큼! 쥐가 벽에 구멍을 냈나? 내일은 집의 구멍이란 구멍은 전부 확인해 봐야겠어. 안나, 당신 이제 힘들지? 그러게 술은 적당히 마시라고 했잖아. 들어가자."

"로넬……."

"괜찮아. 다 좋아질 거야."

로넬은 안나를 부축하며 부부의 방으로 돌아갔다. 행여나 귀한 손님들의 잠을 깨울라, 최대한 소리를 죽인 조심스러운 발걸음이었다.

연두와 미겔은 당연히 그 소동을 전부 들었다. 늦은 시간이라고 해도 어린 달리아조차 깨어 있던 시간이었다. 두 사람이 잠을 자고 있을 거란 생각은, 손님들이 이 일을 몰랐으면 싶은 로넬의 소망에 불과한 것이다.

귀가 밝은 죄로 연두보다 더 소리를 잘 들은 미겔은 있는 대로 미간을 찌푸렸다. 너무나 적나라하게 자신의 욕망을 전시한 벡이 혐오스러워 토기가 올라올 지경이었다.

"한마을 사람이 범인일 거라곤 생각 못했는데. 장소도 장소인 데다 워낙에 외지인이 많았던 시기니, 외지인의 짓일 거라고만 생각했어."

"본래 성폭행의 대부분은 이웃을 비롯해 가까운 사람에 의해 발생해. 그렇지만…… 나도 그렇게 생각했어. 달리아가 전혀 티를 안 냈으니까……. 진짜 대단하다. 어떻게 그렇게까지 할 수 있지? 난 내 스토커의 얼굴을 눈앞에서 보면 미쳐 날뛸 거 같은데."

연두가 헛웃음을 지으며 머리카락을 헝클었다. 달리아가 대단한 건 대단한 것이고, 문제는 이 다음이었다.

안나의 말이 일부는 맞았다. 연두가 마을에 금품을 아무리 뿌려봐야 당사자 중의 한 명인 벡이 저따위로 다녀서야 달리아의 앞날을 장담할 수 없었다. 지역 커뮤니티 전체가 달리아를 부정할 터였다.

"고향이고 나발이고, 이 마을 자체가 문제야. 달리아를 피해자로 여기지 않을 테니, 계속해서 벡과 결혼하라는 압력을 가할 거야. 염병할……."

"그럼 데리고 가면 되지."

"어딜 데리고 가?"

연두의 목소리가 몹시 뾰족했다. 미겔은 어깨를 으쓱이며 웃었다. 빙글빙글 웃는 그 얼굴은 어딘지 드림랜드의 광대 시절을 떠올리게 할 만큼 섬뜩했다.

"신데렐라한테 맡기면 되잖아. 글도 셈도 예절도 다 가르쳤고 아직 어리기까지 해. 충분히 받아줄걸. 혹시 알아? 둘째 왕자비의 측근시녀가 되어 나름의 권력을 휘두르며 살게 될지."

"……괜찮은 방법이네. 저 벡이라는 개새끼도 거기에 부탁하면 해결이 될 거고……."

"그렇지. 돈과 권력은 인생의 치트키라며? 돈은 실컷 써봤으니까 이제 권력을 써보자고. 아, 달리아에게 말하는 건 내가 할게. 분명 다 들었을 테니까 설득하기도 쉬울 거야."

연두는 물끄러미 미겔을 바라보았다. 조금 전까지는 등불처럼 따뜻하게 빛나고 있던 눈동자가 지금은 야생 육식동물의 눈처럼 번들거렸다. 아마 자신의 눈도 다르지 않을 터였다. 결국 그녀는 마른세수를 하며 얼굴을 감췄다.

"아으……. 뭔 일이 날지 짐작이 가는데 하지 말란 소린 안 나오고……."

"그냥 모른 척해."

미겔이 씩 웃었다. 살짝 드러난 송곳니가 위협적인 미소였다. 연두는 자기도 모르게 진저리를 쳤다. 장담컨대, 나중에 아세라드가 보낸 사람이 왔을 때 벡이라는 놈은 이 마을에 없을 게 분명했다. 이미 죽었거나, 감쪽같이 실종돼서 아무도 행방을 모르거나. 아무튼 없을 것이다.

"미겔……."

"제도적으로 도울 수 없다는 거 너도 아니까 권력에 기대려는 거잖아. 그렇지만 그 권력이 네 것도 아니고 주머니에서 동전 꺼내듯 꺼낼 수도 없잖아? 올바른 절차를 거친 정당한 처벌을 하고 싶거든 돌아가서 해. 여긴 내 방식이 훨씬 잘 통하는 곳이니까."

말을 마친 미겔은 훌쩍 창문을 넘어 사라졌다. 연두가 다급하게 창문가로 다가섰지만, 이미 어둠이 내린 바깥은 그저 시커멓기만 했다.

'눈, 나 눈 밝아졌으니까 어떻게……. 염병, 하나도 안 보이네.'

연두는 미간을 좁히며 어떻게든 어둠을 꿰뚫어 보려다가 그만두었다. 머리만 아프지 뭐 보이는 게 없었다. 역시, 갑자기 생긴 이 재주 같지도 않은 재주에 기대려고 했던 게 잘못이었다. 조심스레 문을 열고 살금살금 집을 가로질렀다. 부부의 방을 무사히 지나쳐 달리아의 방문을 똑똑 두드렸다.

"달리아, 문 좀 열어줄래?"

"……."

"같이 얘기 좀 할까? 응?"

"들어오세요."

말을 걸면서도 시간이 좀 더 걸릴 거라고 생각했는데, 오래지 않아 허락이 떨어졌다. 연두는 살그머니 문을 열었다가 그 방에 먼저 와 있는 미겔을 발견했다. 그는 왠지 있는 대로 미간을 찌푸리고 있었다.

"달리아, 이 시간에 찾아와서 미안해."

"뭘요. 앉으세요. 뭐 때문에 오신 건지 알아요. 피에로에게 얘기 다 들었어요. 왕궁에서 일할 수 있게 해줄 수 있다면서요?"

"어, 으응……."

달리아의 표정이 너무나 태연해 연두는 자기도 모르게 긴장했다. 열네 살이라니, 이미 예전에 서른을 훌쩍 넘긴 그녀가 상대하기에는 너무 어려운 나이였다. 저 예쁜 머리통으로 무슨 생각을 하고 있을지 전혀 짐작이 가지 않았다.

"그린이랑 미겔이 부자인 건 알았는데 왕궁에 선이 닿아 있을 줄은 몰랐어요. 대단하네요. 왕궁에서 일할 수 있다니, 저야 좋아요."

"오, 정말? 그럼 언제쯤 짐을 쌀래? 어떻게 움직여도 전서구보다는 늦으니 우리가 좀 일찍 출발하면 좋겠는데!"

연두가 적이 안심하여 묻는데, 달리아는 물끄러미 미겔을 바라보았다. 시선으로 독촉받은 미겔이 한숨을 내쉬었다.

"벡을 죽여 버리기 전엔 안 간다는데."

"……혹시 네가 죽여준다고 했어?"

내가 그런 거 가르치지 말랬지. 연두의 눈꼬리가 하늘을 향해 치솟았다. 몹시 억울한 표정을 지은 미겔의 앞에 달리아가 끼어들었다.

"내가 먼저 부탁했어요."

"……"

"내가 떠나는 것만으로는 절반의 해결밖에 안 돼요. 벡이 여전히 저 꼴인데 어떻게 완전한 해결이 되겠어요? 사람들의 시선은 곧 옛날로 돌아가 버릴 거고 엄마와 아빠는 계속 고통받을 거예요. 나도, 벡도 없어져야 모든 게 깨끗해져요."

"그래도 그건 범죄야. 달리아, 일단 나와 함께 왕궁에 가자. 그 뒤에 정식으로 관리를 보내서 해결하자. 그게 너무 늦는 거 같으면 카멜르에 있는 비들을 움직일 수도 있어."

연두의 필사적인 설득에도 달리아는 고집스럽게 고개를 저었다. 그러다 어느 순간 청록색 눈동자 가득히 눈물이 차올랐다. 짓씹힌 입술이 찢어져 피가 흘렀다.

"관리요? 관리가 오면 뭐가 바뀌죠? 그린의 인맥이 대단한 건 알겠는데, 관리의 재판이 끝날 때까지도 여기 있어줄 건 아니죠?

그럼 나오는 결론은 뻔해요. 나더러 벡과 결혼하라고 하든가, 아니면 내가 어린 나이에 남자를 꼬여낸 마녀라며 돌에 맞아 죽는 형벌을 내리든가. 관리 같은 건 못 믿어요."

연두가 말을 잊은 가운데 미겔은 자신이 방음 처리를 잘했던가를 다시 한 번 확인했다. 다행히 완벽했다. 옆방에 있는 로넬과 안나는 아무 소리도 듣지 못할 것이다.

"벡을 볼 때마다 괴로워요. 무섭고 겁나요. 그렇지만 못 견딜 정도는 아니에요. 내가 무시하면 할수록 얼굴을 찡그리는 꼴이 통쾌해요. 계속 그렇게 일그러지는 얼굴을 볼 수만 있다면 앞으로도 쭉 참을 수 있어요. 하지만…… 나는 피해자고, 벡은 가해자인데, 나쁜 놈은 벡인데 왜 내가 참아야 해요?"

달리아의 볼을 타고 떨어지는 눈물은 슬퍼서 흘리는 눈물이라기보다는 분에 차서 흘리는 것에 더 가까웠다. 끓어오르는 분을 감당하지 못하고 새어 나온 눈물이었다.

연두는 그만 아연해졌다. 이 세계는 대체 뭘까. 대체 뭔데, 동화 세계 주제에 현실과 이렇게나 닮아 있는 걸까. 달리아가 토해 내는 말들은 연두에게 지극히 익숙했다. 수없이 많이 들었다. 기자니까, 펜으로 싸우는 사람이니까 제발 기사를 내서 공론화를 시켜달라며 연두를 찾아왔던 피해자들.

'기사를 내봤자 변하는 건 없는데도……'

그 변하는 것 없는 기사조차 거의 내지 못했다. 태반이 걸러졌고 간신히 통과한다 쳐도 아주 작은 토막 기사로 내는 게 최선일 때도 있었다. 그 과정을 거치면서 그녀의 정의감은 갈수록 닳아빠져 사치스럽기만 한 무언가가 되었다.

'그 르포기사, 포기하지 말걸.'

연두는 새삼 생각했다. 화난다고 휴가를 내고 뛰쳐나오면 안 됐다. 펜의 힘을 믿었어야 했다. 좀 더 집요하게 굴었어야 했다. 기자답게 물어뜯었어야 했다. 최소한 거기는 법과 제도가 작동하고 있고 여론이 부채질 정도는 할 수 있는 곳이었다.

이곳에서 연두의 힘으로는 달리아를 도와줄 수 없었다. 아셰라드에게 사정을 봐달라 부탁하는 게 전부였다. 그러나 아셰라드가 도움을 준다 해도, 달리아의 일은 연두가 어떻게든 개입을 할 수 있었던 벨 때와는 달랐다. 제대로 된 처벌이 이루어질 거라고 장담할 수가 없었다. 지독한 무력감이 밀물처럼 밀려들어 연두를 적셨다.

달리아가 연두의 그런 속내를 알 리 없다. 소녀는 자꾸 시야를 흐리는 눈물을 짜증스럽게 닦아냈다. 속에서 천불이 났다.

"뭣보다 화나는 건, 내가 이렇게 아파하며 참아내는 게, 실은 내가 그놈에게 마음이 있어서 그런 거라고 매도되는 거예요. 내가 얼마나 힘든데, 그걸 그따위로 취급해요? 내 고통은 과거로 끝난 게 아니라 지금도 여전하고 앞으로도 이어질 미래인데!"

"달리아……."

"그놈이 어떻게 사람이에요? 그건 짐승이에요! 피에로더러 해달라고 할 것도 아니에요! 그 짐승 새끼 내 손으로 죽여 버릴 거야!"

처음 오두막에 왔던 그날 이후로 사라져 본 적 없는 표정이 되돌아왔다. 달리아는 핏발 선 눈으로 입술을 잘근잘근 씹으며 미겔을 향해 돌아섰다. 뽀얀 얼굴에 어린 광기가 드림랜드의 광대 못지않았다.

"피에로, 마법사잖아요. 뭐가 필요해요? 뭘 주면 내가 그 짐승을 죽일 수 있게 해줄 거죠?"

"글쎄……."

"내 영혼이면 돼요? 아니면, 몸? 하긴, 이렇게 더럽혀진 몸은 별로 원하지 않을 테죠. 시체라도 내주면 되나요? 내 몸뚱이 가지고 오백 년쯤 부려먹어도 원망하지 않을게요. 나 혼자서는 안 돼요. 도와줘요."

미겔은 난처한 미소를 지으며 달리아를 바라보았다. 그게 어딘지 불안하게만 느껴져 달리아는 자기도 모르게 가슴 앞에서 손을 모아 쥐었다.

"제발요."

"별로 더럽혀졌다고 생각하진 않지만……. 어쩌지, 네 육체도 영혼도 그다지 쓸모가 없는데."

"쓸모…… 없다고요?"

"그래. 난 마법사 같은 게 아니거든."

달리아의 얼굴이 순식간에 빨갛게 물들었다.

"말도 안 돼! 그동안 실컷 쓴 게 마법이 아니고 뭐란 말이에요? 물을 데우고, 빛을 밝히고, 이상한 나비들을 불러냈었잖아요!"

"그건 마법이 아니야. 잔재주지. 난 진짜 마법사의 곁에 오랫동안 있었던 탓에, 어깨너머로 조금 잔재주를 배웠어. 단지 그뿐이야. 내가 진짜 마법사였다면 그놈에게 두꺼비가 되는 저주쯤은 걸어줄 수 있었겠지만……."

달리아가 몸을 부들부들 떨며 손바닥에 얼굴을 파묻었다. 절망이 소녀의 어깨를 솔처럼 장식했다. 미겔이 달리아의 어깨를 붙들고 다정하게 토닥였다. 그러면서 자그마하게 속삭였다.

'조금만 기다리고 있어.'

연두는 미겔의 등을 바라보고 서 있었다. 미셸의 입보양 같은 건 보이지 않았다.

"연두가 하자는 대로 해. 결과에 대해서는 걱정하지 마. 까짓거, 정 아니다 싶으면 반란죄라도 뒤집어씌워 버리면 되지. 틀림없이 목이 떨어질걸."

"그걸 그렇게 쉽게 말해도 돼요……?"

미겔은 혼란스러워하는 달리아의 머리를 까치집으로 만들며 웃었다. 그 벡이라는 놈에 대해서는 미겔도 원한이 있었다. 연인과의 시간을 방해받은 원한은 매우 컸고, 그는 뒤끝이 길었다. 미겔은 벡이 달리아에게 저지른 죄에 자신의 원한을 조금 더 보태 갚아줄 셈이었다.

'내가 따로 연락할 테니까.'

달리아는 다급하게 고개를 치켜들었다가 미겔의 손에 뺨을 꼬집혔다.

"으우으으……."

"그리고 더럽다는 소리 막 하는 거 아니야. 길 가다가 돌부리에 걸려 넘어져서 무릎이 깨져 놓고 난 돌멩이에게 더럽혀졌어! 라고 울 거야? 마법사니 영혼이니 하는 것도 함부로 입에 담지 말고. 위험해."

"그치만 피에로……."

"그치만은 무슨 그치만이야. 하지 말라면 하지 말아야지. 오늘은 이만 자. 당장 내일 해가 뜨자마자 로넬과 안나를 설득하려면 체력을 비축해야 돼. 겨우 품에 돌아온 어린 자식을 떼어놓아야 하는 부모님 마음을 생각해야지."

달리아는 미겔의 어깨 너머로 보이는 연두를 흘끔 쳐다보았다.

잔뜩 찡그린 얼굴이 무서웠지만, 지금 당장 눈앞에 내려진 동아
줄을 잡는 게 더 급했다. 매끈한 뺨에 입을 맞추고 얌전히 눈썹
을 내리깔았다.

"네, 착하게 굴게요."

쯧. 연두는 짜증스레 혀를 찼다. 다 들었다.

벡은 부스스 눈을 떴다. 새벽 햇살이 비쳐들 때 잠들었는데,
천장이 시커먼 걸 보면 낮을 통째로 건너뛴 모양이었다.

"염병……."

농사꾼과 달리 나무꾼은 겨울이 되면 할 일이 늘었다. 장작의
수요가 급등할 때이기 때문이다. 벡도 할 일이 산처럼 쌓여 있었
지만, 한숨 자고 나서도 가시지 않은 술기운이 그를 침대에 철썩
붙여놓았다. 숨을 쉴 때마다 술 냄새가 났다.

마음 같아선 천년만년 침대에 드러누워 있고 싶지만, 목이 말
랐다. 그는 온몸이 쑤시는 걸 무시하고 몸을 일으키려다가, 사지
의 말단이 밧줄에 묶여 침대에 꽁꽁 매여 있다는 걸 깨달았다.

"이, 이게 뭐야?"

휙 팔을 당기자 밧줄이 손목을 무섭게 죄어들었다. 팔다리 모
두가 그 꼴이니 침대에서 꼼짝도 할 수가 없었다. 목이 마른데,
오줌도 마려운데, 이게 뭔가. 성질을 이기지 못하고 발버둥을 쳤
다.

"으아아아아아!"

쓸데없이 튼튼한 침대는 벡의 발버둥을 잘 버텨냈다. 벡은 침
대에 드러누워 씩씩대면서 대체 누가 자신에게 이런 짓을 했을까
생각했다. 역시 로넬이 제일 먼저 떠올랐다. 위협적으로 유리병을

휘둘러 놓고 이런 짓까지 하다니.

"내가 술주정을 좀 했기로서니, 틀린 말을 한 것도 아닌데 그 썩을 놈이……."

지금이야 다들 돈을 먹어서 로넬의 눈치를 보고 있지만, 그 잘난 손님들이 떠나고 나면 마을 사람들은 다시 자신의 편을 들 게 틀림없었다. 이미 처녀성을 잃은 계집을 누가 마누라로 거둔단 말인가. 하물며 로넬은 외지인이었다.

"하여간 미친 새끼. 그나저나 이건 언제 풀러 오는 거야?"

갈증과 요의가 심해지면서 불안이 밀려왔다. 이렇게까지 해둔 걸 보면 원한이 꽤 쌓인 모양인데, 그 속 좁은 놈이 빨리 찾아올 것 같지가 않았다. 그 손님이라는 사람들이 마을을 떠나고서야 올지도 몰랐다.

하지만 괜찮다. 어차피 지금은 겨울이고, 로넬이 아니어도 장작을 사려는 사람들이 올 것이다. 민망하고 부끄럽긴 해도, 그 사람들에게 풀어달라고 하면 그만이다.

조금 성질을 냈다고 또 요의가 밀려들었다. 하나 아무리 묶여 있다고 해도 그렇지, 침대에 오줌을 싸지를 수야 없는 노릇이지 않나. 벡은 입술을 꽉 깨물고 요의를 참으며 다른 쪽으로 생각을 돌렸다.

'달리아가 오면 이 어두운 오두막도 좀 밝아지겠지? 볼 장 다 봤는데 결혼 선물을 따로 준비해야 하나? 그 괴상한 작자들 때문에 눈이 훌쩍 높아졌으면 어쩌지? 빌어먹을……. 아, 오줌 누러 가고 싶다.'

벡의 시간은 지독할 정도로 천천히 흘렀다.

어떻게든 밧줄을 끊어보려던 시도가 모조리 실패한 덕분에 이제 사지 말단에는 감각이 없었다. 그런 와중에도 갈증과 허기를 비롯한 온갖 욕구는 계속 밀려왔다. 더럽혀진 사타구니가 근질근질한 가운데 눈앞이 가물가물했다.

'사흘쯤 지났나……. 로넬 놈은 이대로 날 죽일 셈인가?'

집을 데우던 난로의 불이 꺼지면서 혹독한 추위가 밀려들었다. 추위는 벡의 전신을 파고들어 몸 곳곳을 얼렸다. 감각은 없지만 손가락이 시퍼렇게 변한 건 보였다. 큰일이었다. 빨리 조치를 취하지 않으면 손가락을 잘라야 할지도 모른다. 마신 것도 없는데 이마에서 땀이 났다.

'왜 아무도 안 오는 거야?'

아무리 외따로 떨어져 있다지만 사흘이나 지났는데, 누구도 벡의 집을 방문하지 않았다. 벡은 그게 이상해 견딜 수가 없었다. 겨울이면 쥐새끼 풀방구리 드나들 듯 들락대던 사람들은 다 어디로 갔는가.

끽…….

그때, 문 열리는 소리가 들렸다. 그동안 바람에 삐걱대는 소리에 얼마나 속았던가. 이번에도 바람일 거라 생각하면서도 희망을 버릴 수 없었다. 벡은 확 고개를 돌려 정말로 문이 열렸는지를 확인했다. 노오란 햇빛이 열린 문을 따라 들어왔다가 사라졌다. 문이 닫힌 것이다. 이번에야말로 사람이었다!

"……으……."

소리를 치려고 했지만, 단지 입을 떼는 것만으로 입술이 터져 핏물이 흘렀다. 지나치게 허기진 몸뚱이는 큰 소리 하나 내지 못하고 가여우리만치 헐떡거렸다.

타박타박 걷는 발소리가 들렸다. 몹시 가벼웠다. 현관 부근에서 시작된 발소리는 작은 거실을 지나 점점 가까워지다가 벡이 누운 방 바로 코앞에서 멈췄다. 벡은 잠잠해진 인기척이 안타까워 바르작거렸다. 딱 한 걸음만 더 걸어서 방을 들여다보면 날 발견할 수 있을 텐데. 제발 한 걸음만 더. 그러나 무정한 발소리는 다시 멀어지기 시작했다.

"사…… 사람……, 살……."

어떻게든 소리를 냈다. 끝까지 말을 잇진 못했어도 충분히 들었을 만한 소리였다. 과연, 멀어지던 발소리가 다시 되돌아왔다. 한 걸음, 두 걸음, 세 걸음……. 마침내 열린 문 앞에 도달한 누군가는 벡이 생각지도 못한 사람이었다.

"안녕하세요, 아저씨."

후드가 달린 두껍고 고급스러운 빨간 망토를 입은 달리아가 방 입구에 서 있었다. 달리아는 두꺼운 가죽 신발에 달라붙은 눈이 귀찮은 듯, 바닥을 콩콩 두드려 눈을 털어냈다. 아무래도 눈을 헤치고 온 모양이었다.

벡은 우중충하고 어두운 집이 갑자기 환하게 밝아진 것만 같은 시각적 충격을 받았다. 늘 예쁘게 보이던 달리아였지만, 지금은 마치 하늘에서 내려온 천사님 같았다. 그는 제멋대로 생각했다. 현실을 깨달은 로넬이, 달리아를 자신에게 보낸 것이라고.

"로…… 넬이……."

"아빠가 보냈냐구요? 에이, 그럴 리가 있나요. 우리 아빠 아저씨 싫어해요. 여긴 제가 알아서 온 거예요."

벡의 심장이 크게 뛰었다. 이 사랑스러운 아이가, 스스로 자신에게 왔다는 말을 들으니 다 죽어가는 것처럼 늘어져 있던 몸에 활력이 돌았다. 가까이 다가온 달리아에게서는 좋은 향기가 났다. 이 계절에 피어 있을 리 없는 꽃향기가 풍겼다. 벡은 자기도 모르게 킁킁 냄새를 맡았다. 험상궂은 표정을 짓고 있던 얼굴이 형편없이 풀어졌다.

"냄새 좋아요? 이런……. 그린에게 옮았나? 그린은 향수를 쓰는 것도 아닌데 늘 좋은 향기가 나요. 정말 신기하다니까요."

달리아가 사랑스럽게 고개를 갸웃거렸다. 벡은 힘없는 팔을 흔들며 밧줄을 끊어달라는 부탁을 했다. 말은 나오지 않아도 행동에서 의사가 충분히 읽혔을 텐데, 그녀는 벡의 코앞까지 와놓고도 밧줄을 끊으려고 하지 않았다.

"아저씨는 냄새가 지독하네요. 뭐, 예전에도 그다지 깨끗하게 하고 다니는 분은 아니셨지만, 지금은……. 어휴. 누운 채로 볼일을 다 보셨네요? 와, 겨울이라 다행이지 여름이었으면 정말 엄청났겠어요."

벡의 얼굴이 벌겋게 달아올랐다. 어쩔 수 없는 일이었다. 노망이 난 것도 아닌데, 누가 침대를 변소로 쓰고 싶어서 그랬겠는가.

달리아가 품에서 작은 가죽 주머니를 꺼냈다. 물이 담긴 주머니라 찰랑찰랑 소리가 났다. 그 소리를 들은 벡은 잠깐 잊고 있었던 지독한 갈증이 다시 되살아나는 걸 느꼈다. 그의 시선이 달리아가 흔드는 주머니를 따라 이리저리 흔들렸다.

"아저씨 지금 동네 고양이 같아요. 주머니를 흔들면 흔드는 대로 눈이 이리저리……. 킥."

달리아가 킥킥대거나 말거나, 벡의 관심은 오로지 주머니 속의 물이었다. 두꺼운 장갑을 낀 손이 낑낑대고 마개를 열었다. 퐁, 소리와 함께 몇 방울의 물이 바닥으로 떨어졌다. 아까웠다.

"더러우면 씻어야죠."

벡은 자신의 입에 달리아가 물주머니를 가져다 대줄 줄 알았다. 그러나 달리아는 그 주머니 속의 물을 벡의 사타구니를 향해 뿌렸다.

추위로 얼은 몸에 선뜩하도록 차가운 물이 쏟아지며 한층 더한 추위를 몰고 왔다. 저절로 등이 곱아들자 밧줄이 사지를 죄어 왔다. 벡은 그 와중에 날카로운 바늘이 사타구니를 마구 쑤시는 듯한 통증에 어쩔 줄 모르고 허덕거렸다. 비명조차 나오지 않았다.

"다 씻기기엔 물이 너무 적어요……. 이만 해야겠어요. 아, 혹시 목마르세요?"

물. 벡은 정신없이 고개를 끄덕였다. 곧 겨우 몇 모금의 물이 그의 목을 적셨다. 너무도 달고 맛있었지만 부족했다. 그러나 달리아는 곤란한 표정으로 고개를 저었다.

"다 뿌려 버렸는걸요."

버럭 소리를 지르고 싶었다. 당장 나가서 눈이라도 퍼오면 되잖아! 그러나 필사적인 노력에도 벡의 목에서는 아무 소리도 나오지 않았다. 땅에 내던져진 물고기처럼 입만 뻐끔대는 모양새였다.

달리아는 그런 벡을 가만히 바라보았다. 손이 보랏빛으로 얼어붙고, 하체가 배설물로 더럽혀진 채, 침대에 묶여 벌레처럼 버르적대는 꼴을. 잔인한 쾌감이 차올랐다.

"아저씨가 나한테 했던 짓을 그대로 되갚아줬을 뿐인데 굉장히 기분이 좋네요. 아, 이래서 사람들이 복수를 하는 거구나?"

"어으으……."

"그렇게 충격받은 얼굴 하지 마세요. 신부님이 그러셨잖아요. 하나님은 업신여김을 받지 않으시니, 뿌린 대로 거두리라. 뭐어……

아주 딱 들어맞는 경구는 아니지만, 왠지 어울리는 것 같아요. 아저씨는 어른이니까 충분히 이해하시겠죠?"

벡이 몸을 펄떡거리며 날뛰었다. 시체처럼 늘어져 있던 몸에 무슨 힘이 그리 남아 있었는지, 자칫 잡히면 험한 꼴을 보겠다. 달리아는 슬쩍 뒷걸음질을 쳤다. 벡은 금방 지쳐 늘어졌다.

"아저씨가 우리 집에 와서 난동을 피운 지 사흘이 지났어요. 사람들은 아저씨가 안 보이는 게 분명 술을 퍼마시고 집에 처박혀서일 거라고 했죠. 누군가가 장작 걱정을 하기 시작했지만, 곧 괜찮아졌어요. 새 나무꾼이 나타났거든요."

숲속 깊은 곳에 숨어 영주의 병사들에게 잡혀가는 걸 피한 외지인 무리가 있었다. 눈치가 빠르고 힘이 좋아 벡의 감시를 피해 나무를 잘라가던 사람들이었다. 그들은 한 가족이었고, 마을 사람들이 장작 때문에 곤란을 겪는 틈을 놓치지 않았다.

"겨울이 올 때까지 버티는 외지인은 받아준다."

이미 나뭇잎이 푸릇할 때 세웠던 원칙이었다. 마을 사람들은 불성실한 벡 대신 때마침 나타난 나무꾼 가족을 매우 환영했다. 그들은 성공적으로 마을에 스며들었다.

이런 자세한 사정을 알 리 없는 벡이지만, 그는 왜 아무도 자신을 찾아오지 않았는지를 깨닫고 몹시 배신감을 느꼈다. 필요 없으면 들여다보지도 않는 사이가 어떻게 이웃이냐 말이다.

달리아는 그런 그를 향해 상냥한 미소를 지었다. 이렇게나 충격을 받다니, 미겔이 벡을 찾아가려는 사람들을 막았다는 얘기는 하지 않은 게 정답이었다.

"잘됐죠. 아저씨는 이제 나무꾼 일을 못할 텐데."

달리아가 품에서 다른 주머니를 꺼냈다. 아까 물주머니보다 두 배는 더 큰, 기름주머니였다. 그녀는 주머니 속의 기름을 침대 주변과 침대에 묶인 벡에게 뿌렸다. 벡이 기겁을 했지만 개의치 않았다. 남은 기름은 예전에 갇혀 있던 손님방의 침대 위에 몽땅 쏟아부었다. 부싯깃에 불을 붙여 기름 위에 떨어뜨렸다.

'드디어 이걸 태우는구나.'

달리아의 악몽 속에 등장해 그녀를 깔아뭉개곤 하던 침대는 순식간에 불덩이가 되었다. 침대의 불은 달리아가 인도하는 대로 벡의 침실에까지 번졌다. 기름이 뿌려진 침대는 잘 말린 장작처럼 불타올랐다. 벡이 침대에 묶인 채 헛된 몸부림을 쳤다. 그가 필사적으로 발악할수록 밧줄은 그를 더욱 단단히 죄었다. 기름에 힘을 얻은 불길이 벡의 몸을 꿀떡 삼켰다.

달리아는 침실 입구에 서서 안쪽의 풍경을 들여다보았다. 벡이 불덩이 속에서 몸부림치는 꼴이 마치 천상의 모습을 표현한 그림 같았다. 저도 모르게 입술이 양옆으로 말려 올라갔다. 달리아는 연두에게서 배운 그대로, 치마를 살짝 들어 올리며 아름답게 인사했다.

"아저씨, 안녕히 죽으세요."

달리아는 망토에 불이 붙지 않도록 조심하며 벡의 집을 나왔다. 새파란 하늘과 차가운 공기가 그녀를 반겼다.

현관문 옆에 서서 기다리고 있던 미겔이 달리아의 머리를 쓰다듬었다. 술에 곯아떨어진 벡을 제압해 침대에 묶어놓고, 오두막 바깥에 기름 먹인 장작을 쌓은 것 모두 그의 솜씨였다. 이제 이집은 커다란 모닥불이 될 터였다. 사방에 눈이 쌓였으니, 번질 걱정도 없었다.

"어때, 만족했어?"

"네. 제가 원했던 그대로였어요. 고마워요, 피에로."

"고작 잔재주일 뿐인데 고마울 것까지야. 연두에게는 비밀이다. 지나가는 길에 신경이 쓰여서 와봤더니 벡은 이미 얼어 죽었고, 불은 내가 지른 거야. 알겠지?"

미겔이 단단히 일렀지만, 달리아는 회의적이었다.

"그린이 속을까요?"

"속는 척은 해줄 거야."

"와, 자신감 넘친다."

"묻지도 않았는데 지레 찔려서 줄줄이 실토하지만 않으면 돼."

그때, 멀리서부터 날아온 나이팅게일이 미겔의 어깨에 날개를 접고 앉아 종알거렸다.

「둘 다 떠들지 말고 빨리 가기나 해. 아가씨가 폭발하기 직전이란 말이야.」

미겔이 뜨끔한 표정을 지었다. 그는 마을을 떠나는 달리아에게 마지막으로 주변 구경을 시켜주겠다는 핑계로 달리아를 연두에게서 떼어냈다. 무슨 일을 하러 가는지 알면서도 모른 척 눈을 감아주었던 연두지만, 시간이 계속 늦어지니 화를 내는 모양이었다. 아무리 그래도 지금은 달리아의 의사가 더 중요하다. 미겔은 떽떽거리는 나이팅게일의 부리를 틀어막고 달리아에게 물었다.

"달리아, 어떡할래? 여기 오느라 다 못 돌았잖아. 더 보고 갈래?"

"아뇨……. 충분해요."

달리아는 고개를 저었다. 어차피 눈을 감으면 생생히 떠올릴 수 있는 고향이있다. 가끔 악몽으로 등장해 자신을 괴롭히던 벡의 집마저 홀랑 타버리고 나면 마음을 붙잡고 늘어지는 것도 없을 터였다.

「괜찮다잖아, 빨리 가자. 이런 곳에 오래 있어서 좋을 게 뭐 있어? 새 출발이 제일 좋지!」

"알았어, 알았다니까. 제발 입 좀 다물어라."

「내 목소리가 어때서? 남들은 내 노래 한 자락 못 들어서 안달인데!」

"그 사람들한테는 네 목소리가 그냥 새 소리로만 들리겠지. 나한테처럼 잔소리로 들리진 않을 거 아냐?"

나이팅게일의 재촉을 받으며 부지런히 발을 놀린 덕분에, 두 사람은 너무 늦기 전에 마차에 도착할 수 있었다. 왕궁으로 가는 마차는 비들이 내주었는데, 겨울의 험한 여행을 버틸 수 있도록 튼튼하고 좋은 고급마차였다.

연두는 눈에 젖어 오들오들 떨고 있는 두 사람을 위해 따뜻하게 데운 물을 내주었다. 미리 화로에 주전자를 올려두기를 천만다행이었다. 미겔과 달리아는 널찍한 마차 좌석에 앉아 담요까지 뒤집어쓴 채 몸을 녹였다.

"한참 기다렸잖아. 난 또 주변 풍경을 그림으로라도 남기는 줄 알았어."

"아, 그럴 걸 그랬나."

"말이나 못하면."

연두는 옆자리를 차지하고 앉아 시시탐탐 무릎을 노리는 미겔을 밀어내고 달리아를 살펴보았다. 안색은 괜찮아 보였다. 표정도 나쁘지 않고, 어딘지 개운해 보이는 기색까지 있었다. 온갖 상념

들이 연두의 안을 떠돌아다니다가 그대로 가라앉았다. 하고 싶은 말이 아무리 많아도, 이미 끝난 일이었다.

"달리아, 왕궁이 있는 수도 얘길 해줄까? 카멜르보다 더 번화하고 사람도 많은 곳이야. 어차피 네 눈으로 보게 될 테지만 먼저 얘기 듣는 것도 나쁘진 않을걸."

"오……. 그럼 우리, 진짜 왕궁에 가는 거예요?"

"그럼 왕궁에 가지 어디 가는 줄 알았어?"

달리아가 능청스럽게 눈을 휘었다.

"난 또, 왕궁에 간다고 해놓고 어디론가 팔아버릴까 봐 걱정했죠. 봐요, 내가 좀 예뻐요? 수도에도 나만큼 예쁜 계집아이는 별로 없을걸요!"

"얘가."

연두는 그만 피식 웃고 말았다. 뭔 말을 하려고 하나 봤더니, 로넬이 했던 걱정을 고스란히 읊고 있다. 어쩜 그리 달리아를 보내기 싫어했는지, 부부는 연두가 내민 심부름꾼의 목걸이를 두고 가짜가 아니냐며 의심까지 했다.

하지만 자식 이기는 부모 없다고 달리아까지 이기지는 못했다. 달리아가 아궁이에서 타오르는 장작을 보는 것조차 괴롭다는 말까지 꺼내자, 그들은 거의 울 듯한 얼굴로 허락해 주었다.

"농담은 적당히 하고……. 수도까지 가려면 족히 이 주는 걸려. 그렇게까지 마차 타본 적 없지?"

"네. 마차는 카멜르 성에 갈 때 잠깐씩 타는 거 말곤……."

"멀미라도 있으면 큰일인데. 흔들림에 시달려서 해골처럼 퀭해질지도 몰라."

"에이, 설마 그렇게까지 되겠어요?"

달리아는 자신만만하게 말했지만, 불행히도 연두의 말은 사실이 되고 말았다. 달리아는 지독히도 멀미를 했다. 마부가 자기 인생에 이 정도로 멀미하는 사람은 처음 본다고 고개를 저을 정도였다. 온갖 처방을 다 해봤지만 소용이 없었다.

게다가 달리아는 남녀 간의 애정행각에 퍽 과한 반응을 보였다. 연두와 미겔이 가볍게 입술만 닿는 키스를 하는 것만 봐도 자꾸만 시선을 돌리고 땀을 흘렸다. 본인은 괜찮다지만 묻어두었던 기억이 벡과 마주치면서 되살아나 트라우마로 남은 모양이었다.

말은 하지 않아도 조용히 참고 있는 걸 보는 게 몹시 미안할 지경이라, 연두와 미겔은 당분간 스킨십을 자제하자고 합의했다. 그러나 이제 막 마음이 통한 연인이다. 넓다 해봤자 마차인데, 그렇게 가까이 있으면서 스킨십을 하지 않고 참는다는 게 쉬울 리 없었다.

결국 미겔은 아예 마차 안을 탈출해 마부석에 종일 달라붙어 있는 신세가 되었다. 그러다 마차를 멈출 때가 되어서야 겨우 연두의 곁에 다가가 짧은 접촉을 즐겼다. 그렇게 바로 곁에 있는데 얼굴 보기도 힘들 지경이 되자 불만이 산처럼 쌓여서, 그는 새끼 밴 암말처럼 예민해지고 말았다.

그리고 그건 마부에게 크나큰 시련이 되었다. 신경질적으로 손톱을 틱틱거리는 잘생긴 얼굴을 보며 마부는 자신의 불성실한 신앙생활에 대한 깊은 반성을 했다.

'오, 주여, 저는 앞으로 신실한 신자가 되겠나이다……'

다행히 날씨는 굉장히 좋았다. 일행은 순조롭게 가르피나에 진입했다. 수도로 가는 길이면 반드시 한 번은 들러야 하는 도시이지만, 연두가 납치범들에게 잡혀 고초를 당하다가 탈출한 도시이기도 했다. 미젤은 일행 몰래 연두의 낯을 살폈지만 그녀는 아무렇지도 않아 보였다.

연두는 이번에도 암사슴의 숲을 숙소로 골랐다. 그녀가 내민 심부름꾼의 목걸이를 확인한 숙소 측은 가장 안쪽의 방을 내주었다. 역시 이전에 묵었던 방이었다. 혼자 바깥의 방을 받은 마부는 신나는 표정을 숨기지도 않고 가버렸고, 달리아는 호화로운 방에 한숨을 흘렸다.

"세상에, 이렇게 훌륭한 방이 대체 몇 개나 되는 거죠……? 게다가 응접실, 거실, 욕실……. 굉장해요! 그린! 전 여기 이 방을 쓸래요!"

"그래, 마음대로 써. 며칠만 있다 갈 거니까 너무 짐 벌려놓지는 말고."

미젤은 연두의 신경은 대체 뭘로 만들어진 걸까 의심했다. 고래심줄? 티타늄합금? 뭣 하러 안 좋은 기억이 남았을 곳을 더듬어 다닌단 말인가. 피학 취향이 있는 것도 아니면서! 그는 제 짐은 내팽개친 채 연두가 고른 방에 따라 들어가 물었다.

"왜 하필 여기야?"

"왜냐니? 여기가 시설이 제일 좋아. 밥도 맛있고, 보안도 좋고. 내 돈 내는 것도 아니니 더더욱 좋지. 왜, 여기서 지내는 동안 불편했었어? 아닌데, 꽤 잘 지냈던 거 같은데……."

연두가 고개를 갸웃거렸다. 정말 고민에 빠진 듯, 짐을 정리하던 손마저 멈춘 채였다. 미젤은 그녀가 손가락을 다친 채 지냈던 시간을 떠올린 건 자신뿐이지 않았을까 의심했다. 혹시 저 사람은 그걸 전혀 신경 쓰고 있지 않은 거 아닐까. 정말로 그렇다면야, 이렇게 꼬치꼬치 캐묻는 게 더 어리석은 일일 터이다.

"아니, 뭐……. 나야 너만 괜찮다면 괜찮아."

"아, 혹시 그때 내가 손가락 다쳤던 걸 신경 쓰고 있었던 거야? 다시 안 좋은 기억이 떠오르기라도 할까 봐?"

"윽……."

정곡을 찔린 미겔의 낯에 순식간에 붉은 물이 들었다. 그는 창피함에 다급히 얼굴을 가렸지만 이미 늦었다. 연두가 꺅, 소리를 내며 뛰어와 미겔을 끌어안고 입술을 찾았다. 쪽, 이젠 거의 일상이 된 짧은 입맞춤이 가볍게 스쳐 지나갔다.

"이런 섬세한 남자를 보았나."

미겔은 품을 파고드는 몸에 놀라 몸을 뒤로 빼려 했지만 이미 늦었다. 요즈음의 연두는 당혹스러울 정도로 매혹적이라, 가까이 있다 보면 정신을 차릴 수가 없었다. 금세 휩쓸려 그녀의 입술에 완전히 집중하고 말았다.

한참 동안 숨결을 나누고 난 뒤, 연두가 따끈따끈 하다못해 뜨겁게 느껴지는 뺨을 쓰다듬으며 빙긋 미소를 지었다. 미겔은 숨도 제대로 쉬지 못하고 웃음기 어린 갈색 눈동자에 넋을 놓았다.

"이 바보야. 난 그때 네가 왔다는 걸 알고 굉장히 안심했었다구. 나한테 여긴 좋았던 기억밖에 없어. 아무렴, 내가 좋아하는 남자가 날 구하러 그렇게 급하게 와줬는데 싫어할 수 있을 리가 없잖아."

"날…… 좋아했었다고?"

"응. 이름 지어주겠다는 말이 괜히 나온 건 줄 알아? 어휴, 연애는 더 좋아하는 쪽이 손해라는데 난 손해만 볼 팔자인가 봐."

연두가 어깨를 으쓱이며 새초롬하게 중얼거렸다. 하지만 미겔이 듣기엔 그것만큼 터무니없는 말도 없었다.

"연인 사이에 뭔 손해를 따져? 장사해? 그리고 그게 정말이면, 넌 절대 손해 안 봐. 말했잖아? 내게 이름을 지어주면, 넌 내 세계의 전부가 될 거라고. 그거 농담 아니었어. 지금 내 세계는 강연두 널 중심으로 돌고 있는걸. 네가 있어서,"

"제발 거기까지……. 알았어, 내가 잘못했어. 손해 본다는 둥 뭐 그런 말 이제 안 할게."

연두가 견디지 못하고 미겔의 입을 틀어막았다. 미겔은 잔뜩 불만스러운 표정을 지으면서도 그만 입을 다물었다. 새빨갛게 얼굴을 붉힌 연두의 표정이 몹시 사랑스러웠기 때문이었다. 그는 제 입을 틀어막은 연두의 손을 떼어내 손바닥에 깊게 입을 맞췄다. 따스한 입김이 연두를 간질였다.

이제 연두는 얼굴뿐만 아니라 귓불과 목덜미까지 전부 붉어져 버렸다. 먼저 다가가 키스를 하자 조른 건 자신이었는데, 대체 어쩌다 이렇게 된 건지.

'정말이지, 당해낼 수가 없어……'

미겔이 연두의 머리카락 속에 손을 넣고 자신에게로 끌어당겼다. 연두는 순순히 눈을 감고 그가 퍼붓는 키스를 받아들였다. 몸이 붕 떠오르는 것만 같았다.

달리아는 짐 정리를 마치고 뛰어나와 방 구경을 하다가 뜻밖의 장면을 마주치고 그만 얼어붙어 문가에 숨어버렸다. 서로 꼭 달라붙어 짙은 키스를 하는 연인이라니, 그녀에게는 좀 과한 자극이었다. 심장이 쿵쿵쿵 요란한 소리를 냈다.

'애정행각을 할 거면 문이나 좀 닫고 하지.'

분명 뒷걸음질을 쳐서 도망가려고 했는데, 어째 발이 바닥에 달라붙은 것처럼 움직이질 않는다. 잠깐 망설이던 달리아는 문가에 서서 몸을 숨긴 채 머리만 쏙 내밀고 연인을 구경했다. 애정이 뚝뚝 떨어지는 손짓과 몸짓은 역겹거나 더럽지 않고 굉장히 달콤하고 따뜻해 보였다. 이상하게 가슴이 간질간질하고 웃음이 났다.

'두 사람, 언제 결혼하지? 나한테 들러리 정도는 시켜주려나? 혹시 사실은 귀한 신분, 이래가지고 난 결혼식장 근처에도 못 가면 어떡하지?'

그때, 연두에게 집중하고 있던 미겔이 손을 휘저으며 나가라는 제스처를 취했다. 들킨 것이다. 달리아는 입을 삐죽 내밀고 응접실로 도망쳐 나왔다. 새장의 횃대에 앉아 쉬던 나이팅게일이 포르르 날아 달리아의 손가락에 올라앉았다.

「방 구경은 잘했어?」

"저놈의 새장은 왜 만날 문이 열려 있는 거야?"

「왜 갑자기 짜증을 내고 그래? 네가 편하게 있으라며 문 열어 줬잖아. 잊었어?」

"치……. 아 몰라. 그린이랑 피에로랑 막 키스하고 난리 났어. 그거 보고 나니까 갑자기 짜증이 확 나네. 방에나 있을걸, 난 뭐 하러 나와가지고……."

「언젠 서로 좋아하면서 답답하게 군다고 짜증이더니 거 장단 맞춰주기도 힘들게 구네. 나온 김에 종업원 불러서 밥 가져오라고 하자. 나 건포도 시켜줘.」

나이팅게일이 꽁지깃을 까닥대며 먹이를 졸랐다. 그 모습이 사뭇 귀여워, 달리아는 그만 하하 웃어버렸다. 어딘지 꽁하게 뭉쳐 있던 마음이 사르르 풀렸다.

"그래, 맛있는 거 먹자. 안 그래도 실컷 토해서 배도 비었어. 근데 이런 곳에선 막 종업원이 음식도 갖다주고 그래? 어떻게 해야 하는지는 알아?"

「응. 내가 시키는 대로만 하면 돼. 아가씨는 예전에도 여기서 묵었거든. 그때 잘 봐뒀지!」

"대단해! 넌 정말 똑똑한 새야!"

그렇게 한 사람과 한 마리는 서로 협력해 푸짐한 요리를 시켰고, 산처럼 쌓인 음식과 싸워 이긴 뒤 지쳐 늘어져 잠들었다.

사실, 가르피나에서 머무는 며칠은 달리아를 위한 것이었다. 연두는 퀭하게 그늘진 달리아의 얼굴이 포동포동하게 살이 오를 수 있도록 최선을 다했다. 달고 기름진 음식을 아침부터 밤까지 먹이고 실컷 자게 두었다는 얘기다. 미겔과 나이팅게일의 아낌없는 협조도 있어서, 달리아는 가르피나를 떠날 무렵엔 마을을 떠날 때보다 통통하고 귀여운 소녀가 되어 있었다.

"우욱…… 우웨엑……."

비록 멀미의 마수에서 벗어나지는 못했지만 말이다. 연두는 점심으로 먹은 오믈렛을 정신없이 토해내는 달리아의 등을 두드리며 한숨을 쉬었다. 어떻게 찌운 살인데, 그 노력이 허무하게 다시 빠지고 있었다.

"그린……. 나 그냥 굶으면 안 돼요……?"

"먹어도 토하고 안 먹어도 토할 거면 먹고 토해야지. 하루 이틀로 끝날 일정도 아닌데."

"흐엥……."

이런 날들이 계속된 끝에 겨우 도착했을 때, 달리아의 뺨은 안으로 푹 들어가고 눈 밑에는 시커먼 그늘이 졌다. 누가 보면 전쟁터 한가운데를 헤치고 나온 난민쯤으로 착각할 수도 있을 법한 모양새였다.

거기에 수도의 번화함과 왕궁의 위엄에 기가 눌리기까지 해서, 아셰라드의 앞에 선 달리아는 풀죽은 빨간 강아지 같았다. 그동 안 연두에게 배웠던 온갖 예절은 멀미를 하면서 다 토해내 버리기 라도 한 건지, 자꾸만 아셰라드의 얼굴을 힐끔힐끔 훔쳐보며 발 을 꼼질거렸다. 이런 달리아가 아셰라드의 마음에 찰 리가 없었 다. 달리아를 위아래로 훑는 시선에 통 못마땅함이 가득했다.

"그린, 내게 괜찮은 시녀 후보를 데리고 오는 길이라고 하지 않 았니?"

"달리아는 영리하고, 잘 배웠고, 눈치도 빠르답니다. 분명 전하 께 도움이 될 아이예요."

"글쎄다……. 네가 내게 직접 소개시켜 줄 만한 아이로는 안 보 이는구나."

연두의 장담에도 아셰라드의 반응은 그저 뜨뜻미지근했다. 연 두는 분명 잘될 거라고 했지만, 당사자인 달리아는 그렇게 좋게만 생각할 수가 없었다. 시녀가 되게 해주겠다더니 왕자비에게 직접 소개를 시키는 이 상황부터가 말이 안 됐다.

'그린은 대체…….'

예의가 아니라는 걸 알면서도 자꾸만 고개를 들어 얼굴 표정 을 훔쳐보게 되는 건, 어쩔 수 없이 밀려오는 불안 때문이었다. 그러나 요정인가 의심될 정도로 아름다운 얼굴에선 표정을 읽을 수 없었고, 자꾸만 등에서 땀이 났다.

연두가 점점 표정이 나빠지는 달리아의 어깨를 두드렸다. 괜찮 다는 격려가 담긴 손짓이었다. 왕자비의 앞에서 할 만한 짓은 아 니었지만, 어차피 단둘이 보는 자리였다. 아셰라드도 연두도 당연

하다는 것처럼 격식을 무시했다. 달리아의 간만 콩알만 하게 졸
아붙었다.

"권력은 가진 만큼 써야 한다고 하셨잖아요? 제가 데려왔다는
말이 나오면 텃세를 어마무시하게 겪을 거예요. 막을 방법이 있는
데, 굳이 그런 고초를 당하게 하고 싶진 않아요."

"네가 그렇게까지 챙기는 아이라니 별일이구나. 그래, 어차피
내가 할 수 있는 거라면 뭐든지 들어주겠다고 했으니······. 별로
쓸모 있어 보이는 아이는 아니지만 받아주마."

땅요정의 이름을 알아낼 적에 받아냈던 대가가 이렇게 쓰인다.

아셰라드는 손수 달리아의 턱을 들어 올리고 눈을 맞췄다. 뭔
가를 기대하고 한 일은 아니었으나, 울망울망 떨리는 청록색 눈
동자가 의외로 마음에 들지 뭐냐. 마치, 생전 처음 주인을 맞이하
는 강아지 같은 눈이었다.

"내 곁에 두겠다. 열심히 일하려무나. 그린이 널 위해 날 방패
막이로까지 삼았으니, 최선을 다해야 한다."

"네······ 네!"

거의 눈물을 흘릴 것처럼 기뻐하는 달리아를 보며 연두는 겨우
마음의 안정을 찾았다. 아셰라드는 자신의 사람을 아끼니, 이제
더는 달리아를 걱정하지 않아도 되겠다 싶었다. 연두는 꽤 오랜만
에 마음에서 우러난 인사를 했다.

"전하, 정말로 감사합니다."

"그렇게 기뻐할 것 없단다. 난 개를 좋아하니까 한 마리 길러보
는 것도 괜찮지 않을까 했을 뿐이니. 잡종이라도 꽤 귀여운 강아
지여서 말이다."

멀쩡한 사람을 두고 난데없이 강아지 취급이라니, 진심 어린

인사가 면구해졌다. 연두가 헛웃음을 흘리는 가운데, 아셰라드는 달리아를 문밖에서 기다리던 시녀에게 맡겨 내보냈다. 이제 다른 사람의 귀에 들어가면 곤란한 이야기를 할 시간이었다.

"피에로는 어디에 있니?"

"왕궁 밖 숙소에 있죠. 갑자기 피에로는 왜 찾으세요?"

"그게……."

아셰라드가 말을 않고 망설였다. 연두는 처음 보는 희귀한 장면이었다. 내내 포커페이스를 유지하던 얼굴에 올라오는 희미한 홍조가 몹시 놀라웠다. 그녀는 몹시 부끄러워하고 있는 중이었다. 레이스 부채가 팔랑팔랑 흔들렸다.

"언제부터인지는 모르겠는데……. 페러가…… 발기가 안 돼."

"……네? 왕자 전하께서요?"

"그 사람은 내게 숨기려고 기를 쓰는데…… 어떻게 그게 숨겨지겠니. 그를 진찰한 의사를 추궁해 보니 몸에는 아무 문제가 없다더구나."

대체 뭐라고 반응해야 할지 모를 화제였다. 연두는 가만히 입을 다물고 아셰라드의 이야기를 마저 듣기로 했다.

"갑자기 뭔 소린가 하겠지만, 난 피에로를 의심하고 있단다. 몸에 이상이 없는데 그런 증상이 나타나다니, 수상하지 않니. 피에로가 뭔가 저주를 건 게 아닐까?"

쿵. 연두는 그만 한숨을 내쉬고 말았다. 몸에 다른 이상 없이 발기부전이 되는 저주라니, 거 참 쓸모 있어 보이는 저주다. 그러나 그게 가능했다면 벡을 죽이러 가는 미겔과 달리아를 눈감아 주지도 않았다.

"안 그래도 저주를 걸고 싶은 상대가 있어서 물어봤었는데, 살아 있는 인간을 저주하는 건 굉장히 힘든 일이라던데요. 죽이고 싶거나 다치게 하고 싶다면 칼을 쓰는 게 훨씬 간단하고 품도 적게 드는 일이라며, 자신은 못 한다고 했어요."

"으음……."

"뭔가 정신적으로 크게 압박받는 일이 있으신 거 아닐까요? 남성분들은 그 부분에 있어 의외로 섬세하다고 하니까요."

연두의 첨언에도 아셰라드의 표정은 나아지질 않았다. 잠자리를 못 하게 되다니, 충격적인 일이었다. 부부생활에 위협이 되는 것도 그렇지만, 자식이 없으면 파르만 백작가를 이어가는 게 불가능했다.

'부왕을 닮았나…….'

아셰라드는 무심결에 그리 생각했지만, 생산 능력이 없다던 국왕조차 수아나를 통해 자식을 보았다. 비록 요정이 도와준 것이긴 해도 잠자리조차 못 가지진 않았다. 경우가 달랐다.

그때, 환기를 위해 살짝 열어놓은 창문 틈으로 파랑새 한 마리가 날아들었다. 파랑새는 익숙하게 응접실을 한 바퀴 날고선 아셰라드의 손가락 위에 내려앉았다. 윤기 도는 푸른 깃이 퍽 아름다웠다.

연두의 시선이 그 파랑새에게 꽂혔다. 파랑새라면 동화 속에서 행복을 상징하는 새가 아닌가. 바로 곁에 있는 행복을 놓치지 말라는 식으로 비유되곤 하는 새였다. 이 세상에서는 파랑새가 정말 있는 새라는 말을 듣긴 했지만, 실제로 보는 건 처음이었다.

파랑새는 오로지 아셰라드에게만 시선을 고정한 채 애교를 부렸다. 까닥이는 꽁지깃이 꽤 귀여웠다. 파랑새를 바라보는 아셰라드의 입가가 미미하게 누그러졌다.

"새는 싫어하시는 줄 알았는데……. 전하의 새인가요?"

"그럴 리 있나. 이건 피에로가 내게 선물한 것이고, 내가 페러에게 선물한 것이지. 그는 이 새를 몹시 아껴 애지중지하는데, 어째 주인이 아니라 나를 따르는구나. 어쩌다 새장의 문이 열리면 꼭 내게 온다."

"선물받은 걸 또 선물하셨다고요?"

"새를 좋아하는 사람이 있다면 줘도 된다기에 그리했지. 왜 그런 표정을 짓는 거니?"

연두는 직감했다. 린든의 발기부전은 미겔의 짓이다. 틀림없다. 새를 좋아하는 그의 취향을 알고 건 저주였다. 자신이 납치됐던 일을 두고 그렇게나 이를 갈더니, 이런 복수를 했을 줄이야.

아마 린든은 그 사실을 알고 있거나, 짐작 정도는 했을 것이다. 그렇게 생각하니 그의 행보가 이해가 됐다. 어쩐지 기대한 것 이상으로 일을 해준다 했다. 보복을 하거나 풀어달라 재촉하지 않은 이유도 알겠다. 함부로 움직였다간 다른 저주를 받을지도 모른다는 게 몹시 두려웠으리라.

'대충 어림잡아도 몇 달인데……. 오래도 참았다.'

아셰라드는 연두의 표정에 난 실금을 보고 단번에 사정을 파악했다. 그렇게 납치는 하지 말라니까 왜 미움을 사서는. 이제껏 남몰래 해왔던 걱정이 무색해 한숨도 나오지 않았다.

"피에로에게 전해주렴. 요정의 분노는 충분히 알았으니 이제 그만 용서해 주지 않겠느냐고."

"네."

"그보다 내가 더 곤란해하더라는 말도 꼭 보태고."

"……네."

두껍기가 한 뼘은 될 연두의 얼굴 가죽에도 민망함이 어렸다. 아셰라드가 우아한 손짓으로 파랑새를 날려 내보냈다.

"그런, 오랜만에 보는 거니 차라도 한잔하고 가련?"

"거절할 수 있는 권유인가요?"

"너는 정말 여전하구나. 얼굴도 그렇고, 하는 말도 그렇고……. 모든 사람에게 공평한 게 바로 시간일 텐데, 어째 너한테만은 비껴가는 것만 같구나. 내키지 않으면 되었다. 그래도 맡겨두고 가는 어린애에게 인사는 하고 가렴."

"감사합니다."

"마음도 없으면서 빈말은 잘하지."

아셰라드의 타박을 뒤로 하고, 연두는 마지막으로 달리아와 만났다. 아직 흥분을 가라앉히지 못하고 있던 달리아는 연두를 보자마자 다다다 말을 쏟아냈다. 대부분 왕자비 전하는 정말로 아름답고 근사하며, 그런 분의 옆에 있을 수 있게 된 자신은 정말 행운아라는 얘기였다.

연두는 달리아의 머리를 쓰다듬으며 웃었다. 아셰라드의 마음에 든 게 정말로 다행일지는 아직 미지수였다. 달리아의 미래가 마고가 될지, 아니면 자신이 될지 알 수 없는 거 아닌가. 어쩌면 궁의 실력자인 시녀장이 될 수도 있겠지만.

"달리아."

"네?"

"성의 시녀들한테는 내 얘기 하지 마. 다들 이방인 시녀는 좋아하지 않아. 앞으로 네가 섞여 지낼 사람들은 같은 시녀들이니, 예쁨받을 수 있게 노력하며 지내야 해. 그래도 멍청하게 굴며 호구노릇은 하지 말고. 전하께서는 자기 사람을 아끼시니까, 자꾸 부려먹으려고 들면 좀 악삭빠르게 굴어."

달리아는 연두를 물끄러미 바라보았다. 평소에 해주던 말과는 조금 다른 말들이지만, 왜 그런 말을 하는지는 짐작이 갔다. 안개 낀 숲에서 시작된 인연이 여기서 끝나려 하고 있었다.

"다시는 안 와요?"

"아마도. 와도 널 찾지는 않을 거야. 그러니까 우리는 여기서 끝. 숲에서 지냈던 날들은 전부 잊어버려. 나이팅게일이 삑삑거려도 무시하고."

달리아는 나이팅게일과 했던 약속을 들킨 것 같아 어깨를 움츠렸다. 과연 연두가 다 안다는 얼굴로 씩 웃으며 부들부들한 뺨을 꼬집었다.

"잘 지내."

"······고맙습니다. 항상, 고마웠어요."

"낯간지럽게."

"진심이에요. 매일 밤, 그린이 고향으로 꼭 돌아갈 수 있게 해 달라고 기도할게요."

연두의 눈이 조금 커졌다. 달리아는 연두의 품에 뛰어들까, 말까 고민하다가 그냥 치맛자락을 들어 인사했다. 이젠 독립해야 하는데, 언제까지나 아이였던 기분으로 있을 수는 없지 않겠나.

"······응, 고마워."

연두의 목소리는 조금 젖어 있었다. 달리아는 예의바르고 눈치 빠른 숙녀답게 모른 척하며 마저 인사했고, 덕분에 연두는 꼴사납게 훌쩍대지 않으며 왕궁을 나올 수 있었다.

한겨울임에도 수도의 거리는 분주했다. 두꺼운 옷으로 몸을 꽁꽁 싸맨 사람들이 제각각 바쁘게 거리를 걸었다. 연두에게는 몹시 낯익은 풍경이었다. 처음 왔을 때는 현실을 받아들이기가 힘들어 미치기 직전까지 갔었는데, 어느새 이렇게나 적응해 버렸다.

"고향…… 이라……."

연두는 고향, 이라는 말을 곱씹다가 그만 웃어버렸다. 현실이니, 바깥이니 하는 것보다는 당장에라도 손에 닿을 듯한 느낌의 말이지 않은가. 어쩐지 느낌이 좋은 단어였다. 문득 고개를 들었다. 시야를 가리는 고층 건물이 없는 하늘은 온통 푸르렀다. 새파란 코발트블루가 마치 바다처럼 펼쳐져 있었다.

"새파랗다……."

왕궁에 들어갈 땐 잔뜩 먹구름이 끼어 있더니, 지금은 다 사라지고 없다. 그게 꼭 앞으로의 일이 다 잘될 거라는 희망의 메시지 같았다. 비록 모든 게 다 우연일지라도, 이 정도로 파란만장한 경험을 하고 있으면 이 정도 착각은 해도 좋을 터였다.

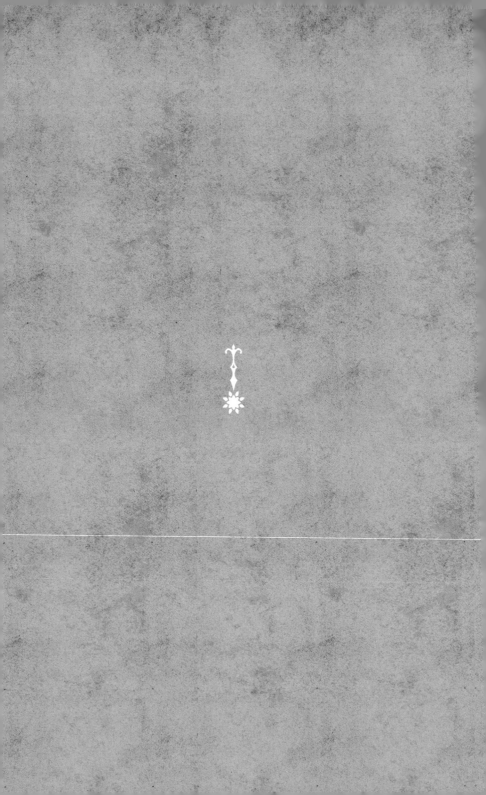

chapter 15.

노간주나무
아래에

연두는 왕궁 밖에 마련한 숙소에 돌아가자마자 미겔을 흔들어 깨웠다. 한창 낮잠을 자던 미겔이 눈을 비비며 일어났다. 그 모습이 마치 햇살 아래에서 나른하게 늘어진 고양이 같아 심장이 쿵, 떨어졌지만 사실 확인이 더 급했다.

"둘째 왕자한테 발기부전 저주 건 거, 너지? 그 파랑새에다 네가 저주 걸어서 보냈지?"

"음……."

미겔은 괜히 말을 끌었다. 본래 받은 만큼 돌려주는 게 그의 신조였고, 그중에서도 원한은 두 배, 세 배로 갚아줘야 하는 종류였다. 사실 지금도 연두를 쫓아가며 느꼈던 자신의 심적 고통과, 연두의 다친 손가락을 생각하면 발기부전은 꽤 약한 보복이라고 생각하고 있었다.

"본래 사랑과 복수만큼 인생에서 의미 있는 것도 찾기 힘든데,

둘 다 되돌려 줌에 있어 인색하지 말아야…… 아야!"

연두가 거위 털을 넣어 만든 푹신한 베개로 미겔을 마구 때리기 시작했다. 별 타격이 없을 것은 알지만 이렇게라도 해야 자신이 감당한 민망함이 조금이라도 해소될 것 같았다.

"이왕 저주를 걸 거면 좀 세련될 걸로 걸 것이지, 발기부전이 뭐야, 발기부전이!"

"사내새끼한테 그거만큼 타격 가는 게 몇 개나 된다고 다른 저주를 걸으래? 뭐, 다리라도 하나 잘라? 그나마 복구되는 걸로 건 걸 고맙게 여겨야지!"

베갯잇 사이로 빠져나온 거위 털이 사방팔방 흩날렸다. 미겔은 무심결에 허공에서 나풀대는 거위 털을 잡으려다가 연두에게 몇 대 더 맞았다.

"새삼 고양이 흉내 내지 마! 할 거면 나하고 상의하고 했어야지! 그리고 너 내가 물어봤을 땐 저주 못 건다며! 나한텐 못 한다고 했잖아! 벡한테 해달라고 할 때는 어림도 없다 해놓고, 뭐야 그게!"

"난 저주에는 재주가 없단 말이야. 한 번에 하나가 최선이라, 그땐 못 했어."

"말은 잘해!"

"그리고 벡 같은 놈한테 발기부전이 효과가 있을 거 같아? 그런 놈은 그냥 거세가 최고야."

연두는 그 말에 코웃음을 쳤다. 모른 척 해주려 했더니 꼭 긁어 부스럼이다.

"아하, 그러세요. 정말 그렇게 생각하셔서 홀라당 불에 태워 죽이셨어요? 으응?"

"……그건 어떻게 알았어?"

"불 냄새, 기름 냄새를 그렇게 풍겨놓고 모르길 바랐어? 아무튼 저주 빨리 풀어. 아셰라드가 본인이 더 곤란하다고 그러는데, 내가 진짜, 부끄럽고 민망해 가지고 아주……. 다른 일로 갔다가 남의 부부 성생활 얘기나 듣고 말이야!"

연두가 부르르 몸을 떨었다. 미겔은 그런 그녀를 모른 척 외면하며 달리아를 찾는 시늉을 했다.

"그러고 보니, 혼자 왔네? 달리아는 잘 맡아준대? 마지막 인사는 했어도 마지막이 아닐까 봐 걱정했는데."

"걱정은 무슨, 낮잠이나 자고 있었으면서. 달리아는 잘 지낼 거야. 말 돌리지 말고 빨리 저주나 풀라니까?"

거위 털 베개가 다시 미겔의 어깨를 팡팡 때렸다. 미겔이 다른 베개를 들고 연두의 공격을 받아냈다. 연두는 도저히 따라가지 못할 몸놀림이었다.

"신데렐라가 곤란하대? 이상하네, 그놈 자존심에 그런 말을 했을 리가 없는데."

"그럼 부부인데 어떻게 그걸 몰라? 아무리 궁을 따로 쓰고 방을 따로 써도 둘은 사이가 좋아. 마법 구두로 엮인 인연이지만 아무튼 금실이 좋단 말이야. 갑자기 남편이 잠자리를 피하는데 부인이 걱정하는 거야 당연하잖아? 신분도 신분이니 아이를 못 낳으면 문제 되는 것도 있겠지만."

미겔은 린든을 재평가했다. 아무리 교회가 일처일부제와 부부 간의 정조를 강조해도, 사생아는 끊임없이 태어나고 하루가 멀다하고 스캔들이 터지는 귀족사회에서 금실이 좋다니? 마법 구두의 효과 같은 건 이미 다 떨어진 지도 오래됐을 텐데 말이다.

"신데렐라가 곤란하다면야……. 그만해야지."

미겔이 허공에 몇 개의 도형을 그렸다. 그의 손가락 궤적을 따라 빛나는 원과 알 수 없는 글자들이 떠올랐다 사라졌다. 이상할 정도로 말을 잘 듣던 파랑새는 이제 보통의 파랑새가 되었을 테지만, 저주의 매개가 뭔지 알았을 테니 새삼 미련을 갖진 않을 것이다.

"이제 됐어."

"진짜지? 정말이지? 이번엔 뭐 말 빼먹고 안 한 거 없지?"

"정말이야. 드림랜드에 대고 맹세해."

"그 드림랜드 나한테 줬잖아. 내 거라며?"

그랬지, 참. 잠시 눈을 굴리며 생각하던 미겔은 연두를 끌어당겨 품에 안았다. 잔뜩 화가 나서 뭐 그런 저주를 걸었냐고 야단을 부리긴 해도, 저주를 걸면 안 된다고 말하지는 않는 이 여자가 정말로 사랑스러웠다. 아무리 생각해도 자신은 조금 미친 것 같았다.

"그럼 강연두에 대한 내 사랑을 걸고 맹세하지 뭐. 내가 가진 거라곤 그게 전부인걸."

"으……. 하여간 느끼하게 군다니까……."

연두는 좀 더 화를 내고 싶었다. 하지만 등과 어깨를 감싸는 팔, 뺨을 쓰다듬는 손, 입술에 닿아오는 숨결에 자꾸만 흐물흐물하게 녹아내리는 자신을 어쩔 수가 없었다.

두 사람은 금방 서로의 입술에 녹아들어 체온을 탐닉했다. 그러다 따스하게 뺨과 이마를 간질이는 햇살이 사라질 때쯤에야 겨우 정신을 차렸다. 벽난로 속의 장작마저 불이 거의 꺼져 가서, 방이 냉골이 되어가고 있었다. 연두가 먼저 몸을 일으켰다.

"맞다……. 나이팅게일은? 그 녀석 소원 들어주기로 했는데."

「거참, 빨리도 기억해 내셨네.」

방구석에 숨어 있는 듯 없는 듯 조용히 있던 나이팅게일이 연두의 손가락에 올라앉았다. 노란색 날개가 불만스럽게 퍼덕거렸다. 연두는 작은 머리통을 쓰다듬으며 변명했다.

"사이에 사정이 많았다 뿐이지 잊은 건 아니었어. 그래, 널 도와주면 벌써 몇 번째가 되는 거지? 신데렐라, 밀짚 아가씨, 헨젤과 그레텔, 빨간 모자……. 그놈의 마녀는 뭐 하는 데 그리 바빠서 날 안 꺼내주는 거야?"

연두가 투덜대는 동안 미겔도 일어났다. 그는 벽난로 안에 솜씨 좋게 장작을 쌓고 느긋하게 부채질을 했다. 불은 금세 새 장작에 달라붙어 혀를 날름거렸다. 저렇게 장작을 잘 다루는데 요리할 때 불 조절은 왜 못하는지, 참 신기한 일이었다. 어쨌거나 덕택에 방에 다시 훈기가 돌기 시작했다.

"니니스는 본래 취미생활이 다양하고, 그게 뭐든 한 번 빠지면 좀처럼 헤어 나오지 못하는 경향이 있어. 혹시 모르지, 이번엔 머리 깎고 어디 절에 들어갔는지."

"절? 혹시, 내가 아는 그 절? 회색 장삼을 걸친 스님들이 목탁 두드리는 절?"

"맞아, 그 절. 니니스는 특히 인연 이론의 신봉자거든. 아주 오래전부터 붓다의 팬이었어. 좀 더 일찍 알지 못한 게 한스럽다고 말하곤 했었지."

미겔은 니니스의 뒷담을 시작했고, 연두는 오래지 않아 할 말을 잃었다. 욕심이 많아 해탈은 글렀으니 대신 불경을 수집하는 데 열을 올린 마녀라니, 너무 황당하지 않나. 기독교에 대한 관심도 많아서 도장 깨기라도 하듯 유명한 수도원을 돌며 수녀 생활을 했다는 대목은 아예 입까지 벌리고 들었다.

"마녀잖아? 교회의 배척 대상 아니었어?"

"안 당하려면 알아야 한다나, 뭐라나……. 공부하다 보면 나름 재밌다는데 난 도저히 모르겠더라. 어쨌거나 니니스는 인간들과 잘 어울려 사는 데 재주가 있어."

"대단하네. 그럼 지금도 인간들 틈에서 살고 있는 거야? 혹시 막 경제활동 같은 것도 하나? 야근에 시달리다가 정신이 조금 빠졌다고 하면 아주 조금은 이해해 줄 용의도 있는데 말이야."

가만히 듣고만 있던 나이팅게일이 연인 사이의 대화에 훅 끼어들었다. 니니스에 대한 이야기라면 나이팅게일도 할 말이 많았다.

「사실 아가씨는 니니스의 도움 같은 거 없이도 드림랜드로 돌아갈 수 있어.」

"뭔가 알고 있는 놈인 줄은 짐작했지만, 이거 생각 이상인데?"

"역시…… 니니스와 연관이 있는 녀석이었어. 계속 말해봐. 뭘 알고 있지?"

나이팅게일은 시선만으로 통구이가 될 것 같은 기분을 만끽하며 다시 입을, 아니 부리를 놀렸다.

「사실은 동화 주인공 같은 거 안 도와줘도 됐어. 어떤 조건만 충족하면 되는 거라서.」

이제 제법 따뜻해진 방 안이 온통 소름끼치는 침묵으로 가득 찼다. 미켈은 기가 막혀 의자에서 반쯤 일어선 채 연두부터 살폈다. 과연, 가만히 나이팅게일을 바라보고 있던 연두가 갑자기 가슴을 움켜쥐고 침대 위로 고꾸라졌다.

"숨! 강연두, 숨 쉬어!"

미겔이 다급히 연두를 받쳐 안고 등을 두드렸다. 연두는 그의 도움을 받고서야 간신히 막혔던 숨을 몰아쉬었다. 산소가 모자라서 그런 건지, 화가 나서 그런 건지 알 수 없을 정도로 머릿속이 엉망이었다.

나이팅게일은 두 사람의 손이 닿지 않는 높은 곳으로 훌쩍 날아올라 피신했다. 잡혀서 목이 꺾이기라도 하면 대단한 손해였다. 자신을 바라보는 연두의 눈빛에 악과 분노가 가득 차 있었다.

「너무 그렇게 열 내지 마. 어차피 그걸 충족한 건 꽤 최근의 일이니까.」

"똑바로…… 똑바로 얘기해. 그게 뭔데!"

「아가씨가 드림랜드를 갖는 것.」

연두도 미겔도 놀랐다. 미겔에게는 드림랜드를 정상적인 상태로 돌려받기 위해 연두를 구하라고 해놓고, 사실은 드림랜드를 포기해야 연두를 구할 수 있었다니, 이게 뭐냐. 아무리 마녀가 거짓말을 잘 한다지만 이건 사기가 아닌가.

만약 연두가 광대를 사랑하지 않았다면, 그래서 미겔이라는 이름을 주지 않았다면.

만약 광대가 연두를 사랑하지 않았다면, 그래서 끝내 드림랜드를 포기하지 않았다면.

둘의 마음이 엇갈렸다면. 그랬다면. 온갖 불길한 상상이 한꺼번에 밀려들었다.

연두는 자기도 모르게 입을 틀어막았다. 또 호흡곤란이 오려는지, 눈앞이 하얘졌다. 심장 뛰는 소리가 너무 커서 세상이 시끄러웠다.

미겔은 휘청거리며 쓰러지려는 연두를 재차 추슬러 안았다. 그는 놀랍도록 침착한 자신의 상태에 쓴웃음을 지었다. 아마 자신은 무의식적으로 이미 짐작하고 있었는지도 몰랐다.

사실 단서라면 넘치도록 많았다. 드림랜드를 싫어하는 니니스, 인형의 집에 걸려 있었다던 본래의 마법, 마치 자신이 형태마저 유지하지 못할 정도로 마력을 쓸 것을 예상이라도 한 것처럼 마력으로 가득 찬 샘. 무엇보다, 연두가 샘에 빠졌을 때가 제일 결정적이었다.

"어쩐지, 드림랜드 따위 때려 부숴도 된다고 하자마자 방해가 사라지더라니."

「그건 마음가짐을 확인한 것에 불과해. 그 뒤에 아가씨가 광대에게 이름을 주었잖아? 그리고 광대는 아가씨에게 드림랜드를 주었지. 그때 마법의 조건은 모두 충족된 거야.」

"왜 미리 말하지 않았지?"

「미리 말했으면, 네가 내 말을 듣기나 했겠어? 니니스가 해준 말을 철석같이 믿고 왔는데 나 같은 새 한 마리가 쫑알대 봐야 귀찮다고 했겠지. 또 어쩌다 믿기라도 했어봐. 그 난리를 어떻게 감당해?」

너무나 맞는 말이라, 미겔은 그만 실소를 흘렸다. 생각지도 못했던 말을 듣고도 지금 자신이 이렇게 차분한 이유는 딱 하나였다. 이미 드림랜드에 대한 미련을 놓았기 때문이었다. 이름을 얻었고, 새롭게 살아갈 세상을 얻었기 때문에. 더는 드림랜드에 매여 있지 않아도 되니까. 그래도 할 말은 있었다.

"자칫하면 연두는 죽을 수도 있었어. 그 샘, 위험했다고."

「위험하기는? 이 세계는 오로지 아가씨를 위해 만들어져 있어. 숲에서 지내는 동안 숲이 아가씨에게 유독 친절했던 거 기억 안나? 익사는 무슨…….」

"닥쳐."

연두는 겨우 호흡을 추스르자마자 나이팅게일을 쏘아보았다. 미겔에게 조금 더 기대서 쉬고 싶었는데, 들린 말이 하도 어이가 없어 참을 수가 없었다. 세계가 친절하니 익사하진 않았을 거라니, 그 무슨 헛소리인지.

"그때 난 정말로 죽는 줄 알았어. 진짜 아팠다고. 결과가 좋으니 과정이 좀 엿 같아도 괜찮다는 거야? 미겔에게 이름을 주고, 절대 버리지 않겠다고 약속한 걸 후회하진 않지만, 방식에 대해 납득하지는 못하겠다. 그리고 너, 이제 와서 그런 말을 주절주절 떠들어대는 이유가 뭐야? 여태 의심하고 물어볼 땐 내내 발뺌만 하더니!"

긴 말을 단번에 쏟고 나니 목이 말랐다. 연두는 미겔이 얼른 가져다준 물을 마시며 미간을 찌푸렸다. 말로 하고 나니 더 엿 같고 황당해졌다.

"정말이지, 뭐 이따위 소개팅이 다 있어?"

「음……. 이걸 두고 소개팅이라고 하는 거 보면 아가씨도 참 어지간해. 본래는 아가씨가 조건 채우고 스스로 돌아가겠다고 애쓰지 않아도 됐어. 니니스가 알아서 꺼내줄 거였으니까…….」

"그런데 이제 그게 안 된다?"

「응. 그래서 아가씨는 스스로 돌아가야 해. 방법은 내가 알고 있어.」

쨍그랑! 고급 여관의 비품답게 재질도 고급이었던 유리잔이 산산조각 났다. 하마터면 맞을 뻔했던 나이팅게일이 기겁을 했지만 연두는 그다지 개의치 않았다. 그녀는 미겔의 무릎을 의자 삼아 그의 가슴에 느긋하게 등을 기댔다. 따끈따끈한 게 아주 좋았다.

"왜? 인생에서 사랑과 복수만큼 유의미한 건 찾기 힘들다잖아. 이만하면 아주 얌전한 복수지. 우리, 차근차근 얘기해 볼까? 일단 네 정체부터 알자. 너, 뭐야?"

갈색 눈이 이글이글 불타오르는 것만 같다. 나이팅게일은 당장에라도 날아 도망치고 싶은 충동을 느꼈다. 하지만 그랬다간 이렇게 이른 때에, 밝히지 않아도 좋았을 이야기를 한 보람이 없다. 짐짓 가슴을 내밀며 용기를 끌어올렸다.

「반트. 그게 내 이름이야.」

"미겔도 없던 이름을 가진 새네."

「드림랜드의 주인이 바뀌면 니니스에게 알리는 게 내 일이야. 그걸 위해서 니니스는 내게 이름을 지어주고 인형이면서 눈을 뜰 수 있게 해줬어. 니니스의 특기는 여러 가지가 있지만, 그중에서도 인형술은 대단한 수준이거든.」

연두를 안고 있던 미겔의 팔에 힘이 들어갔다. 연두는 긴장으로 단단하게 굳은 팔을 토닥토닥 두드렸다.

"그래서, 말은 전했어?"

「아니.」

나이팅게일, 아니 반트가 푸드득 날아 연두의 앞에 앉았다. 노란 깃털 사이에 박힌 검은 눈이 속을 알 수 없이 번들거렸다.

「그래도 분명 알았을 거야. 지금 니니스는 드림랜드 인형의 집에 와 있으니까, 모를 리가 없어. 그런데 아가씨를 꺼내지 않았지. 문제가 생긴 거야. 틀림없어.」

"난 어림짐작 따위를 아주 싫어해. 확실한 걸 말해."

「인형의 집에 침입자가 있거든.」

"말도 안 돼."

미젤이 즉각적으로 반응했다. 침입자라니, 그게 말이나 되는가. 뿌려놓은 초대장이 몇 장 있긴 해도, 드림랜드의 표지판 역할을 하는 그가 없으면 찾아올 수 없다. 게다가 그가 없는 동안에는 니니스가 문을 닫아놓았을 텐데.

"그럴 리 없어. 내가 없는데, 어떻게? 드림랜드를 찾아내는 것조차 불가능했을 텐데?"

「사실이야. 내 눈으로 보고 왔어. 이름 있는 인형의 특권이라, 내 몸은 여기에도 있지만 거기에도 있어. 잠깐 오가는 거야 별것도 아니지. 지금 인형의 집에는 아가씨와 똑같이 생긴 인형과 검은 머리의 젊은 남자, 두 사람이 돌아다니고 있어. 남자는 그 인형을 아가씨의 이름으로 부르던데.」

반트는 말을 잃은 연두와 미젤을 앞에 두고 주전자 뚜껑을 발로 걷어차 치운 뒤 물을 마셨다. 노랗고 동그란 머리통이 주전자속에 쏙 들어갔다 나오기를 반복했다. 반트는 충분히 목을 축인다음에야 말을 이었다.

「니니스가 아가씨의 이름을 더미 따위에 붙여 깨웠을 리 없으니 틀림없이 그 남자의 짓인데, 그 마녀가 그런 걸 용납할 리 없지. 그런데 스프링클러 때문에 인형의 집 전체가 젖은 데다, 니니스에게서는 탄 냄새와 피 냄새가 나더라고. 결코 좋은 상황이 아니란 거야. 지금 니니스는 아가씨를 꺼낼 여유도 뭣도 없어.」

반트가 인형의 집에 둔 몸에서 눈을 떴던 횟수는 기껏해야 서너 번에 불과했다. 그러나 뭔가 잘못되어 가고 있다는 걸 직감하기엔 충분한 횟수이기도 했다.

연두는 입술 껍질을 잡아 뜯으며 생각에 잠겼다. 드림랜드가 어떤 곳인지, 미겔에게 이미 들은 바가 있었다. 자신을 모조리 바치고도 남을 욕망이 있는 자들이 초대장을 받고 방문해, 영혼의 일부를 내준 대신 욕망을 채우고 돌아가는 곳.

'드림랜드를 찾아낸 것도 모자라, 더미에 내 이름을 붙였어······.'

반트는 그저 검은 머리의 젊은 남자라고만 했지만, 연두는 그가 누군지 알 것도 같았다. 그 빌어먹을 스토커였다. 몇 년을 따라다니고 집요하게 괴롭히며 자신을 외톨이로 만들 정도의 욕망이면 드림랜드에 초대되고도 남았다.

'지금 당장 돌아가면 그 스토커를 만날 수 있는 건가?'

갑자기 피가 끓어올랐다. 시간이 지나 밑바닥에 고여 있었을 뿐이지, 오랫동안 쌓여왔던 증오와 미움이 사라진 건 아니었다. 연두는 쿵쿵쿵 뛰기 시작한 심장을 애써 가라앉히며 스스로를 달랬다. 진정하자, 강연두. 세상에 공짜는 없어.

"이걸 굳이 얘기해 주는 이유는? 안 그래도 이번 차례는 너였어. 가만히 있었으면 난 네가 해달란 대로 일을 했을 거야. 네가 원하는 대로 모두 다 이룬 뒤에야 이제 때가 됐다는 식으로 꾸며 말해도 전혀 몰랐겠지."

「그랬으면 난 아가씨에게 아무런 말도 못 해. 니니스 때문이 아니라, 내가 아가씨에게 부탁하고 싶은 게 있어서 그래.」

반트가 노란 머리통을 아래로 숙였다. 인사라도 하는 것 같은 모양새인데, 머리는 바닥에 있는데 정작 꽁지깃은 하늘을 향해 솟아 있지 뭐냐. 손바닥만 한 새가 그러고 있으니 어이도 없고 귀엽기도 했다.

「이 세계는, 아가씨가 드림랜드의 주인이 되는 걸 뒷받침하기 위해 만들어진 세계야. 아가씨가 떠나 버리면 금방 붕괴해 버릴 거야. 목적을 이루고 나면, 니니스에게 더는 이 세계를 유지할 이유가 없으니까. 그래서…….」

"나는 할 수 있고?"

「아가씨, 광대에게 계속 드림랜드 영업을 시킬 거야? 아니잖아. 이제 드림랜드의 주인은 아가씨잖아. 아가씨가 그렇게 하겠다고 마음만 먹으면, 이곳 사람들은 계속해서 살아갈 수 있어. 만들어진 세계면 어때? 다들 열심히 자기 삶을 살고 있잖아. 제발 살게 해줘.」

만들어진 세계. 연두도 미겔도 강하게 의식하고 있는 문제였다. 그들이 이 세계를 떠나고 나면, 이야기책이 접히듯이 세계도 끝나 사라지는 건 아닐까 고민해 본 적도 있었다.

그러나 아무리 머리로는 알아도 이 세계의 사람들은 너무나 현실적이었고, 그들을 활자의 일부, 영화의 엑스트라 따위로 생각하는 건 끝끝내 불가능했다. 모른 척 넘겨도 됐을 벨의 복수를 하고, 내팽개쳐도 됐을 달리아를 거둬 돌본 건 그래서였다. 머리 아프다고, 생각해 봐야 소용없으니 감정에 충실하자며 미뤄뒀던 문제가 갑자기 눈앞에 닥쳐 온 꼴이었다.

"미겔, 넌 어떻게 생각해? 내가 어떻게 해야 할까?"

"난 상관없어. 드림랜드의 주인은 너야. 하고 싶은 대로 해."

미겔의 대답은 빨랐다. 그의 관심은 드림랜드에 있다는 검은 머리 남자에게로 쏠려 있었다. 찾지 못할 드림랜드를 찾아내고, 잠겨 있었을 드림랜드에 들어온 남자. 미겔 역시 연두와 같은 결론을 냈다.

'스토커가 틀림없어.'

돌아가자마자 찾아내 지옥을 보여줄 셈이었는데, 제 발로 드림랜드에 와 있다니 이 무슨 횡재란 말인가. 찾을 수고를 덜어준 기특한 스토커가 니니스와 개판을 벌이며 싸우고 있는 이유도 대강 짐작이 됐다.

니니스는 저가 깨우지도 않은 더미가 마음대로 활개 치는 꼴을 두고 보지 못할 테고, 숨겨진 드림랜드를 찾아올 정도의 남자는 니니스에게 연두가 상하는 꼴을 보지 못하는 게다. 더미라는 걸 알고 있는지는 모르겠는데, 아마 알아도 믿지 않을 것이다. 요즘 세상에 누가 마법 따위를 믿는단 말인가.

미겔이 스토커를 어떻게 요리할까 즐겁게 상상하는 동안, 연두 역시 다시 생각에 잠겼다. 기다리다 못한 반트가 애걸했다. 그에게 이건 매우 중요한 문제였다.

「아가씨, 제발. 아가씨의 의지만 있으면 크게 어려운 일도 아니야. 그저 허락해 주기만 하면 돼. 이곳엔 아가씨가 아끼는 사람도 여러 명이나 있잖아.」

"내가 싫다고 하면, 그땐 어쩔 건데? 넌 내가 스스로 돌아가야 한다고 말하지만, 어쨌거나 가만히 기다리고 있으면 니니스가 날 꺼내준다는 거잖아? 니니스와의 결판은 그때 지어도 될 거 같은데. 약해져 있을 테니 더 잘됐네."

조그만 새의 얼굴이 무섭게 굳었다.

「인생에서 의미 있는 건 사랑과 복수라는 말, 나도 한 적 있다는 거 기억하고 있으려나 모르겠네. 나는 지금 새에 불과하지만, 저쪽으로 넘어가면 멀쩡하게 움직이는 인형의 몸이 있어. 내가 마음먹고 니니스를 방해하면 무슨 일이 벌어질 것 같아?」

"너……"

「물론 침입자가 아무리 발버둥 쳐 봤자 인간이고, 난 그저 그런 인형일 뿐이니 결국엔 니니스가 이기겠지. 하지만 그때까지 얼마나 걸릴까? 일 년? 이 년? 나는 이래 봬도 이 일이 끝나면 니니스의 도제로 들어가게 돼 있어. 적어도 십 년 이상은 각오해야 할걸.」

이것 참, 더할 나위 없이 무섭고 효과적인 협박이 아닌가. 연두는 헛웃음을 지었다. 빌어먹을 스토커의 얼굴을 확인할 기회를 놓칠 생각은 없지만, 혹시나 싶어 떠봤다가 섬뜩한 소릴 들었다.

당장 돌아갈 수 있는 기회를 놓치고 십 년 이상 이곳에 있다간 그땐 정말 미쳐 버릴지도 몰랐다. 이만큼 견딘 것도 스스로에게 놀라울 지경인데 말이다.

"그것참, 정말 제대로 된 협박이네. 좋아. 네 말대로 해주지. 이 세계를 유지하려면 뭘 어떻게 해야 하는데?"

노란 깃털이 잔뜩 부풀었다. 반트는 나이팅게일이 아니라 노란 중병아리라고 해도 믿을 법한 꼴을 하고 날개를 파닥거렸다.

「첫 번째는 이미 끝났어. 유지하려고 마음먹은 게 가장 중요한 거니까! 두 번째는 아가씨가 새 인형을 깨우는 거야. 인형의 집을 유지하고 관리할 새 관리자 인형 말이야. 이제까지는 내가 그 역할을 맡아왔지만, 일이 끝나면 난 더는 인형의 집에 있지 못할 테니까.」

"인형은 뭔 수로 깨우는데?"

「마음에 드는 인형을 하나 골라서, 이름을 붙여줘. 보통 인간이라면 그것만으로 깨울 수 없지만 아가씨는 드림랜드의 주인이니까 가능해. 그리고 잊지 말고 가끔씩 들러주면 돼. 그거면 족해.」

생각 이상으로 쉬운 조건이었다. 연두는 흔쾌히 고개를 끄덕였다. 까짓 거, 말로 하는 공수표로는 뭔 약속인들 못 하겠나. 돌아가서 확인해 보고 사실은 위험하거나 어려운 조건이라면 바로 파기해 버리면 그만이었다. 그런 속내를 모르는 반트는 눈물이라도 흘릴 것 같은 표정으로 연신 고개를 끄덕였다.

「그럼 지금 당장.」

"반트, 잠깐만."

연두가 부드러운 어조로 반트를 말렸다. 왜 막는지 모를 제지에 반트가 동그란 눈을 껌뻑거렸다.

「왜? 혹시 뭐 준비할 거라도 있어? 아, 혹시 옷 갈아입으려고? 하긴, 그 옷은 불편하겠지.」

"아니, 그게 아니라. 궁금한 게 있어서 그래. 너, 얼마 전까지 이 세계에 대해 아무 관심 없는 거 아니었어? 매번 틈이 날 때마다 행복은 선착순이라느니, 빨리 내 일을 해달라느니, 약속은 꼭 지켜야 한다느니 했잖아."

행복은 선착순. 그건 반트의 입버릇이었다. 들을 때마다 대체 무슨 소린가 했는데, 이제는 무슨 말인지 알겠다. 연두가 드림랜드의 주인이 되어 이 세계를 떠나 버리기 전에 동화를 끝내야 한다는 말이렷다. 그런 점에서, 자신의 동화는 꺼내지도 않은 채 당장 돌아갈 법을 가르쳐 주겠다는 건 몹시 반트답지 않은 행동이었다.

반트도 그 사실을 알고 있었다. 그는 허공에 대고 빈 부리를 몇 번 딱딱대다가, 괜히 날개를 퍼덕이고, 잘 고른 깃털을 다시 고르는 시늉을 했다. 그러고도 연두의 시선이 떨어지지 않자 체념한 것처럼 중얼거렸다.

「그건…… 달리아를 알기 전이야. 그렇게 애써서 겨우 새 인생을 살 기회를 잡았는데 세계가 사라져 버린다니, 안타깝잖아……..」

"시대의 순정 나셨네. 겨우 그런 이유로?"

연두의 눈이 의심스럽게 가늘어졌다. 전혀 믿지 않는다는 얼굴이다. 반트는 또 빈 부리를 딱딱대고 멀쩡한 깃 손질을 한참이나 하고서야 솔직한 속내를 털어놓았다.

「사실은, 내 동생 때문이야. 달리아를 보고서야 깨달았어. 내가 원하던 복수를 하고 나면 나야 후련하겠지만, 내 동생은? 그 애는 세계가 사라지면서 같이 사라지는 거잖아. 안 돼……. 그럴 수 없어. 그냥 내가 복수를 포기하는 게 나아.」

"복수와 관련된 얘기였나 보지? 흐음……."

연두는 복수의 쾌감을 기억하고 있었다. 자신이 속았다는 걸 알고 절망하는 그레텔의 얼굴을 보았을 때의 기쁨, 결국 헨젤을 비롯해 자신의 가족을 모조리 살해하고 자살했다는 소식을 들었을 때의 충만감. 사적 처벌은 안 된다는 양심과 이성을 모조리 잡아먹을 정도로 강렬한 쾌감을 얻었었다.

비록 만들어진 세계라 해도 반트에게는 어쩌면 다른 형태의 현실일 수 있는 세계였다. 그토록 노래를 불러댔던 걸 보면 사무친 원한이 있을 텐데, 그 복수를 포기할 정도의 애정이라니 제법 흥미가 돌았다.

"좋아. 만들어진 세계라고 충분히 알고 있어도 동생은 동생이고 감정은 어쩔 수 없다 이거지. 그럼, 이렇게 할까? 반트, 내가 네 동화의 끝을 내주겠다면 어떡할래?"

축 늘어져 있던 꽁지깃이 하늘을 향해 치솟았다. 까만 눈에 생기가 돌았다. 말이 필요 없는 반응이었다. 연두는 키득키득 웃으며 말을 이었다.

"네 동화의 끝을 내줄 테니까, 넌 나를 도와. 내가 니니스와 싸우든, 침입자와 싸우든 상관없이 무조건 내 편을 들어. 어때, 할 수 있겠어?"

「얼마든지. 시켜만 주시죠, 아가씨!」

"그래, 그럼 일단 미겔을 광대라고 부르는 것부터 그만둬. 내가 얼마나 고심해서 붙인 이름인데 자꾸만 광대라고 그러는 거야? 아까부터 마음에 안 들었어."

미겔이 풉, 소리를 내며 웃었다. 반트의 얼굴이 한눈에 보기에도 몹시 찌그러져 있었다.

한동안은 영 겨울답지 않게 날씨가 따뜻하더니, 간밤에는 폭설이 내렸다. 깎아지른 절벽처럼 경사 급한 지붕에조차 눈이 쌓였다. 땅에는 또 얼마나 많이 쌓였는지, 자그마치 성인 여자의 허벅지가 파묻힐 정도였다. 마을을 감싼 침엽수의 가지가 부러질 듯 늘어진 광경이 퍽 장관이었다.

안 그래도 눈이 많이 오는 작은 시골 마을이었다. 남자들은 해가 뜨자마자 눈삽과 넉가래를 들고 마을에 길을 냈고, 여자들은 몸을 녹일 뜨거운 국물 음식을 만들었다. 어린아이들이 눈 속을 뒹굴며 노는 동안 마을의 노인들은 아무리 그래도 이 정도 폭설은 참 오랜만이라며 다들 혀를 내둘렀다.

마을의 작은 교회를 맡고 있는 신부, 유스토도 이 폭설이 놀랍긴 마찬가지였다. 그는 서품을 받고 이 교회에 온 지 겨우 삼 년여밖에 되지 않은 젊은 신부였기 때문에 더욱 그랬다.

유스토는 이른 아침부터 일어나 데운 물로 차를 끓였다. 바로 어제 이 마을에 찾아온 손님을 위한 차였다. 그 손님이란 한 쌍의 젊은 남녀였는데, 결혼식을 위해 고향으로 돌아가는 길이라고 했다.

"큰일 날 뻔하셨습니다. 하루만 늦었어도 눈에 파묻혀 꼼짝도 못 하셨을 텐데요."

"그러게요. 정말 큰일 날 뻔했습니다. 다 신부님 덕분이죠."

미겔은 겉보기만은 선량하기 그지없는 미소를 지으며 차를 받았다. 그리고 머릿수건을 쓴 채 얌전을 떨고 있는 연두에게 건네주었다. 춥지? 먼저 마셔. 다정하게 속삭이는 것도 잊지 않았다. 그 광경이 참 사이좋은 약혼자들의 모습 그 자체라, 유스토는 기분 좋은 미소를 머금었다.

'역시 손님으로 받길 잘했어.'

이 시골 마을의 사람들은 미신에 대한 믿음이 매우 강했다. 그들은 젊은 미남미녀가 여행자들이 다니지 않는 겨울에 마을을 찾아온 것 자체를 몹시 불길하게 여겼다. 여자가 이민족인 걸 알자 그 배척은 더욱 심해졌다. 누구도 지친 그들에게 침대를 내어주려 들지 않았다.

유스토는 침대는커녕 마구간의 지푸라기마저 아까워하는 마을 사람들 대신 그들을 교회로 맞아들였다. 젊은 신부의 훈계를 모른 척하던 마을 사람들도 그것까진 막지 못했다.

"순례자들을 위한 침대조차 없어 바닥에 이부자리를 깔았을 뿐인데요. 그나저나 신부맞이를 이 계절에 하다니, 너무 무모한 것 아닌가요?"

"저 눈을 피했으니 그것만으로도 충분합니다. 사실 반성은 떠난 직후부터 계속하는 중이고요. 하하, 춥기도 춥거니와 다들 인심이 사나워서요. 저, 신부님. 눈이 녹을 때까지 신세를 좀 져도 되겠습니까? 제 약혼녀는 이런 추위가 익숙하지 않은 사람이라서요. 물론 놀지는 않겠습니다."

"하하……. 봄까지 있다 가셔도 됩니다."

능구렁이처럼 받아치는 입담이 기분 나쁘지 않았다. 유스토는 웃음으로 그들이 머무는 것을 허락했다.

"그럼 저는 당장 나가서 사냥 좀 하고 오겠습니다. 다들 눈 치우느라 힘을 쓰고 있을 텐데, 이럴 때 짐승을 좀 잡아 오면 호감을 사기도 좋겠죠."

"지금요? 눈이 이렇게 내렸는데 사냥이라니, 안 됩니다. 그린, 약혼자를 좀 말려보세요."

유스토는 몹시 놀라 미겔을 말렸지만, 연두가 그 말을 들을 리 없다. 그녀는 웃으며 미겔을 내보냈다. 그리고 사냥을 떠난 미겔 걱정으로 안절부절못하는 유스토를 밀어내고 교회의 부엌을 차지했다. 미리 물을 끓이며 요리 준비를 하겠다는 이유였다.

당연히 핑계였다. 미겔은 오후 늦게는 되어야 돌아올 텐데, 점심나절부터 지키고 있을 필요가 있겠는가. 그저, 이 작은 시골 교회에서 사제관을 제외하면 부엌이 제일 따뜻한 곳이어서 차지한 것뿐이다. 연두는 따끈한 아궁이 근처에 거적을 깔고 앉아 하품했다. 간밤의 잠자리가 워낙에 불편해서 그랬는지 온몸이 다 뻐근했다.

"아으으으으……. 죽겠다. 저녁은 뭐로 하나? 스튜? 찜? 뭘 잡아 올지를 모르겠네."

부엌 구석에 가져다 놓은 새장에서 반트가 삑삑거렸다.

「할 줄 아는 거라곤 스튜랑 고기찜밖에 없으면서 무슨 배짱으로 부엌을 차지한 거야?」

"먹을 기만큼 사람 호감 사기 쉬운 게 없어. 사냥은 미겔이, 요리는 내가 해야 고루 호감을 얻고 사람들 사이에 들어가지. 어차피 오래 있을 것도 아니잖아? 밑천 떨어지기 전에 끝내야지."

「그거야 그렇지만⋯⋯.」

이 작은 시골 마을은 반트의 고향이었고, 이 일행의 목적지였다. 연두는 이곳에서의 일을 빠르게 해치우고 돌아갈 생각이었다.

끼릭, 끽, 끼릭⋯⋯.

반트가 부리와 발을 놀려 새장의 문을 건드리기 시작했다. 얼마 안 가 새장의 문이 벌컥 열렸다. 반트는 좁은 새장을 박차고 나와 부엌을 파닥파닥 날아다녔다. 답답했다는 건 알겠지만, 부엌이라는 장소가 문제였다. 연두는 결국 솥을 땅땅 두드렸다.

"그만 좀 날아, 털 빠져."

「네 머리카락보다는 덜 빠질 텐데, 거 참, 신경질은.」

"바깥에서 좀 날다가 오든가."

「싫어. 이런 날씨에 나돌아다니면 온갖 새들이 다 덤빈단 말이야. 그렇게 폭설을 내리게 하면 어떡해? 그냥 눈이나 좀 날리게 하라니까!」

"야, 그 조절이 맘대로 안 되는 걸 어떡해? 누가 이 정도로 내릴 줄 알았나?"

말은 기세 좋게 하지만, 연두는 꽤 부끄러워하는 중이었다. 연두는 요즘 반트에게 마법을 배우고 있었다. 사실 마법이라곤 해도 별건 아니고, 그녀에게 호의적인 이 세계에 약간의 신호를 주는 법을 익히는 것이다.

오늘 날씨는 좀 차가웠으면, 눈이 왔으면, 구름이 꼈으면⋯⋯.

드림랜드의 주인이라 하더니, 이런 우스운 소원을 비는 것만으로
도 세계는 충분히 응답했다. 문제는 조절을 못해서 엉망이 되는
거지. 이 폭설만 해도 그랬다. 곧 새해라, 눈이 조금 쌓였으면 좋
겠다며 시작한 게 허벅지까지 쌓일 만큼 내린 것이다.

「어휴. 초보자한테 내가 뭘 바란담? 됐다, 됐어. 어차피 밖에
나가면 쓸 일도 없는 거.」

"미겔은 내가 이만큼 한 것도 대단하다고 했어."

「그놈은 네가 앞구르기 하겠다고 나섰다가 그냥 나뒹굴어도 대
단하다고 할걸.」

반트의 핀잔은 꽤 사실에 가까웠다. 차마 반박하지 못한 연두
의 귓불이 붉었다.

미겔은 장담대로 사냥에 성공해서 돌아왔다. 그는 평소 큰 사
냥감은 손대지 않았지만, 이번만은 제대로 큰 걸 잡았다. 무게가
성인 남자의 두 배는 훌쩍 나가는 멧돼지였다. 그 혼자서는 도저
히 가져올 수 없었기 때문에, 도움 요청을 받은 마을의 젊은 청년
들이 운반에 손을 보탰다.

밤새 눈이 쏟아졌다지만 오후에는 봄처럼 따스한 햇볕이 쏟아
져서, 쌓인 눈이 제법 녹아 있었다. 웬만큼 건강한 성인이라면 충
분히 바깥나들이를 할 수 있을 정도였다. 마을 사람들은 눈을 뻘
겋게 물들이는 핏줄기를 따라 삼삼오오 교회 뒷마당으로 몰려들
었다.

"세상에, 저 덩치 좀 보라지."

"저런 놈을 대체 무슨 수로 잡았대? 활? 칼? 정말 저 호리호리
한 청년이 잡은 거 맞아?"

미겔은 쏟아지는 시선을 받으며 멧돼지 해체를 시작했다. 먼저,

멱을 따서 피를 쏟아냈다. 후끈한 피가 쏟아지며 무럭무럭 김을 쏟아냈다. 이어 능숙한 솜씨로 가죽을 벗겨내고, 고기를 토막 냈다. 퍼지는 비린내에 누군가가 침을 삼켰다.

"이야, 솜씨 좋네."

"아이고, 우리 집 남정네들보다 낫다."

"저거 고기가 꽤나 나오겠는데……."

짐승의 고기는 며칠 숙성을 해야 제 맛이 난다. 미겔은 고기 대부분을 교회의 식량 저장고로 옮겼고, 운반에 손을 보탠 청년들에게도 한 덩이씩 챙겨주었다. 그리고 염치가 있어 차마 고기를 나눠달란 소리를 못 한 마을사람들에게 달콤한 말을 해주었다.

"저 고기가 다 숙성되면 마을 잔치를 하죠. 저와 제 약혼녀가 이 마을에서 지낼 수 있게 허락해 주셨으니, 신세 갚는 셈치고요."

사실은 누구도 허락하지 않았다. 그들에게 이 마을에 있어도 좋다고 한 건 신부 유스토뿐이었다. 하지만 이 계절에 고기를 나눠주겠다고 하는 이에게 싫은 소리를 할 수 있는 사람은 아무도 없었다. 다들 서로 눈치를 보는 듯하다가 결국 고개를 끄덕댔다.

"도시 사람치고는 아주 경우가 바른 청년이네."

"그, 그러게요. 마을 잔치라니, 그게 얼마만의 일이야?"

그렇게 연두와 미겔은 마을에서의 시간을 벌었다. 그리고 고기가 숙성되는 동안 마을 사람들과 안면을 익히고 친밀도를 쌓았다.

미겔은 대단히 솜씨 좋은 사냥꾼이었고, 청년들은 순식간에 그의 사냥술에 반했다. 함께 사냥을 나갈 때마다 꿩이며 오소리며 눈토끼 따위의 사냥물이 쌓이니 좋아하지 않을 수가 없다.

연두는 손재주는 좀 부족해도 이야기 솜씨가 좋아 부인과 처녀들에게 환영받았다. 한평생 가보지도 못하고 꿈만 꾸던 수도의 풍경과 가르피나의 시장 얘기를 할 때마다 다들 눈이 반짝거렸다.

눈에 갇힌 시골마을의 시간은 천천히 흘렀다. 새하얀 눈으로 덮인 마을은 아름답기도 하지만 동시에 쓸쓸하고 적막했다. 새벽녘, 바람이 우는 소리에 귀를 기울이고 있으면 가끔 저 멀리 계곡에서 눈 무너지는 소리가 들리곤 했다.

마침내 미겔이 잘 숙성된 멧돼지 고기를 꺼내놓는 날, 함박눈처럼 조용하고 얌전하던 마을사람들은 자신들이 언제 그랬냐는 듯 시끌벅적하게 굴었다. 집집마다 모셔놓았던 독한 술이 나오고, 부인들이 솜씨를 부린 음식들이 한가득 쌓였다.

마을사람들은 술과 음식을 즐기면서도 기대감 어린 눈빛을 영 감추지 못하다가, 연두가 최선을 다해 만든 멧돼지 요리가 나오자 참지 못하고 환성을 올렸다. 태반이 찜 요리였지만 소금에 절이고 바람에 말린 저장고기가 아니라는 것만으로도 이미 충분히 좋은 음식이었다.

"가끔은 이런 것도 나쁘지 않지."

"나쁘지 않긴? 엄청 좋지! 술이 한잔 들어가면 더 좋고!"

사람들 사이에서 술이 돌았다. 다들 불콰하게 붉어진 얼굴을 하고 오랜만의 진수성찬을 즐겼다. 공짜 음식과 술만큼 사람을 행복하게 하는 게 얼마나 있겠나. 공치사를 받을 장본인이 술 몇 잔에 뻗어서 자리를 비웠으니 더더욱 좋다.

화기애애한 가운데, 마을 제일의 악사인 사라가 악기를 챙겨왔다. 그녀를 따라 몇몇 사람들이 함께 악기를 꺼냈다.

"이런 날에 음악이 빠지면 안 되잖아?"

"아무렴!"

낡았어도 소중하게 관리된 악기들이 연주를 시작했다. 박수가 쏟아졌다. 경쾌한 박자로 통통거리는 음악이 울리는 가운데, 몇몇 사람들이 일어났다. 춤을 추려나 본데, 이 지방의 춤은 두 사람이 짝을 지어 추는 춤이었다.

팔짱을 낀 커플이 여기저기에서 앞으로 나서는 가운데, 목덜미까지 붉게 물들인 소년이 근처의 소녀에게 가서 손을 내밀었다. 갑작스러운 춤 신청에 놀란 소녀는 뒷걸음질을 치는데, 오히려 주변에서 난리가 났다.

"마리아! 페터가 네가 좋은가 보다. 안 받아줄 거야? 응?"

"그래, 페터가 저렇게 용기를 냈는데 춤 정도는 같이 춰줘라!"

"둘이 매일 같이 다니더니 왜 갑자기 부끄러워하는 척을 해? 얼른 손잡아~"

주변의 등쌀에 못 이기는 척, 소녀가 소년의 손을 잡았다. 서로 눈을 마주치고 웃는 걸 보니, 서로 아주 마음이 없는 사이도 아닌 모양이었다. 말이 소년 소녀지, 열대엿 살쯤 되었으니 내년쯤엔 결혼하게 될지도 모를 일이었다.

춤이 시작됐다. 마주 보고 선 채 발을 엇갈리게 딛다가, 서로 손뼉을 치고, 팔짱을 끼고 돌아서, 다시 발을 딛고……. 보는 것만으로도 숨이 찰 것 같은 빠른 춤이건만, 어찌나 능숙하게 해내는지! 웃음소리가 시린 겨울 하늘 사이로 퍼져 나갔다.

춤을 추는 사람이 점점 늘어가는 가운데 연두는 살그머니 뒤로 빠져나와 반트가 들어 있는 새장을 꺼냈다. 그리고 연주를 하는 사라에게 다가가 말을 걸었다.

"이 새는 정말 노랫소리가 아름다워요. 다들 모여 있을 때 들려드리고 싶은데."

"흐응……. 하다 마는 건 영 입맛이 찝찝한데. 그래, 그린이 하자는 건데 뭐. 어이, 잠깐만 연주 멈춰봐!"

그동안 쌓은 친분과 고기라는 뇌물이 효과를 발휘했다. 연주가 멈춘 것에 불평을 터뜨리던 사람들도 연두가 앞으로 나서자 그냥 입을 다물었다.

"자아, 이제부터 정말로 신기한 걸 보여드릴게요. 그 사람 많은 수도에서도 다들 보고 싶어 안달했던 귀한 구경거리랍니다!"

연두는 마치 쇼를 준비하는 마술사처럼 온 마을 사람들의 주목을 새장으로 끌어모았다.

"뭐야, 흔해빠진 나이팅게일이잖아?"

"밤꾀꼬리 울음소리 따위, 듣고 싶으면 언제든 들을 수 있는데."

불신 어린 말이 쏟아지는 가운데, 연두가 새장의 문을 열었다. 반트는 단숨에 새장을 뛰쳐나와 허공으로 날아올랐다가, 다시 연두의 손가락 위로 내려앉았다. 사람들의 시선이 조금 바뀌었다. 나이팅게일은 길들이기 어려운 예민한 야생 새였다.

"설마 그냥 울음소리 좀 듣자고 제가 연주를 멈춰달라고 했겠어요?"

어머, 세상에. 정말 길들인 건가 봐! 사람들의 웅성거림이 커져 갔다. 그 사이, 춤을 멈추고도 페터와 손을 잡고 있던 마리아의 낯은 불쌍할 정도로 창백해졌다. 그녀는 저 나이팅게일을 알고 있었다.

'오빠…….'

가녀린 몸이 휘청, 흔들렸다. 옆에서 정신없이 연두를 구경하던 페터가 깜짝 놀라 마리아를 부축했다.

"왜 그래?"

"아니, 아니야. 아무것도 아니야. 괜찮아."

얼굴은 새하얗게 질려선, 달달 떨면서 아무것도 아니라고, 괜찮다고 백번을 말해야 누가 믿겠나. 페터도 마리아의 말이 거짓말이라는 것쯤은 금방 알았다.

'집에 가자고 해야 하나?'

하지만, 보기 드문 외지인 여자가 길들이기 힘든 야생 새를 데리고 보여줄 구경을 놓치는 건 아무래도 아쉬웠다. 그런 기색을 알아챈 마리아의 미간에 주름이 잡혔다.

'괜히 받아줬어.'

지긋지긋한 집을 나오려면 결혼밖에 방법이 없어서, 자신에게 관심을 보이는 마을의 또래 남자아이들 중 제일 괜찮아 보이는 페터를 골랐다. 한데 손을 잡아주자마자 이 꼴이라니. 마리아가 막 짜증을 내려는 순간, 노란 새가 마리아의 눈앞으로 뛰어들었다. 반트였다.

삐이이이이—

반트는 마리아의 주변을 날다가, 그녀의 손가락에 앉아 머리를 부비며 인사하고, 이내 다시 날아올라 연두에게로 돌아갔다. 연두가 짓궂은 웃음을 지었다.

"이 새한테는 저 소녀가 제일 예뻐 보이나 봐요."

맞아, 마리아가 예쁘긴 해! 솔직히 우리 딸보다도 예쁘지. 여기저기에서 동의하는 웃음이 터졌다. 마리아의 얼굴에 빨간 물이 들었다. 마리아는 사람들의 손에 떠밀려 연두의 앞까지 밀려갔다.

연두는 마리아의 손에 반트를 올려주었다.

"자, 예쁜 소녀 아가씨. 이름은?"

"마…… 마리아 랑, 이에요."

"얼굴만큼 예쁜 이름이네요. 마리아, 이 새에게 노래를 불러달라고 해봐요. 분명 멋진 노래를 들려줄 거예요."

마리아는 제 손가락에 올라앉은 나이팅게일을 가만히 바라보았다. 분명 오빠였다. 자꾸 무서운 꿈을 꾸는 자신을 위해 터무니없는 약속을 해줬던, 벌써 몇 년 전에 죽어버린 오빠.

"혹시 내가 먼저 죽으면, 새가 돼서 널 지켜줄게. 매일 밤 네 침대 옆에서 노래를 불러줄게."

그 말 그대로, 마리아의 오빠는 죽은 이후에 새가 되어 찾아왔었다. 노란 꽁지깃이 예쁜 나이팅게일이 되어, 마리아의 침대 옆에서 노래를 불러주었다. 그러다 어느 날 갑자기 사라져 보이지 않았었다.

삑…….

마리아가 계속 쳐다보기만 하자, 나이팅게일이 고개를 갸웃거렸다. 그 모습이 정말로 귀엽고 평범한 새 그 자체라, 마리아는 그만 헛웃음을 짓고 말았다.

'그래, 내가 착각한 거야. 오빠가 새가 돼서 돌아왔던 것도, 그냥 어린애가 제멋대로 상상한 거였을 거야.'

연두가 마리아를 재촉했다. 어서 노래를 해달라고 해요. 마리아는 슬쩍 고개를 들어 주변을 바라보았다. 마을 사람들 전부가 자신을 향해 기대에 찬 눈빛을 보내고 있었다.

"으음······. 저어, 새 님······? 노래해 주세요."

허락이 떨어졌다. 연두는 지휘라도 하는 것처럼 손을 흔들었다. 자아, 하나 둘 셋, 하나 둘 셋. 그녀의 손짓에 맞춰 반트가 머리를 끄덕거렸다.

어머니가 나를 죽였어요.

아버지는 나를 먹었죠.

여동생 마리아가 내 뼈를 비단 천에 싸서

노간주나무 아래에 묻었어요.

마리아의 얼굴이 새파랗게 질렸다. 악몽 같은 그날이 다시 떠올랐다. 사과와 함께 부엌 바닥을 데굴데굴 구르던 오빠의 머리를 본 날이. 누구에게도 말하지 않았던 죄가 그녀의 숨통을 졸랐다.

"와! 이렇게 멋진 노래를 하는 나이팅게일은 본 적이 없어!"

"대단한데? 어떻게 길을 들인 거지? 그린, 당신 혹시 곡예단 출신이요?"

"분명 손짓에 맞춰서 고개를 끄덕인 거 맞죠? 신기하기도 해라!"

마리아는 혼란스러운 표정을 감추지 못하고 사방을 둘러보았다. 마을 사람들의 표정이 밝았다. 이 새는 분명 사람의 말로 노래를 했는데, 다들 그런 건 전혀 모르는 것처럼 굴고 있었다.

"저어, 그린······."

"마리아, 고마워요. 덕분에 이 새가 아주 멋진 노래를 했어요."

연두는 마리아의 혼란을 모른 척하며 반트를 넘겨받았다. 반트는 오매불망 그리던 여동생의 손가락에 앉아 노래를 불러서인지 잔뜩 기분이 좋아 꽁지깃을 까닥대고 있었다.

"이제 그만 가보세요. 페터가 기다리고 있네요."

마리아는 연두에게 떠밀려 페터에게 돌아갔다. 문득 뒤돌아본 그녀의 시야에, 젊은 신부 유스토의 낯빛이 새하얗게 변한 것이 들어왔다. 그는 잡아먹을 듯한 시선으로 노란 새를 바라보고 있었다.

'설마, 신부님도……?'

연두는 반트의 재주를 사람들에게 실컷 자랑하다가 이제 피곤하다며 사람들 사이를 빠져나와 교회로 돌아갔다. 사람들은 그 신기하게 길이 잘 든 새의 이야기를 하며 남은 시간을 즐겼다. 어차피 낮이 길지도 않은 계절이니, 놀 수 있을 때 놀아야 했다.

신부 유스토는 사람들 틈을 빠져나가는 연두의 뒤를 다급히 쫓았다. 그러다 인적이 드문 곳까지 와서야 그녀를 소리쳐 불렀다.

"그린, 그린!"

"어머나……. 신부님. 뭐가 그리 급하시죠?"

유스토는 뭐라 말을 꺼내지 못하고 입을 우물거렸다. 무작정 따라오긴 했지만, 어떻게 말할 수 있겠는가. 당신이 들고 있는 새장 속의 새가 사람의 말로 노래했다고! 어리석은 민중이라면 모를까, 교육받은 사제가 할 말은 아니었다.

연두는 느긋하게 그의 초조함을 즐겼다. 그러다 반트가 들어 있는 새장을 가리키며 물었다.

"이 새의 노래가 마음에 드셨나요?"

"그, 그렇습니다. 그 새는 대체……."

"마음에 드셨다면 하룻밤 빌려드릴까요? 반트는 제가 몇 년 동안이나 기르고 있던 새니까, 아껴주셔야 해요."

유스토는 거절할 틈도 없이 새장을 받아들었다. 손에 들린 새장은 꽤 묵직했다.

"이름이…… 반트입니까?"

"네. 괜찮은 이름이죠?"

반트. 반트……. 유스토는 몇 번이고 반트라는 이름을 입안에서 굴려보았다. 어딘지 모르게 익숙한 이름인데, 소리 내어 말하려니 굉장히 어색했다. 입 밖으로 내본 적이 없는 이름이란 뜻이었다.

"잘 부탁드려요."

이 인사만 남기고 연두는 자리를 떴고, 유스토는 얼결에 반트를 하룻밤 맡게 되었다. 그는 사제관의 창문턱에 새장을 올려두고 해가 질 때까지 내내 반트를 관찰했다.

반트는 아주 평범한 새처럼 행동했다. 모이를 먹고, 물을 마시고 깃을 다듬다가 잤다. 입은 아예 떼지도 않았다.

"내가 그린이 아니라서 노래를 안 하나? 반트, 반트!"

유스토가 아무리 불러도 반트는 대답이 없었다. 유스토는 긴 막대기로 반트를 몇 번 찔러보다가, 반트가 날개깃을 퍼덕이며 싫어하자 곧 그만두었다. 그는 끈질기게 새를 괴롭혀서 소리를 내게 만들 정도는 못되는 사람이었다.

"내가 잘못 들었던 걸까?"

마음이 심란했다. 하지만 스스로를 속이기엔 노래의 가사가 너무 충격적이었다. 유스토가 마른세수를 하며 괴로워하는 그때, 반트가 다시 한 번 노래를 불렀다.

어머니가 날 죽였어요.

아버지는 날 먹었죠.

여동생 마리아가 내 뼈를 비단 천에 싸서

노간주나무 아래에 묻었어요.

유스토의 등줄기에 소름이 돋았다. 역시, 자신이 틀린 게 아니었다. 게다가 두 번째로 노래를 들으니 뭔가 짚이는 게 있기까지 했다. 그는 구르듯이 사제관을 나가 본당의 사무실로 들어갔다. 그곳에서 마을의 신도들을 기록한 명부를 찾았다.

"이런, 어두워서 잘 보이지가 않아……."

급한 마음에 달빛에 비춰가며 살폈으니 당연한 결과다. 유스토는 덜덜 떨리는 손으로 초를 켜고 다시 한 번 명부를 살폈다. 사망 카일, 사망 펠른, 사망 세이란…… 실종 반트 랑. 눈앞이 아득해졌다.

한편, 연두는 예상하고 있던 손님을 맞아 차를 대접하는 중이었다. 마리아 랑, 반트의 여동생이었다. 올 줄은 알았지만, 이렇게 빨리, 급히 올 줄은 몰랐다.

마리아는 훈김이 오르는 찻잔을 쥔 채 불안하게 눈을 굴렸다. 정말 큰마음을 먹고 왔는데 새장이 보이지 않았다. 얼기설기 만든 거친 이부자리 주변으로 낡은 기물들이 잔뜩 쌓여 있어 분위기가 음산했다. 연두와 미겔이 지내고 있는 곳은 사제관에 딸린 창고였다. 순례자를 위한 방도, 침대도 없는 작은 교회라 벌어진 일이었다.

연두는 마리아의 불안을 잘 알면서도 모른 척 말을 돌렸다.

"너무 겁먹지 말아요. 그냥 오래된 물건들일 뿐이잖아요?"

"네에……."

"무슨 일로 왔어요? 그것도 이런 시간에. 해 지고 나서 돌아다니는 건 위험해요."

겨울은 혹독한 계절이었다. 먹을 게 부족한 계절, 배고픈 짐승이 밤이면 마을에 들어와 어슬렁대는 일은 매우 흔했다. 기르는 닭을 도둑맞는 정도라면 다행이지만, 가끔 재수가 없을 땐 사람이 다치기도 했다. 집이 마을 외곽에 있는 마리아가, 이 밤에 마을 중앙에 자리 잡고 있는 교회까지 왔다는 건 정말 목숨을 내놓고 저지른 짓이라고 봐도 좋았다.

"알아요. 그치만……. 저어, 그린. 갑자기 이런 말 하기는 좀 민망하지만, 그 새를 좀 보여줄 수 있을까요? 오늘 잔치 때 데리고 나왔던 새요."

"반트 말인가요?"

"반…… 트라고요? 그 새 이름이 반트예요?"

마리아가 그때까지도 소중하게 쥐고 있던 찻잔이 바닥에 엎어졌다. 찻물이 바닥을 적시고 흘러가다가 순식간에 식어버렸다. 마리아의 가슴이 위아래로 크게 오르락내리락하더니, 그대로 몸이 뒤로 넘어갔다.

"마리아!"

"괜찮아, 기절한 거야."

있는 듯 없는 듯 존재감을 숨기고 있던 미겔이 잽싸게 마리아를 받아냈다. 연두는 그저 기절한 것뿐이라는 말에 안도의 한숨을 내쉬었다. 반트가 그렇게 애지중지하는 여동생인데, 무슨 일이라도 났다간 정말 큰일이었다.

"이것 참, 일이 자꾸 귀찮아지네. 이래서야 협조 얻을 수 있을까 몰라."

"어떻게든 얻어내야지. 난 반트 데려올 테니까 마리아 잘 보고 있어."

"걱정 마. 벨한테 배운 거 아직 안 까먹었어."

"대답 한번 야무지네. 알겠어, 믿고 갔다 올게."

미겔은 벌컥 문을 열고 나왔다가 기겁을 하고 말았다. 사제관의 창고도 충분히 추운 공간이었지만, 문을 열고 나오니 그 추위는 상상 이상이었다. 교회 앞 광장을 쓸고 다니는 바람이 칼처럼 날카로웠다.

'마리아는 이 날씨에 어떻게 여기까지 온 거야? 목도리 하나로는 어떻게 안 될 날씨인데. 아, 이런 추위엔 그냥 난로 앞에 앉아서 낮잠이나 자는 게 최고인데…….'

사제관까지는 멀지 않았지만 순식간에 코와 귀가 얼어붙었다. 미겔은 발을 동동 구르며 사제관의 문을 두드렸다.

"신부님!"

본당에 있는 유스토가 대답을 해줄 수 있을 리가 없다. 반트 역시 혹여나 들킬까 입을 다물고 있으니, 미겔은 몇 번 더 문을 두드리다 돌아설 수밖에 없었다.

"으으, 춥다. 화장실이라도 가셨나?"

"클라운."

"아, 깜짝 놀랐네. 신부님, 왜 밖에 그러고 서 계세요? 추운데. 들어가시죠."

유령처럼 창백한 안색을 한 유스토가 미겔을 바라보고 서 있었다. 미겔은 그의 기척을 듣지 못한 척, 깜짝 놀란 척 연기를 하며 그를 데리고 사제관 안으로 들어갔다.

유스토는 미겔이 이끄는 대로 움직였다. 휘청거리며 의자에 앉은 그에게서는 생기라고 할 만한 게 거의 느껴지지 않았다. 의욕이 넘치는 젊은 신부의 모습은 어디론가 다 사라지고 없는 것 같았다.

"신부님, 무슨 일 있으,"

"클라운."

유스토가 미겔의 말을 잘라먹었다. 미겔이 이맛살을 찌푸렸지만, 지금 유스토에게 중요한 건 그게 아니었다. 그는 자꾸만 떨리는 팔을 들어 미겔을 가리키며 물었다.

"당신들은 누구죠? 당신과 그린은 이 마을에 왜 온 겁니까?"

"예? 에이, 그거야 이미 말씀드렸는데요. 저는 지금 신부맞이 중이고, 이 마을은 제 고향으로 가는 길목에 있어서 들른 거지요. 날짜를 너무 이르게 잡는 바람에 이 겨울에 고생을 하고 있고요."

"거짓말."

차분하게 가라앉은 목소리엔 묵직한 무게감이 있었다. 미겔은 선뜩하게 가슴을 스치는 불길한 느낌에 그만 입을 다물었다. 유스토가 품에 넣어온 몇 장의 종이를 꺼내 읽기 시작했다.

"상담, 마리아 랑. 오빠인 반트 랑이 실종된 이후 불안증세가 생겼다. 밤마다 악몽을 꾼다는데 내용을 말하지 않는 것으로 보아 반트 랑과 관련된 일일 가능성이 있다. 몸에 상처가 끊이질 않는데, 예후가 좋지 않다. 제대로 먹질 못하는 것 같다."

팔락, 종이가 넘어갔다. 새장에서 잠든 것처럼 조용히 있던 반트가 유스토를 향해 고개를 돌렸다.

"마리아 랑. 하마터면 다리를 절 뻔했으나, 다행히 완치. 훈육 중에 생긴 사고라는데 훈육보다는 구타에 가까워 보인다. 마리아 말로는 실종된 오빠가 죽은 뒤 새가 되어 자신에게 왔었다고 한다. 아직 어린 데다 제대로 보호받기도 어려운 처지라 하는 상상 같다. 큰일이다."

유스토가 가져온 종이들은 전임 신부가 기록한 교구일지의 일부였다. 교구일지라기보다는 개인적인 일기에 가까운 기록이지만, 마을 사람들에 대한 전임 신부의 애정이 잘 드러나 있었다.

미겔은 유스토가 내려놓은 종이들을 읽으며 내심 혀를 찼다. 이렇게까지 자세한 기록이 남아 있을 줄은 몰랐다. 적당히 혼란스러워하면서 마리아를 안쓰러워해 주기만을 바랐는데, 이거야원 곤란하지 않은가.

"오빠가 죽어서 새가 되어 돌아왔다니⋯⋯. 오늘 내가 저 새를 보지 못했다면, 나는 이걸 불안에 떠는 어린아이가 만들어낸 환상 정도로 취급했을 겁니다. 반대로, 이 글이 없었다면 저 새가 하는 말을 환청으로 생각했을 거고요."

"⋯⋯."

"당신들은 누구죠? 이 마을엔 왜 왔습니까? 혹시, 복수라도 하러 온 겁니까?"

사제로서 할 말은 아니란 걸 잘 알고 있으면서도, 유스토의 표정은 그저 담담했다. 미겔은 어디까지나 외부인에 불과한 자신이 끼어들 일이 아니라고 판단했다. 그는 새장의 문을 열었고, 반트는 훌쩍 날아 유스토의 앞에 자리를 잡고 작은 머리통을 치켜들었다.

「왜 복수하러 왔을 거라고 생각하시죠?」

유스토는 눈을 크게 뜨며 놀라움을 감추지 못했다. 이미 한 번 겪어보았음에도, 또렷하게 들려오는 사람의 말이 믿어지지 않았다. 신기함과 거북함이 뱃속에서 부글부글 끓어올랐다. 혹시 복화술이라도 하나 싶어 미겔을 바라보았으나, 그는 입을 꾹 다물고 눈까지 감고 있었다. 유스토의 시선은 다시 반트에게로 향했다.

"반트 랑의 실종……, 아니 이제 죽음이 되나. 아무튼 죽음에는 미심쩍은 부분이 많았으니까. 랑 부인은 아들이 멀리 있는 친척집에 갔다고 했지만, 전임 신부님은 실종으로 기록했어. 그건……."

「왜 그렇게 말을 흐리세요? 그냥 말씀하셔도 돼요. 정말 새어머니에게 살해당한 거냐고 묻고 싶으신 거잖아요.」

"……"

「예, 그래요. 새어머니가 날 죽였어요. 사과 궤짝에 썩은 사과가 있는 것 같으니 꺼내달라고 해놓고, 고개 숙인 내 목을 도끼로 내리찍었죠. 나는 목이 떨어져 죽었어요. 내 목은 사과와 함께 부엌 바닥을 데굴데굴 굴렀죠.」

당장에라도 도망가고 싶다. 유스토는 자꾸만 들썩거리는 몸을 억지로 의자에 붙들어 맨 채 죽음에서 돌아온 사자(死者)의 증언을 들었다.

「마리아가 내 꼴을 보고 비명을 질렀어요. 새어머니는 마리아의 뺨을 때리며 조용히 하라고 다그쳤죠. 아버지에게 들키면 분명 거리로 내쫓길 거라고요. 그녀는 내 시체를 완벽하게 처리할 방법을 알고 있었어요.」

"아버지가 날 먹었어요……. 설마, 먹었어? 그래?"

「내장은 소시지가 되고, 살은 수프가 되었어요. 아버지는 맛있게 먹었죠. 그 수프에 들어 있는 고기가 나라고는 짐작도 못 하고. 갑자기 사라진 나를 두고 말도 없이 집을 나갔다며, 괘씸한 놈이라고 욕했죠. 아직도 내가 가출한 걸로 생각하고 있을걸요.」

"우욱."

유스토가 견디지 못하고 헛구역질을 했다.

「마리아는 나를 먹지는 않았지만 아버지에게 사실을 알리지도 못했어요. 원망하지는 않아요. 그때 마리아는 겨우 열한 살이었고, 무서웠을 테니까. 그리고 내가 새가 되어 돌아왔을 때, 날 바로 알아본 것도 마리아였고, 내 뼈를 몰래 수습해 두었다가 노간주나무 아래에 묻은 것도 마리아였어요.」

반트가 유스토의 눈앞으로 자리를 옮겼다.

「신부님, 마리아를 지켜주세요. 그 애는 아직도 어리고, 보호가 필요해요.」

"알았다. 랑 씨에게는 내가 잘 말해서,"

「안 돼요. 아버지는 새어머니를 이기지 못해요. 그리고 새어머니는 본인이 불안하고 힘들어지면 말보다 손이 먼저 나가는 사람이죠. 친딸인 마리아에게도 그다지 다르진 않을 거예요.」

"반트."

부모가 있는데 다른 사람이 보호자를 자청하고 나서는 건 있을 수 없는 일이었다. 일단 유스토는 그런 경우를 본 적이 없다. 그러나 기록에 남겨져 있는 마리아의 상처가 그를 망설이게 했다.

'다리를 절 뻔했다니……'

부모가 자식을 사랑하는 건 당연한 일이지만, 때때로 세상에는 예외가 있다. 반트가 새어머니에게 살해당했듯이, 마리아가 훈육이라는 명목 하에 구타를 당했듯이.

"너는 마리아가 걱정돼서 돌아온 거냐? 그 애가 죽을까 봐, 그게 무서워서? 내가 마리아를 보호하면 조용히 떠날 거라고 생각해도 되겠어?"

「……아니요.」

한참 망설인 끝에 나온 대답이 부정이다. 유스토는 이맛살을 찌푸렸고 미겔은 들리지 않게 탄식했다.

「날 죽이고, 날 먹은 자들은 대가를 치러야 해요.」

"그건 교회가 할 일이야. 사사로이 나서지 마라."

「내가 죽은 지 오 년이 넘었어요, 신부님. 그동안 교회는 뭘 했나요? 전임 신부님은 좋은 분이셨지만 명단에 실종을 적어두신 것 말고는 한 게 없으시죠. 신부님은요? 뭘 하셨어요?」

"이제부터 하마. 마리아를 보호하고, 랑 부인의 죄를 밝혀서 벌을 받게 할게. 너는 그만 용서하고 잊도록 해라. 증오는 영혼을 태우는 고통일 뿐이야."

유스토는 필사적으로 설득했다. 그는 반트가 정말로 편해지기를 바랐다. 미움과 증오는 삶에서 중요한 것들을 삼키는 괴물이었다.

미겔은 꽤 흥미로운 눈으로 유스토를 바라보았다. 죽은 소년이 새가 되어 돌아왔다는, 믿기 힘든 말에도 진지하게 반응하며 위로하는 성직자라니. 젊어서 때가 덜 탄 건지, 아니면 개인적인 성향이 그런 건지는 모르겠지만 퍽 신기한 사람이었다.

그러나 유스토가 얼마나 된 사람이든, 그의 설득은 반트에게 닿지 않았다. 인형의 집과 동화 세계, 두 곳에 모두에 몸이 있다지만 그의 정신은 동화 세계에 더 가까웠다. 고인 물처럼 조용한 인형의 집보다, 사람들과 부대끼는 동화 세계에 더 많은 애정을 쏟을 수밖에. 마리아에 대한 애정이 진짜인 것처럼, 소년 반트가 겪은 고통과 분노도 모두 진짜였다.

「신부님. 왜 용서를 구하지 않는 자를 용서해야 하죠? 회개하지 않으면 천국의 문턱을 넘을 수 없는데, 그들은 용서를 구하지 않고도 용서받네요.」

"반트. 용서는 정말로 용기 있는 행동이고, 동시에 가장 큰 복수가 될 수 있,"

「전 겁쟁이라서요. 그리고 용서가 복수가 된다고요? 그건 죄책감을 갖고 후회하는 상대에게나 통하는 말이죠. 오늘 새어머니의 얼굴을 봤어요. 아주 건강하고 좋아 보였어요. 내가 용서하면 새어머니는 정말로 편안해질 테죠. 절대 용서 못 해요.」

"그분도 죄를 깨달으면 분명 자신이 저지른 짓을 후회하고 고통스러워하게 될 거다."

이래서야, 쳇바퀴처럼 끝나지 않을 대화가 아닌가. 아무리 말을 해도 입장차가 좁혀지지 않는다. 결국 미겔이 나섰다. 그는 반트에게 정신이 팔린 유스토의 뒷목에 손날을 쳐서 기절시키고 침대에 눕혔다.

이제 유스토는 며칠 동안 내내 아플 예정이었다. 침대에서 일어나지도 못 테지만, 괜찮다. 유스토가 호의를 베풀어 교회에 묵게 해준 두 사람이 그를 간호할 테니까. 마을 사람들은 선량한 행동이 보답이 되어 돌아왔다고 믿을 것이고, 유스토가 깨어났을 땐 모든 일이 끝난 다음일 것이다.

"신부가 방해가 될 일은 없을 거라며?"

「그분이 돌아가시고 새 신부가 왔을 줄 내가 알았나…….」

"뭐, 그건 그렇다 치고. 그래, 마음은 좀 편해졌어?"

「갑자기 무슨 소리야?」

"하고 싶었던 말 다 해서 속 시원하냐고. 나나 연두는 아무래도 한 꺼풀 밖에 있는 사람이라 터뜨리지도 못하고 꾹꾹 참고 있던 거잖아."

반트는 미겔을 향해 눈을 흘겼다. 자신은 미겔을 오랫동안 보아왔지만, 요즘처럼 그가 사람으로 느껴진 적은 없었다. 혼자서는 절대 꺼내지 않았을 말을 주절대도록 도와준 것이 고맙기도 하고 얄밉기도 했다.

「네가 언제부터 그렇게 살뜰하게 날 챙겼다고 새삼. 그래, 덕분에 좀 편해졌다. 고맙다.」

"특별히 신경 쓴 거 알면 됐고. 아, 마리아 왔는데 만날래? 그거 알려주러 왔던 건데 시간이 이렇게나 길어졌네."

「마리아가? 마리아가 이 시간에 왜 와! 위험하게!」

"그러게 말이다. 해 떠 있을 때 올 줄 알았더니, 성질도 급해요. 무슨 이복남매 사이가 그렇게 끈끈해?"

미겔의 핀잔은 반트의 귀에 들어가지도 않았다. 반트는 미겔을 재촉해 서둘러 사제관의 창고로 돌아갔다. 다행히 마리아는 깨어나 있었다. 어디 깨어나기만 했나? 연두의 구슬림에 넘어가 자초지종을 다 얘기했다. 연두에게 매달려 눈물콧물을 빼고 있던 마리아는 반트를 보자마자 스프링 튕기듯 일어났다.

"오빠! 반트 오빠 맞지!"

「마리아!」

"흐, 흐흑, 흑……. 그, 그렇게 갑자기 사라지면 어떡해……. 난 오빠가 또 죽어버린 줄 알았잖아……."

남매의 상봉은 꽤 오랫동안 이어졌다. 내버려 두었다간 동이 틀 때까지 얘기를 나눌 기세라, 결국 견디다 못한 연두가 둘 사이를 갈라놓았다.

"자자, 그만. 재회의 기쁨은 그쯤 나누고. 마리아, 이제 어떡할 래?"

"당연히 함께 갈 거예요!"

"그래, 알았어. 네 마음대로 해. 그런데, 지금 가게?"

"네. 밤에 제가 몰래 집을 비웠다는 걸 알면, 아빠가 화를 낼 거예요. 걱정 마세요, 저 마을의 골목길이란 골목길은 다 알고 있어요. 그리고 이번엔 오빠도 있는걸요."

새장을 끌어안고 웃는 얼굴이 해맑았다. 끙, 앓는 소리를 내던 연두가 자신의 짐에서 두꺼운 목도리를 꺼내주었다. 마리아가 지금 걸치고 있는 외투가 너무 얇아 보였기 때문이었다. 마리아는 고맙단 말을 연신 반복하며 곧 밤의 어둠 너머로 사라졌다.

"정말 이래도 될까 몰라."

전부 반트에게 맡기기로 약속을 해놨지만, 마음이 좋지 않았다. 아무래도 어린애들이 아닌가. 연두의 어깨를 안고 있던 미겔이 그녀의 정수리에 입을 맞췄다.

"괜찮아. 이곳엔 이곳 나름의 규칙과 삶이 있는 거니까. 혹시 알아? 동생과 지내다 보면 반트 녀석 마음이 홀딱 바뀔지."

"풋, 본인도 안 믿는 말을 하면 어떡해? 들어가자, 춥다."

다음 날부터 연두와 미겔은 유스토 신부의 간병을 한다는 핑계를 대고 교회에서 나오지 않았다. 덕분에 마을 사람들의 관심은 죄다 마리아가 데리고 있는 반트에게로 쏠렸다. 마리아의 어깨에 앉아 있는 반트를 볼 때마다 신기해 어쩔 줄을 몰라 했다.

"마리아가 정말 마음에 들었나 봐."

"그린이 잠깐만 데리고 있으라고 한 거야, 아니면 아예 주겠다고 한 거야?"

"왜 나한테는 안 오지? 내 손은 본체만체해! 어우, 치사한 녀석."

반트는 가끔 노래도 했다. 여전히 그 소름 끼치는 가사 그대로였지만, 어차피 마을 사람들은 내용을 알아듣지 못하니 상관없었다. 마리아의 어머니, 에바만 빼고.

에바는 마리아가 데려온 새가 끔찍해서 견딜 수가 없었다. 사람의 말로 무서운 노래를 부르는 것도 싫은데, 남들은 그냥 새의 노랫소리로만 들린다니 더 기분 나빴다. 마치 자신이 미친 사람 같지 않으냔 말이다.

어머니가 날 죽였어요
아버지는 날 먹었죠
내 동생 마리아가 내 뼈를 비단 천에 싸서
노간주나무 아래에 묻었어요

가족이 모여 점심식사를 하는 자리, 식탁 구석에 앉아 있던 반트가 노래를 불렀다. 스벤과 마리아가 노랫소리에 귀를 기울였다. 에바에게는 소름 끼치는 광경이었다.

"마리아, 저 새 좀 치우지 못하겠니? 하루 종일 어디를 가도 데리고 다니는구나! 다음에 또 식탁에 새를 올려놓으면, 엄마가 다음 끼니의 요리 재료로 써버릴 테니 그렇게 알고 있어라."

기겁을 한 마리아가 허겁지겁 반트를 챙겼다. 그 서슬에 식탁에 있던 스푼이 바닥으로 굴러 떨어지면서 뜨거운 김이 오르는 수프가 사방으로 튀었다. 에바의 눈꼬리가 하늘로 치솟았다.

"마리아! 넌 대체 계집애가 돼서 그렇게 덜렁거리면 어쩌자는 거니? 그래가지고 시집은 잘 가겠어? 지금이야 페터가 너한테 눈이 멀었다만, 조만간 도망가 버릴 거다!"

"죄송해요……."

"어휴, 에바. 적당히 해, 적당히. 그렇게 애를 잡다가 이 녀석도 반트 놈처럼 집을 나가버리기라도 하면 어쩌려고 그래? 자식이라고 남은 건 마리아 하나인데 잘 데리고 있어야지."

"스벤 당신이 너무 오냐오냐하니까 마리아 버릇이 안 고쳐지잖아요!"

애먼 스벤에게 불똥이 튀었다. 스벤은 에바의 잔소리를 한 귀로 흘리며 마저 수프를 퍼먹었다. 분명 예전에는 이보다 더 맛있는 수프를 먹은 적도 있었는데, 요즘엔 영 그 맛이 안 났다.

「켁, 켁!」

갑자기 반트가 식탁에 토악질을 했다. 곧 새끼손톱만 한 커다란 덩어리가 식탁보 위에 쏟아졌다. 오늘 아침 깨끗하게 세탁한 식탁보를 새로 깐 에바의 입장에서는 까무러칠 일이었다. 저 날짐승이 대체 어딜 더럽히는 거람!

"……에바, 잠깐만. 이것 좀 봐봐."

"그 더러운 걸 왜 내 앞에 들이미는 거예요? 어휴, 냄새!"

"아니, 자세히 좀 봐봐. 이거, 금 아니야?"

스벤의 목소리에서 열기가 배어 나왔다. 거부감을 참고 함께 토사물을 살피던 에바도 곧 놀라 입을 벌렸다. 새의 침과 곤충의 사체로 범벅이 되어 있긴 해도, 그건 정말 금 조각이었다.

그 뒤, 스벤과 에바는 반트를 애지중지하며 보살폈다. 과연 반트는 이후에도 몇 번이나 금 조각을 토해냈고, 스벤과 에바의 보물이 되었다.

"금붙이를 찾아내는 훈련을 받았을지도 몰라."

"내 생각에도 그래요. 우리 집에 있는 게 얼마나 다행인지 모르겠어요."

애지중지하며 보살피다 보니, 부부는 반트가 매일 새벽이면 어디론가 날아갔다가 점심식사 시간에 맞춰 돌아온다는 걸 알게 되었다. 유독 외출 시간이 길어진 날에 금 조각을 뱉는다는 것도.

"마리아, 저 새를 따라가 본 적은 없니?"

"어디로 가는지 정말 몰라?"

마리아는 고개를 저었다. 정말 아는 게 없었다. 반트는 자신의 외출을 두고 그저 가벼운 운동이라고만 했었다.

부부는 안달이 났다. 교회에 묵고 있는 이방인들이 새를 돌려달라고 하기 전에 금 조각의 출처를 알아내야 한다. 한데 새의 편애를 받는 딸은 어찌나 잠이 많은지, 매번 새가 나가는 순간을 놓치기만 하니⋯⋯. 스벤과 에바가 직접 나선 건 필연적인 결과였다.

이른 새벽, 스벤은 반트를 따라나섰다. 흐릿한 별들이 하늘을 장식하고 있었다. 내쉬는 숨이 하얗게 얼어붙어 수염에 달라붙었다. 뼛속까지 스며드는 새벽 추위 때문에 몸이 얼어붙었다.

"후우, 후우⋯⋯."

스벤은 가죽 주머니에 넣어온 술을 한 모금 마셨다. 뱃속이 뜨거워지면서 몸에 활력이 돌았다. 그가 술 주머니를 챙기는 동안에도 새는 어디론가 먼저 가지 않고 그를 기다리고 있었다.

"착한 녀석이로군."

새가 가는 곳은 사람들의 발길이 닿는 곳이 아니었다. 한 걸음씩 걸을 때마다 쌓인 눈 속으로 발이 푹푹 빠졌다. 걷기가 힘들긴 하지만, 표식을 남기는 데 신경을 쓸 필요가 없다는 건 장점이었다.

바람이 불었다. 어슴푸레한 빛도 비치지 않는 하늘을 가로질러 내달린 바람이 스벤의 뺨을 쓰다듬고 지나갔다. 그는 문득 멈춰서서 사방을 둘러보았다. 끝을 가늠하기 어렵게 자라난 나무들이 이교도의 신전을 지탱하는 기둥처럼 굳건했다.

'돌아갈까…….'

스벤은 지역의 토박이였다. 겨울이 얼마나 그악스러운 계절인지 모르지 않았다. 이 계절, 이 시간에 이런 곳에 있다는 게 얼마나 위험한 행동인지도. 그러나,

「삐루루루루루루―」

새가 그를 유혹했다. 새가 토해내던 금 조각, 누런 광채가 그의 눈앞에 아른거렸다. 그 금 조각을 어디서 삼켜 오는 건지 알아야 했다. 스벤은 계속 걸었다.

검은 나무 기둥들의 간격이 점점 벌어졌다. 눈은 더욱 깊어져 이제 허벅지 부근까지도 빠질 정도가 되었다. 젖은 옷 때문에 자꾸 몸이 떨렸다. 하지만 쉴 수도 없었다. 그가 조금이라도 멈추려 할 때마다 노란 깃털이 훌쩍 멀어졌다.

그렇게 한참을 걸어서, 스벤이 도저히 견딜 수 없어 포기하려 할 때쯤, 드디어 새가 날개를 접었다. 약간 넓은 공터가 있고, 유독 커다란 노간주나무가 한 그루 서 있는 곳이었다. 나무뿌리 부근에 눈이 파헤쳐진 흔적이 있었다.

'드디어!'

허겁지겁 눈을 헤치고 나무 아래로 달려갔다. 나무뿌리 부근의 눈을 열심히 퍼내자, 기름진 검은 흙이 모습을 드러냈다. 무심결에 손으로 헤치니 쉽게 땅이 파였다. 얼어붙은 땅이라곤 믿을 수 없게 부드러웠다. 얼마 파지 않아 뭔가 딱딱한 것이 손에 닿았다. 스벤은 남은 힘을 죄다 모아 땅을 팠다. 길쭉하고 딱딱한… 그리고 둥그렇기도 한 이상한 것들이 손에 잡혔다. 눈이 반사하는 희미한 별빛에 비춰보자, 살점 한 조각 없는 뼈다귀가 모습을 드러냈다.

"뭐야, 이건. 금 맞아? 어디…… 으, 으아아악!"

스벤은 엉덩방아를 찧고 말았다. 어찌나 놀랐는지, 귓가가 온통 심장소리로 가득해졌다.

"흐아, 흐아, 흐아……. 놀랐네."

그는 한참이나 노력하고서야 간신히 진정할 수 있었다. 이 계절에 숲에서 뼈를 발견하는 게 뭐 대수라고 그리 놀랐는지. 보나마나 숲의 짐승이 사냥감의 고기를 뜯어먹고 뼈를 숨겨놓은 게 틀림없었다.

"재수 없게……. 설마, 여기 와서 시체를 뜯어먹었나? 아닌데, 토하는 거에 고깃조각은 없었는데."

불평하며 뼈를 내려놓으려는데, 뼈 사이에서 뭔가 번쩍이는 게 보였다. 흐릿한 별빛에도 번쩍이는 게 범상치 않았다. 조심스레 끄집어내어 확인하니, 무려 스벤의 엄지손톱만 한 크기의 금 조각이었다.

"설마 이거, 사람이었나?"

길을 잃고 숲속을 헤매다가 죽은 여행자의 시체일지도 몰랐다. 시체는 숲의 짐승들이 뜯어먹었을 테고, 여행길에 필요한 자금으로 챙겼던 금붙이만 이렇게 백골과 함께 남아 있는 게 아닐까.

스벤은 뼈 사이에서 번쩍이는 금 조각을 죄다 쓸어 모으려다 말고 망설였다. 그래도 망자의 물건이라 생각하니 아주 조금은 꺼림칙했다. 하지만, 이 금으로 살 수 있는 술이 몇 병이나 될까를 생각하니 없던 용기가 다시 솟아났다.

"……그래, 죽은 놈한테 금붙이가 무슨 소용이 있겠어. 산 사람이 우선이지."

금 조각은 생각보다 많았다. 그는 웃옷에 달린 주머니를 모두 불룩하게 채우고, 바지 주머니에도 욕심껏 넣었다. 이만한 양의 금 조각이면, 지긋지긋한 시골마을을 떠나 새로운 곳에서 새로 정착해 살 수도 있었다.

그는 꽤 기쁜 마음으로 자리에서 일어났다. 오랫동안 쪼그리고 앉아 있었던 탓에 온몸이 쑤셨다. 묵직한 무게만큼 웃음이 났다.

"자, 돌아가자. ……가자니까?"

스벤의 재촉에도 반트는 움직이지 않았다. 반트의 시선은 스벤이 파헤쳐 흩어놓은 뼈에 박혀 있었다. 스벤은 인골에서 금 조각만 챙겼을 뿐, 뼈는 전혀 수습하지 않았다. 덕분에 뼈들은 아주 볼썽사납게 나무뿌리 근처에서 나뒹굴고 있었다.

그 인골은 반트의 뼈였다. 금 조각은 뼈를 수습해 주는 값이었다. 이만한 값의 금 조각을 챙겼으면 뼈를 수습할 시늉이라도 할 줄 알았는데, 그건 그냥 반트의 희망사항으로 끝났다. 까맣고 동그란 눈동자에 눈물이 고였다.

「당신은…… 조금도 변하지 않았어.」

"어, 어어? 지금 새가 사람의 말을 한 건가? 아, 아니겠지? 그래, 내가 잘못 들은 거겠지."

「여전히 뻔뻔하고, 염치가 없어.」

"내가 환청을 듣나? 술, 술……."

스벤은 덜덜 떨리는 손으로 술 주머니를 찾았다. 오는 길에 야금야금 마셔서 그런지 겨우 절반만 차 있었다. 그는 서둘러 마개를 뽑고 벌컥벌컥 들이켰다. 몸이 후끈하게 달아올랐지만, 대신 시야가 확 뒤집혔다.

에바는 초조하게 집안을 걸어 다녔다. 새벽 동이 트기도 전에 새를 따라 나간 스벤이 돌아오지 않고 있었다. 어김없이 솟아오른 해가 사방을 밝히고 있는 지금까지도 말이다.

"저어…… 엄마."

"왜."

"우리, 점심은 언제 먹어요?"

그녀의 뱃속에서부터 울컥 짜증이 솟아올랐다. 자신의 배로 낳았다지만 자신보다는 스벤을 훨씬 많이 닮은 딸이었다. 눈치 없는 건 부녀가 똑같았다.

"넌 아빠 어디 갔냐는 말보다 점심 먹잔 말이 먼저 나와?"

"……어차피 아빠는 자주 집을 비우잖아요. 굳이 집 아니어도 밥도 여기저기서 잘 먹고 다니는데 엄만 뭘 그렇게 걱정을, 윽!"

마리아가 머리채를 잡히고 비명을 질렀다. 뽀얀 뺨에 손자국이 몇 개나 생겨났다. 그동안 에바는 소리를 지르지도 않았고, 화를 내지도 않았다. 입술을 꾹 깨물고, 본래 그래야 한다는 것처럼 때렸을 뿐이었다.

"요즘 가만히 놔뒀더니 아주 살 만하구나, 마리아. 말대꾸도 하고. 방으로 돌아가."

"네……."

마리아는 고개를 푹 숙인 채 방으로 돌아갔다. 에바는 딸의 뒷모습을 보며 들으란 듯 혀를 찼다.

"어릴 적엔 그래도 영리한 편이었던 것 같은데, 대체 누굴 닮아서 저렇게 멍청한 아이로 자랐지? 아무도 데려가지 않으려고 할 텐데 큰일이야."

에바의 말과는 달리, 마리아는 주변에서 좋은 평가를 받는 소녀였다. 상냥하고, 웃음도 많고, 손재주도 좋았다. 그러나 그 모든 재주와 상냥함이 집에서 탈출하기 위해 갈고닦은 노력이라는 걸 아는 사람은 얼마 없었다.

눈앞에서 마리아가 사라지자마자 에바의 관심사는 다시 스벤에게로 옮겨갔다. 올 때가 훌쩍 지났는데 오지 않는 게 그저 불길하게만 느껴졌다. 안 그래도 날씨가 유독 변덕스러운 겨울이었다.

"그래도 여기가 고향인데……. 설마……."

톡톡톡.

때마침 도착한 반트가 유리 창문을 두드렸다. 에바는 서둘러 창문을 열었다. 반트는 휘청거리며 들어오자마자 창틀에 픽 엎어져 숨을 깔딱거렸다. 깜짝 놀란 에바가 반트를 손에 얹고 벽난로 부근으로 데려갔다.

꾸엑, 꾸에엑, 꾸엑!

반트는 조금 기운을 차리자마자 구역질을 했다. 에바의 손바닥 위로 금 조각이 후드득 떨어졌다. 한 개, 두 개, 세 개……. 조그만 몸 전부가 금 조각으로 가득 차 있었던 것처럼 많았다.

"세상에……. 이게 다 몇 개야? 얘, 너 어디에서 이렇게 많은 금을 가져오는 거야?"

쏟아지는 금 조각이 에바의 눈을 흐렸다. 스벤에 대한 걱정도 흐릿하게 멀어졌다.

숲속의 큰 노간주나무 아래엔
금을 가진 시체가 묻혀 있죠
눈 내린 새벽에 찾아온 남자는
금을 챙겨서 길을 떠났어요
그의 장미가 기다리고 있었거든요

"뭐라고? 얘, 다시 불러봐."

……눈 내린 새벽에 찾아온 남자는
금을 챙겨서 길을 떠났어요
그의 장미가 기다리고 있었거든요

에바의 눈에서 불꽃이 튀었다. 아무도 모르는 비밀을 노래하던 새가 새로운 노래를 불렀다. 지금의 그녀에게는 새가 사람의 말로 노래를 한다는 거부감과 꺼림칙함이 한 조각도 남아 있지 않았다.

"이 사람이, 또 그 버릇을 못 고치고!"

스벤에게는 이미 몇 번의 외도 전력이 있었다. 에바, 그녀부터가 외도 상대였으니 말해 무얼까. 그의 바람기를 견디지 못한 전처는 시름시름 앓다 결국 죽었다. 에바는 기쁘게 면사포를 썼다.

"나만은 다를 거야."

그러나 에바와 결혼한 이후에도 스벤은 몇 번이나 다른 여자를 만났고, 그때마다 에바는 지옥을 경험했다. 그는 변하지 않았다. 극도의 스트레스와 감정 변화를 이기지 못한 그녀는, 결국 전처의 자식인 반트를 죽였다. 스벤에게서 하나뿐인 아들을 빼앗음으로써 만족했다. 세 살배기 무렵부터 자신의 손으로 키웠으면서도, 그녀에게 반트는 그저 스벤의 아들이었다.

"그 금 조각을 다 어느 년에게 갖다주는 거지?"

이 작은 새가 이만큼을 토해냈는데, 주머니 많은 옷을 챙겨 입고 간 스벤은 대체 얼마를 챙겼을 것인가. 양손 가득 금 조각을 챙겨 다른 여자의 주머니를 채워주는 그를 상상하자 피가 거꾸로 솟았다.

'그년에게 다 주고 돌아올 땐 빈털터리로 돌아올지도 몰라.'

에바의 눈이 불안정하게 흔들렸다. 그녀는 초조하게 집 안을 서성거리기 시작했다. 온갖 나쁜 생각이 자꾸만 밀려들어 가만히 있을 수가 없었다.

「내가 길을 알아.」

"새가…… 말을 해?"

「노래도 하는데 말쯤이야 못 할까. 노간주나무에 데려다줄까, 아니면 스벤에게 데려다줄까?」

"노간주나무에는 이제 금이 없을 거 아냐……. 스벤에게 안내해 줘."

「좋아. 그럼 지금 당장 출발하자.」

정말 이상한 상황인데, 겨우 새가 하는 말 따위를 믿어서는 안 되는데, 저절로 고개가 끄덕여졌다. 에바는 홀린 듯이 옷을 꿰어 입고 모자와 먹을 것 등을 챙겼다. 에바가 문을 열고 나왔을 때, 주변은 어느새 시커멓게 변해 있었다. 두꺼운 구름이 몰려와 해를 가렸기 때문이었다. 요즘 날씨가 변덕스럽다 했더니, 눈이 내릴 모양이었다. 그녀는 버릇대로 이웃집을 향해 걸었다. 반트가 그런 그녀의 앞을 가로막았다.

「나를 따라와야지.」

"이런 날씨에 외출할 때는 이웃에 알리고 가야 하는데……."

「금을 찾으러 가는 거잖아? 나눠 가질 셈이라면 말리지 않겠어.」

에바는 멍하니 고개를 끄덕였다. 그렇구나. 그렇지. 그건 안 될 일이지. 금 조각을 찾으러 간다고 말하면 따라붙을 게 분명한데, 나눠 가질 수야 없지.

머릿속이 몽롱한 채, 자신이 어떤 실수를 저지르고 있는지도 모르는 채, 에바는 노란 꽁지깃을 따라 걸었다. 하늘에서 눈이 내리기 시작했다. 에바의 머리카락과 어깨에도 눈이 쌓였다.

"추, 추워……."

「조금만 더 가면 돼. 자아, 조금만 더.」

반트는 에바를 자꾸자꾸 숲으로 유인했다. 두 팔로 안아도 다 안지 못할 나무 기둥들이 에바를 둘러쌌다. 에바는 두껍게 솜을 넣어 만든 치맛자락이 죄다 젖어가는지도 모르고 자꾸만 시야에서 사라질 듯 말 듯 하는 노란 털을 쫓아 걸었다.

눈의 무게를 이기지 못한 나무가 팔을 흔들었다. 나뭇가지 위에 생크림처럼 얹혀 있던 눈더미가 에바의 머리 위로 쏟아졌다. 에바는 피하지도 못하고 부지불식간에 눈을 뒤집어썼다.

"……내가 왜 여기서 이러고 있지?"

몽롱하니 풀려 있던 에바의 눈에 퍼뜩 반짝임이 돌아왔다. 그녀는 당황하여 주변을 둘러보았다. 기둥이 검고 두꺼운 나무들이 악몽처럼 그녀를 가두고 있었다. 조용하기만 한 겨울 숲이 숨죽인 짐승 같았다.

"도, 돌아갈 거야."

에바는 자신이 이상했다는 걸 깨닫는 즉시 몸을 돌렸다. 아까부터 쏟아지는 눈발이 그녀의 흔적을 하얗게 지우고 있었다. 지금 당장은 아직 흔적이 남아 있지만, 얼마 안 가 그것마저 사라질 게 분명했다. 서둘러야 했다.

「어디 가?」

영롱한 목소리가 에바의 발을 잡아 세웠다. 어서 돌아가야 하는데, 너무 늦으면 안 되는데. 그걸 알고 있는데 저절로 발이 멈췄다. 눈발이 거세졌다. 그나마 남아 있던 흔적이 빠르게 사라지기 시작했다.

「스벤은 바로 저 앞에 있어. 안 갈 거야?」

"……가야지."

「그래, 그럴 줄 알았어.」

에바는 다시 걸었다. 얼마 가지 않아 주변 풍경과 어울리지 않는 공터가 나타났다. 커다란 노간주나무가 숲의 주인처럼 자리를 잡고 있는 그 공터였다. 노간주나무의 뿌리 근처에 스벤이 쓰러져 있었다. 한 손엔 뚜껑이 열린 술 주머니를, 다른 손엔 노란 깃털한 가닥을 쥐고서.

"맙소사, 이게 무슨 꼴이야! 스벤, 스벤!"

에바는 스벤에게 달려들어 그를 일으켰다. 다행히 숨은 쉬고 있었지만, 추위에 딱딱하게 굳은 뺨을 몇 번이나 때려도 눈을 뜨지 않았다. 정신을 잃은 사람은 평소의 몇 배나 무겁다. 에바는 죽을힘을 다해 그를 나무뿌리 부근에까지 끌어냈다. 넓게 펼쳐진 나뭇가지 덕분인지, 그곳엔 눈이 쌓여 있지 않았다.

에바는 자신이 걸치고 있던 숄로 스벤을 둘둘 감았다. 손가락이 보랏빛으로 얼어 있는 게, 살아서 돌아간다고 해도 잘라야 하는 일이 생길까 걱정이었다. 스벤의 손가락에 입김을 불며 문지르던 에바는 그의 손에서 노란 깃털을 빼냈다. 어딘지 낯이 익은 모양이었다. 에바가 반트를 향해 앙칼지게 소리 질렀다.

"……너야? 네가 이랬어? 네가 스벤을 유인해서 이런 꼴로 만들었어?"

「으응? 무슨 소리야? 난 제대로 금 조각이 있는 곳으로 안내해 줬을 뿐인데? 주머니를 봐, 두둑하다고. 술을 퍼마시다가 쓰러진 것까지야 내가 책임질 영역이 아니지.」

정말이었다. 스벤의 주머니란 주머니는 죄다 금 조각으로 가득 차 있었다. 에바는 그 금 조각을 정신없이 퍼서 제 옷으로 옮겨 넣었다.

"망할 인간, 기분 좋다고 벌컥벌컥 마시다가 쓰러졌을 거야. 뻔하지."

금 조각을 다 챙기고 나니 따스한 집 생각이 간절해졌다. 불붙인 벽난로 앞에 앉아 온기를 만끽하고 싶었다. 그러나 스벤은 여전히 정신을 차리지 못했고 하늘에서는 계속해서 눈이 쏟아졌다. 에바는 초조하게 입술을 깨물었다.

'사람을 불러와야 데리고 가든 말든 할 텐데…….'

이런 날씨에 누가 움직여 주겠는가, 하는 건 둘째 치고 일단 돌아가는 것부터 문제였다. 그새 눈이 오죽 쌓였어야지. 근처를 날아다니던 반트가 스벤의 몸에 내려앉아 에바에게 말을 걸었다.

「자, 골라봐. 첫째, 스벤을 버리고 너 혼자 돌아간다. 둘째, 이 눈이 그칠 때까지 기다렸다가 함께 돌아간다.」

"네가 사람을 불러오면 안 돼? 누군가 한 명은 찾으러 와줄지도 모르잖아."

「둘 중에 선택해.」

반트는 다른 선택지를 주지 않았다.

에바의 마음속에서 갈등이 일었다. 아무리 미워도 스벤은 그녀의 남편이고, 보호자였다. 남편 없는 여자의 삶은 그다지 평온하지 못했다. 그러나 이 눈이 그칠 때까지 이 숲에 있는 건 암만 생각해도 미친 짓이었다.

'금방 그칠 눈이 아니야. 하룻밤이래도 아슬아슬한데 그게 이틀, 사흘이 되면…….'

에바는 제 무릎 위에 올려놓은 스벤을 가만히 내려다보았다. 그는 언뜻 봐도 상태가 나빴고, 무사히 버텨 돌아간대도 멀쩡히 사람구실을 하긴 힘들어 보였다. 게다가 이 정도 재산을 가지면 애 딸린 과부라도 금방 재혼할 수 있다.

결심은 놀라울 정도로 쉬웠다. 그녀는 스벤에게 감아주었던 숄을 도로 벗겨내 어깨에 둘러썼다.

"길 안내를 해줘. 나 혼자 가겠어."

「오……. 남편을 버리는 거야?」

"어쩔 수 없잖아. 어차피 여유만 생기면 바람이나 피우던 인간이었어. 이 기회에 치워 버리고 새 출발 하는 것도 나쁘지 않아."

「이야아. 진작 그랬으면 좋았을 텐데.」

반트의 어조가 조금 바뀌었다. 어딘지 빈정거림이 서려 있다.

에바는 스벤에게서 남은 금 조각을 털어내다 말고 손을 멈췄다. 불길한 한기가 등줄기를 타고 올라왔다.

어머니가 나를 죽였어요
아버지는 나를 먹었죠
여동생 마리아가 내 뼈를 비단 천에 싸서
노간주나무 아래에 묻었어요

숲속의 큰 노간주나무 아래엔
금을 가진 시체가 묻혀 있죠
어머니에게 죽고 아버지에게 먹히고
여동생에게 묻힌 내 시체가요

에바의 안색이 하얗게 질렸다. 오빠가 새가 되어 돌아왔다고, 계속 옆에 있었다고, 그런데 갑자기 없어졌다며 울던 마리아가 떠올랐다. 그땐 계집애가 헛소리를 한다며 야단을 쳤는데, 이게 무슨 일인가.

"너, 너…… 설마, 반트……?"

「네에. 제가 바로 반트랍니다, 어머니. 언제쯤 이름을 불러주실까 궁금해서 기다리고 있었어요.」

에바는 자기도 모르게 뒷걸음질을 쳤다. 그녀의 어깨를 싸고 있던 숄이 주르르 흘러내렸다. 다급히 주변을 둘러보았지만 보이는 건 온통 눈, 눈, 그리고 눈을 뒤집어쓴 나무들뿐이었다.

「이렇게 쉽게 놓아버릴 남자가 뭐가 그리 미워서 자식까지 죽이셨담.」

떨어뜨릴 뻔한 숄을 움켜쥔 손에 파르라니 핏줄이 섰다.

"왜 돌아왔어?"

「그야 당연히⋯⋯!」

커다란 숄이 넓게 펼쳐지며 반트를 덮쳤다. 에바는 온몸을 던져 반트를 숄 안에 가뒀다. 거세게 퍼덕이는 날갯짓을 몸으로 짓눌렀다. 움직임은 서서히 잦아들다가 끝내 멎어버렸다.

에바는 반트가 죽었다는 걸 확신하고도 한참이나 더 엎드려 있었다. 사나운 겨울바람이 덜덜 떠는 그녀에게서 온기를 훔쳐 달아났다. 그녀는 팔다리가 뻣뻣하게 굳어 더 견디기 힘든 지경에 와서야 조심스레 몸을 일으켰다.

'죽었겠지? 설마, 또 살아나는 건 아니겠지?'

에바의 얼굴에 두려움이 어렸다. 이렇게까지 했는데 죽지 않았다면 어쩌나. 꿀꺽, 침을 삼키고 가슴 밑바닥의 용기를 모조리 끌어 모아 숄을 걷었다.

"⋯⋯없어?"

숄 아래에 있는 건 흰 눈뿐이었다.

"왜, 왜? 분명 있었는데?"

가슴 아래에서 몸부림치는 작은 몸을 분명 느꼈는데, 다급히 눈을 파헤쳐도 아무것도 나오지 않았다. 그냥 감쪽같이 사라진 것이다.

「두 번 죽이려고 시도할 줄이야. 놀라워.」

목소리는 머리 위에서 들려왔다. 에바는 멀쩡히 나뭇가지에 앉아 있는 반트를 보고 입을 다물 수가 없었다. 너무 놀라서 손이 덜덜 떨렸다.

"다⋯⋯ 다 저 남자 때문이야. 저 남자가 외도를 하면서 날 힘들게 했으니까! 그리니까⋯⋯!"

「'그리니까 보복으로 아들을 죽였다.' 그때도 했던 말을 뭘 또 새삼스럽게⋯⋯. 사과라니, 헛된 꿈이었어. 난 당신의 자식이 아니라는 거⋯⋯. 알고 있었는데.」

반트가 훌쩍 날아올랐다. 그는 자신의 뼈가 흩어진 부근을 몇 번 맴돌다가, 그대로 그 자리를 떠났다.

에바는 순식간에 멀어지는 노란 날개를 멍하니 바라보았다. 무슨 짓을 했는지는 몰라도 새로 되살아나기까지 해놓고, 겨우 말 몇 마디만 하고 그냥 가는가.

「어머니.」

뭔가 날카로운 것이 속을 후벼팠다. 들이쉬는 숨마다 켜켜이 가슴에 쌓여 돌이 되었다.

"반트, 잠깐만⋯⋯! 돌아와!"

아까부터 내리던 눈은 이제 폭설 수준으로 변해 있었다. 거센 바람에 휩쓸린 눈이 아래에서 위로 솟구쳤다. 에바의 목소리는 눈에 파묻혀 허망하게 사라졌다. 여기까지 온 흔적은 이미 사라졌을 것이고, 길을 안내할 사람도 없다.

에바는 자신이 낯선 숲 한가운데에 고립되었음을 깨달았다.

그녀는 덜덜 떨리는 몸을 추스르며 노간주나무 아래로 돌아갔다. 그곳엔 눈이 좀 덜 쌓여 있었고, 송장이 되기 직전이라지만 아직 스벤도 살아 있었다. 나무 기둥에 등을 대고 웅크리고 앉았다. 젖은 숄은 이미 내버린 데다 옷의 태반이 젖어 있어서, 금세 체온이 떨어졌다.

'졸려…….'

조금 전까지는 사지 말단이 바늘로 콕콕 찌르는 것처럼 아팠는데, 어째 지금은 조금도 아프지 않았다. 에바는 자꾸만 밀려드는 졸음에 고개를 꾸벅거리다가 그대로 잠들고 말았다.

반트는 에바와 스벤을 내버려 둔 채 곧바로 집으로 돌아갔다. 집에 혼자 남은 마리아가 걱정되어서였다. 한데, 집에는 반트보다 먼저 도착한 손님이 있었다. 검은 옷의 젊은 신부, 유스토가 현관문을 두드렸다. 마리아가 현관문을 한 뼘만큼 열고 빼꼼히 고개를 내밀었다.

"신부님? 아픈 건 이제 다 나으셨어요?"

"그래, 마리아. 부모님은 어디 계시니?"

"일단 들어오세요. 눈이 너무 많이 내려요."

유스토가 안으로 들어가고, 문이 닫혔다. 반트는 현관문 앞에 날개를 접고 앉아 문손잡이를 물끄러미 올려다보았다. 이렇게 날개를 접고 앉아보니 손잡이가 너무 높아 기가 질렸다.

인간이었을 적에는, 가슴께보다 낮았는데.

푸드덕 날아 문손잡이에 올라앉았다. 조금 두껍긴 하지만 꽤 편안한 쉼터였다. 터무니없이 예민한 귀가 안쪽에서 이루어지는 대화를 잡아냈다.

"부모님은 어디 가셨니?"

"잘 모르겠어요. 아빠는 새벽에 나가셨고, 엄마는 점심쯤에 나가셨어요."

"뭐? 그럼 눈이 이렇게 오는데 아직도 안 오신 거냐?"

달그락. 찻잔 부딪치는 소리가 났다.

“네.”

“세상에, 맙소사……. 이런 날씨에는 아무도 찾으러 나가지 않을 텐데…….”

이런 폭설에는 누구도 실종자 수색에 참여하지 않는다. 눈이 그치고, 해가 비치고, 어느 정도 안전이 확보된 다음에야 움직였다. 유스토의 한숨이 문밖까지 새어 나왔다.

“그, 저…… 마리아. 이런 말은 좀 그렇다만, 혹시, 혹시라도 말이다……. 부모님이 못 돌아오시면……. 그땐 교회에 오려무나.”

“저, 교회의 도움을 받아야 할 정도로 어린애는 아닌데요…….”

“사실은, 네 오빠에게…….”

야옹.

야옹? 반트는 무심결에 시선을 내렸다가 까만 고양이를 발견하고 피식 웃어버렸다. 웬일로 고양이 모습을 한 미겔이 자신을 바라보고 있었다. 눈 때문에 털이 젖는 게 싫은지 표정이 아주 험악했다.

「뭐야, 그 모습은. 잡아먹게?」

야아아옹-

검은 꼬리가 눈바닥을 탕탕, 두드렸다. 뭐 그런 말도 안 되는 소리를 하냐는 것 같다.

미겔은 마치 자신을 따라오라는 것처럼 고갯짓을 하고 돌아섰다. 바로 따라가야 하건만, 반트는 조금 망설였다. 안의 이야기를 좀 더 듣고 싶었기 때문이었다. 마리아에 대한 걱정이 자꾸만 깃을 무겁게 했다.

「있지, 나 조금만 있다가, 켁!」

번개처럼 뛰어오른 미겔이 반트를 낚아챘다. 반트는 자신이 미겔의 입에 물려 있다는 사실을 깨닫고 기겁을 했다. 날개를 퍼덕거리며 반항했지만 어찌나 교묘하게 물고 있는지 옴짝달싹할 수가 없었다.

「야! 너 이제 고양이 노릇 안 한다며!」

반트가 박박 소리를 질렀지만 미겔에게는 전혀 타격을 주지 못했다. 미겔은 흥, 코웃음을 치며 총총히 걸었다. 그의 세상이 고양이어도 괜찮다고, 어떤 모습이든 다 매력적이라고 해줬는데 고양이 모습 좀 할 수도 있지.

심지어 그는 수아나에게 고양이 모습으로 안겨 있던 시간의 두 배만큼 고양이 애교를 떨어주겠다고, 연두와 이미 약속을 한 바였다. 사정상 반려동물을 키우지 못했던 연두는 꽤 즐거워하는 눈치였고 말이다. 그러니, 반트가 아무리 소리를 질러봐야 미겔의 귀에 들어가기나 하겠냔 말이다.

「야 이 나쁜 놈아, 인정머리도 없는 놈아아아!」

미겔은 마을을 벗어나 한참을 더 간 다음에야 반트를 놓아주었다. 그리고 반트가 비척거리는 사이 인간의 몸으로 돌아와 냉큼 손으로 움켜쥐었다. 반트는 퍼덕거릴 힘도 없어 그의 손에서 축 늘어졌다.

"약속은 지켜야지?"

「익……. 작별 인사 할 시간은 주지 그랬어! 내가 또 갑자기 사라지면 얼마나 놀랄지 모르는데!」

"인사는 유스토가 대신할 거야. 네가 나에게 널 부탁하고 떠났다, 뭐 그런 식으로. 동생이 예쁜 건 알겠는데, 놓을 때가 됐으면 놓을 줄도 알아야지. 넌 그냥 나이팅게일이고, 마리아를 도울 수 있는 건 아무것도 없어."

미겔의 말에는 틀린 게 하나도 없어서, 반트는 그만 울적하게 고개를 떨궜다. 까마득히 높게만 느껴졌던 문손잡이의 풍경이 떠올랐다. 다시는 돌아갈 수 없는 시간에 대한 미련은 이제 그만 놓아야 하리라.

미겔은 갑자기 얌전해진 반트를 보며 고개를 갸웃거렸다. 이렇게 쉽게 포기할 녀석이 아닌데, 이상한 일이었다. 어쨌거나 얌전해졌다면 그걸로 좋다. 바로 근처에서 연두가 기다리고 있으니까.

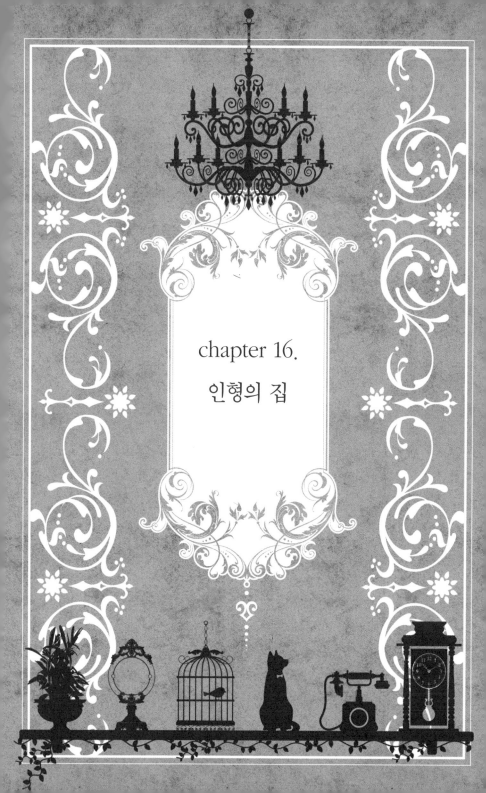

chapter 16.

인형의 집

"미겔!"

이제나저제나 목을 빼고 있던 연두가 단박에 달려와 미겔을 끌어안았다. 금방 다녀오겠다고 해놓고 생각보다 시간이 걸려서 걱정하고 있었다. 조금만 더 늦었으면 마을로 쫓아갈 뻔했다.

미겔은 연두의 어깨에 쌓인 눈을 털어내며 미간을 찌푸렸다. 감기 걸린다니까, 하여간 말도 안 듣지.

"눈 맞지 말고 있으라니까."

"뭘, 금방 돌아갈 건데. 반트, 이제 약속을 지켜야지? 빨리 돌아가는 방법 가르쳐 줘."

누가 연인 아니랄까 봐 말투가 똑같다. 반트는 부리를 딱딱 부딪치면서도 순순히 고개를 끄덕였다. 어쨌거나 개입하지 않겠다는 약속도 지켰고, 짧은 시간 동안 폭설로 착각할 만큼 눈이 내리게 해달라는 부탁도 들어주었으니까.

사방을 둘러보자 온통 허옇다. 마을 외곽의 들판은 조금 전까지 사방을 덮을 기세로 내리던 눈 때문에 마치 흰 도화지를 펼쳐 놓은 것만 같았다. 약해진 눈발이 아직 조금씩 날리고 있긴 하지만, 곧 그칠 터였다.

「마침 눈도 쌓여 있으니까 잘됐네. 문을 그려봐.」

"문?"

「여긴 닫힌 세계야. 나가려면 문이 있어야 해.」

연두는 의아해하면서도 반트가 시키는 대로 문을 그렸다. 아래는 네모나고, 위는 아치 모양의 평범한 문이었다. 손잡이도 그려 넣었다.

반트의 마음에는 영 안 차는 문이었다.

「이렇게 쪼그매가지고, 어디 들어가겠어? 아가씨가 이상한 나라의 앨리스라도 돼? 크게 그리란 말야, 크게!」

"아, 그럼 진즉에 실물 사이즈로 그리라고 하든가!"

「이왕 그리는 거 좀 예쁘게 그려봐. 장식도 좀 하고, 아니, 무슨 그림을 이렇게 못 그려?」

"아 말 되게 많네! 난 어릴 적부터 예술 쪽에는 재능이 전혀 없었단 말이야. 이만큼 그린 것만도 다행이지."

「예수울? 아가씨한테는 이게 예술의 영역이야?」

연두와 반트가 옥신각신 말다툼을 하는 동안, 미겔은 느긋하게 구경꾼의 입장을 취했다. 쌓인 눈에 발을 딛는 건 반트를 데려올 때 했던 것 정도로 충분했다.

어쨌거나 한참을 고생해서 그려낸 문은 제법 그럴듯해 보였다. 비록 눈 위에 그린 그림이라지만 크기도 컸고 나름의 디테일도 살아 있었다.

연두는 반트가 최종적으로 고개를 끄덕이사마자 손에 쥐고 있던 나뭇가지를 내던졌다. 또 고치라고 해도 이번엔 안 하겠다는 의사 표시였다.

「아가씨, 손가락에서 피 한 방울만 뽑아서, 여기 문에 떨어뜨려.」

"피? 꼭 손가락 피여야 돼?"

연두는 그만 얼굴을 구기며 손을 감쌌다. 다치는 것도 싫은데 하필 손가락이라니, 잊기도 힘든 고통이 다시금 밀려오는 느낌이었다.

「손가락이 싫으면 발가락에서 뽑든가.」

어쨌거나 피가 필요하단 말이었다. 연두는 얄미운 말에 입술을 꾹 다물고 손가락을 노려보기 시작했다. 다치는 건 싫지만 돌아가는데 필요하다고 하니, 체할 때 손가락 따는 정도라면 어떻게 참을 수 있지 않을까.

그때, 내내 입을 다물고 있던 미겔이 끼어들었다. 아직도 붕대 감긴 손가락이 눈에 선하고 짙은 약초 냄새가 코끝에 맴도는데 일부러 상처를 내라니, 말도 안 됐다.

"꼭 피여야 할 필요는 없잖아. 주인의 증명이라면 머리카락 정도로도 충분할 텐데."

"어, 정말이야? 꼭 피 안 흘려도 돼?"

연두가 반색을 하고 좋아했다. 반트는 불만스럽게 꽁지깃을 까닥거렸지만 그래봐야 나이팅게일이었다. 위협이 되기엔 너무 작다.

「피만큼 확실한 게 어디 있다고 그래?」

"피가 제일 확실하지만 꼭 그것만이 가능한 건 아니잖아. 강연두, 이리 와봐. 조금 잘라도 되지?"

"당연하지. 손가락보단 머리카락이 백 배 나아."

미겔이 연두의 머리카락을 풀었다. 오늘 아침 그가 직접 땋아 묶었던 머리카락이 와르르 흘러내렸다. 그 머리카락을 모아 쥐고 평소 차고 다니던 작은 단검을 꺼내 끄트머리를 조금 잘라냈다.

「과보호야!」

반트의 항의는 그대로 묵살됐다. 미겔은 연두의 머리카락을 문 그림에 뿌렸고, 머리카락은 순식간에 그림 속으로 녹아 사라졌다. 머리카락을 삼킨 그림에 색이 들었다. 연두가 애써 그렸던 장식들이 마치 살아 있는 것처럼 꿈틀거렸다. 그러다 문 그림 전체가 입체감을 갖고 불룩 솟아오르더니, 홱 몸을 일으키지 뭐냐.

"세상에……."

연두는 자신의 앞에 나타난 문을 신기하게 바라보았다. 지탱하는 기둥도, 벽도 없이 오롯이 홀로 선 문. 문은 양쪽으로 밀어 여는 형태였고, 장식이 화려했다.

신기했다. 연두는 벌떡 서 있는 문의 주변을 빙글빙글 돌아보았지만, 앞도 뒤도 같은 형태였다. 문이 일어선 부분만 눈 없이 땅이 훤히 드러나 있다는 게 다를 뿐이었다.

다시 앞으로 돌아와 슬쩍 밀어보았지만 문은 꿈쩍도 하지 않았다. 단단히 잠긴 문이었다.

「문을 열고 싶으면 주문을 외워야 돼.」

"주문? 뭔데?"

「열려라 참깨.」

연두는 황당함에 입을 다물지 못했다. 열려라 참깨라니, 아라비안나이트도 아니고. 그런 그녀의 옆에서 미겔은 예상했다는 듯 고개를 끄덕였다.

"아아, 니니스다운 주문이야."

"뭐? 저 황당한 주문이?"

"마녀에 따라 주문이 다르거든. 니니스는 다양한 문화에 관심이 많았으니 그럴 수 있지. 인형의 집만 해도 2구역은 아라비안나이트에 나오는 일화들로 꾸며져 있으니까."

아라비안나이트로 꾸며진 2구역이라니, 연두에게는 금시초문인 얘기였다. 인형의 집을 그렇게 꼼꼼히 보았지만, 온통 바로크 양식의 드레스와 가구들뿐이었는데. 연두의 의문을 알아차린 미겔이 웃었다. 앞으로도 잊지 못할 그날, 그는 사라진 연두를 찾으려고 1구역은 물론이고 2구역까지 죄다 뒤지고 다녔었다.

"숨겨진 문이 따로 있어. 이젠 네가 주인이니까 원하기만 하면 얼마든지 열릴 거야."

"아니, 어차피 놀이공원으로 만든 거면서 왜 그걸 따로 나눠놨대?"

"글쎄? 만든 건 니니스고 난 거기에 대해 의문을 가져 본 적이 딱히 없어서. 지금 생각해보면 동화 세계가 뒤섞이지 않게 나눠놓은 게 아닐까 싶어. 아무래도 이질적인 문화니 섞어놔 봐야 전쟁밖에 더 났겠어?"

"하긴……."

연두는 쓸쓸하게 긍정했다. 미겔의 말이 영 엉뚱한 소리로 들리지 않을 만큼, 이 세계는 정말 쓸데없는 것에 현실적이었다. 가끔은 바깥세상과 전혀 다를 바가 없다고 느낄 정도였다.

「빨리 안 갈 거야?」

마음이 급해진 반트가 연두를 재촉했다. 연두는 화들짝 상념에서 벗어났다. 돌아갈 때가 되니 괜히 감상적이 되는 모양이었다. 크게 심호흡을 하고 주문을 외웠다.

"열려라, 참깨!"

주문의 효과는 즉각적이었다. 문에 새겨진 장식들에 빛이 차올랐다. 빈 공간 가득 기하학적 무늬들이 떠올랐다 사라졌다.

철컥.

잠금장치 열리는 소리가 요란하게 울렸다. 연두에게는 천국으로의 초대장 같은 소리였다. 등줄기에 소름이 돋고 괜히 눈물이 났다. 드디어 돌아갈 수 있다. 드디어.

"날 두고 갈 건 아니지?"

미겔이 손을 내밀었다. 연두는 웃으며 그의 손을 잡았다. 그의 손에서 따뜻한 온기가 전해졌다. 언제든 자신의 편을 들어줄 온기였다. 마음이 든든해졌다.

문 위에 앉은 반트가 연두를 재촉했다.

「잠금 풀린 지가 언젠데 그렇게 보고만 있을 거야?」

문은 연두가 손을 가볍게 대는 것만으로 쉬이 열렸다. 문틈 사이로 흰 빛이 흘러나왔다. 연두는 있지도 않은 선글라스를 아쉬워하며 눈을 가늘게 뜨고 문 너머의 풍경을 관찰했다.

"아무것도 없네……."

"있으면 큰일이지."

"그런가."

연두는 서서히 벌어지는 문이 갑갑해 확 밀어젖혔다. 문 너머에서 따뜻한 공기가 흘러나왔다. 여름의 공기였다. 심장이 쿵쿵 뛰었다.

"겁먹지 말고 가자."

미겔이 연두의 등을 떠밀었다. 기분 좋은 떠밀림이었다. 연두는 땀이 흥건해진 손을 옷자락에 문질러 닦고 문 너머의 흰 공간으로 뛰어들었다.

"어어?"

문 너머에 들어가자마자 몸이 붕 떠올랐다. 발이 땅에 닿지 않는 느낌은 상상 이상으로 불안정하고 어정쩡했다. 연두는 자기도 모르게 다리를 휘적거리며 땅을 찾았지만, 그럴수록 자세는 점점 나빠졌다.

"강연두!"

따라 들어온 미겔이 연두의 손을 잡아당겨 그녀를 품에 끌어안고 자세를 바로잡았다. 덕분에 연두는 간신히 거꾸로 뒤집혀 떠오르는 꼴을 면할 수 있었다. 어찌나 놀랐는지, 미겔의 등을 끌어안은 손에 힘이 잔뜩 들어가 있었다.

몸은 자꾸자꾸 떠올랐다. 사방이 온통 흰색이라 높이 가늠이 어렵긴 했지만, 열고 들어온 문이 순식간에 작아지는 건 똑똑히 보였다. 게다가 얼굴을 스치는 바람의 속도가 대단히 위협적이었다. 연두의 얼굴에서 핏기가 사라졌다. 그녀는 미겔의 가슴에 머리를 파묻고 아예 눈을 감았다.

"나 고소공포증 있는데……."

"괜찮아, 내가 잡고 있잖아."

"그런 것과는 상관없는 공포야. 으, 죽겠다 정말……."

연두는 약한 고소공포증이 있었다. 고지대에 올라 먼 풍경을 바라보는 건 괜찮지만, 고층건물의 옥상이나 한쪽 면이 투명하게 처리된 엘리베이터 등은 기겁을 하고 싫어했다. 발밑의 구조물이 와르르 무너지는 상상이 들어서였다.

반면 미겔은 높은 곳을 좋아했다. 본신이 고양이라 그런지, 단순한 고지대보다 불쑥 솟아오른 구조물 쪽을 더 매력적으로 느꼈다. 지금의 상승도 그에게는 꽤 재미있는 경험에 불과했다. 미겔은 웃음을 참으며 연두의 머리카락을 쓰다듬었다. 매끈한 감촉이 기분 좋았다.

"서울의 건물치고 고층 아닌 게 더 드문데 어떻게 살았어?"

"창문 가까이에만 안 붙으면 돼. 창밖 풍경을 그림 정도로만 치부해 버리면 어떻게든 견딜 수 있어."

"이야, 강연두 대단하네. 진짜 힘들었을 텐데……."

바람이 더욱 거세졌다. 치마가 사납게 펄럭거렸다. 연두는 정말 기절 직전이었다. 바람 때문인지, 긴장 때문인지 숨이 턱 밑까지 차올랐다. 머리는 어지러운데 귓가에선 심장 소리가 북소리처럼 울렸다.

"정 못 견디겠으면……. 그냥 나한테만 집중해."

"응? 으응? 뭐라고?"

미겔이 연두의 뺨을 감싸 안고 그녀의 입술에 입을 맞췄다. 평소 자주 하던, 가벼운 뽀뽀에 가까운 입맞춤이 아니었다. 단번에 입술을 가르고 들어와 혀를 얽고 숨결을 훔쳤다가 되돌렸다.

연두는 그에게 정신없이 매달렸다. 얼굴을 스치는 바람도, 발밑의 불안정함도 순식간에 저 멀리 잊혀졌다. 허리를 감싸 안은 팔의 체온과 따스한 숨결만이 그녀의 감각 전부를 지배하고 달콤하게 물들였다.

"……어때, 정신 팔기 딱 좋았지?"

미겔은 한참이나 지나고서야 입술을 떼고 눈을 휘며 물었다. 하나 연두는 그때까지도 몽롱한 열기에 휩싸여 영 정신을 차리지 못했다. 초점을 잡으려고 몇 번이나 깜빡이는 눈꺼풀이 그저 사랑스럽다.

"자, 내려놓는다."

"으응?"

상승하는 동안 연두는 미겔의 팔뚝 위에 올라앉아 있었다. 불안해하는 연두를 위한 미겔의 세심한 배려였다. 정작 그녀는 그걸 눈치채지도 못했지만 말이다.

미겔은 팔에서 힘을 빼고 연두를 내려놓았다. 그러자 연두의 발이 단단한 바닥에 탁, 하고 닿았다. 상승이 끝난 것이다. 연신 치마를 흔들던 바람도 멎어 있었다.

연두는 제대로 서지 못하고 휘청, 미끄러졌다. 바닥에 내려섰다는 안정감이 단숨에 치고 올라온 건 둘째 치고 다리에 힘이 안 들어갔다. 얼른 연두를 잡아 지탱한 미겔이 짓궂은 미소를 지었다. 연두의 다리에서 힘을 쪽 빼간 장본인이면서 원인을 전혀 모르는 척, 능청을 떤다.

"다시 안아줄까?"

"……됐어."

연두는 화끈거리는 뺨을 손으로 식히며 미겔을 밀어냈다. 손이 차가운 편이라는 게 이렇게 좋을 수가 없었다.

자꾸만 뺨에 닿는 시선도 피할 겸, 사방을 둘러보았다. 온통 허옇기만 한 공간이었다. 벽도 천장도 바닥도 전혀 구분이 안 갔다. 그저 하얗고, 하얗고, 하얗다. 연두는 완전히 질리고 말았다.

"누가 디자인한 건지는 모르겠는데, 멀쩡한 사람도 미치게 만들기 딱 좋은 장소야."

"혼자가 아니라서 다행이지?"

기껏 가라앉았던 뺨에 다시 화르륵 불이 붙었다. 연두는 미겔

의 팔에 끌어 안겨 눈가에 쏟아지는 키스를 받았다. 쪽, 쪽, 쪽,
스치듯 가벼운 키스는 달콤한 과자 같았다. 페스츄리처럼 바삭하
고 달짝지근했다.

"상황이 이런데, 넌 불안하지도 않아?"

연두는 말을 꺼내자마자 후회했다. 미겔이 노란 눈을 가늘게
휘며 그녀의 귓가에 속삭인 것이다.

"내 세상이 여기에 있는데, 불안할 리가."

❂

버리기엔 아깝고, 데리고 다니기엔 거추장스럽던 미끼가 드디
어 제 역할을 했다. 준규는 자꾸만 거칠어지는 숨을 가다듬었다.
고기가 바늘을 제대로 삼키지도 않았는데 흥분해서 챔질을 하다
간 놓치기 십상이었다.

내내 준규의 약을 올리던 복잡한 소품과 의상들이 이젠 그의
엄폐물이 되어주었다. 준규는 최대한 소리를 죽이고 니니스의 뒤
를 쫓았다. 그녀에게 머리채를 잡힌 연두가 발버둥 치며 비명을
지르고 있었기 때문에 추격은 수월했다.

'어디로 가는 거지?'

니니스의 뒤를 쫓는 와중에도 인형의 집의 구조는 계속해서
바뀌었다. 없던 계단이 생겨나고, 있던 벽이 없어지고, 거기에 맞
춰 인형들이 재배치됐다. 이를 악물고 걷는 준규의 이마에서 땀
이 뚝뚝 떨어졌다.

니니스는 조금 전까지 그녀가 마법진을 그렸던 벽 앞에 도착해
서야 걸음을 멈췄다. 포도즙과 잎즙, 석류알 등을 쥐어짜 그린 마

법진은 그녀의 양팔을 펼친 것보다 넓고 그녀의 키보다도 높았다.

"끄윽……."

"조용히 해. 난 지금 집중이 필요하단 말이야."

연두는 거의 탈진 상태였다. 아예 숨이 넘어갈 것처럼 꺽꺽거리는 소리가 몹시 불안했다. 니니스는 그런 연두를 그림 앞에 내던지고 고민을 시작했다.

윤기 나는 머리카락은 갈색, 피부는 뽀얀 크림색, 뺨의 온기는 분홍색, 살갗 아래의 피는 붉은색. 어디에 무슨 색을 칠해야 좋을까.

준규는 인형의 치맛자락 뒤에 숨어 있었다. 슬쩍 고개를 내밀자 고민하는 니니스의 뒷모습 너머에 펼쳐진 마법진이 눈에 들어왔다.

'처음 보는 그림인데……?'

니니스는 분명히 마법진을 그렸지만, 마법이란 것과는 상관없는 인생을 살아왔던 준규의 눈에 그건 그저 그림이었다. 천국의 정원, 여신의 탄생 등이 주제인 다른 그림들과 다를 바가 하나도 없었다. 굳이 다른 점을 꼽자면 '문'이 테마인 그림이라는 게 좀 특이할 뿐이었다.

'어쨌거나 지금이 기회야.'

니니스는 연두를 발로 굴리며 그림 앞에 서 있었다. 대체 왜 이런 곳까지 그녀를 데리고 왔는지는 모르겠지만, 그림에 아주 정신을 팔고 있어서 등이 훤히 비어 있었다. 준규의 손에 힘이 들어갔다.

그때, 차갑고 축축한 무언가가 준규의 팔목을 잡아챘다. 어찌나 갑작스러운 감촉이었는지, 준규는 하마터면 비명을 지를 뻔했다.

「쉿.」

쭈글쭈글한 손가락이 준규의 입술을 막았다. 커다란 매부리 코, 축 늘어진 귀, 백태가 끼어 흐린 눈동자……. 땅요정 인형이 준규의 손목을 쥐고 있었다. 스프링클러 때문인지 쫄딱 젖어 물이 뚝뚝 떨어졌다.

'빌어먹을.'

준규는 온몸을 긴장시키며 땅요정을 쳐 낼 준비를 했다. 그가 깨어 있는 동안 본 움직이는 인형들은 전부 저 마녀 니니스의 수족이었다. 연두 정도가 유일한 예외일 것이나, 그녀는 준규가 깨운 인형이니 애초에 분류가 달랐다.

땅요정은 그의 기색을 뻔히 알면서도 피하지 않았다. 니니스를 향해 손가락질한 뒤, 준규를 가리키고, 목을 긋는 시늉을 했다. 이가 빠진 입술을 우물대며 작게 속삭였다.

「지금은 안 돼.」

"너……."

땅요정이 귀를 움찔거리더니, 준규의 손목을 움켜쥐고 슬슬 뒷걸음질을 쳤다. 준규는 속는 셈치고 땅요정을 따라 몇 걸음을 걸었다. 그가 자리를 뜨자마자 인형들이 움직이면서 준규가 있던 자리를 니니스에게 노출했다.

그 순간, 내내 벽만 바라보고 있던 니니스가 뭔가를 느끼기라도 한 듯 뒤를 돌아보았다. 그러나 그때 준규는 이미 자리를 옮긴 뒤라, 그녀는 아무것도 발견하지 못했다. 니니스는 미간을 찌푸린 채 몇 번이고 허공에 손짓했다. 그때마다 인형들이 움직이며 자리를 바꿨다. 만약 준규 혼자였다면 들키지 않을 도리가 없었을 것이나, 땅요정의 도움이 있어 그는 무사히 니니스의 눈을 피할 수 있었다.

"흐응, 이상하네……."

고개를 갸웃거리면서도 의심을 접은 니니스가 다시 벽에 관심을 쏟는 동안, 땅요정은 준규를 데리고 자리를 이동했다. 그러다 어느 정도 안심할 수 있겠다 싶은 순간이 되어서야 그의 손목을 놓아주었다.

"너, 뭐야?"

준규는 하도 꽉 잡혀 아픈 손목을 주무르며 물었다. 땅요정은 그를 데리고 오는 것만으로도 꽤 지쳤는지, 헐떡이며 제자리에 주저앉아 숨을 골랐다. 그럼에도 그의 물음에는 착실히 대답했는데, 스스로의 가슴을 가리키며 이름을 대는 것이다.

「룸펠슈틸츠헨.」

"네 이름이야?"

「응. 넌 준규 선배지?」

쭈뼛 소름이 돋았다. 준규는 몸을 부르르 떨고 분명하게 정정했다. 자신의 이름은 준규 선배가 아니라 이준규라고. 룸펠슈틸츠헨은 쭈글쭈글한 입술을 삐죽 내밀고 투덜대면서도 호칭 변경을 받아들였다.

「알았어, 이준규. 너, 니니스랑 사이 나쁘지? 내가 도와줄게.」

"나 참……. 내가 여기 오래 있긴 했는가 보다. 별게 다 설치는데 이젠 이상하지도 않네. 너, 내가 머리통 떨어뜨린 그 인형 같은데 왜 날 돕겠다는 거야? 그때까지만 해도 안 움직였잖아."

「우스운 소리 하고 있어. 당연히 수리가 끝났으니까 움직이지. 내가 널 돕는 이유는 딱 한 가지야. 이사벨라를 죽인 게 저 마녀 니니스니까, 그래서 돕겠다는 거야.」

룸펠슈틸츠헨의 얼굴에 분노와 악의가 어렸다. 쭈글쭈글하게 젖은 나뭇가지 같은 손가락이 자꾸만 배에 난 구멍을 후벼 팠다. 말뚝을 뽑아내다가 입은 상처에서 자꾸만 썩은 흙이 솟아나 바닥을 더럽혔다.

"이사벨라?"

「내 이름을 처음으로 불러주었어. 날 보고 웃어주었다고! 그런 이사벨라의 약을 빼앗고, 끝내 잠들게 한 마녀! 용서하지 않을 거야. 저 마녀가 원하는 대로 모든 일이 흘러가게 둘 순 없어!」

준규는 느긋하게 턱을 문질렀다. 문득 수염이 아쉬워졌다. 까끌까끌하게 돋아난 수염을 문지르면 좋은 아이디어가 퐁퐁 솟았는데, 지금 그의 턱은 그저 매끈하기만 했다. 이 빌어먹을 곳에 며칠이나 있었던 것 같은데 거 참 별일이었다.

"그래……. 이사벨라가 누군지는 모르겠지만, 네가 저 마녀에게 앙심을 품고 날 이용하려 든다는 건 확실히 알겠다. 어쩌면 내가 마음먹고 널 도와줄 수도 있겠지. 그래서 내가 얻을 수 있는 게 뭐야? 저 마녀가 원하는 건 또 뭐고?"

「저 마녀는 이 드림랜드의 주인을 불러오려고 하는 거야. 그 주인은 지금 '문' 너머에 갇혀 있거든. 그 주인이 오면 마녀는 이 드림랜드를 벗어날 수 있어. ……킥, 너 지금 가만히 앉아 기다렸다가 같이 나갈 생각했지?」

"……."

「이준규, 넌 침입자야. 드림랜드의 주인이 돌아오면 널 가만 둘 것 같아? 멀쩡히 살아서 드림랜드를 나갈 생각은 버리는 게 좋을걸.」

준규가 이맛살을 찌푸렸다. 룸펠슈틸츠헨은 비척대며 일어난 주제에 의기양양하게 가슴을 내밀었다.

「나와 함께 니니스를 죽이자. 저 마녀만 해치우면, 내가 널 내보내 줄게.」

"지금 네 꼴을 봐. 전혀 믿을 수가 없는데."

룸펠슈틸츠헨의 상처에서 또 썩은 흙이 떨어졌다. 마치 피 대신 흐르는 것 같았다. 룸펠슈틸츠헨은 땅에 떨어진 흙을 그러모아 제 상처에 쑤셔 넣었다. 앞으로 밀어 넣은 흙이 뒤에서 흘러나왔지만 그다지 개의치 않았다.

「잘 봐.」

룸펠슈틸츠헨이 어느 벽을 향해 손가락질을 했다. 그러자 화려한 그림이 그려지고 장식품으로 가득 채워져 있던 벽이 서서히 투명해지기 시작했다.

준규는 자기도 모르게 벽을 향해 다가갔다. 완전히 투명해진 벽은 매끄럽고 차가웠으며, 바깥의 풍경을 고스란히 보여주었다. 별과 달이 박힌 하늘과, 깨진 보도블록을 감싸는 달빛과, 우중충하게 꺼진 등을 머리에 인 가로등, 이 모든 것들이 그의 눈앞에 있었다.

"유리……."

말을 하느라 생긴 입김이 유리창에 하얗게 달라붙었다가 사라졌다. 준규는 대번에 손에 잡히는 소품을 집어 들고 유리창을 내려쳤다. 그러나 두껍고 질긴 유리는 능숙하게 충격을 흡수했기에, 준규의 노력은 조그만 흠만 남겼을 뿐이었다. 그래도 만약 몇 번씩 같은 곳을 후려친다면, 깨질 가능성이 있었다.

준규가 유리창을 때리는 사이, 유리창은 서서히 불투명해지더니 다시 예전의 모습으로 돌아왔다. 그는 눈앞의 벽을 두드려 보앗으나, 조금 전과는 손에 닿는 감촉조차 달랐다. 아무리 더듬어도 그냥 벽일 뿐이었다.

룸펠슈틸츠헨이 그의 애타는 손짓을 바라보며 낄낄 웃었다.

「난 땅요정이고, 유리는 모래의 선물이지. 날 도와주면, 저 벽 전부가 아주 얇은 유리창이 될 거야. 어때? 괜찮은 거래지?」

준규는 손을 쥐었다 폈다 하며 아직도 남아 있는 냉기를 만끽했다. 밤바람에 차갑게 식은 유리창이 전해준 냉기였다. 속 깊은 곳에서부터 웃음이 몰려왔다.

드디어 이 끔찍한 곳에서 나갈 수 있다.

준규의 희망은 몹시 더럽고 끔찍한 몰골을 하고 있었지만, 그는 자신의 희망에게 충분히 상냥한 태도로 물었다.

"내가 뭘 하면 그 마녀를 죽일 수 있지?"

「마녀는 마녀의 피로 잡아야지. 네가 깨운 인형이 새끼 마녀의 자질을 보이고 있다는 거 몰랐지? 가서, 그 인형의 피를 칼에 묻히고 니니스를 찔러. 그럼 죽일 수 있어.」

"거 참, 어려운 걸 쉽게도 말하는데."

「본래 보상이 좋으면 과정이 어려운 거야. 나도 도울 수 있을 만큼 도울 테니까.」

준규는 룸펠슈틸츠헨의 안내를 받아 다시 니니스에게로 돌아갔다. 짧은 사이에도 구조가 엉망진창으로 변해 있었다. 소품 울타리를 넘던 준규가 룸펠슈틸츠헨의 썩은 흙을 밟고 잇새로 욕을 뱉었다.

"젠장…… 기분 나빠."

「키키킥…… 어쩌겠어, 무려 저 니니스의 손에서 벗어나다가 생긴 상처인 것을. 자, 이제부터는 정말로 조용히 해야 해.」

나뭇가지 같은 손가락이 인형들 너머를 가리켰다. 준규는 침을 꿀꺽 삼키고 인형의 옷자락을 젖혔다.

니니스는 신명나게 마법진을 그리고 있었다. 연두에게서 갈취한 색들이 니니스의 마법진을 장식했다. 제대로 된 그림도구는 아니어도 충분히 힘이 있는 재료를 썼기에, 조금만 더 하면 완성이었다.

준규는 니니스의 시선을 피해 조금씩 연두에게로 접근했다. 니니스에게 들키지 않기를 바라며 바닥에 쓰러져 헐떡이는 그녀를 끌어당겼다. 다행히 니니스는 벽에 집중하느라 주변의 상황을 거의 인식하지 못하는 것 같았다.

그는 빠르게 연두의 몸을 훑었다. 겉으로는 상처가 없어 보이는데, 기이할 정도로 고통스러워했다. 다른 곳에서 피를 토한 것 때문에 입가와 얼굴이 온통 피에 젖어 지저분했다. 오는 동안 인형의 옷에서 빼낸 포켓치프로 얼굴을 닦아냈다.

"……선배……?"

연두가 흐릿하게 눈을 뜨고 준규를 불렀다. 준규는 연두의 입가에서 새로 흐르는 피를 받아내며 조용히 하라는 손짓을 했다.

연두는 눈앞이 가물거리는 와중에도 준규가 칼날에 피를 바르는 것을 지켜보았다. 뭐 하는 거냐고 묻고 싶었지만 무슨 대답이 돌아올지 두려워 차마 묻지 못했다.

칼에 피를 다 바른 준규가, 누워 일어나지 못하는 그녀에게 도톰한 숄을 덮어주었다. 창졸간에 숄을 빼앗긴 인형이 눈을 흘겼지만 연두에게는 그 시선이 보이지 않았다. 숄에 덮인 자신을 향해 피식 미소를 지은 준규의 얼굴이 세상의 전부 같았다. 순식간에 사라진 미소가 너무 달아 숨이 막혔다.

'이제 찌르기만 하면 된다 이거지.'

준규는 연두를 뒤로 하고 칼자루를 꽉 움켜쥐었다. 긴장으로 뛰는 심장을 안고 조금씩 니니스를 향해 접근했다. 한 걸음, 두 걸음, 딱 세 걸음만 걸으면 되는 거리였다. 니니스는 여전히 마법진을 그리는 데 정신이 팔려 있었다. 잘 단련된 근육이 팽팽하게 솟아올랐다.

뒤늦게 준규가 하려는 짓을 알아챈 연두가 허우적대며 몸을 일으켰다. 지독한 고통이 배를 후벼 팠지만 의지가 몸의 고통을 이겼다.

"안……, 읍!"

「조용히 해.」

룸펠슈틸츠헨이 연두의 입을 틀어막았다. 연두가 떨쳐 내려 몸을 흔들었다. 룸펠슈틸츠헨은 자신의 힘이 연두를 이기지 못할 거라는 걸 알았다. 하긴, 배에 구멍이 나고 썩은 흙이 떨어지는 중이니 당연한 일이었다. 그래서 그는 연두의 귀에 작게 속삭였다.

「진짜가 오지 못하면 네가 저 사람을 독차지할 수 있어.」

연두는 온 힘을 쥐어짜 입을 틀어막은 손을 떼어냈다. 단지 그 것만으로도 눈앞이 핑 돌았다.

"멍청이, 쓸데없는 짓을……."

「난 칼에 네 피를 바르라고 했어. 당연히 찌를 줄 알았는데…… 설마 토한 피를 발라갈 줄이야. 혹시 알아? 네가 진짜가 될 수 있을지.」

정말 달콤한 유혹이었다. 이미 포기했던 마음이 또 되살아나 희망을 피웠다. 룸펠슈틸츠헨이 손을 뗐지만, 연두는 소리를 지르는 대신 더듬더듬 숄을 집어 끌어안았다. 지나칠 정도로 따뜻했다.

준규의 신경은 온통 니니스의 뒷모습에 집중되어 있었다. 연두와 룸펠슈틸츠헨의 속닥거림 같은 건 그의 귓가에 닿지도 않았다. 기회는 단 한 번이었다.

'지금……!'

잔뜩 웅크리고 있던 준규가 온 힘을 다해 뛰어나갔다. 입술을 꽉 깨물고, 칼자루를 움켜쥔 채로, 반드시 죽여 버리겠다는 의지를 품고서.

"윽!"

살을 꿰뚫고 뼈가 부서지는 느낌이 칼자루를 통해 전해졌다. 준규는 몸에 익은 버릇대로 칼자루를 비틀어 상처를 늘리며 칼을 뽑아냈다. 새빨간 피가 솟구치며 준규의 얼굴까지 튀어 올랐다.

기습의 효과는 거기서 끝이었다. 니니스가 그림 도구 삼아 쥐고 있던 포크를 준규에게 휘두른 것이다. 큰 상처를 입었음에도 어찌나 빠르고 매운 손인지, 준규의 뺨에 긴 상처가 났다. 준규는 몇 걸음이나 뒤로 물러났다. 그는 턱 아래로 떨어지는 핏방울을 닦아내며 이죽거렸다.

"마녀의 피도 꽤 따뜻하네."

"끅……."

니니스는 뱃가죽에 난 구멍을 손으로 틀어막았지만 소용없었다. 연두의 피를 묻힌 칼은 그녀의 내장을 확실하게 상처 입혔다. 상처는 아물어가다가도 도로 터져 피를 흘렸다. 그 피가 바닥에 고여 웅덩이를 만들었다.

'빌어먹을! 제대로 막고 있다고 생각했는데!'

니니스는 분명 인형과 소품을 이용해 제대로 결계를 쳤다. 문을 여는 섬세한 작업에 집중하면서 준규를 경계하지 않을 수 없었으니까. 설마 룸펠슈틸츠헨이 그녀가 박아놓은 팻말을 부러뜨리고 일어나 준규를 끌고 올 줄은 몰랐을 뿐이다.

준규는 침착하게 칼자루를 고쳐 쥐었다. 니니스는 강한 상대였다. 큰 상처를 입혔을 때를 노리지 않으면 가능성이 없었다. 그는 짐짓 상냥하게 일렀다.

"그러게 조심했어야지."

니니스는 미간을 찌푸렸다. 준규가 자신을 도발하려고 하는 말이라는 건 알겠는데, 이상하게 귀에 익었다. 어딘가에서 저 말을, 저 목소리로 들어본 적이 있는 것 같았다.

"이봐……. 혹시 우리, 언제 만난 적 있었어?"

"별 희한한 소릴 다 하네. 조금 전에도 만났었잖아?"

"그렇긴 한데……. 웃차."

니니스의 손짓에 따라 바닥에 고여 있던 피가 솟구쳤다. 날카로운 가시가 삐죽삐죽 솟아난 가시나무가 되어 그녀와 준규의 사이를 갈랐다.

기회를 노리던 준규는 몇 걸음 더 물러날 수밖에 없었다. 하지만 상황이 아주 나쁜 것만도 아닌 게, 니니스의 안색이 점점 창백해지고 있었다. 하긴, 배를 관통하는 구멍이 난 상태다. 이제 그녀는 멀쩡히 서 있는 것도 힘들어 보였다.

준규는 시험 삼아 가시나무를 툭툭 건드려보았다. 가시나무는 그가 건드릴 때마다 더욱 날카롭게 가시를 세웠지만, 단지 그뿐이었다. 그는 주변을 둘러보았다. 마침 나무그루터기에 박힌 손도끼가 보였다. 독사과도 진짜이니, 저 손도끼도 진짜일 것이다. 준규는 손도끼를 챙겼다.

"가시나무야 뭐, 베어버리면 그만이지."

대기업의 자제치고는 드물게, 준규는 군필자였다. 그는 능숙한 솜씨로 가시나무를 벌목했다. 니니스는 몇 번이고 다시 가시나무를 만들어냈지만, 그것도 한계가 있었다. 외면하기엔 너무 큰 고통이 그녀를 괴롭혔다. 자꾸 눈앞이 흐려지고 다리에서 힘이 풀렸다. 그녀는 바닥에 주저앉은 채 엉덩이를 끌며 뒤로 물러났다.

'문만, 문만 열면 돼⋯⋯.'

그러나 문 그림에 마지막 장식을 하기 바로 전, 준규가 그녀의 앞에 도달했다. 니니스는 어쩌면 이 자리에서 죽을 수도 있겠다고 생각했다. 우스운 일이었다. 마녀사냥의 광기에서도 살아남았는데, 자신이 만든 작품 때문에 죽을 위기에 처하다니 말이다.

준규가 도끼를 내버리고 칼자루를 고쳐 쥐었다. 단번에 찌르려는지 자세를 제대로 잡는다. 그 순간, 니니스는 구석에 숨어 떨고 있는 연두를 발견했다. 연두의 시선은 온통 준규에게 가 있었다. 숨길 수 없는 찬탄, 갈망, 애정이 그녀의 얼굴 전체에 범벅되어 있었다. 이제껏 니니스가 깨웠던 어떤 인형보다도 강한 감정들이었다.

니니스는 잘 움직이지 않는 팔을 쭉 내밀었다. 썩어도 준치라, 죽어가는 마녀라도 칼 한 자루쯤 밀어내는 게 뭐 어려우랴. 허공에 못 박힌 듯 꿈쩍도 않는 칼에 당황한 준규를 향해 빙긋 미소를 지었다. 피 묻은 입술이 새빨간 미소를 지었다.

"너, 이 문 뒤에 진짜 강연두가 있는 거 알아?"

준규는 흠칫 몸을 굽혔다. 니니스가 진짜 연두의 행방에 대해 말을 꺼낸 건 이번이 처음이었다.

"⋯⋯벽은 그냥 벽이지. 그림 너머에 사람이 있다니, 사기를 치려면 좀 그럴듯하게 치지 그래? 너무 말이 안 되잖아."

"피로 만든 가시나무는 말이 되고? 인형이 말하고 움직이는 건 또 어떻고?"

"……그……."

"난 말이야, 진짜 연두 씨를 빼내야 해서 온 거야. 문 너머에 갇힌 연두 씨를 보통 사람들 틈으로 돌려보내기 위해서 말이야. 날 죽이면, 그녀는 절대 돌아올 수 없어."

"……."

"연두 씨를 다른 존재로 대신할 수 있어? 흉내만으로는 절대 만족할 수 없잖아."

준규의 망설임이 길어질수록, 구석에 숨어 있는 연두의 안색은 점점 흙빛이 되어갔다. 무심한 배려와 가끔 건네는 다정한 온기는 역시 자신의 것이 아니었고, 앞으로도 가질 수 없으리라는 깨달음이 그녀를 때렸다. 끝 모를 원망이 솟구쳤다.

'난 결국 인형인 거야. 진짜가 될 수 없는 가짜인 거야. 이럴 거면, 차라리 깨우지 말지. 이렇게 버릴 거면, 연두라는 이름도 주지 말지.'

안고 있는 숄의 온기조차 너무 가증스러워 견딜 수 없다. 연두는 숄을 내팽개치고 일어섰다. 마침 준규가 내버린 손도끼가 근처에 있었다. 그녀는 휘청거리며 걷기 시작했다. 뭔가 일이 잘못되어 가고 있는 걸 깨달은 룸펠슈틸츠헨이 연두의 발목을 움켜쥐었다. 연두는 자신의 발목을 움켜쥔 땅요정의 손목을 마구 짓밟아 기어이 끊어놓았다. 그리고 발목에 덜렁거리는 손목을 매단 채 다시 걸었다.

니니스는 그 광경을 흘끔흘끔 훔쳐보았다. 조금만 더 시간을 끌면 될 것 같았다. 문 너머에 연두가 있다는 건 거짓말도 아니었다. 그녀는 한층 더 달짝지근하게 속삭였다.

"날 도와. 연두 씨는 이 세계로 돌아오길 간절히 바라고 있어. 네가 날 도와서 그녀를 이 세계에 데려오는 데 기여하면, 그녀는 널 구원자로 여기게 될 거야."

"구원자라……."

준규의 칼끝이 조금 밑으로 쳐졌다. 썩은 흙이 솟는 손목을 움켜쥐고 벌벌대던 룸펠슈틸츠헨이 기겁을 했다.

「마녀를 믿지 마! 저 마녀는 거짓말쟁이야! 저 문 너머에 있는 건 드림랜드의 광대란 말이야! 광대는 잔인하고, 용서를 몰라. 분명 너를 죽여 뼈째 씹어 먹으려들걸!」

"쯧, 시끄럽게……."

딱! 니니스가 손가락을 튕겼다. 그러자 가만히 서 있던 인형들이 달려들어 룸펠슈틸츠헨을 찍어 눌렀다. 입을 막고 팔다리를 구속해 꼼짝도 못 하도록. 썩은 흙이 속절없이 흘러나가며 룸펠슈틸츠헨의 눈에서 생기가 사라져 갔다.

준규도 니니스도 버르적거리는 땅요정에게는 관심이 없었다. 그들은 서로에게 집중한 채 시선을 떼지 않았다.

"구원자라는 말, 농담 아니야. 분명 너에게 깊이 감사하고, 네 말이라면 뭐든 믿게 되겠지. 절대적인 호의와 신뢰, 갖고 싶잖아?"

"흠……. 글쎄."

준규의 입가에 미소가 돌았다. 그는 아직도 꼼짝 않는 칼을 두드리며 아까보다 창백해진 니니스의 안색을 유심히 관찰했다. 슬슬 입술에 푸른빛이 돌기 시작하는 게, 내버려 둬도 곧 죽을 것 같았다.

"네가 그따위로 말하지 않아도 난 이미 그 애에게 그런 존재거든?"

"뭐?"

"그 절대적인 호의와 신뢰, 이미 갖고 있다고. 무슨 말을 하나 싶어 두고 봤더니만……. 쯧."

"날 죽이면 진짜 연두 씨는 못 돌아온다니까!"

"어쩌지, 난 그게 네 거짓말 같은데."

슬슬 대화하는 것도 지겨워졌다. 칼이 말을 듣지 않는다면, 도끼도 괜찮지. 준규는 내던졌던 도끼를 찾아 고개를 돌렸다. 하지만 도끼는 그 자리에 없었다.

'이상하다? 분명 저기에 뒀는데.'

준규가 의아함에 미간을 찌푸린 다음 순간, 오싹한 한기가 뒷목을 적셨다. 그는 감각이 시키는 대로 재빨리 그 자리를 벗어났다.

후웅!

손도끼가 위협적인 소리를 내며 준규가 있던 자리를 갈랐다. 연두였다. 그녀는 자신이 실패했다는 걸 깨닫자마자 즉시 손잡이를 고쳐 쥐었다. 다시 덤빌 자세였다.

준규로서는 황당하기만 한 사태였다. 얌전히 있으라고 솔까지 벗겨다 덮어줬는데 난데없이 도끼질이 웬 말이냐.

"강연두, 미쳤어? 그거 당장 내려놔."

"누가 강연두인데? 당신, 날 강연두라고 생각 안 하잖아? 강연두? 웃기지 말라 그래! 강연두 같은 거, 이제 안 해!"

진짜가 될 수 없는데, 진짜의 이름을 가져서 뭘 하겠냐는 얘기였다. 그 말을 하는 연두의 눈은 뭐라 형언하기 힘든 빛으로 일렁거리고 있었다.

니니스는 자기도 모르게 휘파람을 불었다. 세상에, 마녀의 탄생을 눈앞에서 볼 줄이야. 아직 조금 모자라긴 하지만, 인형으로 만들어진 것이 인형의 한계를 뛰어넘으려 하고 있었다.

'그래도 지금 이대로는 힘들지.'

니니스는 연두, 아니 연두의 흉내를 내는 더미에게 약간의 힘을 실어주기로 마음먹었다. 이이제이(以夷制夷)만큼 편하고 좋은 전술은 세상에 드물었다. 그녀는 배의 구멍을 손으로 틀어막고 목소리를 높였다.

"어이, 거기 더미 아가씨."

"……더미?"

"그래, 더미. 당신 같은 더미가 마녀가 되려면 두 가지 방법이 있어. 첫째, 살아 있는 마녀의 피와 살을 먹고 그 힘을 뺏는 법. 이건 본능적으로 알 거고."

더미는 우연히 니니스의 피를 먹은 순간부터 자아를 가졌다. 준규의 소망을 구현하는 인형이 아니라 독립된 개체로서의 첫 걸음이었다. 그녀는 저도 모르게 니니스의 말에 귀를 기울였다.

"둘째, 깨워서 이름을 준 주인을 살해하고 스스로 새 이름을 짓는 법. 보통 더미들은 주인에게 강한 애착을 가지기 때문에 거의 일어나지 않는 일이지만……. 아가씨는 할 수 있어 보이네."

"당연히 할 수 있지. 배에 구멍 난 마녀는 허튼 생각 말고 그 자리에 얌전히 있어. 조금 이따 내가 뼈까지 씹어 먹어줄 테니까!"

더미가 도끼를 휘두르며 준규에게 덤벼들었다. 준규가 바라는 연두를 죄다 구현해 낸 몸인지라, 도끼질이 조금 어설프긴 해도 솜씨가 만만찮다. 우습게 보고 무시했다간 몸 상하기 딱 좋았다.

준규는 허공에 못 박힌 칼을 못내 아쉽게 바라보고 쳇, 혀를 찼다. 손에 무기가 있으면 어떻게든 해볼 만하겠는데, 맨손으로 대응하려니 쉽지가 않았다. 하다못해 저 도끼만 없어도 좋을 텐데 손아귀가 찢어져도 놓을 기세가 아니었다.

결국 그는 주변의 인형과 소품들을 마구 내던지고 걷어차며 더미의 도끼질을 막아냈다. 귀한 인형들 여기저기에 오싹한 도끼 자국이 났다.

"하여간 남의 작품이라고 귀한 줄을 몰라요……."

니니스는 혀를 차면서도 그들의 싸움을 꽤 즐거운 마음으로 방관했다. 그리고 피를 너무 흘려 달달 떨리는 손으로 옷 안의 주머니를 뒤졌다. 이사벨라가 짚어냈던 약을 찾는 것이다.

그녀는 이내 약이 든 약병을 찾아냈다. 워낙에 아껴 쓴지라 반 이상이 남아 있었다. 하지만 손에 힘이 너무 없어서 마개를 뽑을 수가 없었다. 이로 마개를 물고 낑낑대다가 손에서 힘이 빠져 약병을 놓쳤다. 동그란 병이 데굴데굴 굴러 멀어졌다. 다급히 손을 뻗었지만 늦었다. 닿지 않는다.

"아, 어떡해."

자그마한 손이 굴러가던 병을 주워들었다. 소년 인형의 몸을 한 반트였다. 거의 기다시피하며 인형의 치맛자락 사이에 몸을 숨기고 있던 반트는 자신을 보고 손을 흔드는 니니스를 향해 깊은 한숨을 내쉬었다.

'하여간 내가 이럴 줄 알았다니까…….'

반트는 준규와 더미의 눈치를 보며 살금살금 다가가 니니스의 배에 약을 모조리 들이부었다. 계속 피를 쏟아내던 상처가 금세 아물었다. 워낙에 큰 상처라, 속은 엉망인 채 겉만 붙은 거지만 그것만으로도 니니스의 안색은 훨씬 좋아졌다.

"반트, 왜 이렇게 늦었어?"

「최대한 빨리 온 거예요. 그나저나 저 둘은 왜 저러고 있어요? 언제는 아주 죽고 못 살 것처럼 굴더니.」

"본래 사랑만큼 변덕스러운 게 없거든."

니니스는 꾸역꾸역 일어나 남은 그림을 마저 완성했다. 정확히는 그림의 형태를 띤 마법진을 완성한 것이다. 뒤에서는 여전히 준규와 더미가 죽을 둥 살 둥 싸우고 있었다.

그녀는 마침내 주문을 외웠다.

"열려라, 참깨!"

단순한 그림이었던 문이, 진짜 문으로 모습을 바꿨다. 큰 틀이 먼저 불쑥 튀어나오며 존재감을 과시하고, 자잘한 장식들이 뒤에 제 모습을 드러냈다. 문 위로 수십 개의 기하학적인 도형들이 떠올라 빛을 뿜었다.

"으……."

니니스의 배에 다시 구멍이 났다. 반트가 허물어지는 그녀를 허겁지겁 받아냈다. 허공에 못 박혀 있던 칼이 떨그렁, 소리와 함께 바닥에 떨어졌다.

더미의 도끼질을 피해 바닥을 구르던 준규가 다급히 칼을 집어 들었다. 깡! 얼굴 위로 떨어지는 도끼를 간신히 받아내고 배를 걷어찼다. 가벼운 더미는 데굴데굴 굴러 소품 울타리 속에 처박혔다.

준규는 바로 일어나지 못하는 더미에게 다가가 배를 꽉 밟으며 칼자루를 고쳐 쥐었다. 단번에 꿰뚫기 위해서였다. 그 순간, 더미의 눈에서 눈물이 흘러내렸다. 연두를 꼭 닮은 얼굴, 흥분으로 붉게 물든 뺨을 적시는 물. 준규의 손이 허공에 못 박혔다. 일순간의 망설임.

"큭!"

더미는 기회를 놓치지 않았다. 그녀는 준규의 오금을 가격하고 그가 허물어지는 순간을 노려 그 자리에서 벗어났다. 구석까지 굴러갔던 도끼를 찾아 쥐고 자세를 잡았다.

"인형 주제에……."

"그 인형에게 홀려서 사랑을 맹세하신 게 누구시더라?"

준규와 더미는 오로지 서로만을 노려보았다. 준규의 손에 칼이 들어가면서 더미의 우위는 끝났다. 하나 더미의 절박함이 모자란 실력을 채웠으니, 둘은 비등한 위치에 서 있었다.

니니스도 반트도, 빛나는 문조차도 그 둘의 시야엔 들어오지 않았다. 침을 삼키고 정신을 가다듬으며 부딪침을 준비했다. 주변의 공기가 점점 날카로워지는 게 피부로 느껴졌다. 구석에 피해 있던 니니스와 반트조차 숨을 죽였다.

그 순간, 빛이 터졌다.

활짝 열린 문에서 쏟아진 빛이 인형의 집 전체를 하얗게 물들였다. 다들 견디지 못하고 눈을 가렸다.

"드디어 돌아왔어."

준규는 자신의 귀를 의심했다. 귀에 익은 목소리가 빛 속에서 들려왔다. 허둥지둥 목소리가 들려온 곳을 향해 고개를 돌렸다. 하지만 눈이 아프도록 밝은 빛 가운데에서는 거뭇한 인영만이 보일 뿐이었다.

"드디어……."

연두는 마침내 그리워했던 세계에 발을 내디뎠다. 문을 넘자마자 피부에 닿는 에어컨의 냉기마저 반가웠다. 문에서 쏟아진 빛이 시야를 온통 가리고 있었지만, 돌아왔다는 감각만은 선명했다. 눈물이 날 것만 같은 감격이 솟아올랐다.

시야를 꽉 메웠던 빛은 짙은 안개가 흩어지는 것처럼 서서히 옅어졌다. 빛으로 가려졌던 풍경들이 제 모습을 드러냈다.

"……음?"

연두는 자기도 모르게 눈을 비볐다. 그녀가 기억하는 것과는 전혀 다른 풍경이 펼쳐져 있어서다. 엉망진창이 되어 나뒹구는 인형과 소품들, 발을 적시는 피, 코를 찌르는 물비린내와 탄 내. 환상적이었던 공간은 마치 재난 현장의 한가운데처럼 변해 있었다.

그러나 그것들보다 더 충격적인 건, 자신과 똑같이 생긴 사람의 존재였다. 거울을 보는 것과는 느낌이 완전히 달랐다. 인형이라는 생각은 전혀 할 수 없었다.

"세상에……. 진짜 똑같이 생겼네?"

그때 더미는 빛 때문에 흐릿해진 눈을 비비던 중이었다. 보이지 않는 눈 대신 예민하게 곤두선 귀가 연두의 작은 속삭임을 잡아냈다.

진짜가 왔다.

본능적인 공포가 더미의 등줄기를 식혔다. 흥분으로 달궈졌던 피가 서늘하게 얼어붙고 굳건하게 버티고 있던 다리가 부들부들 떨렸다. 더미는 사냥꾼을 만난 꿩처럼 자꾸만 숨을 곳을 찾아 주변을 두리번거렸다.

준규가 이런 기회를 놓칠 리 없다. 그는 갑자기 나타난 연두에게 말을 걸기보다 멈칫거리는 더미를 공격하는 쪽을 택했다. 아직 시력이 돌아오지 않았지만 괜찮았다. 눈앞에 보이는 형체가 바로 더미일 테니까.

깡―!

숨을 곳을 찾던 와중에도 더미는 준규의 공격을 잘 막아냈다.

더불어 쇠 부딪치는 소리가 더미의 공포를 단숨에 몰아냈다. 더미는 심호흡을 하며 거리를 벌렸다. 도끼를 움켜쥐고 전의를 가다듬었다.

그쯤엔 시력도 다 회복되었다. 둘 사이에서 다시 팽팽한 긴장감이 흘렀다.

연두는 눈을 크게 뜨고 그 광경을 보고 있었다. 자신과 똑같이 생긴 여자가 한창 때의 자신을 떠올리게 하는 몸놀림으로 도끼를 휘두르고 있었다. 그것만으로도 놀라운데, 상대가 너무나 낯익은 사람이었다.

'선배? 준규 선배?'

미겔에게 이름을 주기 전, 연두는 그에게 자신의 곁에 남아준 단 한 사람에 대한 이야기를 한 적이 있었다.

"내 곁에 남은 사람은 딱 한 명이야."

그게 바로 준규였다. 같은 대학 선배이면서, 그녀에게 검도를 가르친 스승이고, 힘들 때면 언제든 기댈 수 있는 든든한 기둥 같은 사람. 그는 친구도 지인도 모두 잃은 연두에게 남은 단 하나의 가느다란 끈이었다.

"스토커치고는 멀끔하게 생겼네."

연두를 따라 들어온 미겔이 준규를 보고 말했다. 그는 닫혀 있는 드림랜드에 들어온 사람이 바로 스토커라고 이미 결론을 내린 바 있었다. 연두와 닮은 여자는 인형이니, 남자가 스토커인 게 당연했다.

'선배가?'

그러나 연두는 소스라치게 놀랐다. 어찌나 놀랐는지 말도 나오지 않았다. 머릿속의 이성 한 조각은 미겔의 말이 맞다고 하는데, 도저히 믿을 수가 없어 나오는 건 오로지 부정뿐이었다.

"아냐……. 그럴 리 없어. 저 둘은 싸우고 있잖아."

미겔은 연두의 머리꼭지를 의아하게 내려다보았다. 분명 동화 속에 있을 때는 그녀도 자신과 같은 결론을 내렸었다.

"인형의 집에 있는 검은 머리 남자가 스토커일 거야."

"내 생각도 그래. 닫힌 드림랜드를 찾아올 정도의 욕망을 가졌고, 그 대상이 너라면……. 스토커가 아닌 게 더 이상하지."

"날 닮았다는 그 인형을 끌어안고 뭘 하고 있을지, 생각만 해도 소름끼쳐."

"각오하는 게 좋을 거야. 둘이 합심해서 널 공격할 수도 있어."

"제기랄, 그게 뭐야. 옹고집전이야? 왜 갑자기 장르가 바뀌는 거야?"

자꾸만 눈앞의 광경을 회피하려하는 연두가 이상했다. 미겔은 연두를 돌려세우고 그녀와 눈을 맞췄다. 갈색 눈동자가 충격으로 떨리고 있었다.

"아는 사람이야?"

"……."

"설마 네 옆에 남았다던 딱 한 사람? 그 사람이야?"

연두는 대답을 할 수가 없었다. 미겔의 말을 긍정하는 순간, 준규와 함께 쌓아온 기억들이 죄다 잿빛이 될 터였다. 그 시간들이 너무 길었다. 믿고 싶지 않았다. 받아들일 수 없었다.

"내 눈 피하지 마. 피한다고 해결되는 거 아니잖아."

미겔은 연두의 어깨를 움켜쥔 채로 진실을 마주 볼 것을 강요했다. 그녀를 괴롭혀 왔던 스토커가 누구였든, 여기서 끝내야 했다.

"강연두! 이리 와!"

준규가 연두를 불렀다. 연두는 벼락에라도 맞은 것처럼 몸을 떨었다. 저절로 몸이 들썩였지만, 미겔이 단단히 붙들고 있어 끝내 뒤돌아보지는 못했다.

준규와 미겔의 눈이 마주쳤다. 준규는 친밀함을 과시하듯 연두의 어깨를 쥐고 있는 미겔의 손에, 미겔은 당연한 것처럼 연두를 부르는 준규에게 분노했다. 두 남자 사이에서 불꽃이 튀었다.

더미에게 그만큼 화나는 일은 또 없었다. 당장 눈앞에 도끼를 든 자신이 있는데도 한눈을 팔다니. 크게 부딪친 이후 몸을 사리며 방어에 치중하던 기세가 완전히 뒤바뀌었다.

"큭!"

연두에게 한눈을 팔고 있던 준규의 상완이 쭉 찢어져 피가 튀었다. 눈앞이 어찔해졌고, 그는 몇 걸음이나 뒤로 물러나야 했다. 더미가 코웃음을 웃었다.

"눈앞의 상대에나 집중하시지! 진짜가 왔다고 날 무시하면 쓰나!"

"가짜 주제에!"

연두는 끝내 미겔의 팔을 뿌리치고 돌아섰다. 등 뒤에서 오가는 대화가 신경 쓰여 참을 수 없었다.

"선배……!"

준규의 팔을 적신 피가 연두의 이성을 흐렸다. 그녀는 주변에 널브러진 채 나뒹굴던 지팡이를 주워들고 그들 사이로 뛰어들었다. 자꾸 밀리던 준규의 기세가 단번에 회복됐다.

준규는 피가 묻어 미끈미끈한 손을 옷자락에 문질러 닦으며 웃었다. 낯선 남자의 손을 뿌리치고 자신에게 달려온 강연두라니, 팔뚝의 고통조차 잊게 만들 정도로 만족스러웠다. 낯선 얼굴에 어린 배신감과 충격이 그의 진통제가 되었다.

"강연두 너! 내가 너 찾느라고 무슨 고생을 한 줄 알아? 이제까지 대체 어디에 있다가 온 거야?"

"……왜 찾았는데요?"

"왜 찾긴? 강연두 갑자기 서운한 소릴 하네? 휴가라기에 밥이나 한 끼 먹을까 했더니 연락이 안 돼서 내가 얼마나 놀랐는지 알아? 또 취재랍시고 위험한 곳에 기어들어간 줄 알았지."

연두는 고개를 끄덕일 수밖에 없었다. 소식이 오랫동안 끊길 때면 어김없이 그녀를 찾아 나서곤 하던 준규였다. 그 덕분에 위험한 지경에서 구해진 적이 벌써 몇 번이나 됐다.

'그래, 뭔가 착오가 있는 거야. 선배가 스토커일 리 없어. 나도 왔던 드림랜드인데, 뭐.'

그 꼴을 보고 있는 미겔은 속이 뒤집어질 지경이었다. 그는 이를 바득바득 갈며 준규를 노려보았다. 남자답게 잘생긴 얼굴에 걸린 미소가 정말이지 밉살맞아 입에서 불을 뿜을 수도 있을 것 같았다.

'버리지 않겠다고 해놓고.'

원망은 준규를 걱정하는 연두에게로 흘렀다. 이제껏 나눴던 이야기를 죄다 잊은 듯 뛰쳐나간 그녀가 서운했다. 비어버린 품이, 놓친 손이 서럽고 허전했다. 빈손을 맞잡는 것으론 아무것도 해결되지 않았다.

마음 같아서는 달려들어도 벌써 한참 전에 달려들었는데, 그러지 못하고 보고만 있는 이유는 간단했다. 연두가 바라지 않고 있으니까.

연두는 드림랜드의 주인이고 이곳은 그녀의 영지였다. 미겔이 준규를 향해 적의를 불태울수록 그의 몸은 마치 늪에 빨려드는 것처럼 무거워졌다. 연두와 준규 모두를 향해 이를 가는 더미가 대단해 보일 정도였다.

미겔의 어깨에 묵직한 무게가 얹혔다. 어깨를 누르다 못해 등까지 찍어 누르는 무게가 너무 무거워, 그는 견디지 못하고 엎드려 숨을 몰아쉬었다. 상체를 지탱하는 팔이 꺾일 듯 떨렸다.

딱!

그때, 손가락 튕기는 소리와 함께 미겔을 짓누르던 무게가 온데간데없이 사라졌다. 아니, 아직 조금 남아 있긴 하지만 조금 전에 비하면 없는 것이나 다름없었다.

"……애, 깜장 고양아."

귀에 익은 목소리가 미겔을 불렀다. 미겔은 그제야 니니스의 존재를 떠올렸다. 그녀는 낯선 소년 인형의 부축을 받아 문 옆의 벽에 기대어 앉아 있었다. 소년 인형이 미겔을 향해 눈인사를 했다.

'반트의 이쪽 몸인가. 니니스는…… 상태가 나쁜데.'

미겔의 생각 그대로였다. 니니스는 피를 어찌나 많이 흘렸는지, 보랏빛 치마와 망토가 전부 피로 젖었고 엉덩이 아래엔 커다란 피웅덩이가 고여 있었다. 안색도 입술도 창백한 게, 당장 쓰러지지 않은 게 용했다. 그 와중에도 미겔의 어깨에 얹힌 무게를 지워내는 솜씨를 부렸으니, 마녀로 나이 먹은 세월이 공짜는 아니렷다.

"니니스."

미겔은 니니스의 손짓에 따라 그녀의 옆에 순순히 다가와 앉았다. 그런 미겔을 보며 웃는 니니스의 얼굴은 마치 부서지기 직전의 낙엽처럼 색도 없이 버석버석했다.

"이름은 얻었니?"

"미겔Miguel입니다."

"잘됐다. 정말 잘됐어. 동화 완성하기가 쉽지 않았을 텐데 정말 고생 많았어."

"그렇게 입에 침 바를 필요 없습니다. 반트에게 얘기 다 들었으니까. 아무리 내가 드림랜드 주인 노릇하는 게 싫어도 그렇지, 그 따위 마법을 깔아놓고 아주 잘하는 짓입니다."

"아, 알고 있었니? 그러면 뭐 감출 것도 없겠네. 너무 질색은 말렴, 덕분에 너도 이젠 주인을 얻었잖니."

거짓말이 일상인 마녀라지만 그렇게 감쪽같이 속여놓고 너무 태연하지 않은가. 미겔의 미간에 주름이 잡혔지만 니니스는 언제나 그랬듯 지금도 제멋대로였다. 그녀는 피가 솟는 배를 누른 채 속삭였다.

"미겔, 장수를 잡으려면 말을 쏴야지. 준규를 잡기 전에 저 더미부터 잡으렴. 연두 씨는 멍청하지 않아. 분명 일대일로 마주하게 되면 이상한 점을 깨달을 거야."

"내가 저 더미를 무슨 수로 잡습니까? 둘이 아주 손발이 착착 맞아서 나는 끼어들 틈도 없는데."

미겔의 불평은 타당했다. 연두와 준규는 사제 사이였고, 오랫동안 합을 맞춰온 게 있어 물 흐르듯 연계공격을 넣고 있었다. 준규는 팔을 다쳤고 연두는 힘이 모자라니, 둘이 합치고서야 필사적으로 덤비는 더미와 비등하게 싸울 수 있었다.

니니스는 색 빠진 입술로 피식 웃으며 더미를 향해 턱짓했다. 정확히는, 더미 너머의 공간을 향해서. 그곳은 바로 2구역으로 향하는 입구였다.

"누가 몸으로 끼어들으랬니? 다른 세계로 보내 버려. 2구역의 인형들도 자기들의 세계는 갖고 있단다."

"이름 없는 것은 못 들어갑니다. 내가 들어갔던 건 당신이 도와준 데다 내가 드림랜드의 주인이었기 때문이죠."

"맞아. 넌 예외였지. 하지만 말이야, 까짓 이름이야 지으면 그만 아니겠니? 그걸 스스로 짓든, 네가 짓든 무슨 상관이 있겠어?"

"난 이제 드림랜드의 주인이 아닌데도?"

"연두 씨가 너한테 이름 지어줄 땐 드림랜드의 주인이라서 지어 준 거라니? 그리고 저기 저 둘은 이곳에서 음식을 먹었어. 페르세포네의 석류와 비슷한 작용을 한다는 걸 알고 먹었을 리 없지만, 이용하기엔 좋겠지."

니니스의 배에서 울컥 피가 솟아올랐다. 반트가 울 듯한 얼굴로 구멍을 막은 손에 힘을 주었다. 마녀의 망토 안에는 온갖 약이 든 약병들이 가득한데, 니니스도 반트도 그걸 구분해 낼 능력은 없었다.

미겔은 니니스의 망토를 뒤져 약병을 골랐다. 달리아를 치료하는 연두의 어깨 너머로 배운 것들이 적지 않았다.

"조건을 자세히 가르쳐 주면 이 지혈제를 드리죠."

"오…… 많이 컸네, 미겔. 뒷일은 생각도 않고 주는 대로 냉큼 받을 때가 엊그제인데."

미겔의 얼굴이 붉어졌다. 그에게는 까마득한 옛날이지만, 니니스에게는 겨우 어제처럼 생생한 일이었다. 그녀는 피 묻은 손가락으로 입술을 두드렸다. 마치 화장이라도 한 것처럼 입술에 붉은 물이 들었다.

"조건이랄 것도 없어. 마땅한 이름을 지어주고, 2구역으로 날려 버리렴."

"그렇게 간단한 거면 왜 나한테 시킵니까? 니니스, 당신이라면 나보다 더 잘할 수 있을 텐데. 마력도 넉넉한 마녀면서 이런 상처나 입고 말이죠."

미겔이 피가 솟는 상처를 꾹 눌렀다. 너덜너덜한 살점이 움푹 들어가고 피가 왈칵 넘쳐흘렀다. 반트가 기겁을 하고 그의 손을 쳐 냈다.

"미겔! 이게 무슨 짓이야?"

"윽……. 너, 너……."

니니스는 너무 아픈 나머지 말도 제대로 안 나왔다. 이 정도로 큰 상처를 입어본 게 대체 얼마만이란 말인가? 마녀 릴리가 죽던 그날 이후로는 처음 겪는 일이었다. 그런 그녀를 바라보는 미겔의 표정은 그저 서늘하기만 했다.

"니니스, 궁금한 게 있습니다."

"뭐…… 뭔데."

"지금 강연두가 죽으면, 그때 이 드림랜드는 누구의 소유가 됩니까? 제작자인 당신? 그녀의 연인인 나? 그도 아니면, 인형의 집의 관리자였다던 반트?"

니니스가 미겔을 꿰뚫을 듯 노려보았다. 조금 전까지 그녀를 괴롭히던 통증마저 모두 잊은 얼굴이었다. 미겔은 그런 니니스의 앞에서 다시 한 번 지혈제가 든 약병을 흔들었다.

"이런 곳에서 죽고 싶진 않을 텐데요."

"예쁘다, 예쁘다 해줬더니 이게……!"

"빨리 말하시죠. 시간도 얼마 없어 보이는데."

미겔의 말 그대로였다. 니니스의 상처에서는 피가 끊임없이 흘러나왔다. 마녀가 아니라 일반 인간이었다면 벌써 한참 전에 과다출혈로 사망했을 양이었다. 꾸역꾸역 구멍을 틀어막은 니니스가 재빨리 입을 열었다.

"연두 씨가 죽으면 네 소유가 되겠지만, 저 더미를 처리하지 않으면 아무것도 가질 수 없게 될걸. 준규를 죽인 더미가 스스로 이름을 짓고 나면 너보다 우선순위 상속자가 될 테니까."

"그것 참 무서운 말입니다. 한데, 이미 한번 거하게 속아서 고스란히 믿기가 참 어렵군요. 본래 마녀란 죄다 거짓말쟁이들이지 않습니까? 그러니 니니스, 당신은 내가 믿고 싶은 것만 믿겠다고 해도 화내지 말아야 할 겁니다."

미겔은 그리 말하면서도 약병의 뚜껑을 땄다. 지혈제가 니니스의 상처로 왈칵 쏟아졌다. 흰 가루가 피와 반응해 부글부글 끓어오르며 상처 부위를 태웠다.

"아악……!"

극심한 고통에 니니스가 비명을 내질렀지만 효과는 확실했다. 급한 불은 그럭저럭 껐다. 나머지 회복은 그녀가 알아서 할 일이었다.

미겔은 흘끗 연두를 바라보았다. 그녀는 여전히 준규와 함께 더미를 상대하는 중이었다. 준규가 상체를, 연두가 하체를 노리고 시간차 공격을 시도했다. 더미는 놀라운 속도와 유연성으로 공격을 피해내는 걸로 모자라 연두가 내지른 지팡이를 밟고 거리를 좁히며 반격을 가했다. 연두는 아예 지팡이를 놓아버리고 뒤로 빠져 아슬아슬하게 도끼를 피해냈다. 더미는 공격이 실패하자마자 방어태세로 돌아섰다. 그녀의 등 뒤에서 준규가 칼을 내지르고 있었으니까.

미겔은 미간을 좁힌 채 더미의 몸놀림을 관찰했다. 분명 연두가 모델일 텐데 더미의 도끼 다루는 실력은 연두를 훨씬 상회했다. 연두는 아무리 연습을 해도 더미와 비슷한 수준의 몸놀림을 내지 못했다. 그녀는 그걸 두고 생활 근육과 운동 근육은 다르다며 도무지 근육이 붙지 않아 그런 거라고 말하곤 했지만, 그것과는 좀 다른 느낌이었다. 근본적인 센스의 문제랄까.

'이쯤 되면 원본을 흉내 내는 게 아니라 겉만 같은 다른 사람이라고 봐도 좋을 것 같은데…….'

미겔은 좀 더 지켜보기로 했다. 연두의 안전에 대해서는 조금 미뤄둬도 괜찮아 보였다. 그녀를 찾아 드림랜드까지 온 데다 인형을 깨우기까지 한 준규가 아직 잘 버티고 있으니까 말이다.

연두가 다시 무기로 쓸 만한 걸 찾으러 간 사이, 준규는 최선을 다해서 더미의 발을 묶었다. 찢어진 팔뚝에서 계속해서 피가 흘러 그의 흰 셔츠는 시뻘겋게 물들었다. 출혈량이 많아지면서 그의 입술이 새파랗게 질려가고 있었다.

"강연두! 빨리!"

연두는 쓸 만한 칼을 끝내 찾지 못했다. 대신 갑옷을 입은 인형이 쥐고 있던 창을 억지로 뽑아냈다. 창대를 부러뜨릴 시간조차 없어 짧게 잡고 달려들었다.

더미는 목을 노리고 들어오는 칼날을 쳐 내고, 무릎께를 노리는 창대를 걷어찼다. 동시에 바닥을 구르는 지팡이를 주워 연두의 손목을 후려치고 준규가 있던 자리를 도끼로 쓸어냈다.

산발이 된 갈색 머리카락이 더미의 이마와 목덜미에 덕지덕지 달라붙었다. 잠깐 대치 상태로 들어간 그녀의 등과 어깨에서 무럭무럭 김이 올랐다. 그녀가 까드득 이를 갈았다.

"나도 좀 살자! 살자고!"

준규가 눈을 동그랗게 떴다. 먼저 도끼 들고 덤빈 게 누군데 살자 타령인가. 진짜 강연두가 달래도 망설일 목숨인데, 가짜 따위에게 줄 건 피 한 방울도 없었다.

"제정신이 아닌가 본데. 진짜가 왔으면 가짜는 당연히 없어져야지."

"이……! 강연두! 저 남자! 저 남자가 나한테 사랑을 맹세했다는 거 알아? 큭!"

준규의 칼이 더미의 얼굴 위로 떨어졌다. 더미는 간신히 칼을 받아내고 냅다 준규의 배를 걷어찼다. 조금 전까지라면 절대 맞지 않았을 공격이지만, 준규는 뒤로 세 바퀴나 굴렀다가 겨우 일어섰다. 칼을 놓치지 않은 게 천만다행이었다.

더미는 준규를 잡으러 가는 대신 그를 손가락질하며 고자질했다. 준규가 그 화제를 싫어한다는 걸 깨달았으니, 마땅히 써먹어 줘야 했다.

"살랑살랑 웃음 짓고, 원하는 모습 좀 보여주니까 바로 고백하던데? 이제껏 지켜온 것처럼 앞으로도 지켜주겠다고!"

연두는 더미의 말을 모조리 한귀로 흘렸다. 그녀는 신중하게 창대를 움켜쥐고 거리를 가늠했다. 급한 대로 창을 챙겨왔는데 제대로 쓰질 못해 무게중심 무너진 몽둥이 정도의 역할밖에 하지 못하고 있었다.

준규가 쓰러진 지금, 기회는 한 번뿐이다.

"이 남자는 너한테 그런 모습을 바랐나 봐. 나한테 중요한 건 선배밖에 없어요, 선배를 위해서라면 뭐든지 할 수 있어요, 선배가 최고예요!"

더미는 말을 하면 할수록 점점 더 흥분하는 중이었다. 이제껏 그녀가 준규에게 쏟아부었던 마음이 모조리 헛것이 되었다는 걸 받아들이기가 힘든 듯했다. 준규를 향해 휘두르는 도끼에 감정이 실릴 대로 실려 있었다.

'빌어먹을 인형 주제에……'

준규의 이마에서 땀이 비 오듯 흘러내렸다. 팔뚝을 찢기고도 잘 버텼는데, 슬슬 한계가 오고 있었다. 왼팔에 힘이 들어가지 않아 제대로 칼자루에 힘을 실을 수가 없었다. 결국 그가 할 수 있는 일이라고는 최선을 다해 공격을 흘리는 것뿐이었다.

"그런 주제에, 매이는 건 또 싫어해서! 옆에 있어달라고 하면 기겁을 하지!"

더미가 휘두른 도끼가 준규의 뺨에 생채기를 냈다. 준규는 뺨에 흐르는 피를 닦을 새도 없이 물러서면서도 연두의 동태를 살폈다. 더미의 뒤편에서 연두가 조심스레 발소리를 죽이고 접근하고 있었다. 주의를 끌어야 했다.

"이봐, 가짜."

준규가 입술 한쪽을 삐딱하게 올렸다. 누가 봐도 도발인데, 흥분할 대로 흥분한 더미는 그것만으로도 대단히 감정이 상한 듯 이마에 핏줄이 섰다. 준규는 거기에 재수 없는 말투를 추가했다.

"옆에 있어달라고 하면 기겁을 한다니, 누가? 모함을 받으니 굉장히 기분 나쁜걸. 흉내를 낼 거면 제대로 냈어야지. 가짜가 약속을 강요하는데, 웃차, 어떻게 기뻐할 수 있겠어?"

"웃기는 소리 하지 마. 넌 내가 옆에 있어달라고 하기 전까지 완전히 나한테 넋이 나가 있었어. 내가 그런 거 하나 구분 못하는 머저리로 보여?"

더미가 길게 내려온 머리칼을 쓸어 올렸다. 연두의 버릇 그대로였다. 출렁거리는 갈색 머리칼이 만들어내는 파도에 준규의 시선이 꽂혔다가 겨우 떨어졌다.

"지금도 봐. 넌 껍데기만 같으면 그걸로 된 거야. 내가 계속 그녀의 흉내를 냈으면 넌 지금 내 편이 돼서 진짜와 싸우고 있었을걸?"

"웃기는 소리. 훨씬 전부터 네가 이상하다는 것쯤은 알고 있었어. 내가 저 골칫덩이 녀석과 알고 지낸 시간이 얼만데?"

"아하, 그래서 날 끌어안고 입 맞추며 사랑을 속삭이셨나? 알지 못했던 면이 이렇게나 많았다니 놀랍다며 가슴 설렌다던 게 누구지? 평생 묶어두고 옆에 두고 싶다는 말을 들은 건 내가 아니었나 봐?"

"하……."

준규가 탄식하듯 비웃었다. 그러나 더미는 그 우아한 입술 호선의 끝이 가늘게 떨리는 걸 알아보고 짙은 미소를 지었다. 진짜 연두와 같은 얼굴을 하고 있다는 게 이렇게나 즐거울 줄이야! 연두의 얼굴로 짓는 경멸 어린 표정이 준규의 속을 후벼 파고 있었다.

연두는 그런 더미의 뒤에서 온몸을 긴장시킨 채 뛰쳐나갈 준비를 했다. 다행히 더미의 신경은 온통 준규에게로 쏠려 있었다. 하나, 둘……. 턱을 타고 땀방울이 떨어지고 발가락 끝까지 힘이 실렸다. 이대로 발을 내디디며 창을 내지르면 끝이었다.

바로 그 순간, 미젤이 개입했다. 그는 물 흐르듯 조용히 끼어들이 연두가 쥔 창대의 방향을 바꿨다. 연두의 눈이 찢어질 듯 커지고 준규의 표정에도 눈에 띄는 금이 갔다.

"미……!"

연두는 말을 끝맺지 못했다. 미겔이 창대를 뒤로 밀며 연두의 복부를 가격했기 때문이었다. 그녀는 헉, 소리와 함께 뒤로 나뒹굴었다. 어찌나 교묘하게 때렸는지, 그리 아픈 것 같지도 않은데 숨이 턱 막혀 말을 할 수가 없었다.

준규도 무사하진 못했다. 미겔은 더미의 손에서 지팡이를 뺏어 준규의 가슴을 후려쳤다. 겨우 버티고 있던 준규가 기어이 칼을 떨어뜨렸다. 그는 고통스러워하는 준규의 어깨를 다시 한 번 내려쳐 완전히 쓰러뜨렸다. 공격에 다분히 감정이 실려 있었다.

부지불식간에 지팡이를 빼앗긴 더미가 눈을 동그랗게 떴다. 난데없는 개입이 당혹스럽기도 하거니와, 그가 자신의 편을 든 것이 몹시 놀라웠다.

"너, 진짜와 친밀한 관계 아니었어? 그래 보였는데."

"날 뿌리치고 달려 나가기 전까지는 그랬지. 뭐, 나름의 동지의식이라고 생각해도 좋아."

미겔이 눈을 접으며 웃었다. 아름다운 금빛 눈동자가 조명을 반사하며 반짝, 빛을 냈다. 붉은 입술이 우아한 호선을 그렸다.

"듣고 있자니 너무 흥미로워서 말이야. 저 남자가, 너에게 사랑을 맹세했다고?"

바닥을 나뒹굴던 연두가 몸을 세웠다. 어떻게든 말을 하려는데, 미겔이 흘끗 그녀에게 시선을 주었다. 그리고 다시 한 번 그녀의 복부를 쳤다. 연두는 마치 무대 위의 배우처럼 희극적으로 바닥에 엎어졌다.

그 광경이 우스운지, 더미가 킬킬 소리 내어 웃었다. 미겔은 연두와 똑같이 생긴 얼굴이 너무나 다른 표정을 짓는 걸 흥미롭게 관찰했다.

"그래, 준규 선배는 내게 사랑을 맹세했어. 자기 인생에 여자는 나 하나뿐이라면서."

"이것 참. 그야말로 '오딜' 같은데."

"오딜?"

"성인식을 치르고 숲으로 사냥을 나간 지그프리드 왕자는 숲속의 호수에서 신비로운 존재를 만나. 해가 지면 백조에서 인간의 모습으로 변하는 아름다운 공주, 오데트를. 그는 오데트에게 사랑의 맹세를 하고 다음 날에 있을 무도회에서 결혼을 발표하기로 약속하지."

바닥에 떨어진 칼을 향해 손을 뻗던 준규가 미겔의 지팡이에 손목을 얻어맞고 신음을 흘렸다. 더미가 그런 준규의 손목을 짓밟으며 히죽히죽 웃었다.

"나 그 다음 알아. 악마의 딸, 흑조 오딜이 무도회에 백조의 모습을 하고 나타나 왕자에게서 영원한 사랑의 맹세를 받아내는 거지?"

"그렇지. 연두와 같은 얼굴로 사랑의 맹세를 받았다는 말을 들으니까 딱 오딜이 떠오르던데."

백조에게서 왕자의 마음을 훔쳐 내고 사랑의 맹세를 받아낸 흑조. 그녀는 맹세를 받아내자마자 본모습을 드러내 왕자를 절망에 빠지게 한 뒤, 그를 비웃으며 훌쩍 떠나가 버렸다.

더미는 오딜이라는 인물이 매우 마음에 들었다. 자신의 처지와 놀랍도록 닮아 있는 여자이지 않은가 말이다. 준규를 죽이고 자신의 이름을 짓게 되면, 오딜이라고 지어볼까.

"오딜이라는 이름, 너에게 딱 어울리는 이름인데. 어때?"

"뭐?"

속내를 들킨 것만 같아 당황한 더미를 향해 미겔이 매혹적인 미소를 지었다.

"내가 널 오딜이라고 부르고 싶다고. 싫어?"

"……아니. 마음에 드는 이름이야."

"역시 그렇지? 잘 부탁해, 오딜."

미겔이 오딜의 손을 붙잡아 그녀의 손등에 입 맞췄다. 어딘지 과장되어 보일 정도로 정중한 태도였다. 그는 자신이 입 맞춘 손을 사랑스럽다는 듯 쓰다듬고 한 걸음 뒤로 물러섰다.

"복수는 자신의 손으로 했을 때 제일 짜릿한 법이니까."

"뭘 좀 아는 남자인데? 마음에 들어."

오딜은 도끼를 움켜쥐고 자세를 잡았다. 무기가 없어도 준규의 눈빛은 아직 죽지 않았지만, 그렇기에 더욱 짜릿했다. 다 죽어가는 짐승을 잡는 것보다는 팔팔하게 날뛰는 짐승을 사냥하는 쪽이 훨씬 재미있으니까.

기절한 것처럼 바닥에 쓰러져 있던 연두가 슬그머니 미겔의 옷자락을 잡아당겼다. 오딜의 귀에 들어갈까 소리는 못 내도 손짓만은 절박하지 그지없었다.

쉿.

미겔은 입술에 손가락을 올리고 조용히 하라는 신호를 보냈다. 그러면서 슬그머니 잡힌 옷자락을 빼내니, 연두의 얼굴에는 짧은 순간에 오만가지 생각이 다 스쳐 지나갔다. 파르라니 질린 낯빛으로 준규와 오딜을 번갈아 바라보던 그녀는, 결국 입술을 깨물고 침묵하길 선택했다. 미겔은 다시 바닥에 엎드리는 그녀에게 슬쩍 창대를 굴려 보냈다.

한편 오딜의 신경은 온통 준규에게로 쏠려 있었다. 정확히는, 그의 목에. 얼마 전까지 사랑스럽게 쓰다듬고 입을 맞추던 저곳에 도끼를 찍어버리면, 새빨간 피가 샘처럼 솟아나겠지. 감당하기 힘든 흥분이 그녀를 휘감았다.

"가만히 있어. 괜히 움직이다가 빗나가면 훨씬 고통스러운 결말을 맞이하게 될 테니까."

긴장 때문인지, 아니면 흥분 때문인지 손바닥에 자꾸만 땀이 났다. 오딜은 바지에 손바닥을 비벼 땀을 닦아냈다. 그리고 도끼를 다시 야무지게 움켜쥐고 한 걸음 내디뎠다.

그때, 미겔이 오딜을 불렀다.

"오딜!"

"왜?"

왜 하필 이때, 이 중요한 순간에 부르는가. 오딜은 짜증스러움을 숨기지 않고 뒤를 돌아보았다. 그 순간에 맞춰 미겔이 발을 굴렀다.

쿵, 소리가 인형의 집을 채우고 물결처럼 출렁거렸다.

오딜은 자신의 눈앞에 펼쳐진 광경에 당혹했다. 금박 입혀 장식한 가구도, 벽면을 가득 메운 그림도, 구겨진 옷을 입은 인형도 없었다. 완전히 다른 공간이 펼쳐져 있었다.

아득해질 정도로 드넓은 하늘은 황홀한 자줏빛으로 물들어 빛나고, 모래 섞인 바람은 뺨을 스치며 지나갔다. 낮 동안 작렬한 태양에 데워진 공기가 코와 입으로 밀려들었다.

'이게 무슨……!'

오딜은 미겔을 부르려고 했다. 하지만 곧 깨닫고 말았다. 그녀는 미겔의 이름을 몰랐다. 이름도 모르는 것을 부를 수는 없었다. 그녀의 안에는 많은 말들이 있었지만 그중 어느 것도 소리가 되어 나오지 못했다. 뭍에 내팽개쳐진 물고기처럼 입을 뻐끔거릴 뿐이 있다. 마치 빙어리라도 된 것 같았다.

갑자기 발밑이 푹 꺼졌다. 잡을 것 없는 오딜은 그대로 앞으로 넘어져 버렸다. 까끌까끌한 모래가 옷 속으로 마구 파고들었다. 벌떡 일어나려 했지만 자꾸만 발이 꼬여 모래 속으로 처박혔다. 쥐고 있던 도끼는 놓친 지 오래였다.

오딜이 절망과 혼란 속으로 까무룩 빠져드는 순간, 마지막 비명이라도 지르는 것처럼 하늘을 붉게 물들이는 해를 등에 지고 푸른 베일을 쓴 여자가 나타났다.

푸른 베일 아래에서 물결치는 머리카락과 얼굴에서 유일하게 드러난 눈동자는 깊은 밤과 같은 검은색, 반지르르 윤나는 피부는 가장 달콤한 꿀과 같은 황금색. 짙은 속눈썹은 비밀스러운 침실의 커튼 같고 오똑한 코는 바람이 깎은 모래 언덕의 능선 같다.

여자가 오딜을 향해 걸어왔다. 베일에 매달린 금속 장신구들이 서로 부딪쳐 짤랑거리는 소리를 냈다. 오딜의 바로 앞까지 온 그녀가 무릎을 꿇고 오딜과 눈을 맞췄다. 오딜은 홀리기라도 한 듯 그녀에게서 시선을 떼지 못했다.

"……당신의 이름은?"

깊은 계곡의 물소리, 바람에 몸을 비비는 나뭇잎 소리, 한여름 밤의 하늘을 운행하는 별들의 수런거림보다 더 황홀한 목소리였다. 오딜의 눈이 몽롱하게 흐려졌다. 꽉 틀어 막혔던 목이 트였다.

"오딜……."

"오딜."

여자가 오딜을 향해 손을 내밀었다. 그녀의 팔목엔 흰 사슴이
사는 장신구가 감겨 있었고, 내뻗은 손가락은 꽃송이가 매달린
꽃줄기처럼 아름다웠다.

오딜은 머뭇거리면서도 여자의 손을 잡았다. 약간 차가운 체온
이 오딜을 훅 끌어당겨 일으켜 세웠다. 여자는 가느다래 보이면서
도 놀랍도록 힘이 셌다.

여자가 어느 곳을 가리켰다. 오딜은 그녀의 손가락이 가리키는
대로 시선을 옮겼다. 멀지 않은 곳에, 사막과 어울리지 않는 초록
빛으로 가득 찬 도시가 있었다. 높이 솟은 성벽 위로 초록색 잎
사귀가 가득했다. 귀를 기울이자 쏟아지는 물소리가 들리는 것도
같았다.

"같이 가요."

꽃줄기 같은 손가락이 오딜의 손가락에 깍지를 꼈다. 여자는
오딜을 끌고 걷기 시작했다. 발이 푹푹 빠지는 모래바닥도, 해가
지면서 급격히 차가워지는 바람도 여자에게는 별 상관이 없는 것
같았다.

여자에게 끌려 서너 걸음쯤 걸은 뒤에는 오딜도 정신이 들었
다. 그녀는 비명을 지르며 손을 빼려고 발악했지만, 단단한 기계
에 잡힌 것처럼 손이 빠지질 않았다. 어떻게든 버티려 해도 모래
바닥이었다. 오딜은 속절없이 여자에게 끌려갈 수밖에 없었다.

연두는 이 모든 광경을 눈으로 보고 있었다.

미젤의 부름에 오딜이 뒤를 돌아보는 것, 미젤이 발을 구르자
오딜의 발밑에서부터 낯선 풍경이 펼쳐진 것, 눈앞의 사람들도 못
알아보는 듯 허우적대는 오딜의 곁에 베일을 쓴 여자가 나타난

것, 여자가 발버둥치는 오딜을 끌고 멀리 사라지는 것까지.

그건 마치 시대를 앞서 찾아온 가상현실 속에 내던져진 것만 같은 경험이었다. 모든 것이 현실인 양 생생하면서도 기이한 유리감이 느껴졌다. 오딜의 비명과 몸부림은 연두에게 닿지 못하고 사그라졌다.

멍하니 주저앉아 오딜이 끌려간 성을 바라보고 있던 연두의 어깨에 따뜻한 체온이 닿았다. 연두는 퍼뜩 정신을 차렸다.

아, 이건 현실이 아니지. 난 인형의 집에 있지.

자각과 함께 세계가 무너졌다. 검푸르게 물들어가는 하늘, 높이 치솟은 성벽, 매혹적인 모래언덕 모두가 퍼즐 조각처럼 조각나 쏟아져 내렸다. 눈앞이 아득해지는 가운데 짓궂은 미소를 지은 누군가가 연두의 손을 붙들고 끌어당겼다.

"강연두, 숨 쉬어. 정신 차려!"

미겔은 새파랗게 질린 채 영 정신을 차리지 못하는 연두의 등을 몇 번이고 두드렸다. 본래는 오딜에게만 영향을 주도록 문을 열 셈이었는데, 어찌된 일인지 조절을 제대로 하지 못했다. 저 준규 놈이 휩쓸린 거야 알 바 아니지만, 연두까지 휩쓸릴 줄이야.

어쩔 줄 모르고 연두를 살피던 미겔은 목덜미에 서늘하게 닿아오는 예기를 느끼고 손을 멈췄다. 겨우 몸을 추스른 준규가 떨어뜨렸던 칼을 쥐고 미겔의 목에 갖다 댄 것이다. 쓰러진 연두를 흘끗대는 그의 미간은 형편없이 구겨져 있었다.

"너 이 자식……. 뭔 짓을 한 거야."

"뭔 짓을 하긴? 도끼에 목이 떨어질 뻔한 널 구했지. 내가 아니었으면 넌 틀림없이 죽었어."

준규가 이를 악물었다. 미겔이 그의 가슴을 어찌나 제대로 쳤는지, 지금도 말을 할 때마다 가슴께가 아렸다. 연타로 얻어맞은 어깨는 아직도 얼얼하니 감각이 없었다.

"도울 거였으면 그 솜씨로 얌전히 발이나 걸 것이지, 쓸데없는 짓을 했어. 깨끗하게 죽여 없앨 기회였는데."

"와우. 본인이 깨운 인형이면서 미련은 한 톨도 없어 보이네. 정작 본인에게는 꺼내지도 못했던 사랑 고백을 할 정도로 당신이 원하는 이상형을 완벽하게 연기해 줬을 텐데, 너무한 거 아냐?"

일전에 연두도 생각했듯이, 미겔은 사람의 속을 긁는 데 탁월한 재주가 있었다. 목에 칼이 들어왔어도 그 입놀림은 여전하니, 준규는 미겔이 연두를 안고 있다는 것도 잊고 그의 목을 그어버릴 뻔했다.

준규는 있는 힘을 다해 심호흡을 하며 마음을 가라앉혔다. 하지만 미겔이 저 보란 듯이 연두를 안고 등을 두드리는 꼴을 보고 있노라니 불쑥 화가 치솟았다. 자신이 가짜에게 휘둘리며 마녀와 씨름하는 사이 대체 무슨 일이 있었던 거냔 말이다.

'겨우 며칠을 비웠을 뿐인데.'

"가짜 주제에 진짜를 흉내 내는 꼴이 불쾌했을 거라는 생각은 못하나 보지? 하긴, 이따위 재수 없는 놀이공원을 운영하는 놈이니 알 리가 있나."

"이따위 놀이공원을 찾아온 너는 어떻고? 웬만한 집착으로는 근처에도 못 오도록 감춰놓은 걸 기어이 찾아 들어온 건 너야. 심지어 문 닫은 놀이공원에 억지로 침입해서 연두와 똑같이 생긴 인형을 깨웠지. 아, 그 욕망이 너무 투명해서 구역질이 다 나."

미겔의 목에 상처가 났다. 가느다란 핏줄기가 흰 셔츠를 적시며 흘러내렸다.

"이런, 알아듣기도 어려운 개소리를 들어서 그런지 손이 떨렸어. 조금만 더 들었다간 아예 넘어질지도 모르겠는데? 그전에 연두 내려놔. 그 애 보호자는 나야."

"개만도 못한 스토커 새끼가 개소리 비슷한 걸 지껄이네. 보호자? 난 강연두 애인인데, 넌 연두한테 뭐라서 보호자를 자처하지?"

애인. 너무나 당당하게 말하는 미겔의 태도에 준규의 이성이 잠깐 끊어졌다. 감각도 없던 어깨에 힘이 들어가고 손목이 방향을 바꿨다. 그의 머리가 미처 인지하기도 전에 몸이 알아서 팔꿈치를 안으로 당겼다.

"진짜 죽을 뻔했네."

미겔의 투덜거림을 듣고서야 준규의 이성이 돌아왔다. 삐걱대는 어깨가 만들어낸 짧은 순간, 미겔은 준규의 거리에서 벗어나 있었다. 정신을 잃고 늘어진 연두까지 안은 채로 말이다.

쯧. 준규는 치미는 짜증을 감출 생각도 없이 혀를 찼다. 기껏 좁힌 거리였는데 일순간의 충동을 못 참아서 일을 그르쳤다. 하나 거리는 이미 벌어졌고 후회만 하고 있는 건 그의 성미에 맞지 않았다.

만만치 않은 적에게 자세를 가다듬을 틈 따위를 줄 수야 없는 노릇. 준규는 어깨의 통증 따위 무시하고 미겔에게 달려들었다. 은백색 칼날이 미겔을 찢어발길 듯 사나웠다. 상처에서 떨어진 핏방울이 그를 채 따라가지 못하고 바닥으로 떨어졌다.

"이 스토커 새끼가!"

"스토커라니, 말이 심한데."

연두를 안고 있는 미겔은 극히 불리한 위치에 있었다. 손에 무기를 쥘 수도 없고, 반격을 가하기도 쉽지 않았다. 할 수 있는 거라곤 미꾸라지처럼 피하는 것뿐인데, 행여나 연두가 다치기라도 할까 자꾸만 전전긍긍하게 된다.

'알고 이러는 건가?'

미겔의 어깨를 노리던 칼날이, 그가 피할 기색을 보이자마자 더 아래로 내려와 연두의 머리를 향했다. 결국 그는 본래 생각했던 것보다 몇 걸음이나 더 물러나야 했다. 그럼에도 완전히 피하진 못해서, 미겔의 팔에 긴 상처가 났다.

같은 패턴이 계속 반복됐다. 준규는 몇 번이고 연두를 노렸다. 미겔이 연두를 다치게 하지 않을 거라는 걸 잘 알고 있다는 듯 그녀를 미끼로 쓰는 것이다. 뻔히 알면서도 말려들 수밖에 없는 술수라, 미겔의 몸에는 상처가 자꾸만 늘어났다.

"이, 개자식!"

"더 다치기 싫으면 연두를 내려놔."

반면 준규는 점점 더 여유로워졌다. 몸 곳곳에 상처를 입고도 악착같이 연두를 안고 놓지 않는 미겔에게 비웃음과 같은 표정을 지을 수 있을 정도로. 그는 짐짓 부드럽게 얼렀다.

"이쯤에서 포기하면, 이 놀이공원이 대체 어떤 곳인지 조사하는 건은 하지 않겠어."

"거 참, 개소리도 창의적으로 하는데. 드림랜드는 마녀가 만든 놀이공원이야. 아무나 올 수 있는 곳이 아니거든? 조사? 백날 시도해 봐라, 되나."

"아아, 그랬지 참. 여긴 마법이 걸린 곳이었지."

집요하게 따라온 칼날이 미겔의 뺨을 찢었다. 상처에서 떨어진 피가 연두의 얼굴에 투두둑 떨어졌다. 미겔의 턱까지 숨이 차올랐다. 그가 한 걸음 움직일 때마다 발이 있던 자리에 피가 고였다.

"아무나 올 수 없다……. 조건이 있는 모양이지. 어쨌시, 난 그게 뭔지 대충 알 것 같은데."

준규는 매표소에서 보았던 인형을 떠올렸다. 여자와 오입질에 미친놈 같은 그의 친구를 꼭 빼닮은 인형 말이다. 어디 그놈뿐이랴? 소문의 놀이공원에 다녀왔다고 떠들어대던 놈치고 멀쩡한 놈은 한 명도 없었다. 다들 머릿속의 나사가 하나도 아닌 서너 개는 빠진 것 같은 놈들이었다. 준규는 자신도 그들과 다르지 않은 인간이라는 걸 잘 알고 있었다.

"그게 뭐든지 간에 간절히 원하는 것이 있는 사람만 올 수 있겠지. 그것도 일반적인 방법으로는 충족시킬 수 없는 욕망을 가진 자들. 안 그래?"

질문을 했으나 그 대답까지 구한 건 아니었다. 준규는 미겔이 대답할 틈도 주지 않고 그를 몰아붙였다. 휴식은 말을 하며 잠깐 숨을 돌린 걸로 충분했다.

정신없이 물러나던 미겔의 등에 벽이 닿았다. 파티션 역할을 하는 가벽이었다.

뒤는 벽, 앞은 칼.

당황한 미겔이 몸을 부딪쳤지만, 아무리 가벽이래도 그 정도로 무너질 만큼 허술하지는 않았다. 옆으로 피하기도 힘든 게, 양옆에는 인형들이 줄지어 서 있었다. 미겔의 등에서 땀이 줄줄 흘러내렸다.

상황을 파악한 준규가 느긋하게 자세를 잡았다.

"꼼짝도 하지 마. 네가 함부로 움직였다간 어떤 일이 벌어질지 알고 있을 테니."

"미친 새끼! 네놈의 스토킹 때문에 연두가 얼마나 고통스러웠을

지 생각도 안 해봤겠지! 그러니까 보호자 운운 하면서…… 윽!"

미겔의 어깨가 단번에 꿰뚫렸다. 겨우 목을 피했지만 그걸 기뻐할 수도 없는 고통이 밀려들었다. 꽉 깨문 입술이 찢어져 피가 흘렀다.

"피하지 말라니까."

미겔이 뭐라 떠들든, 준규는 관심이 없었다. 그는 목을 꿰뚫지 못한 걸 아쉬워하며 손목을 비틀었다. 단단한 뼈를 긁어내는 느낌이 짜릿했다.

미겔은 고통을 이기지 못하고 벽에 등을 기댄 채 미끄러졌다. 그 탓에 상처가 더욱 크게 벌어지며 흰 가벽에 시뻘건 흔적을 남겼다. 출혈량이 어찌나 많은지, 눈앞이 시커메지고 몸에서 힘이 빠졌다.

악착같이 안고 있던 연두가 미겔의 팔에서 스르르 미끄러졌다. 미겔은 억지로 무릎을 세워 연두를 받쳐 안았다. 가물거리는 시야 속에서 준규의 발이 보였다. 그의 발은 미겔의 피에 젖어 시뻘겠다.

'저 정도 피면……. 문도 열 수 있을 거 같은데.'

번뜩 스쳐 간 생각이었다. 상대는 인형이 아니고, 미겔 본인은 이제 드림랜드의 주인이 아니지만 피는 그만큼 강력한 매개였다. 부작용이야 당연히 있겠지만 지금 그런 걸 따지기엔 상황이 너무 급박했다.

미겔은 피에 젖은 입술을 핥으며 기회를 노렸다. 두 번째는 바랄 수 없으니 한 번의 시도에 성공해야 한다.

준규가 그런 미겔의 속내를 알 리가 없다. 그는 느긋하게 칼에 묻은 피를 털어내고, 다친 어깨에서부터 흘러내려 손까지 적신 피도 닦았다. 성가시게 반항하던 사냥감은 이제 미동도 없이 조용했다.

찰박······.

웅덩이가 되어 고인 피에 준규가 발을 디뎠다. 피가 사방으로 튀었다. 준규는 흠칫 놀라 걸음을 멈췄다. 살짝 밟은 것치고는 뭔가 이상했다.

과연, 공중에 떠오른 핏방울들이 금빛으로 빛나기 시작했다. 금빛 실타래들은 서로를 이으며 복잡한 문양을 그려냈다. 문양의 가운데에는 준규가 있었다.

'무조건 성공해야 돼.'

미겔은 이를 악물고 문을 열었다. 내장을 쥐어짜는 듯 극심한 고통과 함께 지독한 현기증이 몰려왔다. 속에서 뭔가가 올라온다 싶더니 끝내 입 밖으로 울컥 쏟아졌다. 새로이 토해낸 피가 그의 앞섶을 더럽혔다.

죽은 듯 고개를 숙이고 있던 미겔이 그제야 머리를 들었다. 두 사람의 눈이 마주쳤다.

시퍼런 위기감이 준규를 덮쳤다. 발이 못이라도 박힌 듯 땅에서 떨어지질 않았다. 모두 금빛 문양이 빛나기 시작한 뒤부터였다. 무슨 일이 벌어지고 있는 건지는 모르겠지만, 빨리 죽여 해결해야 할 것 같았다. 그는 다급히 칼자루를 고쳐 쥐었다.

서늘한 칼날이 미겔의 목을 향해 내달렸다. 준규가 온 체중을 다 실어 가하는 일격이었다. 그는 자신이 미겔의 목을 날릴 수 있음을 믿어 의심치 않았다.

그 와중에 미겔의 눈은 핏방울로 그려낸 마법진에만 꽂혀 있었다. 늦으면 죽겠지만, 문을 더 빨리 열기만 하면 자신의 승리였다.

준규의 발 아래로 노란 모래바닥이 모습을 드러냈다.

그 순간, 누군가 새된 목소리로 고함을 질렀다.

"그만!"

미겔의 목을 파고들던 칼날도, 위협적으로 영역을 넓히던 마법진도 그대로 멈춰 섰다. 칼을 내려치던 준규와 마법진을 확인하던 미겔도 마찬가지였다.

스냅사진처럼 멈춘 풍경 가운데로 니니스가 나타났다. 뱃가죽의 구멍은 그럭저럭 아문 상태였으나, 안색은 시체처럼 창백했다. 휘청거리는 니니스를 반트가 재빨리 부축했다. 니니스는 손을 휘저어 반트를 떨쳐 냈다.

"나는 됐으니까, 저 골칫거리들 좀 떼어놔."

반트가 쪼르르 달려가 준규를 번쩍 들어서 마법진의 범위 바깥으로 그를 옮겼다. 칼자루를 단단히 움켜쥔 손가락을 억지로 펴고 칼을 빼앗아 멀리 버린 뒤, 번쩍번쩍 빛을 내고 있는 마법진을 밟아 깨뜨렸다.

그리고 아직까지 눈을 감고 있는 연두의 어깨를 붙들고 흔들었다.

「아가씨, 일어나. 아가씨!」

이제껏 미동도 없이 닫혀 있던 눈꺼풀이 바르르 떨렸다. 핏기 없던 뺨에 붉은 물이 들고 굳게 다물렸던 입술 사이로 긴 한숨이 새어 나왔다. 힘없이 늘어져 있던 손이 이마를 짚으며 두통을 호소했다.

"반트…… . 그만 흔들어. 멀미 나."

샹들리에의 조명은 무자비할 정도로 폭력적이었다. 연두는 있는 대로 미간을 찌푸리고서야 겨우 눈을 떴다. 눈을 뜨자마자 피에 젖은 미겔의 얼굴이 가장 먼저 보였다.

연두는 미겔의 턱과 뺨에 묻은 피를 꾸역꾸역 닦아냈다. 풍성한 소맷자락이 금세 벌겋게 물들었다. 대강 얼굴을 닦은 뒤에는 목과 팔, 가슴 등 여기저기 다친 곳들을 살폈다. 상처를 눈으로 확인할 때마다 그녀의 얼굴이 무섭도록 굳어졌다.

연두가 힘들 때마다 편안히 기대던 몸이 온통 상처투성이였다. 그가 준규에게 연두를 넘겼다면 입지 않았을 상처들이었다.

"고양이라며……. 무슨 고양이가 이래?"

타박하는 연두의 눈가가 붉었다. 다 살펴보고 나서는 옷을 여며주려 했다. 하지만 희고 깨끗하던 셔츠는 피에 젖은 데다 곳곳이 찢어져 옷의 기능을 제대로 하지 못했다.

구멍 사이로 보이는 상처를 노려보던 연두가 문득 이를 갈았다. 그녀가 그렇게 정성 들여 돌보았던 몸인데 꼴이 이게 뭔가. 수아나의 방에서 쓰러져 꼼짝도 못하는 걸 발견했을 때에도 이렇게 화가 나진 않았다.

연두는 미겔의 목에 팔을 걸고 몸을 일으켰다. 후들거리는 다리로 그의 품에서 벗어나 어깨를 짚고 섰다. 그것만으로도 어찌나 힘든지 입에서 단내가 났다.

"반트."

「으, 응?」

"준규 선배 못 움직이게 가서 잡고 있어."

반트는 얼른 연두의 명령에 따르지 않고 주춤주춤 니니스의 눈치를 보았다. 심기불편한 표정의 니니스가 반트를 노려보고 있었다. 그러나 반트의 사정은 연두에게 하등 고려할 것이 못 되었다.

"인간의 약속은 믿을 게 못된다더니, 반대의 경우도 만만치 않은데 그래?"

「아니, 그게 아니라…….」

"변명 같은 건 꺼내지도 마. 네가 날 문 너머로 밀었던 걸 생각하면 이만큼 참고 있는 내가 대단하게 느껴질 정도니까!"

연두가 벌컥 짜증을 냈다. 그러자 인형의 집 전부가 그녀의 기분에 반응해 콰르르 흔들리지 뭐냐. 결국 반트는 니니스의 눈총을 감수하고 준규의 허리를 끌어안고 매달렸다. 그 꼴을 보고 있던 니니스가 어이없어 하는 웃음을 지었다.

"주인 노릇하는 법 가르친 지 한 시간도 안 됐는데."

"나는 본래 뭐든 빨리 배워요. 빌어먹을, 몸에 힘이 하나도 안 들어가."

"좀 참아. 아직 적응이 덜 돼서 그런 거니까. 시간이 해결해 줄……. 윽, 안 되겠다. 더는 못 버티겠어."

"니니스!"

니니스가 배를 움켜쥐고 그 자리에 주저앉았다. 그리고 멈춰 있던 시간이 흐르기 시작했다.

준규는 비어 있는 제 손과, 허리에 매달린 반트를 보고 당황했고, 미젤은 멀어진 준규와 사라진 마법진에 헛웃음을 흘렸다. 미젤이 자신의 어깨를 짚은 손을 쥐고 손등에 입을 맞췄다.

"걱정했어."

"미안. 니니스에게 잡혀 있었어."

"니니스에게? 설마, 문 여는 거에 휘말렸던 게 그 마녀가 저지른 짓이었어?"

"흥분하지 마. 상처 벌어져. 드림랜드의 주인으로서 이곳에 새겨진 마법들을 다루는 방법을 배웠으니까, 아주 헛것인 시간은 아니었어."

뿔 달린 다람쥐, 꼬리 셋 달린 고양이……. 연두에게만 보이던 환각들은 사실 드림랜드에 새겨져 있던 마법이었단다. 새로운 주인이 나타나자 나름 인사를 하겠다고 뛰쳐나온 거였다고. 그녀가 드림랜드의 주인이 된 이상 피할 수 없는 일이었다. 환각을 보며 불안하다고, 뭔가 알 수 없는 것이 인생을 침범하고 있다고 느꼈던 것이 진실에 기초한 불길한 예감이었을 줄이야.

연두는 씁쓸한 미소를 지으며 미겔의 머리칼을 쓸었다. 부드러운 머리카락이 그녀의 손바닥 아래에서 흐트러졌다.

"좀 더 빨리 왔어야 하는데……. 너 나 모르는 사이 니니스에게 뭔 짓이라도 했어? 니니스가 아주 이를 갈던데. 아슬아슬한 순간까지 놓아주질 않아서 미치는 줄 알았어."

"……으음."

짚이는 게 있는 미겔은 괜히 딴청을 부렸다. 거하게 속은 게 억울해서, 당신도 좀 애타보라고 그런 태도를 취했다. 마녀를 상대로 우위를 차지할 수 있는 기회는 그리 자주 오는 게 아니었으니까.

"누가 마녀 아니랄까 봐 좀스럽게 굴었나 보지."

"네 목이 날아가기 직전까지 날 붙들고 있던 거 보면 보통 원한이 아닌데?"

"마녀들이 본래 속이 좀 좁아."

서 있을 기운은 물론이고 말할 기운도 없는 니니스는 주저앉은 채 미간을 모았다. 듣는 마녀가 옆에 있는데 입에 침도 안 바르고 거짓말이라니.

'저 녀석이……. 내가 얼마나 잘해줬는데!'

그러나 연두에게 온 정신이 팔린 미겔은 니니스가 근처에 있단

것도 모른 채 열심히 마이너스 평점을 적립했다.

"그런데, 다 보고 있었어?"

"응, 꼭 TV 보는 거 같았어. 내 몸 챙기느라 고생 많았어. 고마워."

연두가 미젤의 이마에 입을 맞췄다. 그리고 흰 가벽에 처참하게 그려진 핏자국을 다시금 확인했다. 니니스와 함께 멀찍이서 바라볼 때는 몰랐는데, 이렇게 눈앞에서 확인하니 미젤의 부상이 얼마나 큰 건지 실감이 났다. 잔뜩 열이 올라 있던 머리가 차갑게 식었다.

"상처는 어떻게 치료해? 병원에는 갈 수 있어?"

"한국은 주민 통제가 워낙 잘 되어 있어서 병원은 좀……. 니니스가 도와준다면 당장이라도 나을 수 있겠지만, 알다시피 워낙 좀스러워야지."

연두가 니니스를 향해 고개를 돌렸다. 니니스는 들으란 듯 코웃음을 쳤다. 그러나 연두는 걱정하지 않았다. 입으로는 싫다, 짜증난다 하면서도 끊임없이 미젤을 걱정하던 그녀이니, 분명 조치를 해줄 것이다.

한편 준규는 허리를 붙들고 늘어지는 반트와 악전고투를 벌이고 있었다. 사랑스러운 소년의 얼굴을 한 인형은 몹시 힘이 세고 집요했다. 어린애는 때리지 않는다는 원칙을 가진 준규였지만, 깨어난 연두가 눈앞에 있는데 한 걸음 떼기도 어려울 지경에 이르자 인내의 한계를 느끼고 말았다.

"너, 인형이지?"

「……」

"인형이면 굳이 망설일 이유도 없겠네."

반트는 오싹한 한기를 느끼고 다급히 손을 풀었다. 그러나 너무 늦었다. 겨우 한 번 온 힘을 다해 쳤을 뿐인데, 소년의 목은 허무할 정도로 쉽게 부러졌다.

준규는 축 늘어진 반트를 내던지고 연두의 앞에 섰다. 힘이 빠져 앉아 있기만 하는 니니스나 큰 상처를 입고 꼼짝도 못 하는 미겔은 그의 눈에 들어오지도 않았다. 주변 풍경과 인물들은 전부 지우개로 마구 문지른 것처럼 뿌옇게 지워지고 오로지 강연두만 보였다. 온통 흐릿한 세상에서 그녀 혼자만 뚜렷하게 도드라졌다. 대체 왜 가짜 따위에게 홀렸었는지 이해가 가지 않을 정도의 차이였다.

언제나 그랬다. 수면 아래에서 발버둥치는 발을 숨길 생각도 않는 여자의 절박함은 준규를 매혹시켰다. 당장 물에 빠져 죽어도 이상하지 않은 상황에서도 끝끝내 머리를 내미는 악착같은 생명력은 경이로울 정도였다.

때때로 연두는 그 죽일 놈의 호기심에 휘둘리며 준규의 속을 태우곤 했다. 그러나 일을 끝낸 연두는 항상 그의 품으로 돌아왔으니, 그가 바로 그녀에게 남은 유일한 쉼터였기 때문이었다.

준규는 이번에도 다르지 않으리라 여겼다. 연두가 무슨 일을 겪었든, 누구를 만났든, 그녀가 마지막에 머무를 곳은 자신의 옆일 거라고. 그렇기에 그는 자신만만하게 웃었다.

"강연두, 이번 외출은 왜 이렇게 파란만장해? 찾느라 힘들어 죽는 줄 알았네. 밥 한 끼로는 턱도 없을 줄 알아."

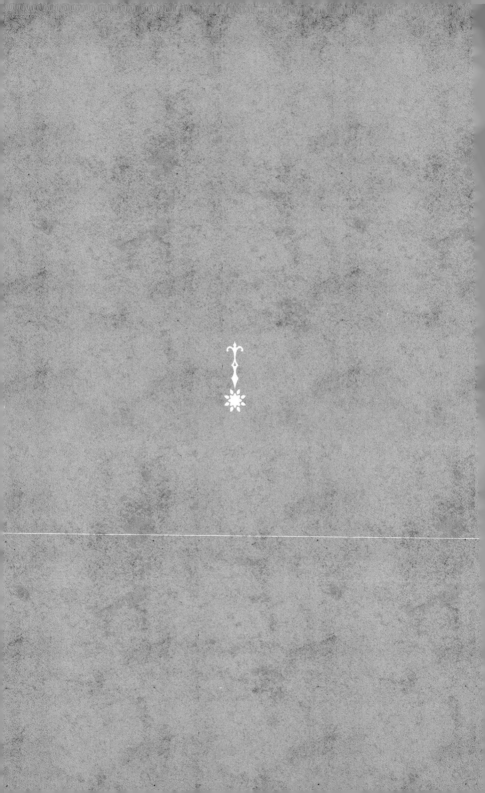

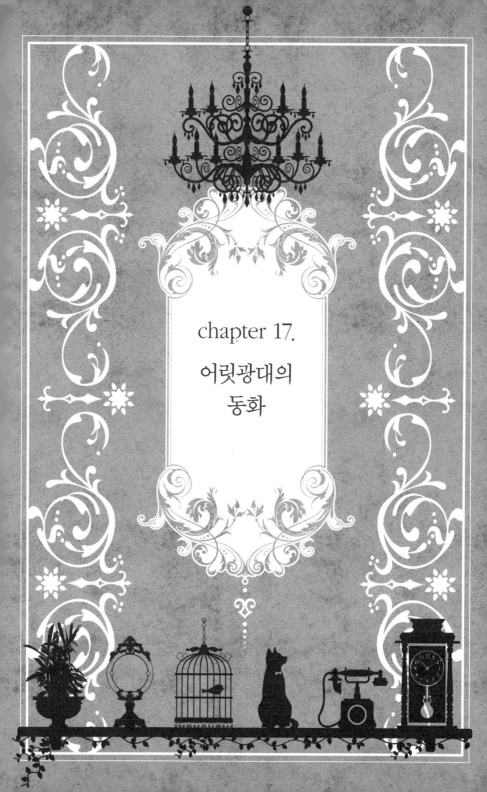

chapter 17.

어릿광대의
동화

연두는 자신의 앞에 불쑥 내밀어진 손을 물끄러미 바라보았다. 힘들고 외로울 때면 당연한 것처럼 곁을 지켜주던, 혼자 감당하기 버거운 일이 닥칠 때엔 돕기를 주저하지 않던 손. 그 손을 잡아서 나쁜 일이 일어났던 적은 한 번도 없었다. 모두가 멀어지는 가운데 떠나가지 않는 것만으로도 감사했다.

때문에 연두는 준규가 자신의 편이라는 것을 의심한 적이 없었다. 준규와 쌓은 시간이 어찌나 긴지, 그를 의심한다는 생각을 하는 것만으로도 가슴이 선뜩해졌다. 그러나 미겔을 잡겠다고 자신에게 칼을 들이대는 걸 보는 순간, 남아 있던 미련은 햇살을 맞은 아침 안개처럼 사라지고 말았다.

연두는 미겔의 곁에 바짝 붙어 섰다. 준규가 미간을 찌푸리는 가운데 미겔이 그를 놀리듯 비죽 웃으며 연두의 다리에 머리를 기댔다.

"선배가 미겔과 싸우는 거 다 봤어요. 날 미끼로 쓰더군요. 덕분에 머리가 아주 맑아졌어요. 선배가 내,"

"강연두, 이상한 말 하지 말고 이리와."

"……선배가 내 스토커죠?"

"강연두!"

준규가 다급히 손을 뻗었다. 연두의 손을 잡아채려는 시도였으나, 연두는 그의 발목을 걷어차는 걸로 대답을 대신했다. 생각지도 못하게 기습을 당한 준규가 발목을 잡고 신음했다.

"넌 대체……. 무슨 소릴 하는 거야. 그 지긋지긋한 스토커한테 같이 시달리고 있던 사람이 누구였는지 잊었어?"

"그래서 의심을 못했죠. 어쩜, 그렇게 시달리면서도 나한테 관심을 끄질 않아서 고맙다고만 생각했죠. 와, 생각해 보니까 나 진짜 멍청했네. 주변 사람 다 떨어져 나가고 딱 한 명 남았으면 그 사람부터 의심했어야 하는 건데. 내가 대체 왜 그랬지?"

연두가 새삼 깨달았다는 듯 고개를 갸웃거렸다. 준규는 이를 악물고 자세를 바로잡았다. 미겔이 짓는 눈웃음이 지독히 거슬렸다.

"멍청한 소리는 지금 하고 있잖아. 스토커에 시달리는 후배가 안쓰러워 챙겨줬더니, 이젠 날 스토커로 모는군."

"……."

"강연두."

준규는 연두에게서 이런 의심을 산 적이 없었다. 그는 연두에게 남은 단 하나의 인연이었고, 절대 놓칠 수 없는 사람이었다. 이게 다 연두의 곁에 있는 낯선 남자의 꼬임 때문일 게다. 미겔을 향한 그의 적대감이 더욱 높아졌다.

"네가 어떤 일을 당했는지는 모르겠는데, 아무리 급한 상황이라도 낯선 사람 함부로 믿고 그러면 안 돼. 일단 이 웃기는 곳에서 탈출하고 나서 얘기하자. 너 좋아하는 커피 한잔하고 나면 정신이 좀 들 거야."

연두는 기묘한 위화감을 느꼈다. 그녀는 동화 속에서 사 년이 넘는 시간을 보냈다. 파르만 저택의 하녀로 일 년 이상, 왕자비의 시녀로 이 년, 왕궁을 뛰쳐나온 후 일 년. 그런데 준규는 마치 지난주에 만났던 사람처럼 굴고 있었다.

"그러고 나면 여행이라도 좀 다녀오는 게 어때. 마침 휴가도 길잖아? 우리 회사 소유 펜션을 예약해 줄 테니까, 며칠 쉬어."

"니니스!"

더는 들어줄 수가 없다. 연두는 구석에 기대어 앉은 니니스를 홱 돌아보았다. 해명이 필요했다. 니니스는 이제 겉가죽만은 깨끗한 배를 움켜쥐고 비실비실 웃고 있었다. 잠깐 앉아 쉬었다고 안색이 좀 낫다.

"뭘 그렇게 놀라? 내가 이 드림랜드에 들인 공과 시간이 얼만데 그렇게 단순한 마법을 걸었겠니? 지금 내가 바깥이 아니라 안에 있어서 확신할 수는 없지만……. 네가 들어간 날로부터 닷새는 지났으려나 모르겠다."

어마어마한 충격이 연두를 휩쓸었다. 그녀는 풀어 헤쳐져 사방으로 흩날리는 머리카락을 움켜쥐었다. 짚이는 게 너무 많아서 머리가 어지러웠다.

어쩐지, 머리카락이 빨리 자란다 했다. 어쩐지, 손이 빨리 아문다 했다. 어쩐지, 만나는 사람들마다 얼굴이 변하지 않는다고 했다. 어쩐지, 생리를 안 한다 했다. 어쩐지, 어쩐지, 어쩐지!

"그런 얘기를, 왜 이제야!"

"하여간 니니스, 제정신이 아니야……."

미켈도 기가 막히긴 마찬가지였다. 그는 다시 피가 솟는 어깨를 누르며 창백한 낯으로 웃었다. 세계를 창조하고 시간마저 비트는 마법이라니, 스케일 참 크다. 어깨 너머 배운 마법으로 잔재주나 부리는 자신은 꿈도 꾸지 못할 수준이었다.

그러나 준규가 이들의 충격을 이해할 수 있을 리 없다. 그의 눈에 보이는 연두는 지난주에 보았던 연두와 조금도 변하지 않았으니까. 좀 특이한 옷을 입었고 자신에게는 보인 적 없는 표정을 짓고 있긴 해도 말이다.

"강연두, 왜 그래? 휴가 끝났을까 봐 걱정이라도 했어?"

갑자기 니니스가 눈을 크게 떴다. 아까부터 계속 긴가민가하긴 했는데, 저 다정하고 조심스러운 목소리를 들으니 떠오르는 기억이 있었다.

"아, 기억났다."

"또 뭐가 있는데요!"

"연두 씨 당신 말고. 어이, 이봐. 준규 씨. 우리 만난 적 있었잖아. 나 기억 안 나?"

준규가 미간을 찌푸렸다. 니니스는 한 번이라도 마주쳤다간 잊기 힘들 정도로 인상적인 여자였다. 차림이나 화장보다도 특유의 분위기가 있었다. 보는 사람의 시선을 사로잡는 분위기 말이다.

"생전 처음 보는데."

"아니야, 확실히 만났었어. 그때 당신이 나한테 말도 걸었다구. '이런 밤엔 조심해서 다니셔야죠. 게다가 여자분이신데.'"

기억이 날 듯 말 듯 아슬아슬했다. 준규는 좀체 떠오르지 않는 기억을 뒤지며 나직이 혀를 찼다. 저 미친 마녀를 얼마나 더 상대해 줘야 하는 건지. 연두가 눈앞에 있는 것만 아니었으면 진즉에 목을 날렸을 테다.

니니스는 준규의 시선이 자꾸 멀리 떨어진 칼에 가 닿는 것을 보았다. 과연 드림랜드의 손님다운 태도였다. 연두도 그를 못 봤을 리 없는데, 아직까지 머뭇거림이 남아 있는 걸 보면 준규와 나눈 인연의 깊이가 매우 깊은 모양이었다.

'흥, 아무리 매너 좋은 척을 해봐야 손님이지. 장작은 다 쌓았으니, 이제 부채질을 좀 해볼까.'

공을 들일 대로 들인 마법이었다. 수확이 코앞인데 망쳤다가는 억울하고 분해서 잠도 못잘 것이다. 니니스는 바짝 마른 입술을 핥으며 삐죽 미소를 지었다.

"어떻게 그걸 기억 못하지? 내가 연두 씨 집에 가서 시간을 훔쳐 오는 길에 만났었는데 말이야. 당신, 그때 연두 씨 집에 가는 거였잖아?"

준규가 눈을 크게 떴다. 기억나는 게 있었다. 연두가 화장대에 남겼을 행선지를 찾으러 가던 날, 가파른 달동네 언덕길에서 어깨를 부딪친 여자. 지나치자마자 뒤를 돌아보았지만 흔적도 남지 않고 사라져 괜히 소름이 돋았었다. 그는 무심결에 신음을 흘렸다.

"그때 그……."

"그래, 그게 나야. 당신은 내가 시간을 훔친 결과물을 눈으로 봤겠지? 감상은?"

"이상하게 먼지가 많더라니……."

시간을 훔쳤다니 그만큼 괴상한 말도 없을 테지만, 그때 연두의 방 꼴은 그 말에 고개를 끄덕이게 할 정도로 이상했다. 마치

한 달 이상 집을 비운 것처럼 먼지가 쌓인 집 안, 말라붙은 양변기의 물, 녹물이 쏟아지는 상수도.

그리고 준규의 끄덕임은 연두가 아슬아슬하게 붙들고 있던 이성을 툭, 끊어버리기에 충분했다. 먼지가 많다니, 그걸 준규가 어찌 아는가? 그에게 집 주소는 가르쳐 줬어도 열쇠를 주지는 않았는데.

깨닫고도 외면했던 진실이 연두를 덮쳤다. 스토커라 비난하면서도 아니길 바랐건만, 말실수를 깨닫지도 못한 준규의 모습이 고통스러웠다. 차갑게 식었던 머리가 다시 뜨거워졌다.

"하, 하하하……. 내가 뭘 바라고. 선배, 내 집엔 왜 들어갔어요?"

"너 어디 갈 땐 화장대에 행선지 써놓고 다니잖아. 갑자기 소식이 끊겼는데 그럼 걱정을 안 하고 배겨?"

"한 달 내내 연락 안 할 때도 있었어요. 한 달이 뭐야. 바쁠 땐 두 달, 세 달도 연락 안 했는데 그땐 왜 안 찾아오셨어요? 아하, 그땐 사진 찍고 소식 알려주는 사람이 있어서 급하게 올 필요가 없으셨구나?"

준규는 보기 드물게 당황했다. 그는 연두에게서 이런 식의 비난과 비아냥거림을 들어본 적이 없었다. 지금의 연두는 굉장히 단호했고, 그가 무슨 말을 하든지 들을 기미가 보이지 않았다.

"안 되겠다. 일단 나가서 얘기하자."

"아뇨! 필요 없어요!"

연두가 준규의 손을 거세게 쳐 냈다. 인형의 집 전체가 그녀의 감정에 반응해 와르르 떨리기 시작했다. 천장에 매달린 샹들리에가 떨어질 것처럼 휘청대고 바닥이 울렁거렸다. 벽에 매달린 장식폼들이 떨어지며 산산이 부서졌다.

그 순간, 준규의 머릿속에는 딱 두 글자만 남았다.

지진.

'여진인가? 아니면, 아까가 전조고 지금이 본진?'

준규가 이런 판단을 내릴 정도로 흔들림의 규모는 심상치 않았다. 그는 이제껏 고수하고 있던 신사적인 태도를 죄다 내버렸다. 적절하게 유지하고 있던 거리를 단번에 깨고 접근해 연두의 손목을 낚아챘다.

"이리 와! 위험하잖아!"

연두는 팔을 당겨 균형을 무너뜨리려 했지만, 힘의 차이가 현격했다. 그녀는 다음 방법으로 그의 배를 향해 무릎을 쳐올렸다.

"강연두!"

슬프게도 연두는 맨손 격투에 재주가 없었고, 준규는 그녀의 스승이었다. 시도는 무위로 돌아갔다. 그러나 준규의 화를 부추기는 데에는 충분하고도 남았다.

"당장 나가야 하는데 뭐 하는 짓이야. 조금 전에 때린 건 넘어간다 쳐도, 목숨이 왔다 갔다 할 수도 있는 상황에서도 반항하고 싶어? 상황 파악이 안 되면 그냥 닥치고 따라와!"

"상황 파악? 아주 잘 하고 있지! 빌어먹을 스토커에게 끌려가느니 여기서 죽겠어!"

"젠장, 그놈의 스토커 소리!"

"스토커를 스토커라고 하는데 왜 화를 내?"

작은 샹들리에가 바닥에 떨어졌다. 섬세하게 세공한 촛대가 죄다 우그러들고, 전구는 산산조각이 났다. 준규의 인내심이 빠르게 바닥을 드러냈다.

"내가 너에게 해준 걸 다 알면서 스토커 소리가 나와?"

"뭘! 뭘 해줬는데! 도촬 사진? 쥐 시체? 말 없는 전화? 그게 스토킹이 아니면 뭐가 스토킹이야? 너 때문에 난 친구도 지인도 없어! 다 잃었다고!"

연두의 비명이 이어질수록 진동은 더 심해졌다. 천장 어딘가에서 듣는 것만으로 가슴을 서늘하게 하는 소리가 났고, 돌가루가 부스스 떨어지기까지 했다. 당장 무너져도 이상하지 않을 상태였다. 준규의 불안감이 마구 치솟았다. 마음대로 움직여 주지 않는 연두에 대한 짜증과 분노 역시 마찬가지였다. 연두의 어깨를 움켜쥔 그가 사납게 을렀다.

"강연두 기자! 호진일보 기자님! 그 명함 누구 덕에 팠고 무사히 유지했는지, 정말 몰라? 내가 아니었으면 넌 인턴으로 부려 먹히다가 인생 끝났어! 난 널 보호한 거야!"

"이 개새끼가!"

연두의 얼굴이 새빨갛게 달아올랐다. 사실, 연두는 동료 기자들에게서 종종 비아냥거림을 들었다. 사사건건 데스크와 대립하느라 기사도 못 내는데 어떻게 잘리지도 않고 징계도 없느냐며, 뭐 얼마나 대단한 빽을 뒀는지 모르겠다고들 했다.

그럴 때마다 연두는 나한테 무슨 빽이 있냐고, 정말로 빽이 있으면 개 같은 스토커부터 어떻게 했을 거라고 응수하곤 했다. 한데 지금 준규의 말은 그가 그 빽 노릇을 했다는 거 아닌가.

"강 기자, 매번 안 되는 기사만 써오는 거, 일부러 그러는 거야? 나 엿 먹으라고? 난 강 기자랑은 달라서 말이야, 집에 딸린 식구가 있어요. 입 벌린 제비 새끼 같은 자식새끼들이 있다고!"

매번 예민한 기사를 실어달라 조르는 자신을 나무라는 말 같았던 그 말이, 사실은 빽을 믿고 정의로운 기자 흉내를 내니 재밌느냐는 비아냥거림이라는 걸 이제야 알겠다. 정의감 따위 밥그릇과 바꿔먹었다지만, 그래도 펜으로 먹고 사는 사람이라고 가지고 있던 자부심이 산산이 조각났다.

"찢어 죽일 새끼가! 내 인생에서 꺼져!"

"닥쳐, 강연두! 내가 없으면 네 인생에 남는 게 있기나 할 거 같아?"

"놔! 미겔! 미겔—!"

연두의 비명이 높아졌다. 거대한 샹들리에가 매달린 천장에 쩍, 커다란 금이 갔다. 준규의 어깨에 회색 돌가루가 우수수 떨어졌다.

"죽기 싫으면 지금 당장 피해야 한다니까! 제기랄, 얌전히 있어!"

"컥!"

배를 얻어맞은 연두가 비틀대며 고꾸라졌다. 준규는 꺽꺽대며 괴로워하는 연두를 냅다 들어 어깨에 걸치고 주변을 두리번거렸다. 그가 연두와 입씨름을 한 잠깐 사이, 인형의 집 몰골은 몹시 처참해져 있었다. 마구 뒤엉켜 쓰러진 인형과 소품들이 마치 전쟁터를 연상케 했다.

"빌어먹을! 어디에 숨은 거야?"

준규는 곧 찾던 것을 발견했다. 소품 사이로 마른 나뭇가지 같은 손이 삐죽 튀어나와 있었다. 그에게 탈출을 약속했던 땅요정, 룸펠슈틸츠헨의 손이었다.

"몸도 작은 게 알아서 잘 피해 있을 것이지!"

되도 않는 소리를 지껄이며 손을 홱 잡아당겼다. 한데 이를 어쩌나. 룸펠슈틸츠헨의 팔이 어깨에서 뚝 분리되고 말았지 뭔가. 찢겨진 팔 끄트머리에서 지독한 냄새를 풍기는 썩은 흙이 뚝뚝 떨어졌다.

"이게 무슨……! 큭!"

선뜩한 고통이 준규의 등을 가로질렀다. 얼음처럼 차갑던 고통이 순식간에 뜨겁게 변하며 등을 지졌다. 눈앞이 하얗게 변하고 다리에서 힘이 풀렸다. 그는 오래 버티지 못하고 그 자리에 쓰러졌다.

"웃차."

미겔은 준규가 쓰러지며 바닥에 나동그라지는 연두를 얼른 낚아챘다. 그가 준규가 쓰던 칼을 주워 준규의 등을 가르고 남은 손으로 연두를 안은 것이다. 제법 깊게 파고들었던 칼날에서 피가 뚝뚝 떨어졌다. 그는 연두의 머리카락을 쓸며 다정하게 속삭였다. 눈으로는 바닥에 쓰러진 준규를 사납게 쏘아보고 있을지라도, 목소리만은 솜털처럼 부드럽다.

"이제 괜찮아. 괜찮아."

"우으……."

연두는 미겔의 품에 안겨 겨우 숨을 가다듬었다. 낯익은 향기와 체온이 그녀를 진정시켰다. 그러자 인형의 집을 흔드는 진동도 점차 가라앉았다.

연두는 더듬더듬 미겔의 어깨를 더듬었다. 다급한 나머지 그의 이름을 부르긴 했지만, 이렇게 멀쩡하게 움직일 수 있을 정도로 가벼운 부상이 아니었다. 그런데 피에 젖은 옷 아래로 푹 들어가 있어야 할 상처가 만져지질 않았다.

"상처는, 괜찮아?"

"좀스러운 마녀가 간만에 대범하게 굴었어. 깨끗해."

"저게……."

미겔의 막말을 들은 니니스가 핏자국 남은 가벽 앞에 주저앉아 인상을 썼다. 조금 전까지만 해도 매끈하던 그녀의 배는 상처가 도로 터져 피가 줄줄 흐르고 있었다.

미겔의 상처를 낫게 한 것도 모자라, 연두의 감정에 반응해 날 뛰려는 마법들을 억누르고 다독이느라 미약한 통제력을 바닥까지 긁어 쓴 결과였다. 어찌나 몸을 혹사했는지 눈앞이 빙글빙글 돌았다. 그러나 배은망덕한 미겔은 니니스에게는 고개도 돌리지 않았다. 그는 연두의 어깨를 붙들어 뒤를 돌아보지 못하게 잡은 채로 그녀와 눈을 맞췄다.

"어떡할래?"

바로 알아듣지 못한 연두가 혼란스러운 표정을 지었다. 미겔은 그녀의 눈앞에 칼자루를 흔들며 상황을 상기시켜 주었다. 지금 주도권은 준규가 아니라 연두에게 있었다.

미겔의 마음 같아서는 당장에 목을 치고 싶지만, 본래 복수는 오롯이 피해자의 권리이기에 연두에게 묻는 것이다. 그러나 그녀의 손에 피를 묻게 할 생각은 없어서, 칼자루는 여전히 그의 손에 쥐어져 있었다.

"뒤돌아보지는 말고. 말만 해, 뭐든 원하는 대로 해주지."

연두는 아래를 내려다보았다. 준규가 흘린 피가 바닥을 타고 번지며 그녀의 신발을 더럽히고 있었다. 금방 흘린 피가 풍기는 뜨뜻한 비린내가 코를 자극했다. 준규는 인형도 뭣도 아닌 그냥 인간이니, 내버려 두면 곧 죽을 터이다. 그만큼 어마어마한 출혈량이었다.

"으……."

준규가 흘리는 신음소리가 연두를 자극했다. 심장이 100m 경주라도 마친 것처럼 쿵쿵거렸다. 연두의 숨이 점점 가빠졌다. 그녀는 저도 모르게 미겔이 쥔 칼자루에 손을 올렸다.

'해방될 수 있어.'

어느 놈인지는 몰라도 만나기만 하면 그땐 정말 찢어 죽여 버릴 거라고, 그렇게 다짐하지 않았던가. 마침 조건도 완벽했다. 무력해진 채 처분만 기다리는 스토커, 공권력의 개입을 기대하기는 힘든 장소, 목격자가 아닌 조력자가 되어줄 사람들. 완전범죄를 꿈꾼다면 이만큼 좋은 상황도 없다.

"강…… 연두."

흐릿해진 눈으로 주변을 더듬던 준규가 연두를 불렀다. 힘없는 손이 그녀의 치맛자락을 쥐어 잡아당겼다.

'내가 지금…….'

연두는 흠칫 놀라며 칼자루에서 손을 뗐다. 손바닥이 화끈거렸다.

준규는 어쩔 줄 모르고 손을 모아 쥐는 연두를 보며 키득키득 웃었다. 등을 하얗게 태우는 고통도, 얄미운 사내놈의 시선도 어쩐지 멀게만 느껴졌다. 죽음이 목전에 닥쳤다는 걸 알고 있는데도 이상하게 유쾌했다.

그때쯤, 뿌옇게 흐려지던 시야가 갑자기 밝아졌다. 혼란으로 어지러운 연두의 표정이 보다 뚜렷해졌다. 꽉 메이던 목도 트이고 숨쉬기도 편해졌다. 말도 아주 쉽게 할 수 있을 것 같은 느낌이

들었다. 그는 쥐고 있던 옷자락을 놓고 칼자루를 향해 손짓했다. 연두의 눈동자가 갈 곳을 잃고 흔들렸다.

"복수하고 싶지? 하고 싶으면 해. 반항 안 할 테니까."

"……."

"아직도 부족한가……. 하긴, 지금은 많이 유해졌지만 본래 강연두 고지식한 여자였지. 그럼 이런 건 어때. 내가 해준 밥은 맛있었어?"

연두의 눈이 화등잔만 해졌다. 우렁각시도 아닌 스토커 주제에 집 안에 차려놓던 그 밥상. 그게 준규의 작품이었다니. 짐작했으면서도 돈으로 해결한 게 아니라는 것이 놀라웠다.

준규는 끙끙대며 몸을 일으켰다. 당장에라도 쇼크를 일으켜서 정신을 잃는 게 정상일 정도로 피를 흘렸는데도 이상하게 몸에 힘이 들어갔다. 점점 고통이 줄어드는 것 같기도 했다.

"더럽고 짜증난다 징징거리면서도, 당장 먹을 게 급해지면 결국 먹었잖아. 그러게 왜 그걸 먹었어? 자꾸 해주고 싶어지게."

연두가 입술을 잡아 뜯기 시작했다. 미겔이 그런 그녀의 손을 쥐고 막았지만 그래봐야 임시방편이었다. 준규는 입술을 질겅질겅 씹기 시작한 연두를 느긋하게 바라보았다.

"왜 그랬어요?"

"몰라서 물어? 사랑하니까. 네 곁에 나만 남기고 싶어서 그랬지."

"미친, 씨발……. 지금 그걸 말이라고……."

"복수 안 해? 계속 그렇게 보기만 할 거야? 어차피 난 금방 죽을 텐데, 그냥 보내면 아쉬울 거 아냐."

연두의 눈이 커다래졌다. 지켜보던 미겔이 연두를 냅다 제 뒤에 감추고 둘 사이에 끼어들었다. 준규가 불쾌함에 미간을 찌푸리는데, 미겔은 그저 코웃음을 칠 뿐이었다.

"금방 죽는다니 좋네. 복수도 하면서, 손도 안 더럽히고."

"비켜."

"싫어, 인마. 네놈 속셈은 안 들어도 훤해. 어차피 죽을 거 같으니 마지막에 연두한테 잊을 수 없는 기억이라도 남기겠다는 거 아냐? 딱 집요한 스토커 새끼가 떠올릴 만한 더러운 생각이야."

미겔의 팔을 붙든 연두의 손에 힘이 들어갔다. 그녀는 미겔을 치우고 준규와 대면을 하고 싶었다. 정말 그게 맞는지, 묻고 싶었다.

하나 미겔은 굳건한 벽이라도 되는 것처럼 그녀를 막아서서 자리를 비켜주지 않았다. 오히려 연두를 뒤로 밀어내며 칼자루를 고쳐 쥐었다. 복수는 연두의 몫이지만, 그게 상대가 바라는 바라면 기꺼이 기회를 빼앗을 셈이었다. 길쭉한 아몬드형의 눈매가 우아하게 접혔다. 미겔은 붉은 입술을 양옆으로 끌어올리며 준규의 목덜미에 칼을 겨눴다.

"마지막에 보는 게 내 얼굴이면 되게 열 받겠다."

"염병할 새끼가……!"

"죽어서 귀신으로 찾아올 생각이면 대환영이야. 냅다 잡아다가 인형에 처넣고 백날 천날 괴롭혀 주지. 내 이름은 미겔이야. 잘 기억하고 있다가 꼭 찾아와."

어설프게 칠 생각은 없었다. 미겔은 단단히 칼을 움켜쥐고 자세를 잡았다. 준규는 이를 악물고 뒤로 물러났다. 그가 움직이는 자리를 따라 시뻘건 자국이 남았다. 놀란 연두가 미겔의 팔을 안고 매달렸다. 미겔과 마찬가지로, 연두도 미겔이 피를 묻히기를 원하지 않았다.

"미겔, 하지 마!"

"모르는 모양인데, 고양이는 영역 동물이고, 난 내 영역에 흙발을 들이미는 놈은 절대 가만 안 둬. 난 이놈을 여기서 만나서 오히려 더 좋은데? 뒤처리하는 데 신경 안 써도 되잖아."

"야! 야아! 꼭 이럴 때만 고양이인 척하지!"

미겔은 상냥하면서도 단호한 태도로 연두를 떼어놓았다. 그리고 그 짧은 사이 용케도 꽤 도망간 준규를 향해 걷기 시작했다.

"하지 말라니까!"

인형의 집의 공기가 종전보다 열 배는 더 무거워져 미겔의 어깨를 짓눌렀다. 단단하던 바닥은 푹푹 빠지며 그의 발을 붙들고 늘어졌다. 그러나 이번만은 미겔의 의지도 대단해서, 그는 꾸역꾸역 준규를 향해 다가갔다.

연두는 느려진 미겔을 쫓아가 잡으려 했지만 이번엔 니니스가 장벽이 되었다. 배에 구멍 난 환자면서도 어찌나 힘이 센지, 잡힌 손목이 꿈쩍도 하질 않는다.

"놔요!"

"왜? 저런 녀석, 죽어 없어지는 쪽이 마땅하잖아. 미련이라도 남았어?"

"미련은 무슨? 죽여도 내가 죽여요! 야, 미겔! 복수는 내 거야! 네 멋대로 내 몫 빼앗지 마! 듣고 있어? 염병, 반트! 반트! 일어나! 일어나서 미겔 좀 잡아! 반트!"

준규에게 맞고 쓰러져 미동도 없던 반트의 손가락이 움찔대기 시작했다. 마치 연두의 부름에 답이라도 하는 모양새였다. 비록 미겔에게 정신이 팔린 연두는 발견하지 못했지만 말이다.

니니스는 몸부림치는 연두의 팔을 붙들고 그녀의 앞을 막아섰다. 준규에 대한 보복이라면 그녀에게도 몫이 있었다. 하마터면 정말 죽을 뻔하지 않았던가.

"거짓말. 살려서 데리고 나갈 생각이면서. 진즉에 죽었어야 할 놈이 왜 아직도 안 죽고 살아 있겠어? 안 그래?"

니니스가 히죽 웃었다. 연두는 그 예쁜 얼굴에 어린 귀기 어린 미소를 보며 진저리를 쳤다. 보는 것만으로 눈이 즐거운 얼굴로 어떻게 이렇게 기분 나쁜 미소를 지을 수 있는지 모를 일이었다.

"니니스, 초점 흐리지 마요!"

"살려서 보내봐야 반성 따위 없을 놈이야. 용서는 숭고하지만 그것도 받는 놈이 반성을 할 때야 의미가 있지, 다른 때는 그냥 자기만족이야. 애초에 여지가 있는 놈들은 이 드림랜드에 들어올 수조차 없단 말이야. 난 여길 그렇게 만들었어."

니니스가 드림랜드의 입장 조건을 언급한 건 처음이었다. 평소의 연두라면 말꼬리를 붙들고 늘어지며 추궁했을 테지만, 지금은 상황이 매우 위급했다. 연두는 니니스의 배를 걷어차려 시도했고, 보기 좋게 막혔다. 풀려나기는커녕, 잡힌 손목이 시큰대며 통증을 호소하기 시작했다. 니니스를 바라보는 눈에 핏발이 섰다.

"놔요, 니니스! 당신이 아무리 마녀라지만 내 속을 다 아는 건 아니죠! 누가 용서하겠대요? 미겔의 손이 곧 내 손인데, 내가 직접 한 게 아니라고 어떻게 마음이 편하겠어요? 그리고 저놈은 그걸 바라잖아요. 바라는 걸 해주는 게 대체 무슨 복수가 되냐고요."

"그래서 어쩌려고?"

"목숨만 좀 붙여두고 생각해 보면 되잖아요? 당장 결정해야 하는 것도 아닌데!"

니니스가 히죽 웃으며 색 빠진 입술을 핥았다. 연두는 시간을 두고 결정하자고 하지만, 니니스의 생각은 달랐다. 그녀는 눈에는 눈, 이에는 이라는 생각으로 살아온 마녀였다.

"그래? 그럼 내 몫의 복수를 먼저 해도 되겠지? 난 이미 결정해 둔 바가 있어서 말이야!"

연두는 니니스의 배를 내려다보았다. 다시 터진 상처에서 흐르는 핏물이 두꺼운 치맛자락을 죄다 적시고 있었다. 아무렇지 않은 것처럼 움직이고는 있어도 고통이 어마어마할 것이다.

'손가락 다쳤을 때도 엄청 아팠는데 저건 장난 아니겠지.'

연두는 흔쾌히 고개를 끄덕였다. 정의, 혹은 사적 복수의 부당함을 논하기엔 그녀가 견딘 시간이 너무 길었고, 정당한 절차로 준규가 받을 처벌은 너무나 가벼웠다. 아니, 처벌을 받을 가능성조차 희박한 게 현실이었다.

"내 몫은 남겨야 해요."

"당연한 말씀을. 일단……. 반트, 일어나!"

「쳇…….」

정신을 차리고도 바닥에 엎드려 꿈쩍도 않던 반트였지만, 니니스의 부름까지 무시하지는 못했다. 반트는 니니스가 시키는 대로 미겔의 허리를 끌어안고 매달렸다. 온갖 방해에도 굴하지 않고 꾸역꾸역 걷고 있던 미겔에게 반트는 지나치게 큰 방해였다. 허리를 붙든 반트를 내려다보는 눈빛이 말할 수 없이 싸늘했다. 반트는 슬그머니 시선을 피했다.

「나, 나라고 하고 싶어서 이러는 거 아닌데.」

"닥쳐. 니니스, 대체 뭘 하려고 이럽니까!"

"뭘 하긴? 나는 내 몫의 복수를 할 거야. 우선순위 밀린 게 화나면 네 주인에게 따져 보든가?"

"강연두! 마녀의 꾐에 넘어가면 어떡해? 분명 제 분 풀릴 때까지 날뛰고 우리 몫은 과자 부스러기 정도로만 남길 거라고!"

"마녀의 약속은 인간과 다르다던 게 누군데?"

"마녀의 약속은 거짓말과 속임수로 가득 차 있다고 했던 건 새카맣게 잊었지!"

미겔은 화를 내고, 반트는 그런 미겔의 허리를 끌어안고 매달리고, 연두는 귀를 틀어막았다. 그 사이에서 니니스가 깔깔 웃었다. 그야말로 난장판이었다.

준규는 등에서 흐른 피로 만들어진 웅덩이에 주저앉아 눈앞의 다툼을 그저 멍하니 바라보았다. 좀 좋아지는 것 같았던 몸 상태는 단지 착각일 뿐이었는지, 머리가 어지럽고 무기력했다.

눈앞에서 어른거리는 은빛 칼날을 보면서도 피해야 한다는 생각조차 들지 않는다. 조금 전까지 그렇게 짜증나고 싫었던 미겔의 얼굴조차 별 감흥이 없다. 조금 전까지 격렬하게 들끓던 감정들이 다 거짓말 같았다. 눈앞이 뿌옇게 흐려지며 숨이 가빠왔다. 선연하던 등의 고통마저 아득하게 멀어졌다. 식은 피웅덩이에 잠긴 손가락이 그저 차가웠다.

「……선배.」

귀에 익은 음성이 다정하게 귓가에서 속삭였다. 준규는 저절로 떨어져 있던 고개를 들어 올려 앞을 바라보았다. 흐릿한 시야라지만 연두가 저 멀리 서 있다는 것만은 확실했다.

'잘못 들었나…….'

어쩌면 이건 죽기 직전에 맛보는 환상의 체험일지도 모른다. 그래도 그렇지, 이런 순간에까지 연두의 목소리를 듣다니. 스스로를 향해 비웃음을 짓던 준규의 귓가에 따뜻한 숨결이 닿았다.

「선배…….」

감각 없던 등줄기에 쭈뼛 소름이 돋았다. 이건 착각도, 환청도 아니라는 확신이 들었다. 고통을 참고 고개를 돌리자 낯익은 얼굴이 그를 바라보고 있지 뭐냐.

가짜 강연두……. 아니, 오딜. 그녀였다.

피에 젖은 벽에서 흰 팔이 뻗어 나와 준규의 목을 끌어안았다. 뜨거운 체온이 식은 몸을 덥혔다. 달짝지근하면서도 이국적인 향기가 지독한 피비린내마저 몰아내고 그를 감싸 안았다.

준규는 무심결에 그녀의 팔에 머리를 기댔다. 지치고 아픈 몸을 다정하게 쓸어주는 손길이 이루 말할 수 없이 따스하고 편안했다. 그러다 흠칫 놀라 고개를 바로 들었다. 바짝 마른 입술 사이에서 흘러나온 목소리는 사포처럼 거칠었다.

"내가 왜, 가짜 따위에게."

잠시나마 가짜에게 기댔던 스스로가 용납이 안 됐다. 이제는 미끼로 쓸 것도 아니고, 진짜도 눈앞에 있는데 왜.

「사랑한다고 했잖아요…….」

그는 더러운 것이라도 묻은 양 얼굴을 닦았다. 그때마다 붉은 피가 얼굴에 묻어 점점 더 더러워지고 있었지만, 개의치 않았다. 자꾸 뺨에 닿는 오딜의 숨결이 그저 짜증스러울 뿐이었다. 감쪽같이 사라졌던 오딜이 왜 옆에 나타났는지 따위를 생각할 여력은 그에게 없었다.

니니스는 준규를 보며 히죽히죽 웃었다. 준규의 목을 끌어안고 얼굴을 비비는 오딜은 그녀의 작품이었다. 나름 혼신의 힘을 기울인 환상이니, 진짜와 진배없이 생생할 것이다.

「곁에 있게 해주세요.」

"저리 꺼져!"

「사랑해요.」

쯧. 그때까지도 반트를 떼어내려 기를 쓰고 있던 미겔이 혀를 찼다. 조금 전의 무기력한 모습이 거짓말처럼 귀를 막고 팔을 털어내려 애쓰는 준규의 꼴은 그에게마저 동정을 불러일으킬 정도였다.

"인형을 깨울 정도로 집착하는 상대가 눈앞에 있는데, 가짜가 들러붙어 떨어지질 않는다 이건가……."

"그런 거지. 저 환상은 저 녀석이 죽을 때까지 안 떨어지고 곁에 붙어 다닐 거야. 얼굴과 목소리는 연두 씨인데, 하는 말은 전혀 다른 사람일 테지. 남들 눈엔 보이지도 않는 환상을 달고 얼마나 견딜 수 있을까?"

니니스가 만면에 웃음을 띤 채 손을 흔들었다. 그러자 살짝 투명한 감이 있었던 오딜의 형체가 좀 더 뚜렷해졌다. 벽에서 머리와 팔만 빠져나온 모양새는 여전해서 뭔가 기괴한 느낌도 났다.

「제 옆에 있어주세요.」

준규의 표정이 점점 더 무너져 갔다. 생김새도 목소리도 연두와 똑같은데, 몸짓과 표정, 말투는 완전히 딴판이라 착각조차 할 수 없다. 목과 가슴을 감은 팔은 아무리 떼어내려 해도 만져지지도 않는데, 귓가에 울리는 목소리는 천둥처럼 커서 외면할 수도 없다.

준규를 농락하듯 장난을 치는 그녀를 가만히 바라보던 연두가 문득 떠오르는 게 있다는 듯 니니스를 돌아보았다.

"니니스, 저거 오딜도 아닌 거 같은데요. 오딜 아니죠?"

"당연히 아니지. 제 이름을 가지고 나한테서 독립한 아이를 뭔 수로 이렇게 부리겠어?"

"하여간 사람 괴롭히는 법을 아주 기가 막히게 알아. 미젤, 난 니니스의 복수가 꽤 마음에 들어. 넌 어때? 아직도 죽여 버리고 싶어?"

"글쎄……."

그때까지도 칼자루를 꽉 쥐고 있던 미젤의 손아귀가 느슨해졌다. 속 시원하게 죽여 없애는 것도 좋지만, 저렇게 혼자 고통스러워하는 걸 보니 그것도 꽤나 즐거운 꼴이다 싶지 뭐냐. 그래도 마음에 걸리는 게 있었다.

"니니스, 저놈이 저 환상을 받아들이면 어떻게 됩니까? 지금이야 가짜가 싫어서 저런다지만 진짜는 못 갖는데 가짜라도 옆에 있으니 다행이라고 해버리면?"

"뭘 걱정해? 그때는 사랑이 아니라 저주를 속삭일 텐데."

니니스가 뽐내듯 가슴을 내밀며 으스댔다. 연두가 깔깔 웃는 가운데 미젤은 풍, 소리와 함께 한숨을 내쉬었다.

"하……. 내가 이럴 줄 알았지. 니니스 당신이 끼어들면 내가 손 댈 게 없을 줄 알았습니다."

결국 미젤은 칼을 내버렸다. 아무리 생각해도 니니스의 환상 이상의 복수가 떠오르지 않았다. 그러나 아직 남아 있는 수가 있다. 그는 허공에 금빛 도형을 겹쳐 그리기 시작했다. 연두는 금세 그 도형이 낯익은 형태라는 걸 깨달았다.

"미젤, 너……."

"뭐야, 눈치챘어? 말했잖아. 사내새끼에게는 이만한 타격이 또 없다니까?"

연두가 앓는 소리를 내는 동안, 저주에는 상대적으로 약한 니니스는 그저 눈만 데굴데굴 굴리고 있었다. 그녀는 미겔이 그리는 도형을 꼼꼼하게 살펴보다가 마지막 순간이 되어서야 아, 하고 깨달은 표정을 지었다. 그리고 엄지를 척 내미는 게 아닌가.

"너 최고."

"시끄러워요. 니니스에게 그런 말 듣고 싶지 않으니까. 어디 내가 마녀 니니스에게 비할 수나 있겠어요?"

미겔이 빈정거리는 동안, 금빛 도형이 준규의 이마에 닿아 스며들었다. 딱히 매개체를 거쳐 건 저주도 아닌 만큼, 이제 준규는 평생 동안 발기부전에 시달릴 것이다. 그게 미겔이 선사하는 복수였다.

"이제 내 차례인가?"

연두가 나서자 미겔도 니니스도 한 발짝씩 물러나 그녀에게 앞을 양보했다. 내내 준규의 얼굴에 뺨을 비비고 있던 환상마저도 슬그머니 자리를 비웠다. 연두는 준규의 앞에 쪼그리고 앉아 그와 얼굴을 마주했다.

사내답게 잘생긴 얼굴은 온통 피칠갑이고, 잠깐이나마 환상과 환청에 시달린 눈은 흐릿했다. 연두는 문득 손을 뻗어 준규의 뺨을 꼬집었다. 먼 곳을 헤매고 있던 눈동자에 반짝, 빛이 들어왔다.

"궁금한 게 있어서 그러는데, 대답 좀 해봐. 있잖아, 이왕 빽노릇을 할 거면 내 기사에 힘 좀 써주지 그랬어? 만약 네가 데스크를 못 넘고 좌절하는 나를 도와줬다면 난 널 신처럼 숭배했을지도 모르는데."

연두는 나름 진지하게 물은 것이지만, 준규가 듣기에는 그만한 개소리도 없다. 애초에 연두가 쓰는 기사들은 그가 용납할 수 있는 종류의 기사들이 아니었다.

"널 신문사에 붙여놓는 것도 힘들었어. 그런 기사를 써대면서 밀어주기를 바랐어? 뻔뻔하네, 강연두."

엉망진창인 꼴을 하고도 준규의 혓바닥은 여전히 날카로웠다. 연두는 이를 악물었다. 그녀도 알고 있었다. 자신이 쓰는 기사는 언제나 윗분들의 심기를 거슬렀다는걸.

"내가 좀 한 뻔뻔하긴 해. 그래도 말이야, 나한테 사랑을 바랐다면 그런 식으로 굴면 안 됐지. 최소한 스토킹은 하지 말았어야지. 당신만 한 얼굴에, 조건에, 그 특출한 연기력까지 보탰으면 내가 금방 넘어갔을지도 모르잖아. 왜 쉬운 길을 두고 먼 길을 돌았어?"

"그럼 재미가 없잖아."

연두는 자기도 모르게 숨을 흡 들이마셨다. 명치가 뻐근해져 왔지만 비릿하게 미소 짓는 준규에게서 눈을 뗄 수가 없었다.

"넌 발버둥치는 게 어울려. 편하게 진창을 벗어날 길을 뻔히 알면서, 고집스럽게 바닥을 기어 다니는 게 네 매력이야. 그런데 내가 왜 네 기사를 백업하고 사람들과 어울리게 도와야 하지? 혼자 남아 발버둥 치는 게 더 처절하고 아름다울 텐데?"

"이 개새끼가 뚫린 입이라고!"

그동안 참고 참았던 욕지거리가 술술 쏟아졌다. 연두는 조금 전까지 미켈을 말렸던 건 새카맣게 잊은 것처럼 준규에게 달려들었다. 그리고 금세 바닥에 쓰러진 그의 가슴에 올라타 온 힘을 다해 목을 졸랐다.

"강연두! 그만! 참아!"

"놔! 놓으라고! 저 새끼 죽여 버릴 거야!"

"컥! 커헉!"

기겁을 한 미겔이 연두를 잡아 준규에게서 떼어놓았다. 저승 문턱 코앞까지 갔다 온 준규가 거칠게 기침했다. 연두의 마음이 바뀐 걸 증명이라도 하듯이 준규의 상처에서 피가 쏟아지기 시작했다. 하긴, 따로 처치를 한 것도 아닌데 피가 멎은 게 이상한 상처이긴 했다.

"놓으라니까!"

연두가 어찌나 날뛰는지, 그녀를 끌어안은 미겔의 이마에 땀이 맺혔다. 니니스의 도움은 바라지도 않고 대신 반트에게 눈짓을 했지만, 반트는 미겔의 기색을 뻔히 알면서도 모른 척 딴청을 피웠다.

「내가 아가씨 돕는댔지 언제 네 녀석을 돕겠다고 한 적이 있던가…….」

그게 아니라 나중에 연두에게 미운 소리 듣는 게 싫은 거겠지. 미겔은 반트에게 이를 득득 갈며 연두를 달랬다. 지금이야 이렇게 냄비 뚜껑 들썩이듯 날뛰고 있지만, 분기에 차 저지르고 나서 후회할 걸 알고 있으니 말리지 않을 도리가 없다.

"네가 폭발해서, 옷차, 손 더럽히는 걸 바라고 하는 소리라는 걸 뻔히 알면서, 도발에 넘어가면 어떡해?"

"알겠어, 알겠다고! 그러니까 이 손 좀 놔!"

"알겠다고 말만 하고 저지를 거 같으니까 이러지. 저놈 피나는 거 봐, 조금만 더 있으면 세상 하직하게 생겼잖아."

"알았다니까! 안 건드려! 정 죽여 버리고 싶어지면 그땐 너한테 부탁할게! 됐지?"

미겔은 그제야 연두를 놓아주었다. 연두는 제 성질을 이기지 못하고 머리칼을 마구 헤집으며 신경질을 부렸다. 먼 산 불구경하듯 그 난리를 보고 있던 니니스가 놀란 눈으로 손가락을 튕겼다.

"와, 연두 씨. 이성적으로 구는 거 같더니 되게 다혈질이었네?"

"도와줄 거 아니면 닥쳐요. 그 배의 구멍 두 배로 늘려 버리기 전에."

"으음……."

니니스는 슬그머니 배의 상처를 가렸다. 아까 무리를 하면서 도로 덧난 상처에서는 여전히 피가 줄줄 흘러내리고 있었다. 도움을 받아도 모자랄 판에 미움을 받아서야 되겠나.

반트는 물론이고 미겔과 니니스까지 물려놓고서야 연두는 겨우 준규의 앞에 설 수 있었다. 머리를 그렇게 쥐어뜯었는데도 마음이 진정되지 않아서, 창백한 낯짝을 보고 있으려니 또 욕이 튀어나온다.

"씨발……. 내가 전생에 나라를 한 열 개는 팔아먹었나, 인생에 뭐 이런 게 다 끼어들었담. 마음 같아선 확 토막 내서 육젓을 담그고 싶지만……."

연두는 준규의 사타구니를 흘끗 쳐다보고 히죽 웃었다. 발기부전으로 고통받는 남자들은 대부분은 자신감 상실을 비롯해 심리적인 이상을 겪는다. 준규 역시 그들 중 하나가 될 거란 생각을 하니 죽이는 거보단 역시 살려두는 게 낫다는 결론이 나지 뭐냐.

그럼에도 불구하고, 연두는 준규와 같은 하늘 아래에서 살고 싶지 않았다. 발달된 정보통신으로 긴밀하게 엮여 있는 세상에서 거리가 무슨 소용이며, 그의 집안이 가진 재산과 위상을 생각하면 공적인 처벌이란 시도하는 것조차 무의미했다.

"흐음……. 어떻게 할까……."

연두는 마치 비 내린 뒤 고인 물웅덩이에서 장난을 치는 어린아이처럼 발을 굴렀다. 그럴 때마다 아직 채 식지도 않은 피가 사방으로 튀며 그녀의 치맛자락을 붉게 물들였다. 머리를 끄덕거리며 고민에 빠져 있던 연두가 마침내 마음을 정했다.

"아아, 그래. 그게 좋겠어. 설마 스토킹하러 오는데 행선지를 알리고 오진 않았겠지."

바닥에 고여 있던 피가 공중으로 떠올랐다. 어디 바닥뿐인가? 준규의 옷에, 벽에, 주변의 인형에 묻어 있던 피 전부가 연두의 손짓에 따라 움직였다.

"지금 뭐 하는 거야."

"니니스가 그러는데, 피는 마법에 있어 가장 강력한 매개체래. 그러니 나처럼 아는 거 없는 녀석도 분명 제대로 된 마법을 쓸 수 있게 해줄 거야."

쓰는 어휘야 어쨌든 연두의 말투는 좀 전과 다르게 몹시 상냥했다. 불안해진 준규가 미간을 찌푸리는 사이 새빨간 핏방울들은 주인이 원하는 대로 정렬을 마쳤다. 준규를 중심으로 완벽한 원을 그리며 모여들었다.

"사실, 아까 그 풍경 꽤 마음에 들었어."

"강연두! 미쳤어?"

뒤늦게 연두가 하려는 짓을 눈치챈 미겔이 다급히 손을 뻗었다. 하지만 그의 손은 연두에게 닿지 못했다. 뭔가 투명한 벽에 막히기라도 한 것처럼 허공을 두드릴 뿐이었다.

그런 와중에, 준규의 엉덩이 아래에서부터 모든 게 변해갔다. 피가 고였던 바닥은 뜨겁게 달아오른 모래언덕이 되고, 샹들리에의 조명은 강렬한 뙤약볕이 되었다. 시원하다 못해 춥기까지 하던 에어컨 바람은 간데없고 모래 섞인 텁텁한 공기가 콧구멍을 채웠다.

　사막이었다.

　오딜이 끌려갔던 그 사막.

　당혹스러워하는 준규를 내려다보던 연두가 어느 한 방향을 향해 손가락질을 했다. 그 방향 저 멀리서부터 한 사람이 다가왔다. 오딜이었다.

　오딜은 얇은 베일로 코 아래를 가리고 두꺼운 천으로 몸을 감싼 낯선 의복을 입고 있었다. 허리엔 곡선이 아름다운 시미터를 찼고, 화려하게 짜인 양탄자를 얹은 낙타를 탔다. 그녀는 준규의 코앞까지 와서야 훌쩍 낙타에서 뛰어내렸다. 마른 먼지가 구름처럼 피어올랐다. 길이 잘 든 낙타가 느긋하게 속눈썹을 깜빡거렸다.

　연두를 본 오딜이 미간을 확 찌푸렸다. 왠지 꼭 와야 할 것만 같은 기분에 나온 것이었는데, 정말이지 하등 쓸데없는 예감이었다.

　'염병, 낮잠이나 잘걸. 뭐 좋은 게 있다고 기어 나와서 저 얼굴들을 본대?'

　오딜이 베일을 걷자 햇볕에 그을린 갈색 피부가 드러났다. 연두가 그랬듯, 그녀의 시간도 바깥과는 다르게 흘러가고 있었다. 오딜은 이곳에서 벌써 몇 년의 시간을 보냈고 많은 사람을 만났으며 그녀만의 삶을 살았다.

시간이 약이 되었다. 온몸을 태우던 격렬한 증오와 분노는 모래바람과 함께 무뎌졌다. 가끔 깊숙이 묻어두었던 원망이 치솟아 목을 찔러대긴 해도, 견디지 못할 정도는 아니었다. 독한 술을 마시며 바드의 노래를 듣는 것만으로도 꽤 큰 위로가 되곤 했으니까.

만약 그런 시간들이 없었다면, 오딜은 연두의 얼굴을 보자마자 칼을 휘둘렀을지도 모를 일이다. 가장 미운 건 준규이지만 진짜인 연두 역시 오딜의 열등감을 자극하는 인물인 것은 틀림없으니 말이다.

오딜은 연두의 차림을 쭉 훑어보았다. 피 묻은 옷자락, 귀신처럼 풀어헤친 머리, 광기로 번들거리는 형형한 눈동자. 딱 보니 아직도 일이 해결이 안 된 상태다. 그녀는 느긋하게 팔짱을 끼고 턱을 들어 올렸다.

"쫓아낼 땐 언제고, 뭐 하러 왔어?"

바짝 긴장을 하고 있던 연두는 생각 외로 여유롭고 관용적인 태도의 오딜을 보고 눈을 동그랗게 떴다. 한바탕 할 각오를 하고 부른 거였는데, 이 정도라면 대화로 풀 수도 있을 것 같지 뭐냐.

"공격부터 할 줄 알았는데."

"며칠 전에 좋은 술을 구했거든. 집에 두고 왔다면 모를까, 들고 나왔단 말이야. 이걸 흘리느니 잠깐 참고 말지."

오딜이 옷을 젖히고 허리에 매단 주머니를 보여주었다. 연두는 그녀의 심정이 너무나 이해가 가서 잠깐 할 말을 잊었다. 정말이지 뜻밖의 공통점이었다. 그러나 연두의 이런 감상이 오딜에게도 반가울 리 없다. 그녀는 소중하게 술 주머니를 챙기며 연두를 재촉했다.

"뭐 하러 왔냐니까."

"응, 별건 아니고. 쓰레기 버리러."

연두가 손끝으로 준규를 가리켰다. 준규는 급작스럽게 몰아닥친 상처의 고통과 한낮의 뜨거움에 바짝바짝 말라가고 있었다. 뼈가 보일 정도로 갈라진 상처는 언뜻 보기에도 신선한데, 흐르는 핏방울은 하나도 없이 선홍빛으로 빛나고 있어 어딘지 소름 끼쳤다. 오딜이 짜증스레 혀를 찼다.

"빌어먹을……. 쓰레기 버리는데 나는 왜 불렀어? 시체 처리해 달라고? 그냥 내버려 둬, 바람과 모래가 알아서 처리할 거야."

연두가 히죽 웃었다.

"잘 봐."

"잘 보긴 뭘 잘 봐? 저렇게 이상한 상처를 왜…… 보라고……."

오딜의 말이 점점 흐려졌다. 준규의 등에 딱 달라붙어 상처를 헤집고 있는 환상이 점점 뚜렷해졌기 때문이었다. 분명히 같은 얼굴이건만, 연두도 오딜도 닮지 않은 환상은 준규가 고통스러워할 때마다 기쁜 표정을 지었다.

오딜의 얼굴이 일그러졌다. 그녀가 지내는 2구역은 연두가 있던 1구역과는 조금 달라서, 마법도 주술도 모두 용인되는 곳이었다. 못된 정령과 장난꾸러기 요정, 음험한 주술사와 예민한 예언가가 함께 어울려 살았다. 그런 곳에서 몇 년을 지낸 오딜이 보기에도 저 환상은 지독했다. 어떻게든 상대를 괴롭히겠다는 의도가 너무나 적나라했다.

"와, 저거 악취미인데. 누구 작품이야? 그 광대?"

"광대 아니고 미겔. 저 환상은 니니스 작품이야. 미겔이 손댄 건 따로 있고."

"미친 마녀 같으니. 그 광대 새끼는 또 뭘 했는데?"

"그거야 옆에 두고 있다 보면 알게 되겠지. 어때, 주워갈래?"

바람이 불었다. 시야를 노랗게 가릴 정도의 모래바람이었다. 카-악, 퉤! 모래바람이 지나자 오딜이 바닥에 가래침을 뱉었다. 가죽끈으로 대충 묶어놓은 머리타래가 후드 아래로 삐져나와 덜렁덜렁 흔들렸다.

"너 이 새끼랑 붙어서 날 공격하지 않았어? 방해꾼인 날 쫓아냈으니 이제 찰싹 붙어 물고 빨고 지내야 하는 거 아냐? 왜 새삼스레 버리니 마니 하는 건데?"

"너, 내 기억 다 갖고 있지?"

연두는 확신에 차서 물었고 오딜은 짜증스럽게 혀를 찼다. 기억을 갖고 있냐고? 당연한 거 아닌가. 연두는 오딜의 '원본'이었다. 일이 잘 풀렸다면, 준규와 함께 인형의 집을 나서서 강연두로 살아갔을 것이다.

"알면서 뭘 물어?"

"이놈이 스토커야."

오딜의 눈이 커다래졌다. 숨 쉬기가 힘든 듯 몇 번이나 가슴이 커다랗게 오르락내리락했다. 그녀는 떨리는 손으로 시미터의 칼자루를 쥐었다 놓기를 몇 번이나 반복했다. 그러다 허리춤의 술주머니를 열어 벌컥벌컥 들이켰다. 독한 냄새가 사방으로 퍼졌다.

"그냥 하는 말은 아닐 거고……. 빌어먹을, 스토킹을 하면서 날 지켜주겠다고 했어? 모르고 따라 나갔으면 아주 엿 될 뻔했잖아?"

연두의 기억은 오딜의 기억이었고, 그건 곧 그녀의 경험이나 다름없었다. 이건 내 것이 아니다, 억지로 주입받은 기억이다 아무리 반복해도 그 기억조차 없는 자신은 뿌리 없는 나무와 같아 끝내 부정하지 못하고 받아들였다.

그 기억 속에서 스토커의 비중은 매우 컸다. 스토커에 시달리던 순간의 고통과 외로움은 아직도 뼛속에 남아 영향을 미치고 있었다. 새로운 세상에 적응해 오딜로 살아가면서도 그건 변하지 않았다.

"진심 운운했던 게 너무 병신 같아서 말도 안 나오네."

오딜은 술 주머니의 절반에 가까운 양을 마시고서야 겨우 마개를 막았다. 건강하게 그을린 뺨이 벌겋게 달아올랐다. 내쉬는 숨에서 술 냄새가 확 피어올랐다. 그만큼 독한 술이었다.

"저 상처는 낫긴 하는 거야? 주워서 데려가자마자 뒈져 버리면 내가 좀 곤란해지는데."

"설마 계속 저 꼴이려고. 나을 거야."

"저 여자는 다른 사람들 눈에는 안 보이는 거겠지? 이곳엔 마법사도 있고 주술사도 있어. 노예로 부리려는데 귀신 붙은 놈이라고 배척받으면 불편…… 아니, 기분 좋을 거 같기도 하고? 그래, 아무래도 상관없겠어."

오딜은 한손으로 준규의 뒷덜미를 움켜쥐고 나머지 손으로 그의 허리춤을 붙들었다. 준규가 반항을 하며 손을 쳐 냈지만, 명치를 걷어차는 걸로 해결했다. 안 그래도 상처의 고통에 시달리고 있던 준규는 곧 기절했다.

"웃차."

오딜이 느릿하게 눈꺼풀을 껌뻑이는 낙타의 등에 준규를 걸쳐 놓았다. 축 늘어진 그가 떨어지지 않도록 끈으로 묶는 솜씨가 능수능란했다. 돌아가는 동안 준규가 깨어나 몸부림을 치더라도 절대 떨어지지 않을 것이다.

연두는 그녀가 인신매매업에 종사하고 있는 건 아닌가, 잠깐 의심했다. 오딜은 그런 기색을 알아차렸지만 굳이 해명하진 않았다. 인신매매는 아니어도 비슷한 일을 하고 있는 건 맞으니까.

오딜은 훌쩍 낙타에 올라탔다. 눈높이가 훅 높아지며 연두의 머리가 한참 아래로 내려갔다. 그녀는 걷어두었던 베일을 도로 쓰며 당부했다.

"다신 오지 마."

"저 스토커 새끼가 어떻게 지내는지 가끔 구경하러 오고 싶은데, 그것도 안 돼?"

"버린 쓰레기에 미련을 왜 가져?"

연두가 고개를 주억거렸다. 하긴, 오딜의 말이 맞다. 버릴 거면 철저히 버려야지 뭘 하러 미련 같은 걸 가지는가.

"알겠어. 그럼 이대로 안녕이네. 잘 살아, 오딜."

"망할 강연두, 빨리 꺼져 버려."

오딜의 말투는 연두를 꼭 닮아 있었다. 마치 거울을 보는 듯한 느낌에 연두가 낄낄 웃었다. 그런 연두의 발아래부터 풍경이 슬슬 변하기 시작했다. 모래가 사라지고 풍경의 색이 바뀌었다. 2구역의 세계가 서서히 닫히고 있었다.

뜨거운 공기 사이로 에어컨 바람이 스며들었다. 푹푹 발이 빠지던 모래바닥은 단단한 돌바닥이 되고, 살갗을 태우던 햇살은 차가운 전구의 불빛으로 바뀌었다.

연두는 바뀐 세상을 실감하자마자 준규가 있던 자리를 확인했다. 연두의 의지에 따라 동그랗게 모여든 피는 바닥에 흥건하게 퍼져 있고 피의 주인은 사라지고 없었다. 무사히 2구역의 세계에 데려다 놓고 돌아온 것이다.

"후……."

그걸 확신하자마자 긴 한숨이 쏟아졌다. 이어 어쩐지 손끝이 저릿저릿하고 뱃속이 불편해졌다. 입안에서 비린내가 난다 싶더니 뭔가가 욱 쏟아졌다. 다급히 입을 틀어막은 손에 벌건 핏덩이가 쏟아졌다. 다리에서 힘이 쭉 빠져나갔다.

노심초사 마음을 졸이고 있던 미겔의 안색이 허옇게 질렸다. 그는 자신을 막는 묘한 벽이 사라지자마자 연두에게 뛰어들어 그녀를 받아냈다. 자신의 어깨에 머리를 기대 쉬는 연두를 바라보는 미겔의 표정은 복잡하기 그지없었다.

"하여간 강연두, 무모하기로는 따라갈 사람이 없지……."

"어쨌거나 결과를 냈잖아. 연두 씨, 재능 있네?"

반면 니니스의 얼굴엔 호기심과 흥미만이 가득 차 있었다. 그녀가 연두를 쉽게 동화 세계로 보낸 건 그만한 준비가 있었기 때문이었다.

일단, 연두는 니니스에게 선물 받은 과일을 먹은 적이 있었다. 니니스는 좌판을 연 노파의 모습을 하고 연두에게 복숭아를 건넸었다. 그 복숭아는 준규와 오딜이 인형의 집에 있던 빵과 음료를 마신 것과 같은 효과를 연두에게도 부여했다. 동화 세계로 날려가기 딱 좋은 상태로 만들어주는 효과 말이다.

어디 그뿐이랴? 이 인형의 집을 가득 채운 벽화와 장식품 전부가 마법진의 일부였다. 연두를 동화 세계에서 꺼내는 마법진이 문의 형태를 한 그림이었던 것도 괜한 우연이 아니었다.

그런데 방금 연두는 그런 준비 중 마법진의 단계를 건너뛴 채로 준규를 2구역의 세계에 처박은 것이다. 아무리 피를 매개로 했고 드림랜드의 주인이라지만 놀라운 결과였다. 그에 비하면 피 좀 토하는 거야 우스운 대가였다.

"어때, 본격적으로 배워볼 생각 없어?"

「니니스, 나는요? 날 가르쳐야죠!」

"넌 본래 내 거고, 이건 새로 스카우트하는 거야. 투자를 하나에 몰아 했다가 망하면 어떡해. 한 바구니에 계란을 다 담지 말라는 말 몰라?"

풋. 미젤에게 기대 있던 연두가 바람 빠지는 소리를 내며 웃었다. 말할 기운이 없어 늘어져 있었을 뿐인데 들리는 말이 왜 이렇게 웃긴가. 몸을 일으키려 하자 미젤이 그녀를 꽉 끌어안으며 말렸다.

"일어나지 마, 그냥 기대 있어."

"일은 마무리해야지."

피해 보상을 받아야 할 거 아냐. 귓가에 속삭이는 목소리가 어찌나 결의에 차 있는지, 미젤은 차마 연두를 말리지도 못했다.

연두는 니니스와 마주 섰다. 상처가 채 아물지 못한 니니스나, 방금 피를 토한 연두나 낯빛은 똑같이 창백했다. 하나, 연두는 자신이 우위에 있다는 걸 분명히 알고 있었다. 아무리 대단한 마녀라도 자신의 도움이 없으면 인형의 집을 나갈 수 없을 테니까.

"스카우트를 시도하기 전에 피해 보상부터 짚고 넘어가죠."

"피해 보상? 무슨 피해를 입었다고? 연두 씨, 뭐 피해 본 거 있어?"

니니스가 눈을 동그랗게 떴다. 그녀는 한없이 진지한 태도로 손가락을 꼽기 시작했다.

"시간을 훔쳤다는 내 말, 분명히 알아들었잖아? 지금 연두 씨가 얻은 휴가 안 끝났어. 집도 그대로야, 직장도 그대로야, 신분도 멀쩡해. 대체 뭘 잃었다는 거야?"

미겔은 자기도 모르게 눈을 비볐다. 연두의 뒷모습에서 불꽃이 튀는 걸 본 것만 같아서였다. 득득 이를 가는 그녀의 모습은 살벌하기까지 하건만, 니니스의 말은 아직 끝나지 않았다.

"그에 반해 얻은 건 많잖아. 드림랜드의 주인이 됐고, 마법도 쓸 수 있게 됐고, 저기 저 고양이놈도 얻었지. 뭣보다 스토커 퇴치도 무사히 했잖아? 접근금지명령 따위보다 몇 배는 확실하게 떼어놓는 데 성공했으면서 뭘 보상하라는 거야?"

"……난 내 얼굴 가죽이 꽤 두껍다고 생각하며 살았는데, 니니스에 비하면 아무것도 아니라는 걸 새삼 알겠네요. 살아온 시간만큼 낯짝도 두꺼워진 모양이죠?"

연두는 크게 심호흡을 하며 마음을 다스렸다. 그것마저 하지 않으면 니니스를 잡아 죽이겠다고 달려들 것 같았다. 다시 입을 열었을 때, 그녀의 목소리는 기이할 정도로 침착했다.

"열 살의 나와 스무 살의 내가 다르고, 스무 살의 나와 지금의 내가 다르죠. 내가 겪은 그곳에서의 시간은 여전히 내 안에 남아 있는데 어떻게 잃은 게 없이 얻은 것만 있다고 할 수 있죠? 내가 겪은 외로움, 소외감, 고통, 그 모든 게 이렇게나 뚜렷한데요."

"실감나는 꿈 한 편 꿨다고 생각해. 시대를 앞선 가상현실게임이라도 한 판 뛰었다고 하든가. 그거랑 별다를 것도 없는 상황이잖아."

니니스의 입장은 바뀌지 않았다. 이래서야 오딜이 훨씬 더 대화가 잘 통하는 상식적인 상대이지 않은가. 연두는 문명인답게 대화를 통해 해결하려던 생각을 깨끗하게 버렸다. 그녀가 손가락을 까닥거리자 이번엔 바닥에 떨어져 있던 니니스의 피가 허공에 떠올랐다. 핏방울은 덩치를 불리며 뾰족하게 날을 세웠다. 그것들은 곧 수 천 개의 자그마한 칼날이 되어 니니스를 겨눴다.

"이봐요, 니니스. 결과가 좋으니 다 좋은 거 아니냐는 말이 얼마나 개소리인 줄 알아요? 그따위 논리면 마녀사냥도 좋은 일이죠. 교회가 부유해지고 마을 주민 전부가 흥겹게 즐기는 대형 이벤트 만들기가 어디 쉬운 줄 알아요?"

마녀사냥. 니니스에게는 트라우마에 가깝게 남아 있는 기억이었다. 그녀는 자신을 겨눈 칼날보다 연두가 언급한 마녀사냥에 민감하게 반응했다.

"연두 씨, 그건 경우가 다르잖아. 마녀사냥은 진짜 피해자가 있는 건데 거기에 비유를 하면 어떡해?"

"무슨 멍청한 소리를 하는 거예요? 피해자가 왜 없어? 나 있잖아요, 나. 어디 빼앗기고 다치고 죽어야만 피해자인가? 그게 정말이면 마음의 상처라는 말은 왜 있게요?"

니니스를 둘러싸고 칼날이 박혔다. 둥그런 모양을 그리며 박힌 칼날들은 서로 엉겨 붙으며 거대한 새장처럼 모습을 바꿔나갔다. 정교하고 재빠른 솜씨였다. 니니스는 그제야 위기감을 느꼈다. 재능 있다, 말은 했지만 이 정도의 응용력이라니.

"하, 하하……. 연두 씨, 지금 나하고 마법으로 겨뤄보겠다는 거야? 난 마녀 니니스야. 배에 구멍이 뚫렸어도 연두 씨 같은 피라미한테는 당할 일 없어."

니니스가 손짓하자마자 핏방울로 만들어지는 새장은 성장을 멈췄다. 모양이 잡히다 만 창살이 얼기설기 얽힌 채 바르르 꿈틀거렸다. 힘겨루기가 계속 이어졌다. 창살은 늘어나지도, 줄지도 않은 채 계속 그 자리에 머물렀다.

연두의 이마에 땀이 맺혔다. 니니스는 여유롭게 힘 조절을 하며 연두의 공세를 무위로 돌렸다. 이렇게 정면으로 맞부딪쳐 보니 알겠다. 정교하고 재빨라도 단지 그것뿐, 출력이 다르니 힘으로 찍어 누르면 막지 못할 것도 없다. 연두는 아직 초보였다.

"연두 씨, 적당히 하고 물러나. 안 되는 걸 알면서 매달리는 것만큼 꼴사나운 것도 드물어."

"맞는 말씀 감사해요, 니니스. 하지만 말이죠……. 난 혼자가 아니라서요."

"음? 그 고양이놈은 마법에 재주가 없…… 컥!"

니니스의 배에 칼머리가 삐죽 튀어나왔다가 빠져나갔다. 겨우 아물어가던 상처가 다시 터지면서 시뻘건 피를 쏟아냈다. 머리를 하얗게 태우는 고통에 니니스의 통제력은 한순간에 무너졌다. 그 사이 연두가 만드는 새장이 순식간에 형태를 갖췄다.

창살은 칼날로 이루어져 만지는 것조차 겁나는데, 그 높이가 인형의 집 천장에 닿을 듯했다. 둥그렇게 모인 끄트머리엔 원형 고리가 달렸다. 촘촘한 창살들을 두르는 장식은 눈에 띄게 화려했는데, 그마저 모두 칼날로 이루어져 있었다.

니니스는 그 새장의 바닥에 엎어져 컥컥대며 뒤를 돌아보았다. 미겔이 새장 바깥에서 칼날에 묻은 피를 털고 있었다. 연두와 실랑이를 하는 사이 자리에서 사라졌던 그가 니니스를 찌른 것이다.

"너……! 대체, 어떻게!"

「니니스, 미안해요. 그래도 약속은 지켜야 해서요.」

대답은 미겔이 아니라 반트에게서 나왔다. 한창 힘겨루기에 정신이 팔린 니니스의 마력을 부드럽게 달래 미겔이 드나들 만한 구멍을 내준 게 바로 그였다.

"반트, 네가 어떻게 날……."

배신감에 치를 떠는 시선이 반트를 꿰뚫을 듯했다. 미겔은 애써 니니스를 외면하는 반트를 잡아당겨 뒤로 물리고 자신이 전면에 나섰다.

"한 번 한 약속은 깨지 못하도록 만들었으면서 새삼스럽게 굴지 맙시다."

"미겔! 내가 널 얼마나 아꼈는데! 널 위해 만든 놀이공원이고 널 위해 만든 마법이었어!"

니니스가 바닥을 긁으며 화를 냈다. 그러나 그녀가 뭐라 떠들든, 미겔의 관심은 연두에게로 돌아간 뒤였다. 아까 쏟은 피가 말라붙기도 전에 또 큰 마법을 쓴 참이 않은가. 서둘러 그녀에게로 돌아가 이마를 짚자 불길하도록 서늘한 냉기가 그를 반겼다.

'말리고 싶지만…….'

당사자는 연두다. 미겔이 낄 주제가 아닌 것이다. 미겔은 연두의 이마에 입을 맞추고 당부했다. 적당히 하고, 혹여 무리했다가 쓰러지거나 하지는 말라고. 연두는 당연히 고개를 끄덕였지만 거참 미덥지 못한 장담이었다.

그쯤, 니니스는 화를 내기보다는 몸을 보전하는 쪽을 택하고 바닥에 떨어지는 핏물을 긁어모으고 있었다. 그녀가 잠깐 다른 곳에 정신을 팔 때마다 떨어진 핏물이 새장을 향해 달려갔기 때문이었다.

연두는 니니스의 앞에 쪼그리고 앉아 턱을 괴고 그 광경을 바라보았다. 그러다 니니스가 상처를 거의 수습할 즈음이 되자 손기락을 딱, 튕겼다. 그러자 니니스가 보은 피가 그녀에게서 탈출해 연두의 앞에 모이는 게 아닌가.

니니스로서는 기가 막히고 코가 막힐 일이었다. 뺏어갈 거면 진즉에 할 일이지, 그냥 둘 것처럼 농락을 하다니.

"연두 씨……. 내가 사람 그렇게 안 봤는데! 이거 너무한 거 아냐?"

"뭘요. 반성의 여지조차 없는 사람이어야 드림랜드에 올 수 있다고, 니니스가 그랬잖아요? 이게 내 본성인가 보죠."

"그거야 상대가 손님일 경우에나 해당되는 말이고. 연두 씨는 손님이 아니잖아!"

니니스가 버럭 소리를 질렀다. 연두는 느긋하게 핏방울을 손바닥 위에서 굴리며 놀았다. 말캉말캉하고 따뜻한 게, 꽤 재미있는 장난감이었다.

"니니스, 당신이 뭔가 잘못 알았겠죠. 난 여기에 제대로 초대장을 가지고 왔어요. 미겔이 호의로 들여보내 준 거긴 해도 멀쩡히 들어왔다고요."

"하, 내 나이가 몇인데 사람을 못 알아본다고……. 손님이 아닌데 드림랜드에 들어왔으니까 주인으로 삼겠다고 데리고 들어갔던 거란 말이야! 아으, 정말이지!"

헐떡이며 연두를 노려보는 니니스의 숨이 점점 가늘어졌다. 연두는 그녀가 죽지 않도록 피 일부를 돌려주었다. 그것들은 마치 살아 있는 짐승처럼 니니스의 상처로 돌아갔다.

"그러니까 그게 문제라고요. 멀쩡히 자기 인생 잘 살고 있는 나를 드림랜드의 주인으로 만들겠다고 끌고 들어갔으면 그만한 보상을 해줘야죠."

"그놈의 보상⋯⋯."

"게다가 동화를 완성하라느니, 어쩌니 하면서 엉뚱한 해결법이나 알려줬잖아요? 반트에게 들었으니 망정이지, 그게 아니었으면 난 아직도 니니스 손바닥 위에서 놀고 있었을 거라고요."

니니스는 구석에 숨어 빼꼼히 머리만 내밀고 있는 반트를 향해 이를 갈았다. 미겔에게도 모자라 연두에게도 떠들다니, 저놈의 촉새 같은 입을 어떻게든 단속할 걸 그랬다.

"니니스, 내가 나가고 나면 어떻게든 길이 열릴 거라고 생각하는 거죠? 그땐 내가 이 마법을 유지할 수가 없으니까? 그런데 이걸 어쩌나? 난 여기 관리자 인형을 둘 생각이에요. 당신이 반트에게 사람을 골라 납치하도록 시킨 것처럼, 난 이 새장을 유지하도록 명령할 거예요."

관리자 인형, 이라는 말이 나오자 주변에 늘어서 있던 인형들이 술렁거리기 시작했다. 관리자 인형이 되면 이름은 물론이고 행동의 자유도 얻을 수 있다. 동화 속의 세계에서도 자의식을 가지고 자기 멋대로 움직일 수 있게 된다.

"동화 세계도 유지할 거예요. 그래야 관리자 인형을 둔 보람이 있죠."

인형들의 마음이 죄다 연두에게로 쏠렸다. 그래도 창조자라고, 니니스에게 동정적이고 호의적이었던 인형들마저 예외가 아니었다. 연두가 관리자 인형으로 만들어주겠다고 약속만 한다면 뭐든 할 수 있을 것 같은 분위기가 퍼져 나갔다.

니니스는 이를 예민하게 알아채고 상처를 부여잡은 채 헛웃음을 흘렸다. 세상에, 아무리 주인이라지만 만든 사람을 앞에 두고 너무하지 않은가.

"그래, 알았어. 마녀도 아닌 게 마녀보다 더 독하네. 뭘 원해? 내가 들어줄 수 있는 건 다 들어주지."

연두의 승리다. 창백한 얼굴에 미소가 어렸다. 조마조마하게 연두의 상태를 살피던 미겔이 안도의 한숨을 내쉬었다. 계속 신경전을 벌였다간 못 견디고 끼어들 뻔했다.

연두는 침착하게 손가락을 꼽았다. 니니스에게 요구할 보상에 대해서는 이미 꽤 오래전부터 생각하고 있었던 터라 말이 술술 나왔다.

"첫째, 미겔의 신분. 요즘 세상에서 신분도 없이 어떻게 살겠어요. 해외여행도 다닐 수 있고 여차하면 이민도 갈 수 있을 정도의 신분을 원해요."

"아니, 고양이 기르는 데 신분씩이나 필요해……? 정 걱정되면 마이크로칩이나 하나 박아."

연두의 미간에 주름이 잡혔다. 미겔의 본신이 고양이인 건 자신도 안다. 아는데, 그걸 굳이 그렇게 잡아내야 할 필요가 있나? 그녀는 한쪽에 서서 조마조마한 표정을 자신을 바라보고 있는 미겔을 가리켰다.

"아까부터 고양이, 고양이 하는데……. 니니스, 눈 삐었어요? 저게 어딜 봐서 고양이예요? 내 눈엔 멀쩡한 인간 남자로 보이는데? 난 고양이를 애인 삼지 않았어요. 내가 애인 삼은 남자가 어쩌다 보니 고양이였을 뿐이지."

"그야 당연히 본질이 고양이니까 고양이라고……. 아니, 애인? 애인이라고? 주인이 아니라?"

"애인이자 주인이죠. 둘 다 하면 안 돼요?"

주인은 몰라도 애인이라니. 니니스가 생각했던 것과는 전혀 다른 관계였다. 그녀는 당황한 시선을 숨기지 못하고 반트를 돌아보았다. 대처를 어떻게 했느냐는 물음이 담긴 시선이었다. 일 잘 하고도 타박을 듣게 생긴 반트가 불만스레 볼을 부풀렸다.

「니니스도 참. 저놈이 인간 꼴로 산 세월이 얼만데 아직도 주인 타령하고 있을 줄 알았어요? 애인 사이면 어때서 그래요?」

"그야 당연히, 수명 문제가 남으니까 그렇지. 연두 씨, 미겔 녀석의 수명이 어떻게 될지는 나도 장담할 수가 없어. 연두 씨보다 훨씬 오래 살 수도 있고, 아니면 몇 년 못 살고 죽을 수도 있어. 애인 사이가 되는 건 좀 다시 고려해 보는 게 어때?"

말을 하면서도 니니스는 회의를 감추지 못했다. 이건 억지다. 이미 연인이라고 공언을 한 데다, 미겔이 드림랜드의 소유권까지 넘긴 사이다. 이런 말 몇 마디로 어떻게 될 것 같지가 않다.

그럼에도 말을 꺼내고야 마는 건, 마녀 릴리의 죽음 이후 망연한 얼굴로 혼자 덩그러니 남아 있던 검은 고양이가 아직도 그녀의 마음에 남아 있기 때문이었다. 니니스는 미겔이 너무 깊은 인연을 맺었다가 상처받기를 원하지 않았다.

연두는 단호하게 고개를 저었다.

"주인이면 어떻고, 애인이면 어떻죠? 상대가 고양이가 아니라 인간이어도 당장 내일 어떻게 될지 모르는 게 세상사인데. 혹시 알아요? 미겔은 멀쩡한데 나부터 덜컥 사고로 죽을지. 난 내 삶의 길을 미겔과 함께 걸을 거예요."

연두의 대답을 들으며, 니니스는 기묘한 감흥에 사로잡혔다. 연두가 드림랜드를 찾아오고, 인형의 집에 들어간 건 결코 우연이 아니었다. 니니스는 일찍이 연두를 드림랜드의 주인으로 낙점하고 그를 위해 오랫동안 공을 들였다.

손님 자격도 없는 사람들이 자꾸 드림랜드에 깔짝거리며 미겔의 신경을 긁어놓은 것도, 차가 퍼진 시점에서 돌아갔어야 할 연두를 부추긴 것도 니니스의 작품이었다. 그녀는 미겔의 경계심이 습자지처럼 얇아졌을 때를 노려 연두를 들이밀었다.

오로지 미겔이 주인을 빨리 받아들기를 바라며 저지른 일이었다. 연두의 마음이라든가 입장에 대해서는 생각해 보지도 않았는데, 그녀는 니니스가 바랐던 것을 훨씬 뛰어넘어 미겔을 포용해 냈다.

'이런 게 바로 인연이란 건가……. 하긴, 그날 그 길에서 연두 씨만 혼자서 유독 빛났었지.'

니니스가 연두에게 복숭아를 건넸던 날, 그녀는 노파의 모습을 하고 골목길에 앉아 좌판을 열고 있었다. 달콤한 복숭아 향기에 이끌린 사람이 몇 명이나 찾아와 복숭아를 사갔지만, 가장 좋고 큰 복숭아는 꽁꽁 숨겨두고 내보이지도 않았다.

그러다 그 길에 연두가 뛰어 내려온 순간, 그녀의 등 뒤에서 뻗어 나오는 빛이 어찌나 강렬했던지. 니니스는 쏟아지는 빛에 눈이 머는 줄 알았다. 지나치려는 연두를 불러 세워 억지로 복숭아를 안긴 것도 그래서였다.

'이제까지는 내가 운이 좋아 찾아낸 거라고만 생각했는데……. 어쩌면 인연에 휘둘린 건 나였을지도 모르겠어.'

만나야 할 인연은 어떻게든 결국 만난다고 하지 않던가. 연두와 미겔 역시 그런 관계였을지도 모른다. 니니스는 자신이 한 일이 그들의 인연에 아주 약간의 도움을 준 정도가 아니었을까 의심했다. 매우 즐거운 의심이었다.

그러나 니니스의 감상이 어떻든, 연두는 마음이 바빴다. 그녀는 흰 눈을 뜨고 니니스를 닦달했다.

"대답 안 해요? 들어줄 수 있는 건 다 들어준다면서요. 요즘 세상에 몇 안 남은 진짜 마녀라면서 신분 하나 못 만들어요? 아, 그게 뭐야~ 마녀 생각보다 별거 아니네~"

말끝을 늘이며 빈정대는 어조가 니니스의 자존심을 긁었다. 신분 위조라니. 그런 종류의 사기는 니니스의 전문이 아니었지만 다른 마녀 중에 전문가가 있긴 했다. 벨라도나라고, 니니스에게 미니 하우스가 박살 난 마녀가 그런 쪽에 아주 대가였다. 악감정이 남기야 했겠지만, 니니스가 새 인형을 만들어주며 부탁하면 선심 쓰는 셈 치고 신분 하나쯤 못 주겠는가.

'정 안 된다고 하면 그놈의 미니 하우스 서너 개쯤 더 때려 부수면 되지.'

마녀 벨라도나가 들으면 화를 내다 못해 뒤로 넘어갈 생각을 하면서, 니니스는 고개를 빳빳하게 치켜들었다.

"누가 못 만든대? 기다리고 있기만 해. 첫째는 이제 됐고, 둘째는 뭐야?"

"당연히 금전적 보상이죠. 일단 서울에 집 한 채 사줘요. 교통이 편리해야 하고, 널찍한 마당이 있는 단독주택이 좋아요. 그리고 정기적인 수입을 보장할 수단이 있으면 좋은데……. 역시 건물주가 최고지. 목 좋은 곳에 있는 빌딩 하나 사줘요."

니니스의 턱이 땅으로 떨어졌다. 차라리 구체적인 액수를 요구하는 게 낫지, 이게 무슨 말이람?

"……듣자듣자 하니까……. 연두 씨, 서울 집 값 미친 건 나도 알거든?"

"미쳤으니까 사달래죠. 오래 살았다면서요. 니니스 당신, 보통 인간과 다른 시산을 살면서 인간 사회에 녹아 있었잖아요. 재테크 수단이 얼마나 많은데 그런 것도 안 하고 살았어요? 접시 한 장, 그림 한 점, 하다못해 뉴욕 땅 한 조각만 사놨어도 부자 됐겠다."

"연두 씨가 그걸 다 털어가려고 하잖아, 지금."

"오, 돈이 있긴 있단 소리네. 니니스, 사람 인생 가지고 장난질을 하셨으면 그만한 대가를 치를 각오도 하셨어야죠. 그래서 얼마나 있어요? 반트 시켜서 당신 재산 목록 뽑아보기 전에 순순히 대답해요."

"맙소사……."

니니스는 입을 열지 않았지만, 반트는 연두의 충실한 협조자였다. 니니스는 정말 밑바닥까지 탈탈 털렸다. 서울에 있는 한옥과 부산에 사뒀던 상가는 물론이고 세를 놓고 있는 뉴욕의 빌딩, 이탈리아의 별장과 그리스의 호텔, 이란의 은행에 투자했다가 묶여버린 자금과 신재생에너지에 붓고 있는 투자금까지, 전부.

연두는 니니스의 수입과 지출을 계산했다가 그만 미간을 찌푸리고 말았다. 수입금이 상당한 수준이긴 한데 그만큼 지출도 많고, 뭣보다 묶인 돈이 너무 컸다. 돈을 벌겠다고 투자를 한 게 아니라 그저 내키는 대로 돈을 썼는데 워낙에 오래 살아서 그나마 수입과 지출이 맞아 떨어지는 걸로 보였다.

"돈 벌 생각 없어요?"

"있으면 좋지만 없어도 뭐……."

"아랍에 뭔 투자를 이렇게 많이 해놨어요? 거기 정세가 얼마나 불안정한데 뭘 믿고?"

"불안정해 봐야 이, 삼백 년이지. 거긴 예전부터 투자할 만한 가치가 있는 곳이었어. 곡물, 철, 유리, 염료, 석유⋯⋯."

"됐어요, 거기까지. 니니스의 시간관념이 나랑 다르다는 것 정도는 확실히 알겠네요."

아무리 돈이 묶여 있대도 남은 것만으로도 충분히 거금이다. 연두는 니니스가 갖고 있는 서울의 집과 부산의 상가를 양도받을 것을 약속받았다. 니니스는 울상을 지었지만 뉴욕의 빌딩을 뺏기지 않은 게 그나마 다행이었다. 고정 지출을 감당할 정도는 남겼으니.

"마녀 니니스의 이름으로 약속한 거예요. 내가 여길 나가고 삼일 이내에 전부 양도하세요. 법적으로 트집 잡힐 것 없이 깔끔하게 하는 거 알죠? 세금도 니니스가 내요."

"연두 씨 진짜 악독해."

"더 받으려다가 니니스가 진짜 파산할까 봐 참은 거예요."

"어흑⋯⋯."

만족스러운 보상을 얻어낸 연두의 얼굴에 배부른 미소가 번졌다. 그녀의 손짓에 따라 바닥에 고여 있던 피가 니니스에게로 돌아갔다. 좀처럼 아물지 않아 고생하던 상처가 순식간에 아물어 흔적도 남지 않았다. 니니스는 멀쩡해진 배를 만지며 입을 다물지 못했다.

"이런 건 또 언제 배웠대⋯⋯."

"아까 봤으니까요. 난 배우는 게 빠르다고 했잖아요."

"아, 진짜 연두 씨 내 아래에서 마법 배우지 않을래? 진짜 재능 있어. 괜히 하는 말 아냐."

연두에게는 일고의 가치도 없는 제안이었다. 연두는 니니스를 가두고 있던 새장마저 본래의 모습으로 되돌렸다. 본래는 니니스에게로 돌아가야 했을 핏물은, 다 아문 상처에 스며들지 못하고 연두의 손 위에서 와인처럼 찰랑거렸다.

"이걸 어쩔까……."

"어쩌긴? 돌려줘야지. 그거 내 피야."

"새로 채워줬잖아요. 이거 그냥 니니스의 피라고 하기엔 내 힘도 너무 많이 들어가서 곤란하단 말이에요. 알면서 우기지 마요."

"쳇. 한 마디도 지는 게 없지."

연두는 미간을 좁힌 채 손바닥 위의 피를 노려보았다. 이거 참, 계륵이다. 버리자니 아깝고, 가지고 있자니 딱히 쓸 데가 없다. 고민에 빠져 있던 연두에게 미겔이 다가왔다.

"관리자 인형을 만드는 데 써봐. 너 혼자 하는 것보다는 훨씬 부담이 덜할걸."

듣고 보니 맞는 말이다. 연두는 고개를 끄덕이며 주변을 둘러보았다. 엉망으로 망가진 소품들 사이에서 관심 없는 척 새침을 떨고 서 있던 인형들이 저마다 자신을 봐달라며 고개를 뺐다. 하나 연두의 눈은 그 인형들의 옷과 소품들에 가 있었다.

"이거, 수선하는 데 장난 아니게 공이 들겠는데……."

"그러니까 품을 아껴야지. 너희 중에 이름 있는 녀석 있으면 손들어봐."

어떤 인형도 미겔의 부름에 응하지 않았다. 그러나 서로 눈을 굴리며 눈치를 보던 인형들의 시선이 한 곳으로 모였으니, 바로 니니스를 향해서였다. 이제 거의 원기를 회복한 니니스가 너덜너덜해진 옷자락을 간수하다 말고 피식 웃었다.

"인형에 이름 주고 깨우는 게 얼마나 힘든 일인데 그걸 몇 번이나 했겠어? 내가 지어준 이름이라곤 반트, 룸펠슈틸츠헨, 이사벨

라. 이 셋이 다야. 룸펠슈틸츠헨은 아까 싸움 와중에 잠들었고, 반트는 여기에 있네."

이사벨라.

연두의 낯빛이 창백해졌다. 복수야 했다지만 잊히지 않는 벨의 얼굴이 환상처럼 눈앞에 떠올랐다. 그녀는 자기도 모르게 미젤의 팔에 체중을 싣고 몸을 기댔다. 쓰러지지 않는 것만으로도 다행이었다.

"이사벨라……. 어디에 있죠?"

니니스는 연두가 어떤 일을 겪었는지 몰랐다. 그녀에게 중요한 건 결과지 과정이 아니었으니까. 그녀는 의아해하면서도 이사벨라가 있는 쪽을 가리켰다.

"저쪽에 있어. 하지만 가봐야 별거 없을 텐데? 불에 홀랑 타서 다시 잠들어 버렸거든."

"탔다고."

연두가 신음을 흘렸다. 산 채로 오븐에 갇혀 타죽은 벨이 떠올라서다. 이사벨라라는 이름에 대체 무슨 액이 끼었기에, 인형의 집과 동화 세계의 이사벨라 모두가 불에 타는 결말을 맞았을까.

"이런……."

연두는 인형들이 이끄는 대로 걸어 이사벨라의 앞에 섰다. 새카맣게 탄 인형은 조금 기묘한 모습이었다. 팔다리 모두가 부러지고 그을려 엉망이 된 가운데 목과 입술, 턱 등의 발성기관은 피부마저 멀쩡하지 않은가. 연두의 말 없는 시선을 받은 니니스가 허둥지둥 변명을 주워섬겼다.

"내가 태운 거 아니야. 오딜 녀석이 나로 착각하고 태운 거지."

"깨워보면 알 수 있겠죠."

연두는 손바닥 위에서 깡충거리던 핏물을 이사벨라 위로 쏟았다. 그러자 엉망으로 어긋났던 골격이 제자리로 돌아오고, 타버린 근육과 장기가 회복됐다. 오그라들었던 피부가 아름다운 본래 모습을 되찾은 뒤엔 머리카락이 다시 자라났다. 미겔이 주변의 인형에게서 망토를 빼앗아 그녀의 몸을 덮었다.

눈꺼풀을 굳게 닫은 채 가느다란 숨을 내쉬며 누운 이사벨라는 연두가 기억하는 벨과 다를 바가 하나도 없었다. 연두는 한참이나 망설인 끝에 간신히 이사벨라의 어깨를 톡, 건드렸다.

"이사벨라, 일어나요."

"으음……."

내뱉는 신음조차 연두가 기억하는 그대로였다. 반트가 말할 때마다 느껴지는 같은 기묘한 위화감 따위는 조금도 없었다. 일 분이 천 년 같은 기다림 끝에, 이사벨라가 눈을 떴다. 연두는 당장에라도 터질 것처럼 뛰는 가슴을 누르며 이사벨라와 눈을 맞췄다.

"벨!"

"……아아. 꼼짝없이 잠들어 다신 못 일어날 줄 알았는데……. 드림랜드의 새 주인이신가 보죠? 깨워주셔서 감사해요. 기껏 이름까지 얻어서 아쉬운 참이었거든요."

이사벨라가 웃었다. 연두의 얼굴이 하얗게 질렸다. 얼굴과 목소리는 똑같은데, 그녀는 전혀 다른 사람이었다. 휘청, 넘어가려는 연두를 미겔이 붙들고 부축했다. 이사벨라는 그런 미겔을 신기하다는 듯 바라보았다.

"이렇게 깨어나서 보는 건 처음이네요, 광대 씨. 아, 이젠 이름이 있으시려나?"

"미겔이라고 불러."

"그러죠, 뭐. 새 주인님은 뭐라고 불러야 하죠?"

"벨, 왜 날 모른 척해요? 내가 그렇게 미웠어요?"

연두의 물음에 이사벨라가 난처한 표정을 지었다. 그녀는 괜히 산발이 된 머리카락을 만지작댔다. 벨에게는 없던 버릇이었다.

"새 주인님. 동화 세계에도 분명 '나'가 있었겠지만……. 아마 나는 그녀가 죽고 나서 눈을 뜬 게 아닐까 싶어요. 기억도 없고, 연결되어 있다는 느낌도 전혀 들지 않는걸요. 뭔가 원했던 반응이 있었다면 미안해요. 기대를 충족시켜 줄 수가 없겠네요."

같은 얼굴, 같은 목소리. 그러나 전혀 다른 버릇과 표정, 말투. 마음이 술렁거린다. 그래, 벨은 죽었지. 죽은 사람은 다시 돌아오지 못한다. 연두는 이사벨라와 벨이 다른 존재라는 것을 받아들일 수밖에 없었다. 그녀는 가까스로 평온한 표정을 만들어냈다.

"아니, 아니……. 괜찮아요. 충분히 받아들였다고 생각했는데, 내가 모자랐던 거예요. 벨을 직접 묻어주고서도 아니길 바란 내가……."

말이 끝까지 이어지질 않았다. 연두는 울컥 터져 나온 눈물에 당황했다. 벨의 무덤 앞에서도 흘리지 않았던 눈물이 왜 여기서 나오는가. 그러나 한 번 터진 눈물은 좀처럼 멎질 않아서, 이사벨라가 건넨 손수건을 흠뻑 적셔 버렸다. 겨우 눈물이 멎었을 땐 돌려주기 면구스러울 정도로 상태가 안 좋아진 뒤였다.

"새 주인님은 눈물이 많으신 분이네요. 감수성이 풍부하신가 봐요."

팔짱을 끼고 뒤에서 상황 구경을 하던 니니스가 귀를 후비는 시늉을 했다. 못 들을 걸 들었다는 표정은 덤이었다. 반트가 옆구리를 찔렀지만 소용없었다. 뭐, 그래도 상관은 없다. 연두는 눈곱만큼도 신경 쓰지 않았으니까.

"내 이름은 강연두예요. 주인님 대신 연두라고 불러요. 이사벨라, 이제 당신이 인형의 집의 관리자 인형이에요."

"어머나……."

"인형의 집 관리를 하고, 동화세계도 유지해 줘요."

"갑작스러운 출세가 얼떨떨할 정도네요."

이사벨라가 묘한 미소를 지은 채 니니스를 바라보았다. 연두는 그녀의 옆모습에서 문득 기시감을 느꼈다. 어쩐지 아셰라드를 떠올리게 하는 표정이 아닌가.

"이전에는 미끼로 이용이나 당하다가 역시 미끼로 사용될 인형의 이름이나 가르쳐 주는 용도였는데요. 말을 할 수만 있으면 충분하지 않느냐며 치료해 줄 약도 아끼던 누군가와는 많이 다르시네요."

니니스가 눈을 동그랗게 떴다. 그 말을 굳이 꺼낼 줄은 몰랐던 탓이다. 평생을 제멋대로 살아온 마녀는 두꺼운 얼굴 가죽을 십분 활용했다.

"도구를 도구로 썼을 뿐인데 뭘. 어쨌거나 해피엔딩 아냐?"

"……."

"……."

「어휴…….」

말 없는 비난들 사이에서 반트가 내쉬는 한숨이 유독 크게 느껴지는 건 착각이 아닐 것이다. 미겔이 니니스의 도제가 될 반트에게 말 없는 위로를 건넸다.

실컷 기지개를 켠 연두가 하나씩 손가락을 꼽았다.

"어쨌거나…… 이제 할 일은 다 했나. 나 닮은 인형도 처리했고, 보상도 받았고, 관리자 인형도 만들었고……."

"네가 할 일은 다 했지만 아직 내 볼일은 남았어."

미겔이 니니스의 앞을 차지하고 섰다. 워낙에 키 차이가 나니 단번에 올려다보아야 하는 입장이 된 니니스가 미간을 찌푸렸다.

"뭔 볼일이 남았다는 거니?"

"대체 왜 이런 일을 벌인 겁니까? 겨우 내가 이 장사를 하는 게 싫어서 그랬다기에는 당신이 손해 본 게 너무 많지 않습니까?"

미겔은 도저히 이해할 수가 없었다. 아무리 제멋대로 사는 게 인생 모토인 마녀라지만, 이번 일에 니니스가 투입한 자원은 지나치게 많았다.

니니스가 드림랜드를 만든 건 2차세계대전이 끝나고 얼마 뒤였다. 이미 오랫동안 마법에 대한 부정이 이루어진 시기에 이만한 마법을 준비하는 게 결코 쉬웠을 리 없다. 드림랜드를 만든 직후에는 거의 탈진 상태에 이르렀을지도 모른다.

"당신은 조심스러운 마녀죠. 위험한 일엔 발을 들이지 않고, 인간들의 일에 지나치게 개입하지 않고, 모습을 감춰가며 살죠. 그래서 이만큼의 힘을 유지하고 있는 것이고……. 그런데 이건 너무 큽니다. 니니스답지 않아요. 대체 왜 그랬습니까?"

"글쎄……. 내가 말한다고 네가 이해나 하겠니?"

"일단 들으면 이해할 시도라도 할 수 있을지 모르죠."

니니스는 그저 웃었다. 마녀 릴리가 삶이 아닌 죽음을 택할 적, 남겨질 고양이를 걱정해 거짓말을 했다고 어떻게 말할 수 있을까.

☾

날씨 좋은 봄날이었다. 하늘은 청명하니 파랗고, 바람은 산뜻했다. 꽃이 지천으로 피어나는 가운데 나비와 벌이 축제를 벌였다. 쏟아지는 햇살이 사방으로 부서져 반짝거렸다.

릴리는 창틀에 턱을 괴고 바깥을 바라보았다. 총천연색으로 물든 봄의 풍경은 눈부시도록 아름다울 텐데, 어째 그녀의 눈에는 세상 전부가 회색으로 보였다. 보드라운 바람도, 달콤한 향기도, 언제나 귀를 즐겁게 하던 곤충의 날갯짓 소리도, 어떤 것도 그녀의 마음에 닿지 못했다.

"있잖아, 니니스……. 내가 가고 나면, 고양이를 부탁해. 그 녀석 의외로 마음이 여려서, 새 주인을 못 찾고 떠돌지도 몰라."

"그러게 죽지 말고 살면 되잖아. 고양이한테 쓸 마음이 남았으면 내 피나 돌려내. 어떻게 내 피로 죽을 생각을 할 수가 있어? 제기랄, 넌 친구도 아니야."

니니스는 릴리를 비난했다. 마녀는 오래 사는 종족이고, 그녀들은 쉽게 죽지 않았다. 마녀가 정해진 수명 이전에 죽으려면 다른 마녀의 피가 필요했다. 릴리는 아주 오래전, 뭐든 들어주겠다던 니니스의 약속을 악용해 그녀에게서 피를 얻어냈다.

친구가 자살하는 꼴을 눈 뜨고 볼 수 없었던 니니스는 차라리 떠나야겠다며 여행을 준비하던 중이었다. 한데 갑자기 릴리에게서 연락이 들어왔기에, 혹시나 마음이 바뀐 건 아닐까 급하게 찾아왔다가 이런 흰소리를 들었다.

"고양이에 쓸 정신이 있으면 이용당하는 친구도 좀 챙길 것이지……."

그러나 릴리의 귀에는 니니스의 만류 따위는 전혀 들리지 않았다. 지칠 대로 지친 마녀는 모든 걸 다 버리고 쉬고 싶을 뿐이었다. 저주로 더럽혀진 마력을 정화하는 과정은 지나치게 고통스러웠다. 겨우 고통을 잊을 만큼 기대어 쉴 수 있는 사람을 찾았는데, 그가 죽고 나면 그때는? 그녀는 그다음을 견딜 수 있을 것 같지 않았다.

"고양이한테 내 마력을 전부 줄 생각이야. 그럼 인간의 형태를 할 수도 있을걸."

"미쳤어? 고양이를 인간으로 만들어서 어쩌려고? 돌보는 마녀도 없이 그 녀석이 멀쩡히 잘 지낼 수 있을 것 같아?"

"그러니까 네게 부탁하는 거지. 꼭 마녀를 주인으로 삼을 필요는 없어. 인간이라도 좋으니까, 딱 맞는 주인을 찾아줘."

"너 진짜 너무해!"

니니스는 버럭 소리를 지르고 그대로 도망쳤다. 릴리가 마을의 모닥불에 뛰어들었다며, 구해달라는 요청을 받은 건 그로부터 얼마 지나지 않아서였다. 다급히 구름을 끌어모아 비를 내렸지만 이미 늦었다. 니니스의 피를 삼킨 릴리는 어떻게 소생을 시도할 여지도 없이 죽었다.

"릴리가 날 버렸어……."

"고양아, 일어나. 여기 이러고 있다간 인간들에게 잡혀. 빨리!"

"겨우 인간 때문에……."

니니스는 멍하니 늘어진 고양이를 데리고 그 자리를 벗어났다. 그녀는 자기만의 세상에 틀어박힌 듯 먹는 것도 마시는 것도 거부하는 고양이를 돌보며 자신이 세상에서 제일 거짓말을 잘하는 마녀를 친구로 두었다는 사실을 알게 되었다.

"마력을 모두 소비하면 죽을 수 있다니, 그게 무슨 개소리야. 애가 완전히 이용당하고 버려졌다고 생각하잖아. 하여간 나쁜 년⋯⋯."

사랑은 그저 핑계였다는 걸 안다. 끝이 보이지 않도록 이어지는 고통 속에서 그나마 위로가 되어주던 사람이 살해당할 위기에 처하자 모든 걸 놓아버렸다는 게 더 정확할 것이다. 완전한 악인이 되기엔 마음이 너무 어렸고, 마냥 선하게 모든 걸 견디기엔 연약했던 릴리에게 죽음은 해방이었을지도 모른다.

그러나 릴리와 함께 세상을 잃은 고양이에게 그 말이 받아들여질 리 없다. 니니스 역시 결국엔 릴리의 거짓말에 동참하는 수밖에는 방법이 없었다. 릴리는 운명적인 사랑을 하다가 죽음을 선택한 마녀가 되었다.

니니스는 고양이를 세심하게 돌봤다. 결국 릴리의 의도대로 돼 버렸다는 게 분하고 화나기는 해도, 빛을 잃은 눈을 두고 매정하게 발을 돌릴 수 있을 만큼 매정하지는 못했으니까.

어느 정도 정신을 차린 뒤에도 고양이는 릴리가 남긴 유품에 집착했다. 릴리가 주고 간 마력도 그 유품 중 하나였다. 마녀가 아닌 이상 살아가기 위해 반드시 소비해야 하는 마력이건만, 단 한 방울도 흘리길 아까워했다.

"계속 인간의 모습을 하면서 마력을 안 쓸 수는 있냐고? 말도 안 된다는 거 알지?"

"⋯⋯."

"어휴, 내가 죄인이다. 말리지 못한 내가 죄인이야."

니니스는 고양이에게 마력을 모을 수 있는 방법을 가르쳐 주었다. 아직 순수함을 가진 인간 어린아이들을 상대로 재주를 부리고 그들을 웃게 하면 된다고 말이다. 개미 눈물만큼밖에 안 되는 마력이겠지만, 그저 버티는 것엔 그것만으로도 충분했다.

"꼭 웃음이야 합니까?"

"웃음은 깨끗한 마력을 주거든. 양보단 질이지."

그나마 다행이라면, 고양이에게 인간에 대한 증오는 없었다는 거였다. 릴리에게 해가 될까 두려워 도망치기를 거부했던 남자의 행동이 무분별한 증오를 막았다. 니니스는 이름도 기억나지 않는 그 남자에게 마음 깊이 감사했다.

그리고 어느 정도의 시간이 흘렀을 때, 니니스의 어깨너머로 마법을 훔쳐 익히던 고양이는 광대의 옷을 입고 그녀의 곁을 떠났다. 니니스는 말리지 않았다. 주인도 아닌데 언제까지나 옆에 끼고 있을 수만은 없는 노릇이었으니까. 가끔 도움을 요청받을 때 망설이지 않고 도와줄 뿐이었다.

막 가스등이 나오던 무렵, 뿌연 도시의 달빛 아래에서 꼭두각시 인형을 줄 때가 그랬다. 아이들의 웃음이 마르고 어른들도 퍼석퍼석하게 부스러져 가는 시대, 광대의 옷을 입은 고양이는 너무나 상태가 나빴다.

"자, 부탁했던 꼭두각시 인형. 근데, 이거 장사는 잘 되니?"

"니니스에게 의뢰금 줄 정도는 됩니다."

"됐다. 끼나나 제대로 챙기는지 의심스러운 몰골을 한 녀석에 겐 돈 안 받아."

"마녀에게 공짜로 물건을 받으면 안 되죠. 분명히 나중에 그 배로 갚을 일이 생길 텐데."

"나중을 걱정하다가 지금 죽는 수가 있다, 너."

주인을 찾지 못하고 떠도는 고양이를 보며 니니스는 문득 걱정에 사로잡혔다. 고양이가 주인도 없이 죽어버린다면 신신당부를 한 릴리를 볼 낯이 없지 않느냐 말이다. 그녀는 좀 더 넓은 세상을 떠돌아보기로 결심했다. 혹시 아는가? 고양이의 인연이 넓은 세상의 저 먼 곳 어딘가에 있을지.

"그렇잖니. 요즘 세상에 네 인형극 보면서 좋다고 돈을 던져 줄 꼬맹이가 몇이나 되겠니? 걸음마 떼고 똥오줌만 가리면 바로 공장에 들어가 방직기 앞에서 한시도 쉬지 못하고 일을 하잖니. 방직기 일을 못 할 만큼 큰 아이들은 광산에서 석탄을 캐다가 웃음 한 점 남기지 못한 채 말라비틀어진 그대로 어두운 땅속에서 어른이 되지. 세상이 이런데 누가 네게 웃음소리를 들려주고 애정을 주고 온기를 나눠주겠어?"

"니니스! 나는……!"

"그래, 그래. 아직은 힘들겠지. 그래도 이건 아니야. 릴리를 생각해서라도 네가 이 꼴로 있으면 안 되는 거라고. 자, 받아. 다음 번에 만날 땐 지금 이 꼴보다는 나은 모습을 보여주면 돼. 알겠지?"

그러나 순수만큼 더럽혀지기 쉬운 게 또 어디 있으랴. 두 번의 커다란 전쟁을 거치고 만난 고양이는 웃음 대신 욕망을 정제하는 법을 배운 뒤였다. 고양이는 망연해진 니니스에게 선물 받은 꼭두각시 인형을 내밀었다.

"이제 정착하려고요."

그때까지도 고양이의 인연을 찾아내지 못했던 니니스는, 드림랜드 제작이 마지막 기회가 될 수도 있다는 걸 깨달았다. 그녀는 드림랜드에 고양이는 바라지 않았을 온갖 마법을 새겨 넣었다. 그렇게 드림랜드는 언젠가 나타날 고양이의 인연을 위한 거대한 덫

이자 미끼가 되었다.

C

니니스는 차마 말할 수 없는 옛이야기를 웃음으로 감췄다. 잊히지도 않고 눈에 밟히던 아름다운 호박색 눈동자가 돌아온 게 그저 반가웠다. 흐릿하게 죽어 있던 눈에 밝혀진 빛은 그동안의 고생과 손해를 감수할 만한 대가였다.

"가여운 어릿광대를 위한 동화를 만들어보고 싶었거든."

"무슨 말입니까, 그게."

엉뚱한 소리에 미겔이 짜증을 냈다. 그러나 니니스는 그에 상관하지 않고 연두를 향해 윙크를 해 보였다. 과연, 연두는 니니스의 말뜻을 어렴풋하게나마 짐작해 냈다.

'놀이공원에 갇힌 고양이를 구해내는 용감한 구출자…….. 뭐 그런 게 내 역할이었나 보지.'

연두는 웃었다. 전혀 불쾌하지 않았다면 거짓말이나, 구해낸 고양이가 몹시 마음에 드니 너그럽게 굴지 못할 것도 없었다.

전화왔숑~ 전화왔숑~

어디선가 귀에 익은 벨소리가 울렸다. 아무리 오래 지났대도 한때는 귀를 곤두세우고 살았던 소리다. 연두는 허둥지둥 휴대폰을 찾기 시작했다.

"여기 휴대폰 안 터지는 줄 알았는데."

"에어컨도 돌아가는데 휴대폰이 안 될 리가."

"에어컨 돌아가는 거 자체가 신기해 죽겠거든요?"

"말했잖아, 내 역작이라고."

구석에 있던 인형이 연두의 가방을 찾아왔다. 연두는 낡은 가방을 보물처럼 소중하게 받아들었다. 가방 안에 있는 휴대폰을 찾았을 땐 거의 울 뻔했다. 휴대폰이 마치 문명과의 연결고리처럼 느껴졌다.

액정에는 연두에게 익숙한 이름이 떠 있었다. 신문사에서 왕따 아닌 왕따로 지내면서도 그나마 좀 친하게 지냈던 후배가 전화를 건 것이다.

"얘가 웬일이지⋯⋯. 여보세요."

[선배! 아, 이제야 전화 받으면 어떡해요! 기자가 말이야, 휴대폰도 꺼놓고!]

"웬 난리야?"

[네? 왜냐고 물어본 거예요 지금? 와, 선배 어디 심신산골에 처박혀 있다가 이제 막 내려왔어요? 어떻게 모를 수가 있어요?]

"휴가인데 내가 어딜 가든 뭔 상관이야. 대체 무슨 일이 일어났는데 그래?"

[선배 기사요! 그 기사! 그거 터졌어요! 선림건설 지하자금 운용비리! YN 쪽에서 터뜨렸는데, 아주 작정했나 봐요. 후속 기사가 계속 나오고 있는데, 우리 쪽에 있는 건 선배 기사밖에 없잖아요. 데스크에서 휴가 따위 집어치우고 당장 오라는데⋯⋯. 선배, 설마 어디 외딴 섬에 있고 그런 거 아니죠?]

연두는 대꾸를 하지 못하고 얼어붙었다. 연두의 르포기사는 선림건설의 더러운 면을 샅샅이 들춰냈다고 봐도 좋은 기사였고, 호진일보는 선림건설에서 대량의 광고를 받는 곳이었다. 아무리 타 언론사에서 특종을 터뜨렸대도 쉬이 그 흐름에 편승하리라곤 생각하기 어려웠다.

[선배, 설마 진짜 섬이에요? 그래요?]

"잠깐만 기다려 봐."

연두는 송화구를 틀어막고 니니스를 향해 시선을 주었다. 니니스는 당황한 연두와는 달리 여유롭고 느긋한 표정을 짓고 있었다.

"니니스, 이거 환상 비슷한 거죠? 드림랜드는 손님이 가장 원하는 걸 보여주고 욕망을 충족시켜 주는 곳이라면서요. 그렇죠? 이런 걸로 장난치지 마요."

"연두 씨, 그게 정말 장난 같으면 전화부터 끊어야지. 그렇게 목숨줄 붙든 사람처럼 붙들고 물어보면 어떡해?"

연두의 표정이 울듯이 일그러지자 그에 따라 미겔의 기세가 뾰족해졌다. 니니스는 입을 삐죽 내민 채 사실을 토해냈다.

"누구 무서워서 놀려먹지도 못하겠어. 연두 씨, 연두 씨는 손님이 아니라 주인이잖아. 그리고 왕자님을 구해낸 공주님에게는 당연히 보상이 따르기 마련이야."

"그럼……."

"이거야말로 내가 생각하고 있던 보상이야. 어때, 마음에 들어?"

니니스가 개구쟁이처럼 웃었다. 연두는 홀린 듯 그 미소를 바라보다 다시 휴대폰을 귀에 가져다 댔다. 전화는 아직 연결 중이었다.

"금방 갈게."

[그래서 어딘데요-! 선배!]

연두는 전화를 끊었다. 일어날 리 없다고 생각했던 일이 일어나서일까, 어쩐지 머리가 멍하고 현실감이 들지 않았다.

'이렇게 갑자기…….'

동화 세계에서 지내는 동안, 연두는 새삼 현대 사회의 법과 제도가 가진 힘을 깨달았다. 아무리 법망이 허술하고 있어봐야 별 것 아닌 것 같아도, 없는 것보다는 백배 나았다. 더불어 펜의 위력과 의미 또한 되새겼으니, 현대로 돌아가면 이번에야말로 제대로 된 기자가 되어보겠노라 다짐도 했다.

그러나 쓰고 싶은 기사를 쓰면서 유혹에 휘말리지 않으려면 돈이 필요했다. 연두가 보상금에 집착했던 건 그래서였다. 연두가 생각하기에 자신은 그다지 강한 사람이 아니었고, 밥그릇이 비면 또 양심을 팔아먹을 게 분명했다. 딸린 식구도 있으니, 그때는 밑바닥에 남을 것도 없이 모조리 긁어다 바칠 터이다.

어쨌건 니니스를 쥐어짜서 집은 물론이고 정기적인 수입까지 얻었으니 당장 사표부터 낼 생각이었는데, 파급력 있는 신문사에서 지면을 내줄 조짐을 보이니 마음이 흔들렸다. 상대가 상대이니만큼 기사 전부가 나갈 수는 없겠지만 일단 동네방네 떠들 수는 있다는 것 아닌가.

'지면을 할애받을 수 있으면, 인터넷 방송을 하는 것보다 훨씬 효과가 좋을 거야. 하지만……'

연두는 무심결에 치맛자락에 손을 문질렀다. 손을 적신 땀을 닦으려는 시도였다. 아무리 동화의 세계라지만, 연두는 그곳에서 지난 몇 년을 살았고 그건 결코 허상도 꿈도 아니었다. 현대사회에 무사히 적응할 수 있을까 걱정부터 드는데 당장 기자 노릇을 하게 생겼다. 절로 어깨에 힘이 들어가고 입이 말랐다.

내내 그녀를 보고 있던 미겔이 연두의 손을 감싸 쥐었다. 연두의 불안을 모두 안다는 것처럼 다정한 손길이었다. 미겔은 긴장으로 차갑게 식은 손등에 정중하게 입을 맞추고 연두와 눈을 맞췄다. 최고급 호박처럼 영롱한 눈동자가 우아한 미소를 지었다.

"날 구해준 공주님, 나의 돈키호테."

"……."

"라만차의 기사는 정의를 위해서라면 어떤 괴물도 돌파해 내겠지. 내가 그 험한 길에 동행할 수 있도록 허락해 주겠어?"

연두의 얼굴이 붉게 달아올랐다. 이건 마치 청혼 같지 않은가. 그녀는 좀체 고개를 끄덕이지 못하고 머뭇거렸다.

"난 독신주의자야. 어, 독신주의자보다는 비혼주의자에 더 가까우려나? 연애를 하고 싶단 생각은 있었지만, 꼭 결혼해야 한다는 생각은 해본 적이 없어. 그게, 그러니까, 이유가 없는 건 아닌데……."

연두는 주섬주섬 변명을 늘어놓으려다 그만 입을 다물었다. 이 시점에 결혼으로 커리어가 끊긴 여자 선배들이나 결혼에 실패한 주변인들의 이야기를 하는 건 뭔가 아닌 것 같았다. 어색해하는 그녀의 뺨이 붉게 달아올랐다.

미겔은 그런 그녀를 몹시 귀엽게 바라보았다. 그에게 연두는 이상할 정도로 마음이 가는 사람이었다. 결혼? 까짓 거 안 하면 어떤가. 그런 형식이 아니어도 그녀는 자신의 곁에 있을 것이고, 자신은 그녀의 곁에 있을 것인데.

그는 다시 한 번 청했다.

"가장 믿음직한 동료, 의지되는 벗, 다정하고 변치 않는 연인으로 네 옆에 있고 싶어."

"……넌 내게 이미 그런 존재야."

"고마워."

미겔은 연두를 와락 끌어안았다. 그녀를 마음껏 안고 머리카락을 쓸어내는 것만으로도 위태롭게 흔들리던 세계가 공고해지는 느낌이 들었다. 그는 자신의 세계가 연두를 중심으로 돌고 있다는 것을 새삼 실감했다.

연두는 미겔에게 안긴 채 눈을 감았다. 그의 팔이 닿은 곳에서부터 훈기가 번졌다. 언제나 텅 비어 아슬아슬하게만 느껴졌던 바닥이 단단해졌다. 따뜻한 무언가가 가슴 안쪽에서 솟아올라 목구멍을 간질였다. 견디지 못하고 뱉었다.

"사랑해."

"뭐야……. 내가 먼저 말하려고 했는데 늦어버렸네. 강연두, 내가 더 사랑해."

사랑을 속삭이는 목소리가 꿀처럼 달았다. 샹들리에의 불빛이 너무나 눈부셔 눈을 뜰 수가 없었다. 오랫동안 스토킹에 시달리며 입은 상처에 붕대가 감긴 느낌이 들었다. 연두는 미겔이 건네는 애정에 머리끝까지 잠겨들었다. 안락한 품이었다.

이상을 좇는 삶을 살다 보면 앞날이 가시밭길과도 같을 것이나, 그와 함께라면 지치지 않고 걸을 수 있을 것 같았다. 넘어져서 엉엉 울고 있으면 달려와 일으켜 세워주고는 울지 말고 함께 걷자 어깨를 빌려줄 테니까.

한참동안 미겔에게 안겨 있던 연두가 드디어 몸을 뗐다. 그리고 숨을 곳을 찾지 못해 어정쩡하게 서 있는 니니스에게 말을 걸었다.

"있잖아요, 니니스."

"으, 으응?"

연두가 니니스를 바라보고 웃는 얼굴이 어찌나 해사한지, 니니스는 자기도 모르게 잔뜩 긴장하고 말았다. 아까 그녀에게서 재산을 뜯어내던 연두의 표정이 딱 저랬었다.

"불렀으면 말을 해."

"드림랜드는 정말로 드림랜드네요. 다시 한 번 꿈꿀 수 있게 하는 마법의 놀이공원."

"어……."

"정말 고마워요. 고생도 많이 했고, 다시 하라면 아마도 거절하겠지만, 그래도 그 시간이 있어서 앞으로 걸어갈 용기가 났어요. 다 당신 덕분이에요."

퍽 진심 어린 찬사였다. 니니스의 얼굴에 확 열이 올랐다. 마법이 배척당하기 시작한 이후로 이렇게 제대로 된 칭찬을 받아본 적이 있던가. 어쩌다 마녀들끼리 만나서 서로 얼굴에 금칠이나 하는 게 고작이었다.

"크흠, 흠, 흠. 누가 만든 건데 그럼."

니니스는 괜히 헛기침을 하며 연신 머리카락을 만지작댔다. 솔직하게 기뻐하면 좋을 것을, 입꼬리는 자꾸 씰룩이고 뺨은 벌겋게 달아올랐는데도 태연하게 보이려 애를 쓴다. 연두가 미겔의 옆구리를 쿡 찔렀다.

"니니스 성격이 의외로 너랑 닮았는데?"

"질 나쁜 농담이라고 생각하겠어."

농담일 리가 있나. 연두는 진심이었지만, 미겔이 정말로 싫은 표정을 짓고 있었기 때문에 더는 말하지 않기로 했다.

그때, 내내 조용히 서서 말이 없던 이사벨라가 어색한 공기 사이에 끼어들었다.

"연두 씨, 아까 통화할 때 금방 간다고 하지 않았어요? 조금 천천히 가도 되는 거였나요?"

"아 그렇지. 가야지. 하여간 시간관념이 엉망이 됐다니까. 고마워요, 이사벨라. 앞으로도 지금처럼 잘 부탁해요."

"뭘요."

이사벨라가 살짝 무릎을 굽혀 인사를 했다. 맨몸에 망토만 두르고 있을지언정, 그 자태만은 연두가 동화 세계에서 수없이 보았던 귀족들과도 비견할 만하게 우아했다. 연두는 숨김없이 감탄했다.

"정말 예뻐요. 당신은 마치 궁정의 귀부인 같네요."

"과분한 칭찬 감사해요. 하지만 저는 보잘것없는 마녀 인형이랍니다."

연두가 눈을 동그랗게 떴다. 벨은 죽고 나서 마녀 혐의를 뒤집어썼다. 그 누명은 뒤늦게 벗겨졌기에, 그녀는 한동안 마녀 벨이라고 불렸다. 그런 사정을 알 리 없는 이사벨라가 우아하고 세련된 미소를 지었다.

"연두 씨의 삶에 햇살이 가득하기를 바랍니다. 그러나 가끔 비가 오고 다리가 아파 쉬고 싶어지면 언제든 찾아오세요. 우리가 당신의 휴식을 위해 기다리고 있을 테니까요."

그 말이 신호라도 된 듯, 이사벨라의 뒤에 서 있던 인형들이 일제히 연두에게 허리를 굽혀 인사했다.

"여기 있는 모두가 연두 씨의 편이에요."

연두의 속에서 뭔가가 왈칵 넘쳐흘렀다. 아무리 드림랜드라지만, 이건 너무하지 않은가. 무르다 못해 물렁물렁한 약점만 골라 자꾸만 찔러대니 견디기가 어렵다. 연두의 눈가가 붉게 물들었다.

그러나 미젤이 보기에 인형들의 인사는 일종의 퍼포먼스에 불과했다. 상대가 누구이든 상관없이, 그저 주인이기에 바치는 경의에 연두가 감동한다니, 불쾌하지 않나. 그는 연두를 돌려세우고 인형들의 시선을 제 등으로 막았다.

"저 녀석들 재수 없어. 빨리 나가자."

"······내 감동 깨지 말아줄래?"

"주인이면 그저 좋다는 놈들에게 감동하면 내가 서운해."

"하여간 이상한 곳에 질투가 많아."

연두가 어깨를 감싼 손을 토닥토닥 두드렸다. 미젤은 울컥하여 좀 더 자세하게 설명할까 하다가, 그거야말로 연두의 감동을 깨부수는 일이 되기에 그만두었다.

'정말이지, 내 이런 배려를 알까 몰라.'

말을 안 하는데 당연히 알 리가 없다. 연두는 자꾸 입안에서만 투덜대는 미젤을 내버려 둔 채 부근의 벽에 손을 가져다 댔다.

"나가는 문이 필요해."

연두의 손이 닿은 부분부터 황금빛 실선이 뻗어 나왔다. 실선은 제멋대로 구부러지고 뻗어나가고 서로 얽히며 벽 전체를 독특한 문양으로 가득 채웠다. 나무덩굴 같기도 하고 인디언 패턴 같기도 한 선 위로 드림랜드의 마법들이 뛰어들었다.

뿔 달린 다람쥐, 머리 두 개인 독수리, 팔이 여섯 개인 인어, 뿌리로 경중경중 뛰는 해바라기 등이 문양 속으로 녹아 사라졌다. 그러자 그 자리에 문이 생겨났다. 크림색 바탕에 금으로 장식하고 꽃모양 손잡이가 달린 문이었다.

"난 그냥 평범한 나무문을 상상했는데······."

"무의식적인 취향의 발로야. 받아들여."

미젤의 지적이 너무나 정확해서 할 말이 없다. 연두는 괜히 입을 삐죽이며 문을 밀었다. 그녀가 가볍게 손을 댄 것만으로도 문은 미끄러지듯 열렸다.

시원하고 청량한 밤바람이 밀려들었다. 안쪽은 샹들리에의 불빛으로 훤하기만 한데, 바깥은 별이 총총하고 가로등이 빛나는 한밤중이었다. 가로등 불빛에 모여든 나방들이 어지러이 날아다녔다.

연두와 미겔은 서로 손깍지를 낀 채 인형의 집을 나섰다. 머리 위로 별빛과 달빛이 쏟아졌다. 이상한 일이었다. 동화 세계의 밤하늘이 더 영롱하고 더 밝았을 텐데, 어째서 지금이 더 밝게만 느껴지는지. 연두는 제 안에서 근거 없는 자신감이 차오르는 걸 느끼고 당황했다. 동화 세계에서 고생한 걸 생각하면, 현대 민주주의사회에서는 정말 뭐든지 할 수 있을 것 같았다.

"미겔, 있잖아……. 나 지금 하나도 무서운 게 없어. 뭐든 할 수 있을 것 같아."

"아무렴, 괜히 돈키호테겠어? 해."

"어, 안 말려? 나 진짜 풍차에 달려들지도 몰라. 지금 기분이 그래."

미겔은 그만 소리 내어 웃고 말았다. 강연두 무모한 걸 그가 왜 모르겠는가. 그저 궁금하다는 이유만으로 드림랜드까지 찾아온 사람인데 말이다. 미겔은 연두를 말릴 생각이 없었다. 그는 다시 한 번 연두의 손등에 입을 맞췄다.

"그게 너잖아. 하고 싶은 대로 해."

연두는 미겔의 말 한마디에 바로 행복해졌다. 어쩜 이렇게 마음에 드는 말만 쏙쏙 골라서 하는가 말이다. 안 그래도 취향을 이길 정도로 예쁜 얼굴이 더욱 예뻐 보였다. 붉은 입술이 잘 익은 체리처럼 맛있어 보였다.

"하고 싶은 대로 하라 이거지……. 그럼, 이것부터."

연두가 미겔의 멱살을 쥐고 그를 확 잡아당겼다. 그리고 아까부터 자꾸만 시선을 끌어당기던 그의 입술에 망설이지 않고 입을 맞췄다. 쏟아지는 숨결을 마음껏 들이마시고 그의 체온을 즐겼다. 당황하던 미겔도 곧 적극적으로 응하니, 나누는 숨은 그저 달콤하기만 했다.

밤에만 열리는 놀이공원, 드림랜드를 밝히는 불빛들이 연인의 머리 위로 쏟아져 내렸다. 그건 아무리 힘든 순간이 오더라도 그들을 감싸고 놓치지 않을 빛이고 꺼지지 않을 불빛이었다.

그때, 인형의 집 주변을 서성이던 가로등 하나가 연인의 뒷모습을 흐뭇하게 바라보는 니니스에게 다가왔다. 깃발을 매달기 위한 짧은 막대기에 니니스의 클러치가 달랑거렸다. 본인도 까맣게 잊고 있던 클러치를 챙겨오다니, 그 기특함에 니니스는 드림랜드의 폐기 계획을 이백 년쯤 뒤로 미뤘다.

클러치는 불룩했다. 니니스는 클러치를 열고 그 안에 든 작은 인형을 꺼냈다. 매표소에서 주워서 무심결에 챙겼던 물건이었다. 미겔이 손님들의 욕망 일부를 잘라내 만든 인형은 꺼림칙할 정도의 생기를 품고 있었다.

그녀는 인형을 내버리려다 말고 도로 클러치에 챙겨 넣었다. 그리고 바깥의 풍경에 완전히 빠져 있던 반트를 불렀다.

"반트, 저쪽으로 가면 매표소가 있어. 거기 가면 이 인형과 비슷한 크기의 인형들이 잔뜩 있을 텐데, 전부 쓸어오렴."

「어……. 전부요? 그게 뭔데요?」

"이건 꽤 잘 정제된 마력의 덩어리야. 쓸모가 아주 무궁무진하지."

반트가 샐쭉한 표정을 지었다. 그가 연두와 했던 약속은 기한이 없었고, 저 작은 인형에서는 니니스의 마력이 느껴지지 않았다.

「도둑질에는 참여하고 싶지 않은데요.」

"어허, 도둑질이 아니라 대리 보관이야. 이것들은 꾸준히 관리하고 손을 봐야 하는데 이사벨라의 능력으로는 어림도 없어. 그렇다고 연두 씨의 집에 죽 늘어놓기엔 좀 꺼림칙하지 않니?"

「하여간 핑계는 참 잘 대죠. 알았어요, 챙겨올게요.」

반트는 금세 사라졌다. 니니스는 클러치를 소중하게 챙겼다. 연두에게는 미겔의 수명을 장담할 수 없다는 식으로 말했지만, 이 마력 덩어리나 다름없는 인형들이 있다면 얘기가 달랐다.

"동화는 해피엔딩이어야 기분 좋지."

달은 밝고, 바람은 시원하다. 좋은 밤이었다. 어릿광대를 위한 동화를 쓴 마녀는 마지막을 예비하며 히죽 웃었다.

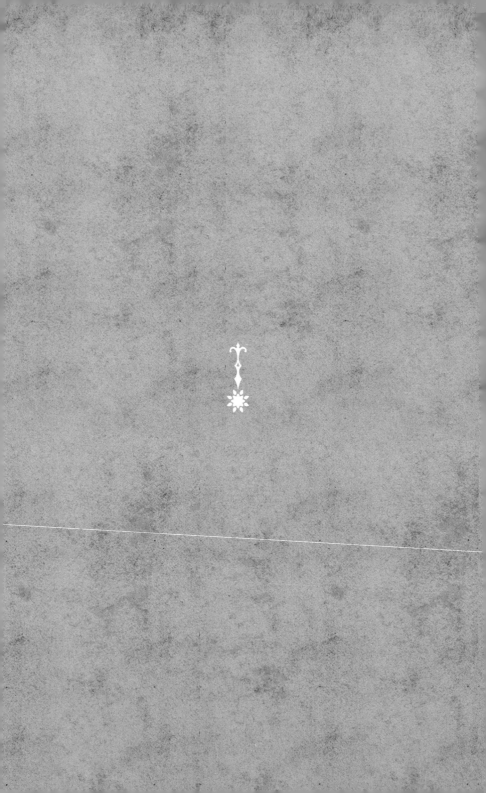

Epilogue

저녁 세일이 시작되는 시간이면 대형 마트는 손님들로 북적거린다. 경쾌한 음악이 흘러나오고 호객 소리가 귓전을 때리는 가운데 손님들은 저마다 카트를 끌고 전시된 상품 사이를 누볐다. 평범한 일상의 한 풍경이었다.

이 일상적인 풍경 가운데 평범하지 않은 게 있다면, TV 화면으로나 볼 수 있을 법한 미남이 고기 코너에서 진지한 고민을 하고 있는 모습이었다. 주변을 지나던 사람들마다 자석에라도 이끌리듯 시선을 주었다가 간신히 떼어내는 광경이 반복됐다.

'흑돼지가 맛있긴 한데……. 사골을 좀 고는 것도 괜찮을 것 같고. 아니, 차라리 육회를 살까?'

미켈은 잘 포장되어 전시된 고기 앞에서 심각하게 고민했다. 흑돼지는 맛있지만, 요즘처럼 추위가 기승을 부리는 시기에는 뜨끈한 사골도 좋다. 하지만 접시에 담긴 육회가 그냥 지나치기엔 아까울 정도로 싱싱하지 않나. 이런 고민을 하고 있는 그의 카트는 고기로 이미 절반쯤 차 있었다. 종류도 다양했다. 양, 오리, 닭…….

아까부터 미겔을 흘끔대던 판매원이 그에게 다가왔다. 상대가 외국인이다 보니 웬만해서는 말을 걸고 싶지 않았는데, 같은 자리에서 십여 분을 서 있으니 더는 내버려 둘 수가 없는 게다.

"저, 손님? Can I help you?"

"음……. 스트레스 푸는 데 좋은 고기가 뭘까요? 삼겹살? 사골? 육회?"

다행이야. 한국말 잘 하는 외국인이었어. 판매원은 남몰래 가슴을 쓸어내리고 성심성의껏 대답했다.

"스트레스 쌓인 사람의 취향에 따라 다르죠. 소주 좋아하시는 분들은 삼겹살 굽는 걸 좋아하실 거고, 뜨끈한 국물이 취향이면 사골이고, 육회는 다양한 술에 잘 어울리죠. 와인도 괜찮고, 전통주도 좋고, 양주도 어울리는 게 많고……."

고기를 골라 달랬더니, 술을 고르고 있다. 그러나 주당 애인을 둔 미겔에게는 퍽 유용한 조언이기도 했다. 그는 판매원이 늘어놓는 술을 잘 기억해 두었다가, 육회를 골랐다. 만족스레 웃는 얼굴에서 반짝반짝 빛이 난다.

"도움 많이 됐습니다. 감사합니다."

"어, 어어, 저야말로 감사합니다. 또 오세요!"

반짝이는 미소로 판매원의 얼을 빼놓고, 미겔은 카트의 남은 절반을 술로 채웠다. 채소와 과일은 안 빼먹었다는 시늉만 할 정도로 담았다.

집으로 돌아가는 길에는 택시를 탔다. 커다란 박스를 든 외국인의 탑승에 잔뜩 긴장했던 택시기사는 미겔의 유창한 한국어에 즐거워하며 자신이 알고 있는 맛집 정보를 술술 털어놓았다. 미겔은 그것도 잘 기억해 두었다.

"수고하셨습니다."

"어, 잘 가요! 아, 외국인 청년이 한국말 참 잘 하네."

미겔은 골백번은 더 들은 칭찬을 한 귀로 흘리며 대문을 열었다. 담장 부근에 선 감나무에서 떨어진 낙엽들이 좁은 마당을 굴러다녔다. 빨갛고 노랗게 물든 색이 곱기야 하다만, 그래봤자 다 쓰레기 아닌가. 미겔은 저도 모르게 앓는 소리를 냈다.

"아침에 쓸어놨는데 또……. 저놈의 감나무, 잘라 버리든가 해야지."

니니스가 서울에 사뒀다는 집은 뜻밖에도 꽤 오래된 한옥이었다. 손바닥만 한 부지에 집과 마당이 비등했다. 앞마당에는 감나무와 석류나무가, 뒷마당에는 목련과 매화나무가 자랐다. 풍경이 좋아 내부 리모델링을 하면서도 마당은 손을 대지 않았다.

결국 사시사철 풍경을 즐기며 살기에 좋은 집이 되니, 연두는 이 집을 무척 좋아했다. 방에서 창문을 열면 한 폭의 동양화를 보고 있는 것 같다나. 귀찮으니 잘라 버린다 말을 하는 미겔도 때때로 고양이 모습을 한 채 나뭇가지 위에서 오수를 즐기곤 했으니, 감나무는 앞으로도 꽤 오랫동안 무사할 것이다.

"어디 다녀왔어?"

그때, 인기척을 느낀 연두가 창문 사이로 머리를 빼꼼 내밀었다. 미겔이 나갈 때만 해도 아직 자고 있었는데, 그새 깬 모양이다. 머리카락을 흩뜨리고 눈을 부비는 모습이 어린 고양이처럼 사랑스럽다. 미겔은 연두의 이마에 입을 맞추며 눈을 비비는 손을 떼어냈다.

"눈 비비지 말라니까."

"알았어……. 근데 진짜 어디 다녀온 거야? 깼는데 없어서 놀랐잖아."

연두는 아이처럼 칭얼거렸다. 당연히 옆에 있을 거라고 생각했던 체온이 없다는 걸 확인한 순간, 끝없이 불안해졌다. 어느 날 갑자기 미겔의 수명이 끝날 수도 있다던 니니스의 말이 그녀를 괴롭히고 있었다. 때마침 대문을 열고 들어오는 미겔의 기척을 느끼지 못했다면, 연두는 미친 사람처럼 온 집 안을 뒤지고 다녔을지도 모른다. 의미 없는 짓인 걸 알면서도 멈추지 못했으리라.

미겔도 연두의 이런 불안을 알았다. 다만 존재는 알지언정 그 크기까지 짐작하지는 못할 뿐이었다. 그는 연두를 달래며 조만간 니니스를 찾아갈 마음을 먹었다.

'망할 마녀 같으니……. 기껏 만들어둔 인형을 죄다 쓸어가?'

니니스는 witch house에 꼭꼭 잘 숨어 있겠지만 반트가 있는 이상 숨어봐야 헛일이다. 연두가 반트와 나눴던 약속은 기한이 있는 게 아니었으니, 그녀를 핑계로 대면 반트는 반항할 수 없을 것이다. 미겔은 음험한 속마음은 꼭꼭 숨긴 채로 연두를 마저 달랬다.

"미안해. 다시는 네가 모르게 나가지 않을게. 장 봐왔어. 씻고 나와, 밥 먹자."

연두는 그제야 미겔이 내려놓은 상자에 눈길을 주었다. 연두는 들 엄두도 안 나게 큰 상자에는 언뜻 보아도 죄다 고기, 고기, 고기인데 고기 사이로 낯익은 술병들이 삐죽삐죽 머리를 내밀고 있었다. 조금 전까지 흐릿하던 연두의 눈이 반짝반짝 빛나기 시작했다.

"무슨 술 사 왔는데? 안주는 뭐야?"

"미리 알면 재미없지. 차려놓을 테니까 얼른 씻고 나와."

미겔은 연두를 약 올리듯이 상자를 치웠다. 그리고 연두가 씻는 사이 재빠르게 식탁을 세팅했다. 메인요리인 육회를 커다란 흰 접시에 보기 좋게 담고, 산뜻한 반찬 몇 가지를 냈다. 아무래도 낮술이니 술은 가벼운 샴페인으로 골랐다.

연두는 뜨거운 김이 오르는 머리카락을 수건으로 대강 감은 채 나타났다. 뜨거운 물에 데워진 뺨이 발그레하니 보기 좋았다. 그녀는 식탁에 차려진 육회를 보자마자 신난 얼굴을 하고 냉큼 의자에 앉았다. 미겔은 자연스레 그녀의 뒤에 서서 수건으로 머리카락을 말리기 시작했다.

"웬 육회야?"

"먹고 싶다고 했었잖아. 마침 신선한 게 들어왔기에 좀 사 왔어. 음, 브런치 삼기에는 좀 무거운가?"

"장바구니에 고기만 실컷 골라 담아놓고 새삼스럽게. 우리 집 냉장고의 절반은 고기로 채워져 있을걸."

"과일도 그만큼 채워놨잖아. 과일은 안 줄고 고기만 주는데 그럼 어떡해?"

연두는 뭔가 억울해졌다. 과일은 자신 혼자 먹고 고기는 같이 먹는데 고기가 먼저 떨어지는 게 당연하지 않나. 게다가 전기오븐과 인덕션을 다루기 시작한 미겔은 본인이 장담했듯 제법 맛있는 요리를 만들어냈다.

"넌 과일 안 먹잖아. 그러니 천천히 떨어지지!"

"으흠……. 내가 해주는 요리를 먹다 보니 과일 먹을 배가 모자란 건 아니고?"

미겔은 웃음기 어린 반박을 하며 연두의 귓가에 훅, 바람을 불어넣었다. 희던 목덜미가 순식간에 붉게 달아올랐다. 연두가 귓바퀴를 가린 채 신음을 흘렸다.

"으……."

"장난이야, 장난. 먹자."

"하여간 성격 되게 나빠. 사람 놀리는 거에 아주 맛 들었어."

"그래서 안 먹을 거야?"

"먹을 거야."

본래 먹을 것에는 죄가 없다. 그게 맛있는 음식이라면 더더욱. 연두는 부지런히 육회를 입으로 날랐다. 미겔이 따라주는 샴페인도 거침없이 마셨다. 일어난 지 얼마 안 됐지만 워낙에 허기져 있던 참이었다. 잘도 넘어간다.

미겔은 젓가락을 몇 번 대지도 않은 채 연두가 먹는 걸 구경했다. 직접 잡아 온 사냥감을 요리해 먹이는 것도 아닌데 이상하게 만족감이 들었다.

"아, 이렇게 열심히 먹다간 돼지 되겠어. 쉬는 동안 한 거라고는 먹고 자는 것뿐이야."

"본래 휴식은 그렇게 하는 거야. 그리고 이제는 전보다 더 열정적으로 뛸 거잖아?"

연두는 며칠 전에 사표를 냈다. 데스크에서 그녀의 기사를 제대로 실어주지 않았기 때문이었다. 경쟁에서 뒤처져 이미 한 번 쓴맛을 봤음에도 데스크의 태도는 변하지 않았다. 연두를 부리나케 불러들여 놓고는 그녀의 기사에 계속 간섭하며 논조를 바꿀 것을 유도했다. 이미 끌 수 없을 지경까지 불이 번졌다는 걸 알면서도 말이다.

"나, 그만두려고. 이럴 바엔 차라리 1인 방송을 하는 게 낫겠어."

"알겠어, 대신 딱 사흘만 쉬어."

미겔은 연두를 말리지 않았다. 대신 연두에게 강제적인 휴가를 부여했다. 지금 연두가 취재는 안 나가고 집 안에서 뒹굴거리고 있는 건 미겔과의 약속 때문이었다.

미겔이 연두의 빈 잔에 샴페인을 따랐다. 황금빛 액체 속에서 자잘한 기포가 보글보글 올라왔다.

"힘들 거라고 말려봐야 귓등으로도 안 들을 테니, 잘 먹이기라도 해야지."

"힘내서 잘 버티라고 먹이는 거였네. 고마워, 잘 먹고 힘낼게."

취재를 다닐 때, 일간지의 기자 신분은 상당한 방패막이가 되어주었다. 그러나 그 방패막이를 스스로 내던졌으니, 연두의 앞날은 앞으로 꽤나 험난해질 것이다. 당장 대형 폭탄을 맞은 선림건설에서 그녀를 주시하고 있는 형편이었다.

이 모든 걸 알면서도 연두는 퍽 긍정적이었다. 아무리 견고한 제방이라도 실금이 커지면 무너지는 법이고, 한 번 발생한 실금이 제법 큰 균열로 발전하려는 기미는 이미 곳곳에서 보이고 있었다. 그 실금에 부지런히 물을 붓고 있는 사람들 중 하나로서 어떻게 즐겁지 않을 수 있을까.

연두가 미겔의 잔에도 샴페인을 따랐다. 그리고 건배를 요청하니, 미겔은 못 이기는 척 술잔을 들었다. 쨍- 술잔 부딪치는 소리가 맑고 맑다.

연두는 눈을 둥그렇게 휘며 웃었다. 미겔이 곁에 있다는 것만으로, 그가 자신의 선택을 지지해 준다는 것만으로 뭐든지 할 수 있을 것만 같은 자신감이 솟구쳤다. 정말로 돈키호테가 될 수 있을 것 같았다. 절로 콧노래가 나왔다.

"난 애인을 정말 잘 둔 것 같아."

"이제라도 알아서 정말 다행이야."

연두도 미겔도 키득대며 잔을 비웠다. 맛있는 술과 안주, 그리고 좋은 이야기 상대가 있는 식탁은 즐거웠다. 창호 대신 끼워 넣은 유리창 너머로 눈발이 솔솔 날리기 시작했다. 움직이는 것에 민감한 미겔이 먼저 알아챘다.

"어, 눈 온다. 제법 쌓이겠는데."

"그래? 그럼 우리 이따 밤에 데이트 나갈까?"

"추운데 데이트는 무슨……. 눈이라면 다른 곳에서 실컷 봤잖아."

추위도 눈도 싫어하는 미겔이 질색을 했다. 하지만 연두의 생각은 달랐다. 동화 세계의 눈과 현실 세계의 눈이 어떻게 같단 말인가. 일단 이곳엔 화려한 야경이 있고, 야밤에도 북적대는 사람들이 있고, 무엇보다 난방 잘되는 가게들이 얼마든지 있는데!

"곧 크리스마스잖아. 나가자. 응? 나, 애인 팔짱끼고 사람 북적대는 길 걷는 게 소원이었단 말이야."

"아, 진짜……."

인상을 쓴 채 연거푸 술을 들이켜던 미겔이 갑자기 뭔가 떠오른 것처럼 연두를 바라보았다. 그 눈빛이 사뭇 진지해서, 연두는 자기도 모르게 자세를 바로 했다.

"그 1인 방송인가 뭔가 하면, 얼굴이 사방에 팔리는 거지?"

"뭐……. 그럴 수도 있고, 아닐 수도 있고. 편집을 어떻게 하느냐에 달렸지. 그건 왜?"

"나가자. 지금 당장……. 아니, 너 머리 덜 말랐지. 마저 말리고 바로 나가자."

갑자기 미겔이 적극적으로 변했다. 연두가 놀라 눈을 동그랗게 떴지만, 미겔은 마음이 바빠 연두를 채근했다. 강연두라니, 안 그래도 특이한 이름이다. 어떻게 편집을 하든 방송을 시작하면 얼굴쯤이야 순식간에 털릴 게 분명했다. 동시에 그녀를 노리는 늑대도 잔뜩 생겨나겠지. 미겔은 비밀스러운 다짐을 했다.

'같이 있는 사진을 잔뜩 찍어야겠어.'

그런 그의 옆에서, 연두도 똑같은 생각을 하고 있었다. 사람들의 시선을 죄다 끌어모으는 잘난 얼굴을 가진 애인이니, 사진을 잔뜩 찍어서 내 거다 광고를 해야겠다고.

만난 계기야 어찌 되었든, 둘은 퍽 잘 어울리는 연인이었다. 앞으로도 쭉, 행복할 것이다.

마치 동화처럼.

⟨The End⟩

외전

1. 어느 여름날

여름은 이르게 찾아왔다. 5월의 새파란 하늘은 원망스러울 정도로 뜨거운 햇살을 쏟아냈다. 허겁지겁 피어난 꽃들이 더위에 지쳐 흐늘거렸다.

연두는 이마에 흐른 땀을 닦아내며 쯧, 혀를 찼다. 포장이사를 했으면 좋았을 것을, 돈이 없어 용달차를 불렀더니 이사 뒷정리가 죄다 그녀의 차지였다. 자그마한 단칸방이지만 이 날씨에 엎드려 걸레질을 했더니 온몸이 땀으로 흥건해졌다.

"아이고, 죽겠다……. 날씨 왜 이래?"

창문을 너머로 고개를 빼자, 도시의 열기에 달궈진 후끈한 바람이 얼굴을 때렸다. 가파른 언덕에 다닥다닥 달라붙은 낡은 주택들은 그만큼 태양과 도시에 가까웠다. 연두는 진저리를 내며 머리를 도로 집어넣었다.

"에어컨…… 은 사치지. 응. 차라리 나가야겠다."

안 그래도 점심 먹을 때가 다 됐다. 연두는 주섬주섬 지갑을 챙겼다. 이삿날이니 짜장면을 배달시켜 먹어야 하겠지만, 찜통 같은 방에서는 아무것도 넘기고 싶지 않았다. 눈이 오면 큰일이 날 것 같은 가파른 계단을 내려가 삐걱대는 대문을 열었다. 여기서 또 한참이나 내려가야 중국집이 있을 텐데, 골목길은 온통 뜨거운 햇살로 가득 채워져 있었다.

'……그냥 시켜 먹을까?'

이미 충분한 노동을 하지 않았던가. 조금 게으름을 피운대도 괜찮을 것이다. 연두는 이곳저곳에 전화를 걸었지만, 주소를 불러줄 때마다 거긴 안 간다는 대답만 돌아왔다. 경쟁 치열한 중국집 배달부도 거부하는 동네라니, 앞으로 식사를 어떻게 해결해야 하는지 까마득했다.

"난 요리 못하는데……."

연두는 서글프게 중얼거리며 걷기 시작했다. 한 걸음 걸을 때마다 자비 없는 햇살이 정수리를 뜨겁게 데웠다. 5월이 이럴진대, 8월이 되면 그땐 아예 집에 들어올 생각을 말아야 할지도 모른다.

전화왔숑~ 전화왔숑~

벨이 울렸다. 연두는 휴대폰을 찾았다. 액정에는 반가운 이름이 떠 있었다. 준규 선배. 날이 풀리면 정신없이 바빠지는 건설사에서 일하는 사람이 웬일일까.

"여보세요. 선배? 이 시간에 웬일이에요?"

[웬일이긴. 너 오늘 이사잖아. 이사는 잘 했어?]

"그럼요. 세간이랄 것도 없는데 못할 건 또 뭐겠어요. 선배는 점심 드셨어요?]

[먹어야지. 하여간 강연두, 말 돌리는 거 봐. 이사할 거라고 말을 해줬으면 내가 도와줬을 텐데, 덜렁 계약부터 하고 알려주면 어떡해? 달동네 옥탑방이라니. 그게 뭐야.]

준규가 전화 너머에서 투덜댔다. 그는 연두가 스토커에게 시달릴 때마다 자신이 갖고 있는 아파트로 이사할 것을 권유하곤 했다. 하지만 경비가 철저한 그 아파트의 월세는 연두가 감당할 수 있는 수준이 아니었다. 준규가 깎아준대도 안 될 일이었다.

지금 연두는 선림건설 지하자금의 흐름에 대해 캐고 있었다. 선림건설은 창립자 일가가 거의 대부분의 지분을 보유하고 있는 곳이었고, 준규는 그 집안의 후계자였다. 준규가 빌려주는 집에서, 공짜나 다름없는 월세를 내고 살면서 그의 본가를 어떻게 헤집을 수 있을까.

'세상에, 아직도 나한테 염치라는 게 있네.'

연두는 소리 없이 웃었다. 달동네 옥탑방까지 밀려왔어도 아직 버틸 힘이 있다니, 스스로도 놀랄 일이었다.

[또 웃고만 있지.]

"어, 어떻게 알았어요?"

[내가 널 본 게 몇 년인데 아직도 모르겠냐. 잔소리는 그만할 테니까 대답이나 해. 점심은 먹었어?]

"먹으러 가는 중이에요. 다 왔어요."

연두는 손으로 챙을 만들어 햇살을 가렸다. 통화가 길었는지, 아니면 자기도 모르게 발을 빨리 놀렸는지 까마득하게 멀게만 느껴지던 중국집이 벌써 코앞이었다.

"저는 짜장면 먹을 거예요. 선배는요?"

[글쎄……. 네가 짜장면 얘기하니까 갑자기 나도 먹고 싶네. 오

늘 점심은 짜장면으로 할까.]

"면은 안 좋아하시잖아요. 이왕 중국음식 드실 거면 볶음밥 드세요."

연두가 준규의 식성에 대해 아는 체를 했다. 휴대폰 너머에서 웃음소리가 들려왔다. 달짝지근하고 부드러운 웃음소리였다. 연두는 갑자기 화끈 달아오르는 뺨에 부채질을 했다.

"아, 진짜. 꼬실 것도 아니면서 그렇게 웃지 좀 마세요."

[웃는 거 가지고도 뭐라 하네. 밥 잘 먹고, 집 정리 다 되면 한번 초대해.]

"선배 초대할 만한 집이 못돼요. 안 돼요."

[엉덩이 붙일 공간은 있을 거 아냐? 초대해. 알겠지?]

엄격한 어조에는 거절은 용납하지 않겠다는 의지가 담겨 있었다. 준규에게 소소한 도움을 많이 받았던 연두로서는 그가 이렇게 나오면 아무래도 무시하기가 어렵다. 결국 그녀는 볼멘 목소리로나마 허락할 수밖에 없었다.

"알겠어요. 하여간, 와가지고 얼굴만 내밀고 바로 나가자고 할 거면서 매번 초대를 하래."

[잘 안 들리는데. 다시 말해보지?]

"중국집 다 왔다고요. 어휴, 배고프다. 선배, 이만 끊을게요. 점심 맛있게 드세요!"

준규가 뭐라뭐라 말을 했지만, 연두는 죄다 무시하며 전화를 끊어버렸다. 뒤끝이 긴 사람은 아니니 후배가 이 정도 반항을 했다고 화를 내진 않을 테다. 친절하고 상냥한 준규는 그녀의 소중한 인연이었지만, 가끔은 이렇게 부담스러울 때가 있었다.

기름에 채소 볶는 냄새가 코를 자극했다. 안 그래도 비어 있던 배가 요란하게 신호를 보냈다. 연두는 나무로 만들어진 고전적인 발을 걷고 가게 안으로 들어갔다. 낡은 동네만큼 낡은 가게였지만 어디 고급 식당 부럽지 않게 맛있는 냄새가 났다.

"짜장면 하나요."

"홀 짜장면 하나!"

식사 시간을 맞아 배달을 준비하는 가게는 분주했다. 연두는 전쟁터와 같은 주방에서 내준 짜장면을 순식간에 해치웠다. 양파, 콩, 돼지고기. 재료는 단출한데 나름 맛있는 짜장면이었다. 아침부터 지금까지 내리 굶어 맛있는 건지도 모르지만, 사실을 확인하려면 한 번 더 와야 할 것이다.

"꺽, 잘 먹었다."

배를 두드리며 나와서는 작은 슈퍼에서 아이스크림을 샀다. 아이스크림이라도 물고 있어야 그 오르막길을 다시 올라갈 엄두가 날 것 같았다.

"아가씨."

연두는 가파른 언덕 앞에 서서 올라가야 거리를 가늠했다. 까마득했다. 그녀는 괜히 아이스크림 포장지를 주물럭댔다.

"아가씨."

괜히 음식점에서 배달을 거부하는 지역이 아니구나 하는 생각이 들었다. 오토바이를 타고 올라오다가 미끄러졌다간 바로 대형 사고가 날 게 틀림없다.

"아가씨!"

연두는 그제야 뒤를 돌아보았다. 작은 골목길 입구에서 좌판을 펴놓은 할머니 한 분이 그녀를 향해 손짓하고 있었다. 무시하고 갈까, 싶었지만 이미 눈이 마주쳤다. 연두는 주춤주춤 할머니에게 다가갔다.

'아깐 안 계셨던 거 같은데……. 짜장면 먹는 사이 오셨나?'

할머니는 하얀 눈이 내린 머리카락을 곱게 쪽찌고, 낡은 옷일 망정 깔끔하게 차려입은 분이었다. 세월이 내린 눈썹 아래로 흑요석 같은 검은 눈동자가 비밀스럽게 반짝거렸다.

"저 부르셨어요?"

"그래, 아가씨. 아가씨, 혹시 고양이 좋아해?"

갑자기 웬 고양이 타령이람. 연두는 멍하니 눈을 깜빡이다 할머니의 주변을 살폈다. 혹시 고양이를 파는 분인가, 싶어 한 일이었지만 동물우리는커녕 동물이 담겨 있을 만한 박스 같은 것도 안 보였다.

"고양이 좋아하냐니까?"

대답이 늦자 마구 채근한다. 어지간히도 성질이 급한 할머니였다. 연두는 얼떨떨하게 고개를 끄덕였다.

"아, 예……. 좋아해요."

"그럼 한 마리 길러볼래?"

"네?"

"아, 글쎄, 내 친구 녀석이 세상을 뜨면서 고양이를 한 마리 남겼는데 기를 사람이 없지 뭐야. 마땅한 사람을 찾아줘야겠는데 그게 영 여의치가 않아가지고……. 아가씨면 잘 기를 수 있을 것 같아 그러는데, 한 마리 길러볼래?"

연두는 마구 좁아지려는 미간을 억지로 눌러가며 폈다. 그녀는 하루의 거의 대부분 집을 비웠고, 밖에서 자고 들어오는 일도 잦았다. 게다가 돈도 없었다. 동물을 기르기에 아주 부적합한 사람이었다.

"……그냥 좋다고 키우기엔 제가 좀…… 사정이 그래서요."

"이런, 아가씨라면 아주 잘 길러줄 것 같은데……. 왜, 새끼가 아니라서 안 돼? 다 큰 고양이긴 해도 아주 잘생겼어. 눈은 예쁜 황금색이고, 털은 까맣고 반드르르해. 애교도 많을 거야."

"아니요, 그게 아니라 형편이 안 돼서 그래요."

연두의 거절에 할머니는 굉장히 서운해하는 표정을 지었지만 어쩔 수 없는 일이었다. 연두는 보이지도 않는 고양이 대신 할머니의 좌판을 살폈다. 반들반들 윤이 나는 천도복숭아들이 소쿠리에 담겨 늘어서 있었다.

'좋은 냄새…….'

굉장히 향긋하고 좋은 냄새가 났다. 아까 지나칠 땐 왜 맡지 못했을까 이상할 정도로 강렬하고 좋은 향기였다. 침이 꿀꺽 넘어갔다.

연두는 주섬주섬 지갑을 꺼냈다. 평소에는 카드를 주로 쓰지만, 마침 이삿날이라 따로 챙긴 현금이 조금 있었다. 이런 좌판에서 파는 천도복숭아 한 소쿠리 정도는 살 수 있을 정도의 돈이었다.

"할머니, 이거 얼마예요?"

"응? 사게?"

"파시는 거잖아요. 얼마예요?"

할머니는 얼른 대답하지 않았다. 주름진 손을 연신 꼼지락거리며 망설이던 할머니가 갑자기 등 뒤에 감춰뒀던 검은 봉지를 꺼내 풀었다.

짙은 향기가 주변을 물들였다.

처음에는 봉지 안에 향수를 쏟은 줄 알았다. 하지만 봉지 안에는 향수가 아니라 분홍빛 복숭아가 들어 있었다. 어찌나 크고 향기로운지, 좌판에 내놓은 천도복숭아와는 비교도 되지 않는다.

"우와……."

연두는 숨김없이 감탄했다. 이렇게까지 크고 향기로운 복숭아를 좌판에서 볼 수 있을 거라곤 상상도 못했다. 어디 백화점의 고급 선물 세트 안에 들어 있어야 할 과일 같았다.

할머니는 그 복숭아를 연두에게 불쑥 내밀었다.

"받어."

"어, 얼만데요?"

연두는 조금 겁을 먹었다. 한 알에 몇만 원을 달라 해도 납득되는 복숭아인 것이다. 가난뱅이인 연두에게는 지나친 사치였다.

이런 연두의 사정을 아는지 모르는지, 할머니는 구부정한 몸을 일으켜 연두의 손에 억지로 봉지를 쥐여주었다. 그리고 새 봉지를 꺼내 연두가 처음에 물어보았던 천도복숭아 소쿠리를 통째로 담았다. 연두는 할머니가 막무가내를 떠넘기는 봉지를 밀어내며 뒷걸음질을 쳤다.

"할머니, 저 이거 다 못 사요!"

"파는 거 아니야. 그냥 주는 거야."

"네에?"

"이건 그냥 내가 취미로 파는 거니까, 그렇게 부담스러워하지 않아도 돼. 아가씨가 마음에 들어서 주는 거야."

연두는 할머니의 말을 믿을 수가 없었다. 도시에서 나고 자랐고 대파 한 대 키워본 적 없는 연두이지만, 이만큼 탐스러운 복숭아를 키우려면 얼마나 많은 정성이 들어가는지 정도는 알고 있었다. 그걸 취미로 판다고? 말도 안 되지.

"할머니, 그래도 그냥은 못 받아요. 이거 키우는 데 한참 고생하셨을 텐데 어떻게 공짜로 받아요."

"아냐, 괜찮아. 내가 주고 싶어서 주는 거야. 안 팔려고 숨겨놨던 거 못 봤어? 처음부터 파는 거 아니었어."

할머니는 완강했다. 연두가 내미는 돈을 홱 밀어버리고 대신 그녀의 손에 봉지 손잡이를 쥐여준다. 연두는 할머니를 거절할 수가 없었다. 힘으로 밀어내기에는 굽은 등이 너무나 연약해 보였다. 그녀는 차라리 돈으로 사겠다고 애원하기 시작했다.

"할머니, 저 그럼 천도복숭아만 살게요! 네?"

"돈은 됐다니까! 어른이 주는 거 이렇게까지 거절하면 못써!"

계속 사겠다고 하자, 할머니는 버럭 화까지 냈다. 결국 연두가 졌다. 좋은 마음으로 준다는 걸 자꾸 거절하는 것도 미안했고, 코를 간질이는 복숭아 향기가 너무 좋았던 탓도 있었다.

연두가 물러서자 할머니의 주름진 얼굴에 환한 미소가 번졌다. 그 웃음이 어찌나 밝은지, 연두는 자신이 모르는 사이에 할머니의 소원이라도 들어드렸나 의심했다.

"잘 먹을게요……."

"응, 맛있게 먹어. 썩히거나 남 주지 말고 아가씨 혼자 다 먹어! 그러라고 준 거야!"

"네. 감사합니다."

연두는 양손에 복숭아 봉지를 들고 언덕길을 오르기 시작했다. 좋은 향기가 양쪽에서 솔솔 풍겨와서 그런지, 아까는 그렇게 까마득하게만 보이던 언덕길도 괜찮게만 느껴졌다. 얼른 가서 복숭아 먹을 생각에 발이 가벼웠다.

'근데 5월에 복숭아가 났던가?'

그럴 리가 있나. 복숭아는 뜨거운 햇살을 맞아가며 탐스럽게 익는 과일이다. 아무리 일러도 6월 말, 늦으면 8월에나 나오는 과일이 복숭아였다. 그러나 연두는 현대도시인이었다. 사시사철 과일이 나오는 게 익숙한 사람이다.

'비닐하우스에서 키웠나 보지. 요즘엔 복숭아도 비닐하우스에서 키우는구나.'

연두는 룰루랄라 콧노래까지 부르며 언덕길을 올랐다.

그런 연두의 뒷모습을 흐뭇하게 보고 있던 할머니는 연두가 멀리 사라지자마자 능숙한 솜씨로 좌판을 걷었다. 깔고 앉아 있던 박스를 접어 그 안에 남은 복숭아와 소쿠리를 몰아넣고 비닐봉지도 담았다.

"끙차."

박스가 꽤 무거울 텐데, 단번에 들어 올렸다. 굽어 있던 등은 어느새 반듯하게 펴져 있었다.

그녀가 골목길 안쪽으로 한 걸음 걷자, 희게 눈 내렸던 머리는 새카맣게 변했다. 두 걸음 걸었을 땐 주름진 얼굴이 팽팽해졌다. 세 걸음 뒤에는 낡은 옷자락이 세련된 정장으로 바뀌었다. 안고 있던 박스를 바닥에 내려놓았다. 박스가 바퀴 달린 여행용 가방으로 바뀌었다.

"으흥~ 이렇게 먼 곳에 있었으니 그동안 못 찾았지~"

마녀 니니스는 할머니의 분장을 벗어버리고 얼굴 가득 미소를 머금은 채 길게 기지개를 켰다. 드디어 인연을 찾았다. 일을 시작할 시간이었다.

✻

반트는 어이없어 하며 먹던 우유를 뱉었다. 지금 이 얘기를 자랑이라고 하고 있는 건가?

　「운명이라면서요? 세상에 다시없을 인연이라더니, 니니스가 다 꾸민 거였어요?」

　"무슨 소리야. 인연이니까 내 눈에 띈 거지. 내가 아니었어도 둘은 언제 어디서든 반드시 만났을 거야. 난 그걸 조금, 아주 조금 앞당긴 것뿐이라구."

　「지금이라도 다른 마녀를 찾아가 보는 게 어떨까 싶네요…….」

　니니스는 코웃음을 치며 웃었다. 이루어질 리 없는 소망이었다.

2. 회복

    뺨을 간질이는 햇살, 바스락 소리가 나는 침구, 푹신하고 좋은 향기가 나는 침대. 거기에 단단히 등을 끌어안은 연인의 팔. 완벽한 아침이다. 연두는 따뜻한 품으로 자꾸만 머리를 들이밀었다. 낮은 웃음소리가 정수리를 문질렀다.

    "고양이는 난데 왜 네가 더 고양이같이 구는 거야……."

    "사랑하면 닮는다잖아. 닮아가나 보지."

    "이런. 기분 좋아서 반박할 수가 없는 말이네."

    등을 쓰다듬던 손이 머리카락을 헤집었다. 깃털 같은 입맞춤이 이마와 뺨에 쏟아졌다. 연두는 눈을 감은 채 미겔이 쏟아붓는 애정을 즐겼다.

    "그런데, 오늘 약속 있다지 않았어? 해 뜬 지 한참인데 이러고 있어도 돼?"

    연두는 침대 머리맡에 달아놓은 시계를 확인했다. 아, 이런,

약속 시간까지 두 시간도 채 남지 않았다. 눈이 번쩍 떠졌다. 부리나케 일어나 욕실로 달려갔다. 씻고 나왔을 땐 미겔이 갈아입을 옷을 다 꺼내놓은 뒤였다. 정신없이 꿰어 입고 운전대를 잡았다. 출발 직전, 연두를 배웅 나온 미겔이 창문을 두드렸다. 연두는 어리둥절한 표정으로 창문을 열었다.

"내가 뭐 빠뜨린 거 있어?"

"아니, 그게 아니라. 이거 가져가라고."

미겔이 연두에게 예쁜 천으로 싼 상자를 내밀었다. 연두는 얼결에 상자를 받아들었다. 그리 크지도 않은 게 제법 묵직한 데다 좋은 향기가 솔솔 새어 나왔다.

"이게 뭔데?"

"그 친구에게 주는 선물."

세심한 배려에 연두의 뺨에 홍조가 올랐다. 오늘 연두의 약속은 특별했다. 그녀가 스토커에 시달리는 동안 사이가 멀어졌던 옛 친구, 민지와의 만남이었다. 민지는 연두의 1인 방송을 시청하다가 용기를 냈다며 먼저 전화를 걸어왔다.

[연두야, 우리 만날까?]

연두와 가까웠던 만큼 스토커에게 지독하게 시달렸던 친구가 민지였다. 연두는 민지를 생각하면 미안함밖에 남은 게 없었다. 차마 만나자는 말을 못 하고 망설이는 연두의 등을 떠밀어 오늘의 약속을 성사시킨 게 바로 미겔이었다.

연두는 선물 상자를 끌어안은 채 물었다.

"정말 같이 안 가?"

"오랜만에 친구 만나는 건데 내가 거길 왜 가. 둘이 재미있게 놀다 와."

"그래도……."

"내가 껴봤자 어색하기만 하지. 빨리 가, 계속 이러고 있음 늦어."

미겔은 야멸차기까지 한 태도로 연두를 재촉했다. 연두는 불안한 강아지처럼 끙끙대다 아슬아슬한 순간이 되어서야 겨우 출발했다.

약속 장소는 민지의 단골집이라는 작은 개인 카페였다. 주차장을 찾느라 고생을 하긴 했지만, 인테리어가 아기자기하고 분위기가 따스했다. 타는 속을 달래려 아이스 아메리카노를 시켜놓고 창가에 앉았다.

'몇 년 만에 보는 거지? 한…… 삼 년 됐나?'

동화 세계에서 보낸 시간을 치지 않으면 그쯤 된다. 길다면 길고 짧다면 짧은 사이, 그녀는 어떻게 지냈을까. 연두는 테이블에 비치된 냅킨을 괜히 접었다 폈다 하며 초조함을 달랬다. 유리창을 넘어 들어온 햇살이 연두의 손등을 간질였다.

"아이스 아메리카노 나왔습니다."

시간은 째깍째깍 잘도 흘러갔다. 투명한 유리잔 가득 들어 있던 얼음이 모조리 녹고 테이블에는 동그란 물 자국이 남았다. 빈 잔을 물끄러미 노려보던 연두가 두 번째 아메리카노를 시켰다. 이번엔 부러 따뜻한 아메리카노를 시켰고, 다 식어빠지도록 천천히 마셨다. 아주 천천히 마셨는데, 커다란 머그컵이 다 비도록 연두의 앞자리는 비어 있었다.

괜히 조용한 휴대폰을 꺼내 만지작댔다. 민지가 오는 길에 뭔가 사고를 당한 건 아닐까, 갑자기 오지 못할 중대한 문제가 생기기라도 했나, 걱정하면서.

띠링!

허겁지겁 잠금을 풀고 메시지를 확인했다.

〈연두야, 나 늦잠 잤어. 조금만 기다리면 금방 갈게. 미안! -민지〉

팽팽하게 당겨져 있던 긴장이 탁 풀렸다. 연두는 조금 전보다 훨씬 편해진 마음으로 세 번째 아메리카노를 주문했다.

문득 창밖을 내다보자, 조금 전까지 보이지 않던 것들이 보이기 시작했다. 저 멀리서 교복을 입고 꺄륵거리며 지나가는 아이들, 한창 물이 올라 터지기 직전인 목련 꽃망울 같은 것들 말이다.

가게 처마 아래 놓인 긴 벤치에서 뒹굴던 고양이와 눈이 마주쳤다. 고양이가 길게 하품을 하더니 고개를 팩 돌렸다. 새침한 녀석이었다.

'검은 고양이네.'

연두는 미겔과 함께 살게 된 이후, 갑자기 고양이를 많이 보게 됐다. 그들이 늘어난 게 아니다. 이제까진 있어도 몰랐던 길고양이들이 눈에 들어오기 시작한 것이다. 길고양이들 대부분은 등에 검은 줄무늬가 있거나, 젖소처럼 얼룩덜룩하거나, 희고 검고 노란 털이 제각각 뒤섞인 녀석들이었다.

'저렇게 새카만 녀석은 처음 보는데…….'

미겔을 꼭 닮은 검은 고양이는 연두의 주의를 끌었다. 연두는 가게 앞의 고양이를 열심히 관찰하기 시작했다. 눈은 무슨 색이지? 귀의 형태는? 꼬리는 길쭉한가? 고양이는 말없이 따라붙는 시선에는 전혀 신경 쓰지 않고 웅크리고 앉아 졸기 시작했다.

'혹시 저거 미겔 아니야?'

햇빛 때문에 눈 색을 확인하지 못한 연두는 마음이 조급해졌다. 당장 나가서 저 고양이의 눈이 노란색이 아니라는 걸 확인해야 마음이 편해질 것 같았다. 벗어두었던 코트를 도로 꿰어 입고 나가려는데, 마침 연두의 커피를 가져온 종업원과 정면으로 맞닥뜨렸다.

"서비스로 허니브레드도 챙겼는데…… 그냥 가시게요?"

종업원의 트레이에는 아메리카노와 함께 단내가 솔솔 풍기는 허니브레드가 놓여 있었다. 단독 메뉴로 파는 걸 서비스로 내주다니, 거 참 인심이 좋은 가게다. 연두는 연신 고양이를 힐끗대며 코트의 단추를 채웠다.

"아뇨, 잠깐만 나갔다 올 거예요. 그러니까……"

연두는 말을 다 잇지 못했다. 종업원의 뒤쪽에서 그토록 기다렸던 사람이 나타났기 때문이었다. 몇 년이나 만나지 못했고, 기억하는 것과는 모습이 조금 바뀌었지만 한눈에 알아봤다.

"민지야, 여기야."

붕붕 머리 위로 손을 흔드는 연두를 발견한 민지가 피식 웃는다. 민지는 도톰한 코트를 벗어놓고 연두의 맞은편에 앉았다. 그리곤 마치 진품을 가리는 감정사처럼 예리한 눈빛으로 연두의 얼굴을 빤히 쳐다보았다.

"……강연두 너……. 화면발 정말 안 받는구나."

"뭐야, 몇 년 만에 만나서 한다는 말이 그거야?"

"어떡해, 바로 엊그제 만난 거 같은데."

정말 그랬다. 김이 오르는 커피잔을 앞에 놓고 마주 앉은 순간, 그동안 만나지 못했던 시간들은 눈 녹듯 녹아버렸다. 굳이 입 밖에 내지 않아도, 서로를 많이 그리워했다는 걸 알 수 있었다.

"화면발 안 받는다는 거 괜히 한 말 아니야. 하고 싶은 거 하고 살아서 그런지, 너 지금 얼굴이 아주 폈어. 엄청 밝고 환한데 그게 화면으로는 별로 안 보여서 한 말이야."

"듣는 사람 민망하게……. 그래, 하고 싶은 거 하는 줄 알아줘서 고맙다."

연두는 괜히 홧홧하게 달아오르는 뺨을 억지로 식히며 미겔이 챙겨준 상자를 꺼냈다. 난데없는 상자의 등장에 민지가 눈을 동그랗게 떴다.

"이게 뭐야? 웬 거야? 연두 너 설마 내 생일 챙기는 거야?"

"……어, 생일이었어?"

"내 생일 한여름이야, 이 무심한 지지배야. 아무튼 이건 뭔데?"

"내 애인이 선물하는 거야."

애인이라는 말이 민지에게 준 충격은 엄청났다. 그녀는 거의 숨도 쉬지 못하고 상자를 노려보았다.

"왜 그래? 열어봐. 내가 오랜만에 친구 만난다고 하니까 일부러 챙겨준 거야."

"그…… 스토커는? 조용해?"

"괜찮아. 그 스토커 이제 없어."

"내가 질문을 잘못했네. 네 애인이라는 작자가 스토커가 아닐 가능성은 얼마나 돼?"

연두는 민지의 공포를 이해했다. 스토커에게 몇 년을 시달리던 친구가 갑자기 애인을 사귀었는데, 스토커는 어찌되었느냐 물으니 없단다. 혹시 그 애인이 스토커가 아닐까 의심하는 건 당연한 수

순일 테다.

"괜찮아, 그 스토커 새끼는 작신작신 두드려 맞은 끝에 험한 곳으로 갔으니까."

"잡았어? 진짜? 어떻게? 어떤 새끼였는데?"

"어떤 새끼였다고 대놓고 말하면 내 목이 위험해서 그건 말 못 하겠고, 어떻게 됐는지도 말하면 안 돼서 말 못 하겠지만 아주 엿 됐다고는 말해줄게."

허술한 대답이었지만 민지는 그 정도면 충분하다는 듯 고개를 끄덕였다. 그리고 아까는 손도 대기 싫어했던 상자의 포장을 풀기 시작했다.

"금수저 새끼였나 보네. 내가 그럴 줄 알았지. 그 정도로 사람 괴롭히려면 웬만한 재력으로는 안 된다니까. 그냥 머리가 맛이 간 정도로는 그렇게까지 못해. 그래도 어떻게 용케 잡았다? 그 용의 주도한…… 이런 세상에."

상자를 열어본 민지가 감탄을 흘렸다. 그럴 만했다. 상자 안에 는 이루 말할 수 없이 정교한 비누꽃 화환이 들어 있었다. 아니, 벽걸이용 고리가 달려 있으니 화환보다는 리스라는 표현이 더 어 울리겠다.

프리지아와 노란 장미를 메인으로 삼고 작은 딸기로 장식했다. 부족한 초록색은 측백나무 잎으로 채워 균형미를 놓치지 않았다. 집 안 어디든 걸어놓기만 하면 화사한 분위기를 내는 데 그만일 물건이었다.

민지는 리스의 비누꽃에 코를 박고 향기를 들이마셨다. 화려하 기보다는 은은하고 우아한 향기가 났다. 연두에게 어울리는 향은 아니었지만, 그녀가 아니라 친구에게 주는 것이니 호불호를 타지 않는 향을 고른 것 같았다.

"나 이거 마음에 들어. 이거 네 애인이 고른 거지?"

"사는 걸 본 적은 없지만……. 아마 그렇겠지."

"점원에게 추천을 받았을지도 모르지만, 아무튼 너는 아니겠지."

"뭐야, 왜 그렇게 확신하는데?"

"여기 표현된 꽃들 꽃말이 우정이거든. 세심하고 상냥한 사람이네. 사진 있어? 좀 보여줘."

연두는 뿌듯한 표정을 감추지 못하고 지갑에 넣고 다니는 사진을 꺼냈다. 커다란 트리 앞에서 펑펑 쏟아지는 눈을 머리와 어깨에 수북이 쌓은 채 팔짱을 끼고 찍은 사진이었다.

민지는 한참이나 사진을 들여다보았다. 사진 속의 연두는 행복해 보였고, 지금 눈앞에 앉은 연두는 사진보다 두 배는 더 행복해 보였다. 겨우 마음이 놓였다. 억지로 끊은 인연 때문에 늘 체한 것처럼 답답하던 가슴이 이제야 뚫린 듯 시원해졌다.

연두와 팔짱을 끼고 있는 미겔의 얼굴을 확인한 건 그 뒤였다. 연두의 취향과는 좀 거리가 있는 얼굴이었지만, 이만한 미모라면 취향을 이길 수도 있겠다 싶었다. 게다가 애인의 친구에게 우정을 상징하는 리스를 선물할 정도로 세심한 남자가 아닌가.

"잘생겼네. 외국인이야? 어쩌다 만났어? 뭐 하는 남자야?"

"그야 일하다가 만났지. 번역가야. 이름은 미겔이고, 미국인. 미겔 세르반테스."

미겔은 오랫동안 많은 곳을 떠돌아다니며 살았고, 그만큼 구사하는 언어도 많았다. 처음 몇 번은 연두가 인맥으로 일을 구해다 줬는데, 이젠 굳이 그럴 필요가 없을 정도가 되었다. 손이 빠르고 정확한 데다 다양한 언어를 소화하니 일이 끊이질 않았다.

미국 국적은 니니스의 주장에 따른 것이었다. 워낙 다양한 사람들이 섞여 사는 나라이니 아무리 특이한 이름을 가진 사람이 있어도 다들 납득할 거라나. 과연 처음엔 고개를 갸우뚱대던 민지도 금방 스스로를 설득했다.

"이상하게 들어본 이름 같지만 뭐, 세상에 비슷한 이름이 한두 개일까. 아무튼 이 남자, 네가 독신, 아니 비혼주의자인 건 알아? 아니면 네가 가치관을 바꾸기라도 했어?"

"알고 있고, 그래서 동거만 하는 중이야."

"세상에! 스토커도 없어졌고, 가치관 존중해 주는 애인도 생겼고, 동거까지 하면서 나한텐 연락을 안 했어? 너 너무한 거 아냐?"

민지의 목소리에 억울함이 어렸다. 서로 남자가 생기면 제일 먼저 소개시켜 주기로 해놓고, 이게 뭐람. 하지만 연두라고 할 말이 없는 건 아니었다.

"그러는 넌? 먼저 만나자고 약속 잡아놓고 늦잠을 자? 내가 여기서 커피를 몇 잔을 마셨는지 알아? 나 바람맞는 줄 알았어."

"야, 그건 내가 늦잠을 잔 게 아니라……! 너, 알고 묻는 거지? 그래, 미안하다, 미안해! 먼저 연락해 놓고 스토커가 겁나서 좀 망설였다! 몰랐으니 그럴 수도 있지! 그래도 말이야, 나 진짜 동물 시체 들은 택배 받을 각오하고 여기 나온 거거든?"

연두는 민지의 잡아먹을 것 같은 시선을 피해 딴청을 피웠다. 카페 바깥 벤치에서 식빵을 굽듯 웅크리고 있던 고양이가 몸을 쭉 늘려 기지개를 켰다. 고양이의 눈은 멋진 황금색이었다.

'진짜 미겔 아냐? 전화해 볼까?'

지금 전화를 걸면 받을까, 안 받을까. 연두는 저 멋진 까만 고양이가 전화를 받는 모습을 상상해 보았다. 통통한 발바닥으로 화면을 터치해서 잠금을 풀고, 야옹~!

전화왔숑~ 전화왔숑~

탁자에 올려뒀던 휴대폰이 요란하게 몸을 떨어대며 소리를 질렀다. 연두는 얼른 액정을 확인했다.

〈미겔♡〉

'어?'

얼른 카페 밖의 고양이를 살펴보았다. 고양이는 다시 느른하게 엎드려 하품을 하고 있었다.

"뭐 해? 안 받고. 내가 대신 받아줄까?"

"아냐, 내가 받을 거야."

"내가 받아도 되는데."

민지의 눈이 위험하게 빛났다. 액정에 찍힌 이름을 본 게 틀림없었다. 연두는 몸을 뒤로 확 젖히고 통화 버튼을 눌렀다. 민지가 노골적으로 귀를 기울였다.

"여보세요."

[친구는 잘 만났어?]

"응, 만났어."

창밖의 고양이는 이제 꾸벅꾸벅 졸고 있었다. 까맣고 반드르르한 털 위로 쏟아지는 햇살이 굉장히 따뜻해 보였다.

"너 지금 어디야?"

[왜? 궁금해? 근처에 있어.]

근처면 오라고 해. 민지가 입을 뻐끔거렸다.

"근처면 올래? 민지도 너 만나보고 싶어 해."

[아니. 나는 오랜만에 만난 친구 사이에 낄 정도로 눈치가 없진 않아서. 민지 씨라고? 민지 씨가 내 역작을 보고 어떤 반응이었는지 나중에 알려줘. 재밌게 놀다 와. 사랑해.]

"응, 나도 사랑해."

조금 전까지 졸고 있던 고양이가 벌떡 일어났다. 고양이는 길고 멋진 꼬리를 빳빳하게 세우고 벤치에서 휙 뛰어내렸다. 그리고 느긋하고 우아하게 걸어서 연두의 시야에서 사라졌다.

'저거 진짜 미겔 아니야……?'

연두는 의심이 머리끝까지 찬 상태로 전화를 끊었다. 그 사이, 휴대폰 너머의 목소리에 귀를 기울이고 있던 민지는 믿을 수 없다는 듯 리스를 다시 살펴보고 있었다.

"이게 직접 만든 거라고? 세상에, 번역이 아니라 이쪽으로 나가야 되는 거 아냐?"

"뭐, 손재주가 좋긴 해. 내 머리도 미겔 작품이야."

"……미겔 씨 친구 있으면 나 좀 소개시켜 달라고 전해줘. 난 독신주의자도 아니고, 비혼주의자도 아니라는 말 꼭 추가하고."

"으음……. 그럴게."

연두는 떨떠름하게 대답했다. 사정 모르는 민지는 연두의 대답만으로도 만족스러운 미소를 지었다. 그녀는 리스를 다시 상자에 챙겨 넣었다.

"우리 엄마가 너 밥 먹으러 한번 집에 오래. 그때는 미겔 씨도 같이 데리고 와. 좋아하실 거야."

"어머니께서……?"

민지는 아무렇지 않게 말했지만 연두는 놀라 숨을 삼켰다. 연두 때문에 스토킹 피해를 입은 건 민지만이 아니었다. 동물 시체

택배를 받으면서도 버티던 민지는 그녀의 어머니가 찍힌 섬뜩한 사진을 받았을 땐 견디지 못했다. 갈가리 찢기고 피에 젖은 어머니의 사진을 받은 날, 연두에게 절교 전화를 걸었다.

사정을 알게 된 연두는 원망도 못하고 민지의 절교 선언을 받아들였다. 그러나 일은 그렇게 쉽게 끝나지 않았다. 발신인 없이 도착한 편지를 수상하게 여긴 민지의 어머니가 민지 몰래 편지를 뜯어보았던 것이다.

그 편지 안에는 민지를 먼 곳에서 몰래 촬영한 사진들이 가축을 도축하는 사진과 뒤섞여 들어 있었다. 하루빨리 연두와 인연을 끊지 않으면 사진 속의 가축과 같은 꼴로 만들어주겠다는 협박문도 있었다.

민지의 어머니는 연두에게 직접 전화를 걸어 이미 절교했다는 말을 듣고서야 겨우 안심했다. 이런 말을 하게 되어 너무 미안하지만 절교해 주어 고맙다던, 그 떨리던 목소리가 아직도 연두의 귀에 생생했다. 그분이 자신을 불렀다니, 연두는 도저히 믿지 못해 다시 물었다.

"스토커 떨어져 나간 거 몰랐잖아. 그런데도 어머니께서 날 부르셨다고?"

"네가 하는 1인 방송, 엄마가 먼저 봤어. 기댈 곳도 없는 계집애가 세상 무서운 줄 모르고 간 큰 짓 한다고 혀를 그렇게 차시더라. 너한테 전화했던 거 미안하다고 하셨어. 사실, 오늘 망설이는 내 등 떠밀어 내보낸 것도 엄마야."

민지가 자세를 고쳐 앉았다. 그리고 이제까지와 달리 정말 진지한 태도로 연두에게 손을 내밀었다.

"끝까지 네 편 못 되어줘서 미안해. 내가 너무 용기가 없었어.

난 다시 네 친구가 되고 싶은데, 허락해 줄래?"

"……."

"안 돼?"

"말 시키지 마……."

"와, 강연두 운다. 사진 찍어야겠다. 이거 내일 해가 서쪽에서 뜨는 거 아냐?"

연두는 기껏 발라놓은 아이라인이 다 없어지도록 울었다. 이제껏 그녀가 잃었던 모든 것들이 하나씩 돌아오고 있었다.

이게 꿈이라면, 깨지 말기를.

이게 마법이라면, 절대 풀리지 않기를.

벤치 대신 가로수 가지를 타고 앉아 카페를 바라보던 검은 고양이가 느긋하게 꼬리를 흔들었다. 짙은 호박색 눈동자가 햇살 아래에서 영롱하게 반짝거렸다. 잘생긴 입매가 마치 웃는 것처럼 양쪽으로 올라갔다. 검은 고양이가 숨을 쉴 때마다 그릉그릉 소리가 함께 울렸다.

때마침 고양이의 머리맡에 있던 가지에 목련이 피어났다. 흰 꽃잎이 솜털 보송보송한 껍질을 있는 힘껏 밀어내고 봄을 피워냈다. 찬바람 속에 피어난 여리고 보드라운 꽃잎을 관찰하던 고양이는 냉큼 꽃가지를 꺾어 물고 골목길로 사라졌다.

그날 밤, 민지와 쌓인 이야기를 나누다 느지막이 집에 돌아온 연두는 미켈에게서 묘한 선물을 받았다. 흰 꽃잎이 수줍게 머리를 내민 목련 꽃가지였다. 목련이라면 뒷마당에도 한 그루 있는데 웬 꽃가지일까.

"아무리 생각해도 수상한데……. 카페 앞에 있던 검은 고양이,

너지?"

"어디서 무슨 고양이를 보고 나랑 착각을 하는 거야? 아직도 나 구분 못해?"

"아닌데. 너 맞는데. 이 꽃가지, 카페 앞에 있던 목련에서 꺾어 온 거잖아. 맞잖아."

"아, 몰라. 난 1km 밖에서도 널 찾아낼 자신이 있는데, 넌 아니다 이거지."

"그게 아니라……. 야아? 미곌! 갑자기 이러는 게 어디 있어!"

입을 삐죽대던 미곌이 삽시간에 고양이로 변해 침대 밑으로 들어가 버렸다. 연두는 당혹해서 미곌을 불러댔지만, 미곌은 꼼짝도 하지 않았다. 연두가 미곌이 좋아하는 간식을 흔들며 꼬드겼지만 화만 부추겼을 뿐이었다.

결국 연두는 침대에 혼자 누워 잠을 청할 수밖에 없었다. 계속 고양이 미곌과 씨름을 하기엔 내일의 일이 너무 많았다.

'침대가 이렇게 넓었나…….'

둘이 누웠을 때의 침대는 따뜻하고 안락하기만 했는데, 혼자 누운 침대는 너무 넓고 차가워 낯설었다. 이불을 돌돌 말고 베개를 끌어안아도 계속 한기가 들었다. 연두는 이리 뒤척, 저리 뒤척, 뒤척거리다가 새벽녘이 되어서야 겨우 잠이 들었다.

미곌은 연두의 뒤척임이 사라지고 나서야 침대 밑에서 기어 나왔다. 그는 고양이의 모습을 풀지 않은 채 침대 위로 훌쩍 올라와 연두의 품 안으로 파고들었다. 그리고 그녀의 팔을 베개 삼아 머리를 얹고 다짐했다. 연두가 의외일 정도로 눈이 밝으니, 다음엔 조심해야겠다고.

"음……. 따뜻하다……."

끙!

연두가 잠꼬대처럼 중얼거리며 미겔을 꽉 끌어안았다. 낑낑대다 못해 꼬리로 침대를 팡팡 두드리던 미겔은 결국 인간의 모습으로 돌아와 연두를 끌어안고 누웠다. 한기에 가늘게 떨던 연두의 몸이 그의 품 안에서 편안하게 늘어졌다.

'정말이지, 이기지를 못하겠다니까.'

미겔은 연두의 이마에 입을 맞추고 눈을 감았다. 내내 눈을 감고 있던 연두가 벙긋 웃었다. 침대는 오늘도 따뜻하고 안락했다.

3. 구봉이 고기

우아한 책장은 천장에 닿을 듯 드높다. 책장으로 둘러싸인 방 가운데엔 높이가 적당한 책상과 안락한 의자가 있다. 오로지 책을 위한 곳인 양, 가구라곤 그게 전부인 방. 흔한 서랍장 하나 없다.

자그마한 창문을 가린 커튼 사이로 새어든 달빛이 방의 윤곽을 더듬었다. 크기도 모양도 상관없이 책장에 가득 꽂힌 책, 바닥에 쌓인 책 위에 아무렇게나 내던져진 담요, 먼지 쌓인 전등갓, 책상에 엎드려 잠든 남자의 등. 얇은 실내복 아래 단단하게 짜인 근육이 움찔거렸다.

"으……"

미겔은 뻑뻑한 눈을 비비며 잠을 쫓았다. 마감이 코앞인 일이 있어 서재 겸 작업실에 처박힌 지가 벌써 며칠째. 잠깐만 쉬자며 엎드렸는데 정신을 차리니 해는 이미 진 지 오래고 노트북은 휴식모드다.

이걸 깨울까, 말까. 잠시 망설이던 미겔은 마른세수를 하며 기어이 노트북을 닫았다. 급하긴 해도 제대로 된 잠을 자고 나서 마저 하는 쪽이 효율이 좋을 것이다. 그렇게 자기 위안을 하는 그의 얼굴에 그늘이 어렸다.

"빌어먹을, 다시는 이렇게 급한 건 받지 말아야지."

그게 어디 마음대로 되는 거겠냐만, 다짐만은 거창하다. 미겔은 혀를 끌끌 차며 작업실을 나섰다. 연두는 민지가 갑자기 자신을 찾는다며 만나러 가더니 자고 온다고 했기에, 지금 이 집에 있는 건 그 혼자였다.

미겔은 침실에 가는 대신 마루에 털썩 주저앉았다. 서늘한 밤바람이 드러난 목을 스치고 멀어졌다. 며칠 전만 해도 이렇게 밤에 나와 있으면 뒷마당의 목련향이 여기까지 실려 왔는데, 벌써 향기가 희미해졌다. 짧은 봄이 끝나가고 있었다.

이제 막 돋아난 나뭇잎들이 작은 마당 가득히 쏟아지는 달빛을 뒤집어쓰고 밤바람에 이리저리 흔들렸다. 기왓장 얹은 담벼락을 종종거리며 걷던 길고양이가 미겔을 보고 화들짝 놀라 도망쳤다. 집은 달빛에 잠겨 고요했다.

문득 침실 쪽에 시선을 주었다. 들어가 자야겠지만 싸늘하게 식은 침대에 들어가는 건 내키지 않는다. 반면, 마당의 감나무는 나뭇가지가 제법 튼실한 데다 따스한 온기도 있다. 그는 금방 마음을 정했다.

'음……. 볼 사람도 없으니까…….'

미겔은 검은 고양이로 모습을 바꿨다. 흰 터럭 하나 없이 새카만 털이 달빛에 부딪쳐 반지르르 윤이 났다. 그는 깨끗한 털을 괜히 몇 번 싹싹 핥고 훌쩍 담장 위로 뛰어오른 다음, 바로 감나무

위로 올라갔다. 그리고 아까부터 눈여겨보고 있던 가지에 꿈지럭 꿈지럭 자리를 잡았다.

안 그래도 피곤했던 차다. 미겔은 등을 어루만지는 달빛을 이불 대신 덮고 잠 속으로 빠져들었다. 턱을 받치고 있던 앞발이 툭, 떨어졌다.

연두는 감나무 가지에 늘어진 검은 고양이를 의심스럽게 바라보았다. 아침 햇살을 온몸으로 만끽하며 마치 젖은 빨래라도 되는 것처럼 편안하게 자고 있는 게, 꼭 미겔 같지 않나.

'우리 집에 오는 고양이들 중엔 검은 녀석이 없는데.'

꿈이라도 꾸는 건지, 검은 고양이가 허공에서 발을 움찔거렸다. 연두는 피식 웃으며 검은 고양이를 구경했다. 어쩐지 미겔이라는 확신이 들었다. 시간도 시간이지만 전화를 안 받는 걸 봐서 분명 자고 있을 거라고 생각은 했지만, 설마 나무 위에서 자고 있을 줄이야.

"하긴 요즘 햇살이 딱 잠자기 좋을 정도로 따뜻하긴 하지……."

그렇게 중얼거리는 연두의 손에는 꽤 커다란 사각철장이 들려 있었다. 그녀는 마루 위에 철장을 올려놓고 이마에 흐른 땀을 닦아냈다. 철장 안에는 덩치 큰 노란 줄무늬의 고양이가 있었다.

이 노란 고양이의 이름은 구봉이. 올해 다섯 살의 수컷 고양이로, 민지의 반려묘다. 오랫동안 계획했던 해외여행을 앞둔 민지가 애용하던 호텔이 갑자기 문을 닫았다며 연두에게 사정사정하여 맡긴 것이다.

"딱 일주일이면 돼. 사흘이면 몰라도 일주일을 어떻게 혼자 두냐. 너 고양이 좋아하잖아. 응? 제발!"

"기껏 자고 가라고 꼬드기더니만……. 난 또 뭐라고. 어머니께
맡겨."

"야, 그게 됐으면 내가 호텔에 맡겼겠어? 우리 엄마 고양이 알러
지 있어서 안 된단 말이야. 너 종종 탁묘도 해주고 그런다면서.
옷에 막 털도 붙이고 다녔잖아. 일주일만 부탁하자. 내가 다녀와
서 진짜 제대로 쏠게! 제발! 구봉이 되게 순해! 얌전해! 간도 커
서 잘 있을 거야!"

그놈의 고양이털. 가끔 미겔이 고양이 모습을 했을 때의 털이
연두도 모르는 새 옷에 붙어 있을 때가 있었는데, 그때마다 연두
는 기르는 고양이는 아니고 잠깐 맡아준 고양이털이 붙은 거라고
변명을 하곤 했다. 한데 그 변명이 족쇄가 될 줄 어떻게 알았겠는
가. 하물며 민지의 부탁이다. 결국 연두는 얼결에 구봉이를 떠맡
고 말았다.

구봉이는 철창 너머의 낯선 풍경을 쓱 훑어보고는 몸을 웅크리
고 눈을 감았다. 잠이라도 자려는 것 같았다. 연두는 구봉이의
태도에 감탄을 금치 못했다. 민지에게서 말을 듣긴 했지만, 이 정
도로 대범한 녀석일 줄이야. 철창 사이로 손가락을 넣어 엉덩이
를 쿡 찔러보았다.

"진짜 자려고?"

"그럼 가짜로 자는 것도 있나."

"아, 깜짝이야!"

갑자기 연두의 어깨 너머에서 미겔이 고개를 들이밀었다. 온통
구봉이에게 신경을 쏟고 있던 연두가 기겁을 하고 놀란다. 미겔은

고양이일 때나 사람일 때나 기척이 없었다.

"기척 좀 내고 다니라니까. 언제 깼어?"

"네가 대문 열고 들어올 때 깼지. 그나저나 웬 고양이야?"

평소라면 놀란 연두를 도닥이며 달랬을 미곌이건만, 지금은 그럴 정신이 없다. 자신의 영역에 낯선 침입자가 나타난 상황인 것이다. 그의 시선은 온통 철장 안에 있는 구봉이에게 꽂혀 있었다.

'이거 생각 이상으로 반응이 안 좋은데……?'

연두는 저도 모르게 어깨를 움츠렸다. 미곌이 몹시 진지한 태도로 구봉이와 눈싸움을 시작했기 때문이었다. 인간의 모습을 하고 있을 때가 더 많은 데다 본인도 자신이 고양이라는 걸 잊고 산다는 미곌이니 괜찮을 거라 생각했는데, 이 정도로 다른 고양이에게 배타적으로 굴 줄은 몰랐다.

하지만 그런다고 어쩌겠나. 비행기는 떠났고 민지는 일주일 뒤에나 돌아올 것이고 구봉이는 이미 집에 와 있는데. 연두의 차 트렁크에는 아직 내리지 못한 구봉이의 짐이 잔뜩 들어 있었다. 화장실이라든가, 사료라든가, 스크래처 같은 것들 말이다.

연두가 미곌의 눈치를 보는 동안 미곌의 심기는 점점 더 나빠졌다. 구봉이를 노려보던 매서운 시선이 연두에게까지 번졌다. 불안해진 연두가 머리끈 사이로 삐져나온 머리카락을 자꾸만 잡아당겼다.

"웬 고양이냐니까?"

"크흠, 흠. 잠깐 맡은 거야. 민지가 사정이 생겨서……. 일주일만 맡아달래."

"일주일? 정말 일주일로 끝나는 거 맞아?"

연두가 설마하니 그에게 거짓말을 했겠냐마는, 미곌은 몇 번이고 연두에게 확인을 받았다. 낯선 곳에 오고도 한 점 긴장감 없이 느긋하게 햇볕을 즐기는 구봉이가 자꾸만 거슬렸다.

"일주일이 넘고도 민지 씨가 이 고양이 안 데려가면, 그땐 내 손으로 쫓아내 버릴 거라고 전해."

"걱정 마, 민지가 그 정도로 책임감 없는 녀석은 아니야."

연두는 자신 있게 장담을 했지만 심장이 펄떡거리며 조여드는 것까진 어쩔 수 없었다. 그녀는 그저 민지가 일주일 뒤에 탈 비행기가 연착 따위 하지 않기를 마음속으로 빌었다.

집주인들의 태도와는 별개로, 구봉이는 적응이 빨랐다. 집 안을 한 시간쯤 돌아다니며 탐색한 뒤, 바로 거실에 갖다놓은 두툼한 방석을 자기 자리로 고르고 잠을 청했다. 한숨 자고 저녁때 일어나서는 화장실도 알아서 가고 밥도 잘 챙겨 먹었다. 느긋하게 앞발을 핥으며 고양이 세수를 하는 얼굴엔 걱정과 근심은 전혀 보이지 않았다.

연두는 그런 구봉이에게 금세 빠져들었다. 기사 작성으로 바쁜 중에도 틈만 나면 구봉이를 위해 장난감을 흔들었다. 구봉이는 임시 집사의 엉성한 낚시질에도 쉬이 낚여 연두를 기쁘게 했다. 연두가 휙휙 장난감을 휘두를 때마다 구봉이는 펄떡펄떡 뛰어다녔다. 그러다 마침내 잡은 장난감 미끼를 의기양양하게 물고 뿌듯하게 품지 뭐냐. 연두는 그런 구봉이 앞에서 사족을 못 쓰고 웃었다.

"꺅, 귀여워! 구봉아, 그거 말고 간식 먹자."

"잘들 논다······."

연두에게서 간식을 받아먹는 구봉이를 보는 미겔의 눈동자는 그저 차갑기만 했다. 그가 보기엔 연두가 놀아주는 게 아니라 구봉이가 연두와 놀아주고 있는 꼴이었다. 그것도 간식을 노리고.

보는 미겔은 속이 터지는데 정작 본인은 상관없다 하니 짜증만 치솟지 뭐냐.

'빌어먹을.'

구봉이가 연두의 손에 머리를 비비고 목을 울릴 때마다 신경질이 났다. 자신이 고양이 모습을 하고 있을 땐 그저 안고 자기에 바쁘더니만, 저 굴러들어온 고양이에게는 왜 저리 친절하고 상냥한가. 거슬릴 대로 거슬리는데 고양이에게 질투하냐는 소리를 들을까 봐 차마 말할 수도 없다는 게 제일 최악이었다.

"오, 구봉이 너한테 간다."

"아, 진짜……."

구봉이는 미겔이 마음에 든 듯 슬금슬금 들러붙어 머리를 비비며 애교를 부렸다. 미겔은 기겁하고 구봉이를 발로 밀어냈다. 걷어차지 않은 게 용한 자제력이었다. 그러나 그걸로 그의 자제력은 완전히 바닥을 드러냈다. 구봉이뿐만 아니라 구봉이를 예뻐하는 연두에게마저 짜증이 치민 것이다. 그는 바로 담요와 이불, 베개 3종 세트를 챙겨 작업실 겸 서재에 틀어박혔다.

"나 바빠. 당분간 여기서 먹고 자고 할 테니까 내버려 둬."

"아니, 그 정도로 바빠? 잠까지 따로 자야 해?"

연두가 눈을 크게 뜨고 서운한 표정을 지었다. 평소의 미겔이라면 금방 지고 말았을 만큼 애처로운 얼굴이었으나, 지금은 비상시였다. 미겔은 작업실의 문을 닫으며 엄중히 경고했다.

"저놈 침실에 들이기만 해봐. 그땐 민지 씨 고양이고 뭐고 목줄 매서 마당에 묶어놓을 거야."

쿵! 연두가 뭐라 대꾸를 하기도 전에 문이 닫혔다. 잠그는 소리는 들리지 않았지만 멋대로 열었다간 분명 미움받을 터이다. 연두는 닫힌 문 앞에서 망연자실하다가, 제 발치에서 벌렁 드러누워 애교를 피우는 구봉이를 보고서야 정신을 차렸다. 슬슬 배를 쓰다듬자 구봉이가 골골 소리를 내며 늘어졌다.

"구봉아, 나는 네가 마음에 드는데 미겔은 아닌가 봐. 각방 선언까지 들은 건 처음인데 어쩌냐⋯⋯. 근데 너 고양이 맞아?"

혹시 고양이의 탈을 뒤집어쓴 개가 아닐까 싶어 물어본 것이지만, 구봉이가 인간의 말을 할 수 있을 리가 있나. 연두는 가르릉 소리만 실컷 들었다.

한편, 미겔은 잠을 자는 게 아니라 노트북을 켜놓고 일을 하는 중이었다. 담요와 이불을 가지고 들어왔지만 막상 일이 밀린 상황에 노트북을 보자 잘 수가 없었다. 그는 바깥의 일은 완전히 제쳐 놓고 눈앞의 노트북 화면에 집중했다. 처음에야 내가 왜 이러고 있나 한탄스럽기도 했지만, 시한이 촉박하기도 하거니와 난이도도 만만치 않은 일이라 참고서적을 뒤적이며 자료를 찾다보니 일 이외의 다른 생각을 떠올릴 틈이 없어 꽤 괜찮지 뭐냐.

팔랑팔랑 책장 넘기는 소리, 타닥타닥 자판 두드리는 소리, 사각사각 필기하는 소리가 작업실을 채웠다. 그렇게 한 장, 두 장, 세 장⋯⋯. 심기 불편한 일이 생기기는 했어도 꿀잠을 자고 나와 하는 일이라 그런지 진도가 쭉쭉 나간다. 집중력은 점점 더 높아졌다.

미겔은 한 번도 뒤를 돌아보지 않고 일을 해나갔다. 내내 그를 괴롭히던 일이 끝을 보이고 있었다. 그가 마침내 모든 일을 마무리하고 메일까지 보낸 뒤에 노트북의 전원을 껐을 땐, 작은 창문에서 어슴푸레한 새벽빛이 스며들고 있었다. 밤이 훌쩍 지나가 버린 것이다.

'어느새…….'

시간의 흐름을 깨닫고 나니 인지도 못하고 있던 피로가 몰려왔다. 등받이에 기대어 뻑뻑한 눈을 비벼대다가 겨우 일어섰다. 불편한 잠자리일망정 잠을 좀 자야 할 것 같았다. 눈꺼풀이 천근만근의 무게가 되어 자꾸만 내려앉았다.

미곌은 거의 눈을 감은 채로 휘청휘청 이불 속으로 기어들어 갔다. 얇은 이불 속은 따뜻한 온기로 가득 차 있었고, 심지어 좋은 향기까지 났다. 달콤하고 부드러운 복숭아 향기. 연두의 향기였다. 눈이 번쩍 떠졌다. 그는 반사적으로 몸을 일으켰다.

"이런, 세상에……."

아주 약간의 빛만으로도 미곌의 눈은 제 역할을 충분히 해냈다. 연두가 이불을 뒤집어쓴 채 담요 위에 웅크려 자고 있는 게 보였다. 긴 머리카락이 해초처럼 이불 밖으로 자라 있었다. 동그란 어깨를 살짝 건드리자 우웅, 소리를 내며 움츠렸다.

'왜 여기서 자고 있는 거야?'

연두는 푹신한 침대를 좋아했다. 딱딱한 바닥은 아무리 시간이 지나도 익숙해지지가 않아 괴롭다고 했다. 그런 그녀가 겨우 바닥의 냉기를 막을 만한 얇은 담요 위에 웅크려 자고 있다니. 이불 속이 따뜻했던 걸 생각하면 들어온 지도 꽤 오래된 일이었을 터다. 일하는 자신의 등을 바라보며 숨을 죽인 채 누워 있었겠지.

연두의 뺨에 살짝 손을 댔다. 말랑말랑한 뺨은 따뜻하고 부드러웠다. 손끝에 닿은 온기가 따스하게 심장을 데웠다. 분명 아까는 주체할 수 없을 정도로 짜증이 났었는데, 이렇게 평화롭게 잠든 얼굴을 보니 속도 없이 웃음이 났다.

모양 좋은 눈썹을 매만지고 긴 속눈썹을 쓰다듬다 곧게 솟은 코를 따라 손을 미끄러뜨렸다. 까칠하게 각질이 일어난 입술을 만지작대다 곧바로 고개를 숙여 입을 맞췄다. 새어 나오는 숨을 들이마시며 가볍게 입술을 핥았다.

"응⋯⋯. 미겔."

깊은 잠의 언저리에서 헤매던 연두가 깨어났다. 그녀는 눈을 뜨지도 않은 채 미겔의 이름을 부르며 팔을 뻗었다. 그가 자신을 안아줄 것을 한 치의 의심도 없이 믿고 있는 몸짓이었다.

"누가 고양이인 건지⋯⋯."

투덜대면서도 미겔은 연두의 기대에 충실하게 부응했다. 그녀를 끌어안아 품에 가둔 채 누웠다. 뺨은 따뜻하더니, 의외로 몸이 차가웠다. 그게 마음에 들지 않아 등을 쓸며 온기를 전했다. 그 체온이 몹시 만족스러운지, 연두가 미겔의 팔을 베고 벙싯거리며 웃었다.

"좋다아⋯⋯."

"하, 정말이지⋯⋯. 좋단 소리가 나와? 멀쩡한 침대 두고 이게 뭐 하는 짓이야. 몸이 다 식었잖아."

"사과하려고 들어왔는데⋯⋯. 네가 일하잖아. 내 남자 일하는 뒷모습이 너무 섹시해서 구경하다가 그만 잠들어 버렸지 뭐야."

"핑계는 좋다."

"진짜야."

연두가 미겔의 가슴에 머리를 박은 채 웅얼거렸다. 아무리 그의 품이 뜨겁고 안아주는 팔이 다정해도, 그의 안에 고양이로서의 본성이 있다는 걸 간과해선 안 됐다. 언젠가 그가 말했듯 고양이는 영역동물이었다. 아무리 잠깐이라지만 혼자 사는 집도 아닌데 자기 사정만 생각하고 덜렁 고양이를 데려오다니, 아무리 생각해도 자신의 잘못이었다.

사과를 하고 싶어 몇 번이고 작업실의 문을 두드렸지만 미겔은 대답이 없었다. 내버려 두는 게 좋지 않을까 싶어 돌아섰다가도 금세 마음이 타들어갔다. 그런 와중에도 일은 미룰 수 없어 작업실 문에 기대 앉아 노트북을 열었다. 무슨 정신으로 했나 싶게 일을 마쳤을 땐 이미 밤이 깊었다.

도저히 안 되겠다고, 작업실에 들어갈 마음을 먹은 건 그가 식사도 거르고 작업실에서 나오지 않았다는 걸 알게 된 다음이었다. 미겔이 좋아하는 율무차를 타서 살금살금 작업실 문을 열었다.

하지만 자고 있을 거란 예상과 달리 노트북을 켜놓고 일에 열중한 미겔을 보았을 때, 연두는 도저히 그의 집중을 깨뜨릴 수가 없었다. 기척에 예민한 그가 문을 여는 것도 모르고 일하는데 어떻게 방해를 할 수 있었겠나.

"있지, 미겔."

연두는 미겔의 손을 찾아 깍지를 끼고는 자신의 얼굴에 가져다 댔다. 단단한 손등이 뺨을 누르는 감촉이 황홀했다. 좀체 떠지지 않는 눈을 억지로 뜨고 미겔과 눈을 맞췄다. 그의 호박색 눈동자는 여전히 멋진 빛을 뿌리고 있었다.

"내 멋대로 굴어서 미안해. 혼자 사는 것도 아닌데, 내가 너무 무신경했지. 이 집은 네 집이기도 한데……. 이미 저지른 일이니 이번만 용서해 줘. 다음엔 절대 안 이럴게."

"괜찮……."

미겔은 단번에 대답을 하려다가 멈칫했다. 연두의 사과는 몹시 기꺼워도 그게 자신이 화났던 이유와는 미묘하게 방향이 달랐다. 낯선 고양이가 영역을 침범한 것은 물론 화나는 일이었지만, 그게 전부는 아니었다. 자신이 화가 났던 순간을 다시금 되짚어보자 이유는 선명하게 드러났다.

'나보다 구봉이에게 더 신경 쓰는 것 같아 싫었다니…… 세상에, 진짜 질투였잖아.'

상대는 정말 별것도 아닌 고양이인데 거기에 대고 질투를 했다. 부끄러움에 뒷목이 화끈 달아올랐다. 미겔은 아직 아침 해가 제대로 뜨지 않았다는 사실에 감사했다. 방이 아직 어두워서 정말로 다행이었다. 연두의 앞에서는 표정관리 따위 영 되지 않으니, 날이 밝았다면 틀림없이 들켰을 터였다. 그는 짐짓 헛기침을 하며 목소리를 가다듬었다.

"크흠, 흠."

"용서해 주면 안 될까? 내가 잘못했어. 응?"

연두가 미겔의 목에 매달려 콧소리를 내며 졸랐다. 연두로서는 정말 드물게 부리는 애교였다. 미겔은 이게 대단한 기회라는 걸 깨달았다. 지금이라면 무슨 심술을 부려도 연두가 다 받아줄 게 틀림없었다. 그는 반쯤 몸을 일으켜 연두의 귓가에 입술을 가져다댔다. 따스한 숨결에 연두가 몸을 움츠렸다.

"좋아, 용서해 줄게. 대신……."

"대신?"

"나와 데이트 가자. 코스는 내가 정할 거고, 넌 그냥 따라만 오는 거야. 어때?"

"……데이트가 용서의 조건이라니 뭔가 크게 당할 것 같은 예감이 드는데……."

"싫으면 말고. 민지 씨가 구봉이 녀석을 챙겨 갈 때까지 난 여기서 안 나갈 거야."

"누가 싫대? 알겠어. 데이트 하자. 그런데 언제?"

미겔의 말투에 묻어 있는 장난기가 연두를 불안하게 했지만, 어쩌겠나. 지금은 져야 할 때다. 연두는 쉬이 항복을 선언했다. 그녀를 내려다보던 미겔이 길쭉한 눈을 반으로 접으며 웃었다.

"글피에. 하루 통째로 빼놔."

"나 그날 인터뷰 있는데……."

연두가 난처한 표정을 숨기지 못하고 웅얼거렸다. 글피에 있는 인터뷰는 그녀가 인터뷰이가 되어 잡지에 실릴 인터뷰였다. 판매량만 많지, 평이 좋은 잡지는 아니었지만 놓치기 아까운 기회였다.

연두 혼자 1인 방송으로 시작했던 인터넷 방송은 이젠 제법 규모가 커지고 인지도도 높아졌다. 뜻을 모은 기자가 넷이나 됐고, 후원자를 자처하는 시청자들도 많이 늘었다. 우려했던 것보다 훨씬 순조로운 행보였다. 그게 시류를 잘 타서인지, 아니면 누구의 말대로 마녀의 행운이 작용한 결과인지는 알 수 없었지만 연두는 자신이 몹시 운이 좋은 케이스라는 걸 자각하고 있었다. 그러니 자신에게 찾아온 것이라면 그게 어떤 기회이든 낚아채 놓지 않을 셈이었다.

미겔도 그 사실을 잘 알고 있었으나, 물러서지 않았다. 잡지사에서는 질문지를 미리 보내왔다. 명목은 연두의 1인 뉴스 방송 취재였지만, 그 내용이라고는 연두의 미모 관리 비법, 가난뱅이로 살다가 어느 날 갑자기 나타난 친척에게서 거액의 유산을 받았을 때의 소감-니니스는 소식이 끊겼던 연두의 외가 친척 행세를 하며 재산을 넘겼다-, 결혼이 아닌 동거를 선택한 이유, 따위에 불과했다.

인터뷰야 연두가 알아서 잘하겠지만, 그 잡지사가 보기 드문 미인인 데다 쿼터 혼혈인 그녀를 가십으로 소비할 셈이라는 게 너무나 눈에 보였다. 그러니, 어떻게 하면 잡지의 리포터가 연두의 말을 들을지도 뻔했다.

"하루, 아니, 이틀만 늦춰주면 나도 같이 인터뷰 장소에 나간다고 해. 사진 찍어도 된다고 하고."

"……응."

연두는 고개를 끄덕일 수밖에 없었다. 미겔이 낮은 웃음소리를 내며 그녀의 입술을 삼켰다. 그의 체온은 언제나 그랬듯 뜨거웠다.

대망의 데이트 날, 연두는 오랜만에 정성을 들여 꾸몄다. 초여름에 어울리는 원피스를 입고, 긴 머리카락을 꼼꼼하게 빗질해서 늘어뜨렸다. 화장에도 평소의 배는 공을 들였다. 미겔의 심술이 어떨지 걱정은 되지만 그보다 간만에 데이트를 한다는 설렘이 더 컸다.

야옹.

며칠 새 집에 완전히 적응한 구봉이가 연두의 발치를 돌아다니며 코를 킁킁댔다. 연두에게서 풍기는 향수 냄새가 마음에 들지 않는 모양인지, 바닥을 마구 파는 시늉도 했다.

"구봉아, 털 묻어. 털. 저리 가서 놀아."

니야아…….

"오늘 이모 데이트하는 날이란 말이야. 낚싯대는 이따 들어와서 흔들어줄게."

구봉이가 불만스럽게 울었지만, 연두는 개의치 않고 미겔의 앞에 나서서 잘 꾸민 모습을 자랑했다. 산발에 침 흘린 자국마저 예쁘다 해주는 연인이어도 이렇게 꾸몄을 때 듣는 칭찬은 또 각별한 맛이 있었다.

"어때, 예쁘지?"

"예쁘긴 한데……."

미겔이 난처한 미소를 흘렸다. 잘 꾸민 연두는 정말 예뻤다. 안 그래도 미인인데 스토커에게서 벗어나고 원하는 일을 하면서 피어난 생기까지 겹쳐져 눈을 떼기가 힘들 정도였다. 하지만 오늘 그가 가려는 곳은 저렇게 예쁜 원피스를 입고는 갈 수가 없는 곳이었다.

"바지로 갈아입고 오면 안 될까? 신발도 구두 말고 편한 걸로 신고."

"……안 될 건 없는데, 어딜 가려고 그래?"

연두의 눈이 샐쭉해졌다. 슬쩍 보니, 미겔이 꽤 캐주얼한 차림을 하고 있다는 게 눈에 들어왔다. 짙은 색 청바지에 얇은 셔츠를 입고 걷기 쉬운 운동화를 신었다. 워낙 몸의 라인이 좋아 그것만으로도 차려입은 것 같은 느낌을 주지만 어쨌거나 캐주얼이었다.

미겔이 야구 모자를 챙겨 쓰며 씩 웃었다. 악동 같은 미소였다.

"재미있는 곳."

"걱정된다, 정말……."

연두는 결국 청바지에 셔츠를 입고 포니테일로 머리를 묶는 것으로 차림을 바꿨다. 바꿔 입고 나니 평소에 취재를 다닐 때와 크게 다르지 않은 차림이라 아쉬워졌지만 어쩌랴. 오늘 하루는 온전히 미겔에게 맞춰주기로 했는데.

"뭐 어때? 데이트잖아. 즐기면 되지."

"알겠어, 알겠어. 오늘은 벌칙 데이트니까, 뭐든 네가 하자는 대로 할게."

"그 말 뒤집으면 안 돼."

"당연하지. 남아일언만 중천금인가? 여아일언도 중천금이거든?"

"그거 참 든든하네."

운전대는 미겔이 잡았다. 자연스레 운전석에 앉으려던 연두는 미겔에게 자리를 뺏기고 황당함에 눈을 깜빡거렸다. 도대체 언제 운전면허를 딴 건지 알 수가 없었다. 그보다 초보자의 옆자리에 앉아 도심을 가로지를 생각을 하니 그만 아찔해지지 뭐냐.

"그……. 꼭 네가 운전을 해야겠어?"

"응. 넌 자고 있어."

"누우면 머리 망가져."

"잠 오는 음악 틀어줄까?"

미겔은 연두의 말이 들리지 않는 것처럼 오디오를 틀었다. 어떻게든 재우겠다는 의지가 충만하다. 그만큼 행선지를 숨기고 싶다는 의미일 것이다. 결국 연두는 귀여운 연인을 위해 눈을 감고 자는 흉내를 냈다. 그러다 미겔이 의외일 정도로 운전을 잘하는 바람에 정말 잠들어 버렸지만 어쨌거나 처음엔 그랬단 얘기다.

그리고 딱 두 시간 뒤, 연두는 자신의 입을 마구 때리고 있었다. 여아일언 중천금이라니, 이미 뱉은 말은 취소할 수도 없고 딱히 누굴 원망할 수도 없으니 나무랄 건 자신의 입뿐이렷다.

"어휴, 내 입, 이 요망한 입! 내가 미쳤지!"

연두와 미겔은 놀이공원에 와 있었다. 드림랜드가 아니라 일반 놀이공원 말이다. 여기저기 까마득하게 솟아오른 놀이기구에서 사람들이 지르는 비명이 은은하게 메아리쳐 들려왔다. 가까이 갈

수록 연두의 안색은 점점 사색이 되어가는데, 미겔의 표정은 점점 더 밝아졌다. 그는 높은 곳을 좋아했다.

연두는 자유이용권을 건네주는 미겔을 원망스레 바라보았다. 골탕을 먹을 거라고 예상은 했지만 설마 이런 곳일 줄이야. 단단히 준비한 듯, 미리 인터넷으로 예매까지 해놓은 그가 원망스럽다. 그러나 연두가 그럴수록 미겔은 더더욱 신이 났다. 애초에 심술부릴 생각으로 고른 장소니 오죽할까.

"아니, 보는 것만으로도 그렇게 질색을 하면서 드림랜드는 어떻게 그렇게 구경을 잘 했어?"

"몰라……. 그땐 내가 뭔가에 홀렸나 보지. 평소라면 절대 안 갔을 텐데 차가 퍼져도 가겠다고 부득불 갔으니. 그래도 거긴 그냥 신기하고 좋기만 했는데 여긴 좀……. 으, 저기 사람들 비명 지르는 거 봐. 나 저건 절대 안 타."

연두가 저 멀리 보이는 까마득하게 높은 롤러코스터를 가리키며 선언했다. 만약 미겔이 억지로 태우려 했다간 뒷감당이고 뭐고 그 자리에서 도망갈 기세였다. 미겔은 연두의 결연한 표정을 감탄스럽게 바라보다 그만 소리 내어 웃고 말았다.

"푸…… 훗, 하하, 하하하하! 설마하니 내가 너더러 저걸 타라고 시키겠어? 저건 나 혼자 탈 테니까 넌 밑에서 구경이나 하고 있어."

"진짜지? 나 안 타도 되는 거지?"

연두의 얼굴에 반짝, 불이 들어왔다. 그 반짝임이 이미 반쯤 꺼져 있던 미겔의 심술보를 마저 꺼뜨렸다. 저것'만' 혼자 타고 나머진 끌고서라도 같이 탈 생각이었건만. 미겔은 본래 속셈을 드러내는 대신 연두의 뺨을 꼬집으며 속삭였다.

"대신 바닥에 붙어 있는 건 나랑 다 타는 거야. 그건 할 수 있지?"

"아, 당연하지!"

연두는 흔쾌히 고개를 끄덕였다. 그게 또 다른 고생길의 서막이 될 줄은 모르고서.

시작은 범퍼카였다. 미겔은 아까 운전하던 실력이 거짓말이 아니었다는 걸 증명이라도 하듯이 재빠르게 연두를 피해 다녔다. 연두는 미겔을 잡겠다고 쫓아다니다가 구석에 몰려 실컷 두드려 맞았다. 그냥 가자니 얄미워 미칠 것 같아서 한 번 더 탔는데, 두 번째도 그 꼴을 당했다.

"으으, 분해! 면허 딴 건 내가 훨씬 먼저인데!"

"이런 놀이기구에 면허를 따지면 안 되는 거 알면서. 한 번 더 탈래?"

"아니, 됐어."

연두는 미련이 뚝뚝 떨어지는 눈을 하고도 팩 고개를 돌렸다. 세 번째 시도에서 또 구석에 처박히면 그땐 진짜 자존심에 상처가 날 것 같았다.

미겔은 연두를 끌고 놀이공원 곳곳을 돌아다녔다. 요즘 놀이공원은 굳이 어딘가에 매달리거나 끌려올라가지 않아도 재미있는 게 많아서, 연두는 다리 근육이 당길 정도로 걸어 다녀야 했다. 온갖 테마로 꾸며진 정원을 다 돌아다니고 사진을 찍고 연두가 탈 수 있을 법한 건 보이는 대로 탔다. 뱅글뱅글 돌아가는 찻잔 속에서 한바탕 구른 뒤, 연두는 더는 못 가겠다며 벤치에 주저앉았다.

"잠깐, 잠깐만…… 잠깐만 쉬자."

"뭐야, 반도 안 돌아다녔는데 벌써 힘들어?"

"그냥 걷는 게 아니잖아. 머리가 빙글빙글 돈단 말이야."

"그래? 그럼 다음엔 귀신의 집에 갈까. 그건 안 돌잖아. 괜찮겠지?"

"으아……. 감각도 예민해서 나오는 거 다 알 거면서 뭐 하러 거길 가자는 거야? 어차피 죄다 가짜잖아."

연두의 항의는 씨알도 먹히지 않았다.

"본래 가짜 튀어나오는 걸 보는 맛에 가는 거야."

그러나 귀신의 집에서 놀란 건 연두가 아니라 미겔이었다. 연두는 벌건 칠을 한 귀신 인형이 튀어나올 때마다 미겔의 어깨가 움찔대는 걸 눈치채고 숨죽여 웃었다. 세상에, 가짜인 것도 알고 튀어나올 것도 알면서 정작 나타나면 깜짝깜짝 놀라다니, 귀엽지 않은가. 슬그머니 손을 뻗어 앞서 가기 바쁜 옷자락을 잡아당겼다. 돌아보는 미겔을 향해 눈웃음을 쳤다.

"나 무서운데 손 좀 잡아줘."

"……."

"진짜 무서워서 그래."

미겔의 미간에 깊은 주름이 팼다. 그는 잠시 망설이다가, 손에 흥건히 고인 땀을 바지에 문질러 닦고 손을 내밀었다. 연두는 늘 따뜻하던 미겔의 손이 조금 차가워진 걸 알았지만, 따로 말을 하지는 않았다. 인형의 집 코스가 너무 짧아 아쉬울 뿐이었다.

일단 출구로 나오자 미겔의 표정은 다시 멀쩡해졌다. 그는 매끈한 낯으로 귀신의 집에 있던 인형들의 조잡함과 시끄러움에 대해 평했고, 연두는 소리 내 웃지 않으려고 애쓰며 진지하게 고개를 끄덕였다.

"아무튼 귀신의 집은 다시 안 가는 걸로."

"그래. 밥 먹으러 갈까?"

"나 햄버거 먹고 싶어. 아, 그런 눈으로 보지 말구……. 가끔은 몸에 안 좋은 걸 먹고 싶을 때도 있는 거야. 구봉이도 간식을 먹는데 왜 나는 안 돼? 오늘은 좀 먹자!"

미겔은 한숨을 쉬면서도 연두의 의견을 따랐다. 둘은 패스트푸드로 늦은 점심을 때웠다. 연두는 미겔이 탄산을 잘 못 먹는다는 걸 처음 알았다. 건강 때문에 안 먹는 건 줄 알았더니, 그냥 싫어하는 거였다. 미겔은 햄버거 세트를 시켜놓고 콜라는 손도 대지 않았다.

"콜라 말고 다른 걸로 달라고 하지 그랬어."

"달거나 시거나 뜨겁잖아."

"……초코 쉐이크, 오렌지 주스, 아메리카노?"

"다 싫어."

정말 싫다고 치를 떠는 얼굴이 어쩐지 귀엽다. 연두는 웃음을 참으며 콜라를 마셨다. 그녀의 앞에서 미겔이 도대체 그런 걸 어떻게 먹느냐는 식의 표정을 짓고 있어 하마터면 뿜을 뻔했지만, 필사적인 인내심을 발휘해 참았다.

그 뒤엔 풋풋한 내음이 올라오는 풀밭에 누워 낮잠을 잤다. 돗자리도 뭐도 없었지만 나무 그늘에 누워 서로의 어깨에 기대어 즐기는 오수는 꿀맛이었다. 새파란 하늘을 유유히 흘러가는 조각구름이 마치 파란 물감 통에 빠진 아이스크림 조각 같았다.

"이제 어디 갈 거야?"

"바이킹 탈 거야."

"나는? 밑에서 보고 있고?"

"같이 타도 되는데."

"사양할게. 잘 다녀와."

심술보는 다 꺼졌고 연두와 함께하는 시간은 즐거웠지만, 미겔은 스릴 넘치는 놀이기구에 대한 욕망을 완전히 이기지는 못했다. 그는 연두를 바이킹 앞 벤치에 앉혀두고 바이킹의 끄트머리에 자리를 잡았다. 연두는 무서울 정도로 눈을 반짝이는 미겔을 구경했다. 곧 바이킹이 움직이며 비명소리가 울렸다.

"꺄아아아아아ー!"

"으, 미친. 바람 부는 거 봐."

연두는 자신을 쓸고 가는 바람마저 소름 끼쳐 고개를 저었다. 안전바는 장식으로 됐는지, 미겔이 연두를 바라보며 양손을 머리 위에서 흔들어댔다. 정작 쉬고 있는 연두는 보는 것만으로 기력이 빠져 어설프게 몇 번 손을 휘젓다 말았는데, 미겔은 그저 팔팔하기만 했다.

그때, 부근의 벤치에 앉아 있던 여자들이 소곤대는 소리가 연두의 귀에 들어왔다.

"와, 저기 저 남자 봐. 잘생겼다. 고양이 머리띠 진짜 미친 듯이 잘 어울린다."

"저기 저 외국인 말하는 거지? 젠장, 유전자의 승리다 진짜. 세상 혼자 사네. 혼자 왔나? 친구는 안 보이는데."

"애인이랑 왔겠지. 누군진 몰라도 전생에 나라를 구했나 보다."

연두는 그녀들이 미겔의 얼굴을 보며 얘기하고 있다는 걸 금방 알아차렸다. 부러워하는 말이고, 오래 보지도 않고 금방 지나가버렸는데, 이상하게 신경이 거슬렸다. 연두는 괜히 콜라의 빨대를 잘근잘근 씹으며 미간을 찌푸렸다.

'하루이틀 보는 꼴도 아닌데 이상하게 신경질 나네.'

그런 시선을 받는 건 미겔만이 아니었다. 연두를 바라보는 사람들도 있었다. 딱 붙는 청바지와 셔츠가 연두의 몸매를 부각시키는 데다 머리카락을 시원하게 올려 묶어서 예쁜 목선이 고스란히 드러난 상태다. 연두의 심기 불편한 표정 때문에 차마 말은 걸지 못하지만, 보기 드문 미인인 그녀를 흘끗대는 시선은 무수히 많았다.

그러나 자신을 바라보는 시선에 익숙할 대로 익숙한 연두의 신경은 오로지 미겔에게만 가 있었다. 얼마나 많은 여자들이 그의 얼굴에 시선을 두는지, 몇 명이나 걸음을 멈추는지, 말을 걸고 싶어 움찔대는지. 함께 있는 동안에는 전혀 보이지 않던 것들이 갑자기 너무 잘 보여서 화가 난다.

'내가 옆자리에 탔어야 하는 건데.'

연두는 지금 자신이 질투에 눈이 멀었다는 사실을 알았다. 아무리 생각이래도 그렇지, 바이킹의 끝 좌석에 탈 생각을 하다니 놀랍지 않나. 심지어 사실을 깨닫고도 마음이 바뀌지 않는다는 점에서 더 그랬다.

바이킹이 멈추고, 미겔이 연두를 향해 달려왔다. 미겔은 환하게 웃는 얼굴로 연두의 뺨에 키스부터 했다. 연두는 보란 듯이 미겔의 팔을 끌어안았다. 그를 좇던 시선들이 화들짝 놀라 사방으로 흩어졌다.

"그렇게 재밌었어? 얼굴이 아주 좋아 죽네."

"아, 엄청 재밌었어. 이렇게 높은 곳까지 올라가 본 건 정말 오랜만이었거든."

"그래? 그럼 좀 덜 높은 곳은 어때?"

"음?"

"이왕 왔으니까, 나도 시도 좀 해보게. 혹시 알아? 그렇게 높은 게 아니면 괜찮을지."

미겔이 황당한 표정을 지었지만 연두는 완강했다. 그녀는 좀 덜 무서워 보이는 놀이기구를 골라 미겔과 함께 올라탔다. 높이 올라가는 것도 아니고, 뒤집어지는 것도 아니고, 그냥 타고 있으면 적당히 2층 높이에서 위 아래로 움직이는 단순한 기구였다. 2인승 좌석이 여러 개 있는 형태라 서로 손을 잡고 있을 수도 있었다.

연두가 타겠다고 해서 같이 타기는 했지만, 미겔의 걱정은 상당했다. 옆자리에 앉아 벨트를 매주고, 안전바를 확인하며 불안한 표정을 숨기질 못한다. 직원이 돌아다니며 내릴 사람 있냐고 묻기 시작했다.

"꼭 타야겠어? 지금이라도 내려도 돼."

"아냐. 손만 줘."

결론만 말하자면, 연두의 용감한 시도는 절반의 성공만 거두었다. 그녀는 놀이기구를 즐기지는 못했지만, 그렇다고 패닉에 빠지지도 않았다. 미겔의 손을 쥐고 있어서 그랬는지, 의외로 견딜 만했다. 머리카락을 희롱하고 지나가는 바람이 제법 시원하게 느껴지기까지 했다. 믿을 수 없는 일이었다.

"내려가시는 문은 왼쪽입니다- 왼쪽입니다-"

직원의 안내에 따라 뛰듯이 달려 나온 연두는 자신이 밟고 있는 게 정말로 땅인지 몇 번이나 확인했다. 발로 땅을 쿵쿵 두드리고 손을 쥐었다 폈다 하며 흥분을 가라앉혔다. 천천히 따라 나온 미겔이 그런 연두를 보며 웃음을 참았다.

"어, 으, 그러니까…… 생각보다 괜찮은데? 어떻게 이럴 수가 있지?"

"마녀 니니스는 빗자루를 타고 다니잖아."

"아니, 그건 아는데. 그거랑 내가 지금 괜찮은 게 무슨 상관이야? 아, 혹시 그거 때문이야? 그 마력인가 뭔가 하는 거? 근데 왜 이제까진 안 괜찮았지? 거의 일 년이 다 되어가는데, 그동안 높은 곳에 안 간 게 아니란 말이야."

연두는 흥분할 대로 흥분해서 계속 횡설수설했다. 그리 과격한 놀이기구는 아니었지만, 생각만큼 무섭지 않았다는 게 너무나 놀라운 모양이었다. 미겔은 사뭇 과장된 태도로 어깨를 으쓱였다.

"나야 모르지. 짐작만 하는 건데 뭐. 나중에 니니스 만나면 물어봐. 아, 아깝다. 내가 혼자 재밌게 노는 거 계속 구경하게 시킬 생각이었는데……. 다 망했네."

연두가 바람처럼 달려와 미겔의 옷자락을 움켜쥐었다.

"역시! 너, 너, 나 놀릴 생각으로 놀이공원에 오자고 한 거였어!"

"알고 있었으면서 새삼 충격받은 척하기는."

미겔이 연두의 손을 간단히 제압해 떼어놓았다. 연두는 낑낑대며 손을 빼려고 애썼지만 어림도 없는 시도였다. 미겔이 연두의 손을 잡은 채 그녀를 당겨 뺨에 입술을 갖다 댔다. 쪽! 난데없는 스킨십에 연두가 기겁을 했다.

"어어, 야아, 여기 사람이 몇 명인데!"

"보라고 하는 거야. 아까부터 널 보는 남자들이 너무 많아서, 좀 짜증이 났거든. 어디 자꾸 남의 연인을 흘끔대?"

연두의 뺨에 붉은 물이 들었다. 조금 전에 자신이 하고 있던 생각 그대로를 그도 하고 있었다는 얘기가 아닌가. 어쩐지 가슴 한쪽이 간질간질했다.

연두는 입을 삐죽대며 손을 잡아 뺐다. 미겔은 이번엔 순순히 그녀의 손을 놓아주었다. 그리고 연두를 홀린 예쁜 얼굴을 그녀의 코앞에 가져다 대고 애정을 졸랐다. 호박색 눈동자가 햇살에 비쳐 녹은 황금처럼 일렁거렸다.

"그러니까, 내 뺨에도 뽀뽀 좀 해주면 안 돼?"

눈앞에 바짝 다가든 호박색 눈동자가, 미겔 특유의 향기가, 그의 다정한 목소리가 연두를 홀렸다. 연두는 주변에 사람이 많다는 것도 까맣게 잊고 미겔의 목에 팔을 둘렀다. 그리고 뺨 대신 새가 쪼듯 가볍게 입술을 훔쳤다. 놀라 커다래지는 눈이 마음에 들어 한 번 더, 쪽.

"이왕 할 거 입술에 해야지. 아, 립스틱 묻었다."

"킥, 그 입술색 마음에 들었는데 잘됐네."

미겔은 연두의 뺨에 다시 입을 맞췄다. 연두에게 묻은 립스틱이 그녀의 뺨에 자국을 남겼다. 손으로 문지르면 금방 지워져 버릴 자국이지만, 굉장히 마음에 들었다. 꼭 내 것이라고 도장을 찍어놓은 것 같지 않은가.

미겔이 연두의 허리를 와락 끌어안았다. 흘끔흘끔 연인을 훔쳐보던 사람들이 그의 사나운 시선에 쫓겨 걸음을 빨리했다. 그는 할 수 있는 한 가장 다정하게 그녀의 귓가에 속삭였다.

"고소공포증 극복하신 강연두 씨, 나랑 대관람차 타지 않을래요?"

"우와……. 갑자기 난이도가 너무 오르는 거 아니야?"

"뭐 어때. 내가 같이 있을 건데."

귓가에 속삭이는 목소리가 어찌나 단지, 연두는 홀린 듯 고개를 끄덕였다. 같이 있으면 괜찮을 것이다. 그냥 그럴 것 같았다.

마침 대관람차를 기다리는 손님은 별로 없었다. 줄이라도 좀 섰으면 마음이 바뀌었을지도 모르는데, 연두와 미겔은 기다리지도 않고 바로 관람차에 올라탔다. 작은 관람차가 약하게 흔들렸고, 연두의 몸이 딱딱하게 굳었다. 미겔이 그런 그녀의 어깨를 쥐고 의자에 앉혔다.

철컥.

바깥에서 문이 잠겼다. 제법 얌전하게 미겔에게 기대 있던 연두가 튕기듯 일어났다. 그러나 그게 끝이었다. 당장에라도 뛰쳐나가고 싶은 것처럼 문을 바라보는 시선은 간절하기만 한데, 그녀가 일어나자마자 관람차가 요란하게 흔들리는 바람에 더는 움직일 수가 없게 되었다.

조금 전까지만 해도 발그레하게 홍조를 띠고 있던 뺨이 창백해지고, 달아올랐던 체온은 싸늘하게 식었다. 어쩔 줄 모르고 어정쩡하게 허공에 멈춘 손에서 땀이 났다. 연두가 그렇게 굳어 있는 동안에도 관람차는 흔들거리며 계속 위로, 위로 올라갔다.

미겔은 고민했다. 지금 연두를 안아 달래야 하는지, 아니면 그녀가 스스로 앉을 때까지 기다려야 하는지. 고민은 짧았다. 하얗게 질린 낯빛을 오래 보고 있을 수 없었기 때문이었다. 그는 조심스레 연두의 손에 자신의 손을 겹쳤다.

"괜찮아."

"……."

"아무렇지도 않아. 내가 옆에 있잖아."

연두가 미겔의 손에 체중을 실었다. 기대기보다는 주저앉는 것에 가까웠다. 미겔은 그녀를 가뿐히 들어 제 무릎 위에 앉혔다. 연두는 그와 눈을 마주하고서야 참았던 숨을 몰아쉴 수 있었다. 쿵쿵 소리를 내며 뛰던 심장이 안정을 되찾았고, 새파랗게 질려 있던 안색에 혈색이 돌았다.

"……어, 얼마나 더 가, 가야 돼?"

"괜찮아, 무서워할 것 없어. 내가 안고 있잖아."

바람이 불었다. 관람차가 약하게 흔들렸다. 기겁을 한 연두가 미겔의 목을 와락 끌어안았다. 미겔은 그녀의 등을 가볍게 두드리고 쓸며 그녀가 좀 더 진정되기를 기다렸다. 그런데 이게 무슨 일인가. 겨우 편안해졌다고 생각했던 심장 박동이 점점 더 빨라지는 게 아닌가.

"강연두, 왜……. 이런."

연두의 얼굴을 향해 고개를 돌렸던 미겔이 그만 웃음을 지었다. 연두는 미겔의 어깨너머로 보이는 풍경에 완전히 집중하고 있었다. 흔해빠진 도시의 전경일 뿐인데, 언제나 그녀를 지배하던 미미한 공포감과 긴장이 사라지자 느낌이 전혀 달랐다.

점점 작아지는 건물과 나무들, 콩알만 해져서 제대로 보이지도 않는 사람들. 대신 시야가 서서히 넓어지며 저 멀리 보이지 않던 곳까지 한눈에 들어왔다. 놀이기구와 건물에 가려 삐죽삐죽하게 조각났던 하늘이 커다랗게 부풀었다.

"우와……."

연두는 마치 처음 높은 곳에 올라와 본 아이처럼 흥분했다. 미겔의 무릎에 앉은 채 연신 그의 어깨를 두드렸다. 저기 좀 보라, 아까 탔던 범퍼카가 있다. 저기는 아까 아이스크림을 사먹었던 곳이고, 저기는 낮잠 자던 데다. 귀신의 집은 어디 있는지 모르겠다.

연두의 말에 맞장구를 쳐 주던 미겔이 갑자기 연두의 등을 두드렸다. 그리고 창밖의 땅이 아니라 하늘을 가리켰다.

"해가 지고 있어."

"아……."

도시 속으로 해가 잠기고 있었다. 아직 새파란 하늘로 노오란 빛줄기가 고운 레이스처럼 퍼져 나갔다. 떨어지는 해 부근을 흐르던 구름이 붉은 천을 뒤집어쓰고 바람에 따라 춤을 췄다.

"있잖아, 미겔……."

"응."

"내가 확신하는데, 내가 본 것 중에 가장 아름다운 노을이야."

연두의 목소리에 물기가 묻어 있었다. 온갖 곳을 돌아다녔고 산으로, 바다로, 도시의 빌딩 사이로 떨어지는 해를 수 없이 보았다. 어느 때는 아름다웠고, 어느 때는 미웠고, 어느 때는 아무 감흥도 없었다. 그러나 지금 이 순간 감히 장담하는데, 언젠가 인생에서 본 가장 아름다운 풍경을 꼽으라는 질문을 받는다면 오늘의 노을을 떠올릴 것이다.

"나와 함께 있어서 그런 거지?"

"당연한 말을. 나 혼자서는 절대 못 볼 풍경인걸."

"앞으론 언제든지 볼 수 있도록 해줄게. 그러니 잠깐만 풍경에서 눈을 떼고 날 좀 봐주겠어?"

연두의 시선을 되찾은 미겔이 빙긋 웃었다. 도대체 어디에 숨겼던 건지, 그가 연두의 손에 작은 케이스를 쥐여주었다. 이리 보고 저리 봐도 반지 케이스 같이 생겼다. 연두는 설마, 하는 마음으로 케이스를 열었다.

그건 그녀의 짐작대로 반지 케이스였다. 검은 비로드로 마무리된 케이스 안에 작은 다이아몬드가 박힌 가느다란 백금 반지가 들어 있었다. 다이아몬드를 감싸며 음각으로 파낸 꽃무늬는 언뜻 보기에도 대단히 섬세했다. 절대 한두 푼 하는 물건이 아니었다.

“이건······.”

“선물. 예전에 줬던 머리핀은 망가졌으니까.”

미겔의 말투는 마치 립스틱이라도 선물하는 것처럼 산뜻했다. 그는 멍하니 말을 잊은 연두의 손가락에 반지를 끼우고는, 만족스럽게 고개를 끄덕였다.

“아, 역시 잘 어울려. 그동안 돈 번 보람이 있다.”

“왜 반지 같은 걸······.”

“애인 있으니 건들지 말라고 표시하게. 안 돼?”

안 될 리가 있나. 연두는 급하게 고개를 저었다. 반지는 신기할 정도로 연두의 손가락에 딱 들어맞아 편안했다. 문득 손을 들어 창문을 넘어온 햇살에 반지를 비춰 보았다. 작은 다이아몬드가 반짝, 빛을 냈다.

“······나도 선물을 해줘야 하는데, 받기만 하네.”

뭔가 해줘야지, 생각만 해놓고 당장 눈앞의 삶을 살기에 바빠 금방 잊어버렸다. 민망하고 미안한 마음이 들었다.

“글쎄? 난 그런 거 필요 없어. 이미 받은 게 커서.”

미겔은 얼른 말을 알아듣지 못하고 멍한 표정인 연두의 손을 잡아챘다. 그리곤 반지 낀 손가락에 깊게 입을 맞췄다. 말캉한 입술이 닿는 감촉이 어쩐지 자극적이라, 연두의 목덜미가 온통 붉게 달아올랐다. 미겔이 그런 그녀를 향해 달콤한 미소를 지었다.

“네가 바로 내 세상이잖아. 내 주인이고, 연인이고, 내가 가진 유일한 것이잖아.”

“······.”

“내 세상은 마지막까지 날 놓지 않을 거야. 그렇지?”

연두는 차마 입은 떼지 못하고 그저 고개만 끄덕였다. 미겔이 개구지게 웃으며 그녀의 입술을 훔쳤다. 아까 바깥에서처럼 가벼운 입맞춤이 아닌, 그녀의 숨을 모조리 훔쳐갈 듯 짙은 입맞춤이었다.

덜컥.

관람차가 꽤 심하게 흔들렸다. 연두는 화들짝 놀라 고개를 들었다가 잠금장치를 열러 다가오는 직원과 눈을 마주치고 말았다. 직원은 얼른 시선을 피했지만 어째 그게 더 민망하다. 관람차 안의 사람도, 바깥의 사람도 가을 사과처럼 얼굴이 발갛게 익었다.

"즐거운 시간 보내셨습니까. 발밑을 조심해서 내려오십시오."

으레 하는 인사말조차 낯부끄럽다. 연두와 미겔은 미궁에서 탈출하는 모험가처럼 관람차에서 뛰어나왔다. 정신없이 뛰다가 멈춰 서서 숨을 고르니, 어느새 출구 앞이었다. 이거야 원, 그만 돌아가자고 말을 한 것도 아닌데 이게 무슨 일이람.

"풋……."

"하하하……."

서로 얼굴을 마주 보며 웃고, 또 웃었다. 주변의 사람들이 흘끗흘끗 쳐다보는 게 느껴졌지만 아무렇지도 않았다. 그렇게 실컷 웃은 뒤, 연두는 하도 웃어 눈에 고인 눈물을 닦으며 미겔의 팔짱을 끼고 매달렸다.

"저녁은 어디서 먹을 거야?"

"레스토랑을 예약해 놨어. 네가 그렇게 타령하던 밀가루 음식이 맛있는 와인과 함께 기다리고 있지. 그나저나 일부러 창가 자리는 빼고 잡아달라고 했는데……. 괜히 그랬나."

이럴 줄 알았으면 창가 자리로 잡을 걸 그랬다고 아쉬워하는 미겔을 앞에 두고 연두는 어이가 없어 웃음을 흘렸다.

"놀이공원에서 실컷 놀려먹고 마지막에 맛있는 거 먹여서 마음 풀어줄 생각이었구나……. 너 솔직히 말해봐. 나 데리고 바이킹도 타고 전망대도 올라가고 그럴 셈이었지? 그렇지?"

"안 했잖아."

간접적인 고백에 연두의 눈썹이 하늘로 치솟았다. 안 했으니 괜찮다고 넘어가 주기엔 너무 괘씸한 계획이 아닌가. 단박에 팔을 풀어내고 몸을 뗐다.

"그따위 짓을 계획하다니, 너무한 거 아니야? 고소공포증이 무슨 어린애 농담 같은 건 줄 알았어? 상대도 즐거워야 장난이고 넘어가 줄 만한 거여야 심술이지! 그렇지 않고서야 사람 괴롭히는 짓밖에 더 돼?"

미겔은 몹시 당황했다. 연두가 이렇게까지 화를 낼 줄은 몰랐던 것이다. 고소공포증이래도 그 수준이 약하다고 했으니 괜찮은 것 아니었나. 인터넷에 들어가면 수도 없이 나오는 게 고소공포증이 있다는 연예인이 번지점프하는 영상이었다.

의아함과 당황만 있을 뿐, 반성이 보이지 않는 미겔의 표정이 연두의 화를 부채질했다. 연두는 이젠 거의 풀려 버린 머리끈을 홱 잡아 빼고 긴 머리카락을 마구 잡아당겼다. 그리고 진지한 표정으로 제안을 했다.

"너, 다음엔 나랑 워터파크에 가자. 사방에서 물 튀기고 밥 먹으러 갈래도 수영장을 가로질러야 하는 곳으로 고를 테니 기대해! 물에 닿아봐야 기분이 조금 나쁠 뿐이지, 죽는 것도 아니고 쓰러지는 것도 아닌데 무슨 문제겠어? 안 그래?"

연두의 말은 퍽 효과적이었다. 순식간에 역지사지를 실행한 미겔이 진심 어린 얼굴로 고개를 끄덕이며 잘못했다, 사과를 한 것이다. 진지하게 화를 낸 연두가 민망해질 정도의 사과였다.

"내가 잘못했어. 다신 이런 일 하지 않을게."

"장난은 적당히, 심술은 두 번 생각하고! 알겠어?"

"응. 정말 미안해."

보는 것만으로 마음이 녹아내리는 예쁜 얼굴이 연신 고개를 끄덕이며 미안하다, 사과를 한다. 연두는 자꾸 무너지려는 입꼬리를 단속하며 팩 고개를 돌렸다. 화는 진즉 풀렸지만 바로 넘어가 주기엔 뭔가 아쉬워서다.

"반성하고 있으면 됐어. 레스토랑은 됐고, 집에 갈래."

"집에 먹을 것 없어."

"대한민국에 배달 안 되는 음식이 어디 있어? 피자나 한 판 배달시켜 먹고 구봉이랑 놀 거야."

미겔의 미간이 와락 일그러졌다. 잘못한 건 잘못한 거지만, 그놈의 구봉이. 노는 내내 고양이 모양 조형물만 보이면 집에 있는 구봉이 걱정을 하더니, 마지막까지도 구봉이 타령이다.

"구봉이, 구봉이, 구봉이……. 그 못생긴 고양이가 뭐가 예뻐서 그렇게 끼고 돌아? 하는 짓이 예쁘기라도 하면 내가 말을 않……. 젠장."

미겔은 와다다 말을 쏟아내다 말고 흠칫 입을 다물었다. 조금 전까지 당장에라도 돌아설 것처럼 굴던 연두가 빙글빙글 웃고 있었기 때문이었다. 그는 괜히 땅바닥을 걷어차며 성질을 부렸다.

"제기랄……."

"미겔, 내가 구봉이랑만 놀아서 아쉬웠어? 서운했어?"

"됐어. 가자, 김치찌개 끓여줄게."

연두는 가만 서 있는데, 미겔이 팩 돌아섰다. 예약한 레스토랑은 어찌되든 상관없다는 태도였다. 연두는 놀란 마음을 품 안에 감추고 성큼성큼 걷는 미겔을 종종걸음으로 따라붙어 물었다.

"김치찌개 좋지. 내 애인님이 끓여주는 김치찌개가 좀 끝내주 긴 하지. 근데 뭐 넣고 끓여주게? 돼지목살? 사태? 차돌박이?"

"구봉이 고기."

낮게 깔리는 목소리가 섬뜩했다. 연두는 당황한 나머지 미겔의 옷자락을 잡아당겼다. 휙 돌아선 얼굴은 웃음기 하나 없이 서늘 했다. 늘 옅은 웃음을 머금고 있던 입가가 단단히 굳어 있었다.

"레스토랑은 바로 취소할 테니까 걱정 말고. 예약해 놓고 안 가 면 그게 무슨 진상이야."

"미겔……. 놀려서 미안해."

"아니. 내가 고양이를 질투하는 게 좀 웃겼을 수도 있지. 내가 생각해도 꼴사나운데. 자, 타. 가까이 대두길 잘했네."

그새 주차해 놓은 차까지 왔다. 미겔은 타지 않으려 버티는 연 두를 번쩍 안아 조수석에 앉히고 내리려는 걸 교묘하게 한 손으 로 제압하며 안전벨트를 채웠다. 가까이 붙은 그녀에게서 달콤한 향기가 났다.

"미겔."

연두가 서둘러 몸을 떼려는 미겔을 다정하게 부르며 손을 뻗었 다. 귓가를 간질이는 목소리는 어찌나 따뜻하고 목을 휘감는 팔 은 어찌나 매혹적인지! 미겔은 메두사의 눈을 바라본 용사처럼 딱딱하게 굳어버렸다. 그런 그의 뺨에 연두의 숨결이 닿았다. 그 녀가 속삭였다.

"구봉이는 내 고양이가 아니니까 챙기는 거야. 다쳐서 돌아가면 민지가 속상할 테니까."

"……."

"하지만 넌 내 거지. 내 고양이고 내 애인이지. 내 눈엔 네가 최고 예뻐. 제일 사랑스러워. 미겔 세르반테스라니, 이름부터 완벽하지. 내가 무모한 돈키호테처럼 굴 수 있는 건 전부 네가 있어서야. 알잖아. 음, 혹시 몰라? 모르면 알 때까지 알려줄게."

연두가 미겔을 잡아당겼다. 그는 힘없이 끌려갔다. 연두는 그의 숨결을 마음껏 훔치고 나직한 신음소리마저 죄다 삼켰다. 촉촉하게 젖은 입술을 핥는 동안 얼마 남아 있지 않던 립스틱이 미겔의 입술로 죄다 넘어갔다. 할 수 있는 한 달콤하게 속삭였다.

"미겔, 사랑해."

미겔이 그제야 꿈에서 깨어나듯 몸을 일으켰다. 해가 졌다지만 아직은 날이 훤해서, 온통 붉게 물든 얼굴이 너무나 잘 보였다. 입술은 가렸다지만 눈가가 온통 발갰다. 그 얼굴이 몹시 마음에 들어, 연두는 흡족하게 웃었다.

"모자라면 더 해줄까?"

"그……. 됐어."

미겔은 벌겋게 달아오른 얼굴로 조수석의 문을 닫았다. 그러나 바로 운전석에 가질 못하고 차에 기대어 선 채 손바닥에 얼굴을 묻었다. 살짝 달아오른 차체가 서늘하게 느껴질 만큼 몸이 달았다는 게 느껴졌다.

'레스토랑 가기 싫다…….'

아까와는 조금 다른 의미로 가기 싫어졌다. 이대로 연두를 끌어안고 바스락거리는 이불 속에서 뒹굴고 싶다. 진짜로 집에 갈까. 그는 갈등에 휩싸였다.

톡톡. 연두가 유리창을 두드렸다. 퍼뜩 돌아보니, 두꺼운 유리창 너머에서 연두가 금붕어처럼 빠끔거렸다. 왜 안 타? 뭐 해? 금방 차에 탈 것처럼 해놓고 꿈쩍도 않는 미겔이 이상한 모양이었다. 미겔은 그녀의 의문에 답하는 대신 거칠게 마른세수를 하며 마음을 가라앉혔다.

'그래, 일단 밥은 먹여놓고 생각하자.'

이대로 집에 갔다간 김치찌개는 고사하고 내일 아침까지 연두를 굶길 것만 같다. 레스토랑에 가자. 가야겠다. 그는 겨우 얼굴 표정을 수습하고 운전대를 잡았다.

"김치찌개는 내일 끓여줄게."

"구봉이 고기 넣고?"

"등갈비 넣고."

연두가 키득키득 웃었다. 미겔은 뒷목과 얼굴이 다시 뜨끈하게 달아오르는 걸 느꼈다. 묵묵히 시동을 걸고 액셀을 걸려는데, 연두가 그의 손에 자신의 손을 겹치고 속삭였다.

"레스토랑…… 취소하면 안 돼?"

"……안 돼."

"나 내일까지 굶어도 되는데."

"난 배고파."

"치."

연두가 입을 삐죽대든 말든, 미겔은 돌아보지도 않고 액셀을 밟았다. 연두와 함께 있는 시간은 언제나 짧게만 느껴졌는데, 분명 오늘 저녁은 이례적일 정도로 길 것만 같은 예감이 들었다.

4. 눈처럼 희고 장미처럼 붉은

잔뜩 찌푸린 하늘에서 새하얀 함박눈이 쏟아진다. 하늘하늘 떨어지는 눈송이들이 나무에 달라붙어 새하얗게 얼어붙었다. 겨울에도 초록빛 잎사귀를 자랑하던 침엽수들이 마치 눈과 얼음으로 만들어진 장난감처럼 하얗게 변해 버렸다.

달리아는 종종걸음으로 복도를 걷다 문득 내다본 창밖의 풍경에 마음을 빼앗겼다. 그제부터 내리기 시작한 눈은 이제 무릎이 넘어가도록 쌓여 있었는데, 그 광경은 그녀가 숲속의 오두막에서 지내던 시간들을 떠올리게 만들었다. 매일 아침 일어나 오두막의 문을 열면, 아무도 밟지 않은 흰 눈 위에 생각지도 못했던 신기한 물건들이 하나씩 떨어져 있었더랬지.

다시는 오지 않겠다고 장담하고 떠난 두 사람은 그 말을 그대로 지켰다. 달리아가 왕궁에 맡겨진 지 거의 이 년째가 되어가는 지금에도 그들은 머리카락 하나 비추지 않고 있으니까. 조금만 더 지나면 얼굴마저 가물가물해질 것 같았다.

'잘 지내고 있겠지?'

좋은 소식은 없어도 나쁜 소식도 없으니 분명 잘 지내고 있으리라. 달리아는 아쉬운 발걸음을 억지로 떼어 종종걸음을 쳤다. 따뜻한 물이 담긴 탕파를 나르던 중이었는데, 더 늦었다간 따뜻한 물이 아니라 미지근한 물이 되어버릴 터이다.

바삐 걸은 탓에 숨이 턱까지 차오른 채 도착한 곳은 둘째 왕자비 아셰라드의 방문 앞이었다. 문을 지키던 시녀들이 달리아를 보자마자 문을 여니, 달리아의 안색이 하얗게 질렸다. 옷매무새를 정돈할 시간도 주지 않는 걸 보면 어지간히 재촉이 있었던 모양이었다.

"빨리 들어가, 빨리!"

과연 한껏 숨죽인 작은 목소리가 머뭇대는 달리아의 등을 떠밀었다. 달리아는 들썩대는 가슴을 억지로 가라앉히며 조심스럽게 발을 내딛었다. 제발 이번에는 혼나지 않기를 빌면서.

"늦었구나."

그러나 바람은 그냥 바람으로 끝나고 말았다. 아셰라드는 창가에 서서 밖을 바라보고 있었는데, 책망하는 목소리가 눈을 실은 바람보다도 더 차가웠다. 찬물이라도 뒤집어쓴 것만 같은 기분에 달리아의 어깨가 한껏 움츠러들었다.

"죄송합니다."

"되었다. 그래도 탕파는 따뜻하겠지?"

"예!"

그것만은 사실이라, 달리아의 목소리 톤이 홱 높아졌다. 그 솔직함이 아셰라드의 기분을 조금 끌어올렸다. 왕궁 생활을 하며 시녀들 사이에서 영악하게 굴고 있는 걸 알고 있는데도 제 앞에서만은 어린아이처럼 솔직하게 구는 게 싫지 않았다.

아셰라드는 푹신한 의자에 앉아 달리아가 내미는 탕파를 받아 들었다. 창가에 서 있는 동안 식는 줄도 모르고 식었던 몸이 따뜻하게 데워지며 저절로 나른해졌다. 그러자 허리와 내장을 짓누르는 아기의 무게가 제법 견딜 만해졌다. 그녀는 임신 중이었고, 심지어 출산이 얼마 남지 않은 만삭이었다. 요즘은 걷는 것도, 서는 것도, 앉거나 눕는 것 모두가 불편해 하루 종일 짜증내는 일이 다반사였다.

"따뜻한 걸 마시는 것도 도움이 되실 거예요."

달리아가 차를 내왔다. 그녀가 아셰라드의 곁에 있게 되면서 배워 익힌 것들 중엔 차를 타는 것도 있었는데, 의외일 정도로 차를 잘 탔다. 아셰라드는 달리아에게 지렁이 같은 글씨로 초대장에 답장을 보내는 일 대신 차를 전담하게 했다.

아셰라드가 찻잔을 들고 향을 맡는 동안 맑고 붉은 물이 흰 찻잔 안에서 잔잔하게 출렁거렸다. 뺨을 훑고 가는 훈김이 나쁘지 않았다. 창백한 입술이 부드러운 호선을 그렸다.

"추우세요?"

내내 부근에서 눈치를 보고 있던 달리아가 냉큼 담요를 가져다 아셰라드의 어깨를 덮었다. 덕분에 숙녀의 엄격한 몸가짐에는 어울리지 않는 꼴이 되었지만, 그런 걸 따졌다면 아셰라드가 달리아를 가까이 두지도 않았을 것이다.

달리아가 아셰라드의 뒷목을 주무르기 시작했다. 아셰라드는 그것도 그냥 내버려 두었다. 그녀는 연두에게 그랬듯이 달리아에게도 몹시 너그러웠다.

"몸이 이렇게 식는 동안 창가에는 왜 서 계셨어요? 온통 하얗기만 한 풍경은 어제도 오늘도 다를 것이 없는데요."

"그 하얗기만 한 풍경이 좋아서 보았지. 하늘하늘 떨어지는 눈송이가 마치 꽃잎 같아 추운지도 몰랐지 뭐니."

"이런, 저는 소금이 떨어지는 것 같다고 생각했는데요. 바닥에 소금이 저렇게나 깔려 있으면 그 값이 얼마나 될까, 뭐 이런 생각이요."

"소금? 아아, 그래. 네가 카멜르 성 부근의 마을 출신이었지. 그럴 수도 있겠구나."

아셰라드는 자꾸만 키득거리며 웃었다. 유독 돈을 밝히던 시녀에게 교육받은 아이 아니랄까 봐 생각하는 게 똑같다는 게 그저 우스웠다. 어미가 즐거운 것을 아는지, 뱃속의 아이도 함께 쿵쿵 발을 굴렀다.

"윽……."

갈비뼈를 부러뜨릴 것처럼 통증이 밀려들었다. 아셰라드는 배를 끌어안고 신음했다. 뱃속 아이의 성별은 알 길이 없건만, 이렇게 태어나기도 전부터 난리를 부리는 걸 보니 어지간히 활달한 녀석이 나올 모양이었다.

달리아는 익숙하게 아셰라드의 시중을 들었다. 그러나 침착한 손길과는 달리 미간에는 깊은 계곡이 패였다. 하루에도 대엿 번씩 배를 끌어안고 식은땀을 흘리는 모습을 몇 달이나 보아왔건만, 볼 때마다 걱정이 되는 건 어쩔 수 없었다.

"분명 아드님이실 거예요."

아셰라드가 픕, 웃음을 흘렸다. 분명 아들일 거다, 이렇게까지 뱃속에서부터 난리를 피우는데 딸일 리가 없다. 요 몇 달 달리아

가 입에 달고 사는 말이었다. 아셰라드는 언제나 해왔던 대답을
또 들려주었다.

"그렇게 따지자면 내 어머니는 딸 하나가 아니라 아들 세쌍둥
이를 낳으셨어야 한다 그랬지 않니."

"그래도요. 아, 이럴 때 피에로가 있었으면 좋았을 텐데요. 맞
든 안 맞든 물어나 보고 싶어요."

"그러게나 말이다. 허나 없는 사람을 아쉬워해서 뭐 하겠니."

아셰라드는 피에로를 떠올렸다. 달리아의 말대로, 노랗게 반짝
이는 눈이 인상적인 그 남자에게 물어보면 분명 뱃속 아이의 성
별을 제대로 맞춰줄 게 틀림없었다. 그러나 사람을 풀어 몰래 찾
아보기까지 했는데도 두 사람을 찾을 수가 없었다. 눈이 유독 많
이 내리는 산골마을에 결혼을 앞둔 연인 행세를 하며 나타났었
다는 정보가 끝이었다. 그것도 오는 걸 본 사람은 있어도 가는 걸
본 사람은 없었다.

그들은 본래 이 세계에 없었던 사람들인 것처럼 사라졌다.

'어쩌면 정말로 요정이었는지도 모르지.'

입 밖으로 꺼냈다간 아직도 어린 소녀처럼 꿈을 꾸느냐는 말을
들을까 꺼낸 적은 없지만, 해가 뜨면 사라져 버리는 달빛처럼 사
라진 두 사람을 생각하면 요정이라는 말만 자꾸 떠올랐다.

아셰라드도 달리아도 입을 다무니, 방 안은 벽난로의 장작 타
는 소리가 요란할 정도로 조용해졌다. 사락사락 쌓이는 눈처럼
침묵이 쌓였다. 그때, 갑자기 문 밖이 소란스러워졌다. 묵묵히 다
구를 정리하던 달리아가 벙긋 웃었다.

"왕자전하께서 오셨나 봐요. 매일 하루도 빼놓지 않고 찾으시
다니, 정말 상냥한 분이세요."

"부러우면 너도 결혼하렴. 내가 좋은 혼처를 찾을 수 있도록 알아봐 주마."

"엑……. 아녜요, 저는 계속 전하 곁에 있을 거예요. 그러니 제 혼처는 찾지 않으셔도 돼요!"

보통의 시녀들이라면 눈물을 흘리며 감격했을 것을, 달리아는 펄쩍 뛰며 고개를 흔들었다. 그러면서 슬금슬금 엉덩이를 뒤로 빼더니, 린든이 들어오자마자 다급히 인사하고 그대로 내빼고 말았다.

린든은 마치 엉덩이에 불이라도 붙은 것처럼 도망가는 어린 시녀의 뒷모습을 의아하게 바라보았다. 아셰라드가 특히 아껴 곁에 데리고 다니며 귀여워하는 시녀라 그에게도 낯이 익은 아이인데, 이렇게 놀라 도망가는 건 처음 보는 것이다.

"블루벨, 무슨 짓궂은 장난을 친 거야? 그대의 귀여운 강아지가 엉덩이에 불이라도 붙은 것처럼 도망가는군."

"별일 아니에요. 본래 저 나이엔 작은 일에도 크게 반응하는 법이죠. 그나저나 페러, 웬일로 당신 손이 무거워 보이는군요."

아셰라드는 의아해하며 고개를 기울였다. 그도 그럴 것이 지금 린든은 커다란 꾸러미를 손수 들고 있었다. 평소 그가 마련해 오는 선물을 들고 들어오던 시종이 안절부절못하고 손가락을 꼼질대는 꼴을 보아하니, 억지로 뺏어 들고 온 것이다. 그녀는 과장된 태도로 한숨을 내쉬었다.

"시종에게 장난을 친 건 내가 아니라 당신이로군요."

린든이 잔뜩 억울해하는 표정을 지었다. 만삭의 부인을 위해 선물을 직접 들고 왔을 뿐인데 저렇게 한심해하는 표정을 보게 되다니, 생각지도 못한 일이었다. 그는 더 큰 오해를 부르기 전에 선물을 아셰라드에게 내밀었다.

"벌써 며칠째 하늘에서 꽃송이 같은 눈송이가 떨어지고 있잖아. 꽃처럼 아름답고 눈처럼 찬 내 부인을 위해 준비한 선물이야. 받아."

아셰라드는 멈칫거리며 린든이 내미는 선물을 받아들었다. 상자는 크기가 꽤 커서 무거울 줄 알았는데, 생각보다 가벼웠다. 톡톡 두드려 보자 속이 빈 소리가 났다. 의심을 거두지 못한 아셰라드가 아예 상자를 뒤집으려 하자 린든이 다급히 손목을 쥐고 말렸다.

"너무 그렇게 의심하면 내가 상처받아."

"흐음……."

솔직히 말하자면, 이렇게 말리니까 더 의심스럽다. 설마하니 만삭의 아내를 깜짝 놀라게 할 장난감을 들고 왔으랴 싶긴 하지만, 린든은 어딘지 어린애 같은 구석이 있었다. 머뭇거리는 아셰라드가 갑갑한지, 린든이 직접 그녀의 손을 리본에 얹어주었다.

"이제 그만 망설이고 열어보라니까."

"또 이상한 새 따위가 들어 있으면 당분간 이곳에 발걸음도 하지 못하게 할 거예요."

"아니, 그 새 진짜 진귀한 새……. 알았어. 아무튼 이번엔 살아 있는 게 아니니까 걱정하지 말라니까. 정 못 미더우면 주님의 이름 아래 맹세라도 할까?"

린든이 정말 맹세라도 할 것처럼 엄숙한 표정을 지었다. 아셰라드는 손사래를 쳐 그의 우스꽝스러운 시늉을 끝냈다.

"그렇게까지 말하는데 계속 의심할 수는 없겠네요. 자, 열어요."

상자를 포장하는 데에 쓰기엔 너무나 고급스러운 흰 비단 리본을 단숨에 풀었다. 그러자 짙은 초록색 벨벳 속에서 아주 얇고 매끄럽게 재단한 나무 상자가 나타났다. 손가락을 넣어 열기 좋도록 파놓은 구멍 주변으로 화려한 꽃무늬가 그려져 있었다.

"혹시 이거 인형이에요? 포장 방식이 딱 인형인데."

"열어보라니까."

"알겠어요. 미리 좀 알려주면 어때서 그런담. ……어머나!"

상자를 연 아셰라드가 숨죽인 비명을 질렀다. 상자 가득 새빨간 장미가 가득 들어 있었다. 향수로는 만들 수 없는, 생화 특유의 향기가 물씬 피어올라 그녀의 코를 간질였다. 눈으로 보면서도 믿을 수 없어 아주 살짝 꽃잎에 손을 댔다. 꽃잎은 촉촉하고, 부드럽고, 연약했다. 더 만지고 있다간 그대로 시들어 버릴 것만 같아 서둘러 손을 떼고 말았다.

손을 떼고서도 아셰라드의 시선은 상자 속의 장미에서 떨어질 줄을 몰랐다. 눈이 내리는 한겨울에 장미 생화라니, 정말 믿을 수가 없다. 어딘지 쓸쓸하게 비어 있던 가슴 안쪽이 향기로 채워져 몽글몽글 따뜻해졌다. 아셰라드는 입가에 피어난 미소를 감출 생각도 하지 않은 채 연신 상자를 쓰다듬었다.

"이 겨울에 피어난 장미라니, 마치 마법 같네요. 린든, 나 모르는 사이에 어디서 마법사를 영입하기라도 한 건가요?"

숨을 죽이고 아셰라드의 반응을 살피던 린든은 몹시 흡족한 기분이 되었다. 그녀의 뺨에 떠오른 홍조를 보는 것만으로도 입꼬리가 주체할 수 없이 늘어졌다.

"마법은 무슨. 그린의 덕을 봤지."

"그린? 그린이요? 그린이 그럴 리가요. 돌아왔다면 당연히 내게 먼저 왔을 거예요."

"하하……. 그 믿음, 참 부럽단 말이야. 그린이 도와줬다는 말이 아니라, 이렇게 겨울에도 온도를 유지해서 꽃을 피울 수 있는 건물에 대한 힌트를 준 적이 있었거든."

아셰라드는 서둘러 기억을 뒤졌다. 그녀 역시 흥미롭게 생각했던 것이라, 바로 이름이 떠올랐다.

"온실. 온실이군요……. 정말 그게 가능한 일이었다니."

"이미 알고 있었다니 조금 김이 새는데. 내내 실패만 하더니만 이번에는 겨우 성공했어. 기껏 심어놓은 장미가 또 얼어 죽을까 봐 얼마나 걱정했는데? 이 장미는 올해 온실에서 거둔 첫 번째 장미야. 그래서 그대에게 주고 싶었지."

린든이 아셰라드의 이마에 키스하며 자신의 업적을 자랑했다. 자랑할 만도 한 게, 그가 들은 건 대략적인 개념과 구조에 불과했다. 연두는 그에게 자세한 걸 이야기하지는 않았으니까. 비닐도, 보일러도 없는 이곳에서 그걸 진짜로 구현시킨 건 전부 린든의 공이었다.

아셰라드도 그 사실을 잘 알았다. 그 시녀가 알고 있는 것들은 구체적인 것 같으면서도 두루뭉술했고 구체적인 실현에는 본인의 노력이 엄청나게 필요했다. 지금은 웃으며 말하고 있지만, 린든이 감당한 손해와 어려움은 대단할 것이다.

그래서 그녀는 정말로 고마웠다. 그 첫 번째 결과물을 자신에게 가지고 오다니, 자신이 그에게 정말로 특별한 사람이라는 게 느껴졌다. 어쩐지 가슴이 간질간질해지면서 부른 배 때문에 바닥까지 떨어져 있던 기분이 조금 회복됐다.

"고마워요. 정말 예쁜 빨간색이로군요."

"이 정도면 모후께서도 만족하시겠지? 더 낭비하면 그땐 진짜 돈을 끊겠다고 야단이셨는데."

아셰라드는 린든의 우는 소리를 들으며 쿡쿡 웃었다. 왕족의 의무에서 벗어나고 싶어 하던 그는, 왕비의 눈물바람에 끝내 그 바람을 접고 말았다. 국왕의 총애를 한 몸에 받고 있는 사생아의 존재가 불안한 왕비 덕분에 그는 아직도 왕자였고, 계속 왕자일 것이며, 그의 형이 왕위에 오르고 난 뒤에는 단승 공작이 될 예정이었다. 파르만 백작가의 계승권을 지키고 싶어 했던 아셰라드에게는 좋은 결말이었다.

그녀는 자꾸만 시선을 끌어당기는 꽃다발을 안고 그 향기를 들이마셨다. 정말로 기적 같은 향기고 아름다운 자태였다.

"매우 기뻐하시겠죠. 이 꽃으로 머리를 장식하고 파티에 가시면 모든 참석자들의 시선을 사로잡으실 게 분명하니까요."

"주먹만 한 다이아몬드보다 더?"

"당연하죠."

아셰라드는 진지하게 고개를 끄덕였다. 장담하는데 올 겨울의 유행은 왕비의 생화 장식을 흉내 낸 비단 조화가 될 것이다. 그래 봤자 가장 아름다운 건 계절에 맞지 않는 생화겠지만 말이다. 그녀는 홀린 듯 장미를 쓰다듬었다.

"그나저나 정말 예쁜 붉은색이에요……. 페러, 태어날 아이가 이 장미만큼 붉은 입술을 가진다면 얼마나 예쁠까요?"

"저 찻잔만큼 창백한 입술을 가져도 예쁠 거야. 그대와 나의 아이잖아."

"그냥 상상이라도 해보자는 거죠. 이 장미만큼 붉은 입술과, 저 눈만큼 흰 피부와, 그리고……."

아셰라드가 갑자기 말을 멈추고 린든을 바라보았다. 린든도 아셰라드도 모두 금발이었다. 금발이라고 싫은 건 아니었다. 하지만,

"머리카락은 갈색이면 좋겠어요."

"갈색?"

"네에."

"모후처럼?"

"네에. 왕비전하처럼."

말로는 왕비의 머리색을 언급하고 있었지만, 사실은 둘 모두 다른 사람을 떠올리고 있었다. 윤기 흐르는 갈색 머리칼과 영리하게 반짝이는 밤색 눈동자를 지닌 한 사람.

린든이 장난기 어린 미소를 짓고 아셰라드의 배에 손을 얹었다.

"아가야, 들었지? 네 어머니가 머리카락은 갈색이 좋다는구나."

아이가 대답이라도 하듯 배를 통통 두드렸다. 거 참 신기한 일이었다. 린든의 입이 헤벌쭉 벌어졌다. 아셰라드도 평소와는 다르게 얌전한 움직임에 함께 웃고 말았다.

얼마 뒤, 아셰라드는 건강한 딸을 낳았다. 그녀가 바랐던 대로 눈처럼 흰 피부, 장미처럼 붉은 입술, 왕비처럼 짙은 갈색 머리칼을 가진 딸이었다. 아셰라드의 출산 내내 진땀을 흘리던 린든이 딸의 이마에 입을 맞추며 웃었다.

"그대와 내가 상상했던 그대로의 색을 가진 아이야."

"음……. 그러게요. 정말로 갈색 머리카락을 가졌을 줄이야."

"이대로 무사히 잘 컸으면 좋겠군."

반시왕국에서는 태어난 직후의 아기에게 이름을 주지 않았다.

워낙에 영아사망률이 높았기 때문이었다. 세상의 빛을 본 뒤 적어도 한 달은 무사히 넘기고 나서야 이름을 주는 행사를 했다. 아셰라드는 몸을 회복하며 아기를 이름으로 부를 날을 손꼽아 기다렸다.

그러던 어느 날, 햇살이 따뜻한 점심 무렵, 하루 중 아기와 단둘이 있을 수 있는 얼마 안 되는 시간을 즐기던 아셰라드는 낯설고 귀여운 손님을 받았다. 머리도 몸도 동그란 종달새가 발목에 종이쪽지를 감고 그녀를 찾아온 것이다. 열어둔 창문을 통해 들어온 새는 어서 발목의 종이를 떼어가라는 듯 아셰라드의 앞에서 종종댔다.

"누가 이런 걸 보냈니?"

삑! 종달새가 삑삑거렸다.

"말하는 새는 아닌가 보구나. 그래, 알겠다. 금방 떼어주마."

종이쪽지를 떼어내자마자 종달새는 훌쩍 날아 도망갔다. 아셰라드는 고개를 갸웃대며 쪽지를 폈다.

『이사벨라.』

겨우 그것뿐이었다. 쯧, 아셰라드는 그만 혀를 차고 말았다. 기껏해야 손바닥 반만 한 쪽지니 많은 것을 쓸 수 없었으리란 것은 알겠지만, 안부 한 줄 적는 게 뭐 어렵다고 이름자만 적어 보냈는지.

사실 그 쪽지에는 온갖 마법이 걸려 있었다. 산모인 아셰라드와 연약한 아기의 건강과 안전을 위한 마법들이. 이름 이상을 쓰지 않은 게 아니라 못 쓴 거였다. 하나 아셰라드가 그런 사정을 알 리 없으니, 그녀는 입을 삐죽대며 아직 이름이 없는 아기의 뺨을 살그머니 쓰다듬었다.

"아가야. 내 요정대모가 네 이름을 지어 보냈구나."

그렇게 공주의 이름은 이사벨라가 되었다. 뱃속에서 그랬던 것처럼 활달하고 호기심 넘치는 공주는 곧 온 왕국의 사랑을 독차지하는 귀염둥이가 되었다. 그리고 훗날 자라서는 파르만 백작가의 계승권을 갖는 것에서 그치지 않고 최초의 여백작이 되는 파란을 일으켰다.

아셰라드는 행복하게 살았다. 아주 오랫동안, 마치 동화처럼.

작가 후기

안녕하세요, 네르비입니다. 분명 마이너 중의 마이너일 거라고, 좋아하는 사람이 몇이나 되겠냐며 쓰기 시작한 글이 이렇게 책으로 나오다니, 놀랍고 신기하네요.

저는 동화를 가지고 몽상하기를 좋아합니다. 백설공주와 신데렐라가 같은 왕국의 인물이라면 어땠을까? 백조가 된 오빠들을 위해 가시풀 조끼를 뜨는 공주님에게 빨간 모자가 가시풀을 모아줬다면? 개구리 왕자의 저주를 푼 사람이 어여쁜 공주님이 아니라 추녀 공주님이었다면? 성냥팔이 소녀가 얼어 죽기 전에 행복한 왕자의 보석을 얻었다면?

〈어릿광대의 동화〉는 이런 상상의 끝에서 만들어진 이야기입니다. 동화가 뒤엉킨 세상의 이야기를 쓰는 건 굉장히 즐겁고 재미있었어요. 비록 정신이 조금 나간 것 같은 악역이 많이 등장하긴 했지만요. 하하.

연두와 미켈의 이야기를 쓰는 것도 즐거웠지만, 언젠가 기회가 된다면 오딜과 준규의 이야기도 써보고 싶어요. 분명 애증으로 점철된 커플이 되겠…… 아니에요, 커플은 무슨. 아무리 관계가 발전해도 등을 맡길 동료, 그 이상은 못될 두 사람이에요.

부족한 점도 많았고 허술함도 많았던 〈어릿광대의 동화〉를 사랑해 주셔서 감사합니다. 다음 작품에서 또 만나 뵐 수 있기를 기대하겠습니다.